PEQUENOS SEGREDOS

JENNIFER HILLIER

PEQUENOS SEGREDOS

Tradução de
Maria José Silveira e Felipe Lindoso

Faro
Editorial

**LITTLE SECRETS TEXT COPYRIGHT © 2020 BY JENNIFER HILLIER
PUBLISHED BY ARRANGEMENT WITH ST. MARTIN'S PUBLISHING GROUP.
ALL RIGHTS RESERVED.
COPYRIGHT © FARO EDITORIAL, 2023**

Todos os direitos reservados.
Nenhuma parte deste livro pode ser reproduzida sob quaisquer meios existentes sem autorização por escrito do editor.

Diretor editorial **PEDRO ALMEIDA**
Coordenação editorial **CARLA SACRATO**
Assistente editorial **LETÍCIA CANEVER**
Preparação **DANIELA TOLEDO**
Revisão **BÁRBARA PARENTE E THAÍS ENTRIEL**
Capa e diagramação **OSMANE GARCIA FILHO**
Imagem de capa **STAS KNOP | SHUTTERSTOCK**

Dados Internacionais de Catalogação na Publicação (CIP)
Jéssica de Oliveira Molinari CRB-8/9852

Hillier, Jennifer
   Pequenos segredos / Jennifer Hillier ; tradução de Maria José Silveira, Felipe Lindoso. — São Paulo : Faro Editorial, 2023.
      288 p.

      ISBN 978-65-5957-398-1
      Título original: Little secrets

   1. Ficção canadense I. Título II. Silveira, José III. Lindoso, Felipe

23-2312   CDD-813

Índice para catálogo sistemático:
1. Ficção canadense

1ª edição brasileira: 2023
Direitos de edição em língua portuguesa, para o Brasil, adquiridos por **FARO EDITORIAL**

Avenida Andrômeda, 885 — Sala 310
Alphaville — Barueri — SP — Brasil
CEP: 06473-000
www.faroeditorial.com.br

Para Darren e Mox
Tudo que me destruiu me trouxe até aqui
e eu faria tudo outra vez

e

Para Lori Cossetto
Eu não poderia passar por tudo
isso sem você
e sou eternamente grata

9 PEQUENOS SEGREDOS

17 PARTE UM
QUINZE MESES DEPOIS

133 PARTE DOIS

185 PARTE TRÊS

277 PARTE QUATRO
UM MÊS DEPOIS

287 NOTA DA AUTORA

1

EM DIAS NORMAIS, O MERCADO DE PIKE PLACE é uma conhecida armadilha para turistas. Combinando isso a compras de última hora para as festas de fim de ano e um final de semana extremamente agradável e ensolarado, este se torna o quarteirão mais movimentado de Seattle em um sábado à tarde.

O casaco de Sebastian está enfiado em uma das sacolas de compras de Marin, mas, ainda assim, ele está suado. Sua mãozinha escorrega das mãos dela toda vez que ele puxa com mais força, tentando arrastá-la até onde deseja ir.

— Mamãe, eu quero um pirulito — pede pela segunda vez.

Ele está cansado e ficando irritado, e precisando mesmo é de uma soneca. Mas Marin ainda tem que comprar um último presente. Ela se orgulha de sempre dar presentes significativos e pessoais. Seu filho de quatro anos não se importa com as compras de Natal. Sebastian acredita que o Papai Noel trará todos os seus presentes, portanto, nesse instante, ele só está interessado em açúcar.

— Bash, por favor, só mais cinco minutos — insiste ela. — Depois vamos comprar seu doce. Mas você tem que ser bonzinho. Tudo bem?

É uma negociação justa, e ele para de choramingar. Há uma loja de doces no mercado. Eles a conhecem bem; já estiveram lá várias vezes. É indisfarçadamente luxuosa, e mesmo que venda todo tipo de doces, é mais conhecida por suas "trufas francesas cremosas e artesanais de grãos achocolatados". A fachada é pintada de azul-turquesa, e o nome pretensioso, escrito em elegantes letras cursivas douradas na vitrine: *La Douceur Parisienne*. Nada lá dentro custa menos de quatro dólares, e o enorme pirulito que Sebastian tanto quer — o que tem espirais com as cores do arco-íris — custa cinco.

Sim, cinco dólares por um pirulito. Marin tem plena consciência do quanto isso é insano. Em defesa de Sebastian, ele nem saberia que tal coisa existia se, em uma visita anterior, ela não o houvesse arrastado para a loja de doces para comprar chocolates que, com toda sinceridade, eram superdeliciosos.

Ela diz a si mesma que não há problema em mimá-lo de vez em quando e que, de qualquer modo, tudo na La Douceur Parisienne é feito com açúcar de cana orgânica e mel adquirido localmente. Derek, por sua vez, não aceita o raciocínio da esposa. Acha que ela está justificando transformar o garotinho deles em um comilão arrogante, tal como ela.

Mas Derek não está ali. Derek está em algum lugar da Primeira Avenida, desfrutando uma cerveja em um bar e vendo jogo, enquanto Marin lida com as últimas compras e com o cada vez mais cansado filhinho de quatro anos deles.

Seu bolso vibra. O mercado está barulhento demais para que ela escute o celular, mas consegue senti-lo, e solta a mão do filho para pegar o aparelho. Talvez seja Derek e o jogo já tenha terminado. Ela verifica a tela e nota que não é o marido. A última coisa que deseja agora é bater papo, mas é Sal. Ela não pode deixar de atender.

— Bash, fique perto de mim — diz ao filho enquanto aperta o botão de aceitar a chamada no seu celular. — Alô.

Ela apoia o celular entre o ombro e o ouvido, pensando que seria ótimo ter AirPods para momentos como esse, mas depois se lembra de que não quer ser uma dessas mães idiotas que ficam andando por aí usando AirPods.

— Está tudo bem? Como está a sua mãe? — Ela volta a agarrar a mão de Sebastian, escutando seu amigo mais antigo relatar sua manhã extenuante. A mãe de Sal está se recuperando de uma cirurgia no quadril. Alguém se choca com ela, derrubando a bolsa e a sacola de compras do ombro. Ela olha feio para as costas deles, que passam sem pedir desculpas. Turistas.

— Mamãe, para de falar. — Sebastian puxa sua mão, a voz mais uma vez chorosa. — Você disse *pirulito*. O *grandão*. Com as *voltinhas coloridas*.

— Bash, lembra o que eu disse? Você tem que esperar. Temos outras coisas para fazer primeiro. — Marin diz ao telefone: — Sal, desculpa, posso ligar para você mais tarde? Estamos no mercado e as coisas estão loucas por aqui.

Ela enfia o celular de volta no bolso e relembra Sebastian do acordo que fizeram. Essa coisa de acordo é algo relativamente novo para os dois, surgiu quando ele começou a se recusar a ir para o banho alguns meses atrás. "Se você tomar banho, vamos ler um livro extra na hora de dormir", dissera ela, e a negociação funcionou como por encanto. Acabou sendo algo bom para os dois. A hora do banho agora transcorria sem problemas, e mais tarde, com o cabelo cheiroso dele encostado em seu rosto, ela lia em voz alta os livros favoritos da sua infância. *George, o curioso* e *Boa noite, Lua* estavam sempre na fila. Esse ritual da hora de dormir era seu momento favorito, e ela teme chegar o dia em que os abraços serão recusados e seu filho preferirá ler seus próprios livros na cama.

Por enquanto, pelo menos, Sebastian fica quieto quando ela insinua que ele ficará sem pirulito se choramingar mais uma vez. Ela está tão cansada e com tanto calor quanto Bash, além de faminta e sedenta por cafeína. Açúcar — e café — vão ter que esperar. Os dois vão encontrar Derek no Starbucks que fica bem ao lado da doceria, mas não haverá guloseimas para os dois até que o último item da lista seja comprado.

O último presente da sua lista é para Sadie, a gerente do salão que Marin possui no centro da cidade. Ela está no sexto mês de gravidez e dando a entender que cogita deixar de trabalhar para ser mãe em tempo integral. Mesmo que Marin respeite a escolha das mulheres do que é melhor para elas e suas famílias, ela odiaria perdê-la. Sadie mencionou ter visto uma primeira edição do *A história do Coelho Benjamin*, de Beatrix Potter, na livraria de luxo no térreo do mercado. Se ainda estiver lá, Marin comprará para ela. Sadie tem sido uma valiosa funcionária há dez anos, e merece algo mais que especial. Talvez também faça Sadie lembrar o quanto gosta de sua chefe — e de seu emprego — e prefira voltar depois da licença-maternidade.

Sebastian torna a puxar, mas Marin segura firme sua mão e o leva para a livraria, onde fica contente ao saber que a primeira edição de Potter ainda está disponível. Ela consegue pegar alguns livros da tartaruga *Franklin* no balcão enquanto paga. Ao voltarem para o andar de cima, seu celular vibra novamente. Desta vez é uma mensagem.

O jogo acabou. É Derek, graças a Deus. Ajudaria muito um par de mãos extra. *Indo até aí. Onde vocês estão?*

Ela sente a mãozinha pegajosa de Sebastian escapando da sua. Está bem; ela precisa das duas mãos para responder. De qualquer modo, seu garotinho está bem ao lado dela, desta vez acompanhando seus passos rápidos, o braço dele pressionando sua perna enquanto caminham decididos na direção da loja de doces. Promessa é dívida, ainda que ela admita que pensar na trufa de framboesa com chocolate derretendo na sua boca deixa a promessa mais fácil de ser cumprida.

Indo para a loja de doces chique, ela escreve de volta. *Depois direto para o Startbucks. Quer alguma coisa?*

Tacos, responde o marido. *Estou cheio de fome. Que tal a gente se encontrar direto no* food truck*?*

Marin faz uma careta. Ela não é fã dos tacos de *food trucks*, ou de qualquer tipo de comida de rua. Ficou doente da última vez que comeu um taco de lá.

Nada bueno, digita ela. *Por que não paramos no Felix e pegamos sanduíches de porco desfiado quando a gente for para casa? Uma carne muito melhor.*

Estou morrendo de FOME, Derek responde. *Tenho que comer alguma coisa para me aguentar. E, amor, vou te dar uma carne melhor mais tarde, se você for boazinha.*

Ela revira os olhos. Há amigas que se queixam que os maridos nem flertam mais com elas. O dela nunca para. *Ótimo. Pegue esse seu taco gorduroso, mas vai ficar me devendo, garanhão.*

Tudo bem, ótimo, porque já estou na fila. A resposta vem com um *emoji* piscando o olho. *Encontro vocês logo. Vou comprar churros para o Bash.*

Ela está prestes a vetar a sobremesa frita quando percebe que já não sente Sebastian encostado em sua perna. Tira os olhos do celular, ajustando a sacola, que fica mais pesada a cada minuto. Então volta a olhar para baixo e ao redor.

— Bash? Sebastian?

Ele não está por perto. Em reflexo, ela para de andar, provocando um encontrão de quem vinha atrás.

— Odeio quando as pessoas simplesmente param — o homem resmunga para sua acompanhante, contornando Marin e reclamando mais alto que o necessário.

Ela nem liga. Não consegue mais ver o filho e está começando a entrar em pânico. Esticando o pescoço, busca no meio da multidão de turistas e locais, e todos parecem se movimentar pelo mercado em bandos. Sebastian não pode ter ido longe. Seu olhar gira por todos os lados, buscando qualquer vislumbre do seu garotinho, com o cabelo escuro, tão parecido com o dela na cor e na textura. Ele está usando um suéter de rena branco e marrom, tricotado à mão por uma antiga cliente do salão; Sebastian gosta tanto dele que insistiu em usar quase todos os dias da semana passada. Fica adorável nele, com orelhinhas fofas e sobrancelhas feitas de couro sintético aplicado no desenho da rena, logo acima dos botões para os olhos e o nariz.

Ela não consegue achá-lo em lugar nenhum. Nem rena. Nem Sebastian.

Ela empurra com mais agressividade a multidão, gritando em diferentes direções, sentindo o peso da bolsa, dos casacos e da sacola de compras estufada. Grita alto seu nome.

— Sebastian! *Sebastian!*

Outros clientes do mercado começam a notar, mas a maioria não faz nada além de dar uma olhadinha rápida para ela enquanto continuam a caminhar. O mercado está lotado demais, tão barulhento que ela mal consegue escutar a própria voz. Sem querer, começa a migrar na direção do balcão de frutos do mar, no qual três peixeiros corpulentos usando macacões manchados de sangue brincam, para divertir a multidão reunida só para vê-los jogar salmões frescos um para o outro, como se fossem bolas de futebol.

— Sebastian!

Ela já está em pânico total. O celular vibra na sua mão. É Derek com outra mensagem; está prestes a fazer o pedido no *food truck*, e quer saber, pela última vez, se ela quer alguma coisa. A mensagem a deixa irracionalmente irritada. Ela não quer porra de taco nenhum, ela quer o filho.

— Sebastian! — grita ela a plenos pulmões. Já passou do estado de pânico e está se aproximando da histeria, e tem certeza de que começa a parecer louca, porque as pessoas agora estão olhando para ela com uma mistura de preocupação e medo.

Uma mulher mais velha de cabelo grisalho e bem-arrumado se aproxima dela.

— Posso ajudar, senhora? Seu filho se perdeu?

— Sim, ele tem quatro anos, desta altura, com cabelo castanho e está vestindo um suéter de rena, e o nome dele é Sebastian. — As palavras saem em um jorro de soluços e gestos, e Marin precisa se acalmar, respirar, pois a histeria não vai ajudar em nada. Provavelmente é uma tolice entrar em pânico. Eles estão dentro de um mercado chique, feito para turistas, com guardas de segurança, já é quase Natal, e com certeza ninguém iria arrebatar uma criança logo antes do Natal. Sebastian apenas saiu caminhando por ali e dentro de um minuto alguém irá trazê-lo de volta, e ela agradecerá timidamente e abraçará forte seu garotinho. Depois vai se inclinar e ralhar com ele sobre *sempre ficar onde ele possa vê-la, porque se ela não puder vê-lo, então ele também não poderá vê-la*, e seu rostinho redondo ficará desolado, porque ele sempre fica chateado quando ela também está preocupada. Depois, ela o cobrirá de beijinhos e explicará que ele sempre deve ficar perto dela em lugares públicos, porque é importante *ficar seguro*. Irá assegurar a ele que tudo está bem, e haverá mais beijinhos, e é claro que ele irá ganhar o pirulito, porque foi prometido. Mais tarde, quando contar a história para Derek na segurança de sua casa, com Sebastian enfiado na cama e dormindo, ela lhe dirá como ficou apavorada — como ficou absolutamente apavorada — nos poucos minutos quando não sabia onde estava seu filho. E então será a vez do marido acalmá-la, e lembrar que tudo terminou bem.

Porque tudo *ficará bem*. Porque eles vão encontrá-lo. Claro que vão.

Ela aperta o botão do celular e liga para Derek. No minuto em que o marido atende, ela perde a calma.

— Sebastian desapareceu. — Sua voz está três vezes mais alta e meia oitava mais aguda que de costume. — Perdi ele de vista.

Derek conhece todos os tons de sua voz e imediatamente sabe que ela não está brincando.

— O quê?

— Não consigo achar o Sebastian!

— Onde você está? — pergunta ele, e ela olha ao redor, só para perceber que migrou de novo, muito mais adiante dos peixeiros. Está agora parada perto da entrada principal, embaixo do letreiro iluminado com neon que anuncia, *Mercado Público*.

— Estou perto do porco — responde ela, sabendo que ele compreenderá a referência à escultura popular.

— Não se mexa. Vou já para aí.

A senhora mais velha que a está ajudando se transformou em três senhoras de várias idades, preocupadas, junto com um homem — o marido de alguém — que foi enviado para avisar à equipe de segurança. Derek aparece dois minutos depois, sem fôlego, porque correu desde a outra ponta do mercado. Ele olha para a mulher sem Sebastian, e seu rosto congela. É quase como se esperasse que tudo já estivesse resolvido quando chegasse ali, e que sua única função seria confortar uma esposa assustada e aliviada e um garotinho assustado e choroso, porque confortar é algo que Derek faz muito bem. Mas não há criança chorando, nem esposa aliviada, e ele fica paralisado por um momento, sem saber o que fazer.

— Que *diabos*, Marin? — o marido deixa escapar. — O que você fez?

É uma péssima escolha de palavras que sai em tom mais acusatório do que ele provavelmente queria. A voz dele a atinge, e ela estremece; sabe que essa pergunta irá assombrá-la para sempre.

O que ela fez? Perdeu o filho, foi isso que ela fez. E está preparada para assumir toda a culpa e se desculpar mil vezes com todo mundo quando o acharem. Porque *vão* achá-lo, eles *têm* que achá-lo, e quando isso acontecer, e ele estiver de volta e seguro em seus braços, ela se sentirá como uma completa idiota.

E ela está desesperadamente à espera de se sentir como uma idiota.

— Ele estava bem aqui, soltei a mão dele para mandar mensagem para você, e quando olhei de novo, ele tinha desaparecido. — Agora ela está toda histérica, e as pessoas já não só olham, mas param, oferecem ajuda, pedem uma descrição do garotinho que sumiu de perto da mãe.

Dois guardas, com seus uniformes cinza-escuro, se aproximam acompanhados do marido prestativo, que já havia explicado que estão procurando um garotinho vestindo um suéter com desenho de raposa.

— Não é *raposa*! — Marin retruca com raiva, mas ninguém parece se importar. — *Rena*. É um suéter com desenho de rena, marrom e branco, com botões pretos no lugar dos olhos...

— Você tem uma foto do seu filho vestindo isso? — pergunta um dos seguranças, e ela mal se contém para não gritar com ele, porque a pergunta é estúpida demais. Primeiro, quantos garotinhos de quatro anos podem estar no mercado nesse instante com exatamente o mesmo tipo de suéter de tricô? E, segundo, *é óbvio* que ela tem uma foto do filho, porque é *seu filho*, e seu celular está cheio de fotos dele.

Eles olham a foto e a passam em volta.

Mas não o encontram.

Dez minutos depois a polícia chega.

Os detetives também não o encontram.

Duas horas mais tarde, depois que a polícia de Seattle revisou todos os filmes de segurança, ela e Derek, chocados, observam pelo monitor de um computador, sem acreditar quando veem um garotinho usando um suéter de rena saindo do mercado segurando a mão de alguém cujo rosto está encoberto. Os dois desaparecem pela porta mais próxima do estacionamento subterrâneo, mas isso não quer dizer que foram *para* o estacionamento. Seu filho segura um pirulito na mão livre, cheio de espirais coloridas, o mesmo pirulito que a mãe teria comprado para ele se tivesse tido a oportunidade. A pessoa que o presenteou está vestida dos pés à cabeça como um Papai Noel, incluindo as botas pretas, as sobrancelhas cheias e a barba branca. O ângulo da câmara torna impossível ter um vislumbre do rosto. Nem sequer é possível afirmar se é homem ou mulher.

Marin não consegue processar o que está vendo e pede que repassem o filme, de novo e de novo, estreitando os olhos como se fazer isso lhe possibilitasse ver mais do que havia ali. O filme aparece irregular, aos saltos, mais como uma série de fotos granuladas passando em sequência do que uma gravação de vídeo. Cada vez que ela o vê, o momento em que Sebastian desaparece de vista é o mais aterrorizante. Um segundo ele está ali, seu passo cruzando o limiar da porta. E logo, no quadro seguinte, desaparece.

Ali. Sumiu. Rebobine. Ali. Sumiu.

Atrás dela, Derek anda de um lado para o outro, falando zangado com os guardas de segurança e com a polícia, mas ela só percebe algumas palavras

— *sequestrado, roubado, alerta, FBI* — por cima de seus próprios gritos internos. Ela parece não aceitar que aquilo tenha mesmo acontecido. Parece que está acontecendo com outra pessoa. Parece alguma coisa de cinema.

Alguém vestido como Papai Noel pegou seu filho. Deliberada e propositalmente.

Mesmo com o filme em preto e branco e difuso, é evidente que Sebastian não foi coagido. Ele não parece assustado. Seu semblante está tranquilo, já que ele tinha seu pirulito de cinco dólares em uma das mãos e o Papai Noel na outra. As moças que trabalham na La Douceur Parisiennne verificam no computador e confirmam que venderam sete pirulitos naquele dia, mas não se lembram de nenhum cliente vestido como Papai Noel, e dentro da minúscula loja não há câmeras de segurança. Há apenas uma câmera de circuito fechado do outro lado do estacionamento onde se supõe que Sebastian e seu captor tenham entrado, mas devido ao ângulo, a câmera só grava uma visão lateral e distante dos carros que saem da garagem, e nenhuma das placas é visível. Cinquenta e quatro veículos saíram na hora seguinte ao sequestro de Sebastian, e a polícia não tem como rastrear nenhum deles.

O marcador de tempo na gravação de vídeo mostra que Sebastian e seu sequestrador deixaram o mercado apenas quatro minutos depois que sua mãe percebeu que ele não estava com ela. Os guardas de segurança do Pike Place não haviam nem mesmo sido avisados ainda.

Quatro minutos. É o tempo necessário para se roubar uma criança.

Um pirulito, uma fantasia de Papai Noel e duzentos e quarenta segundos.

PARTE UM
QUINZE MESES DEPOIS

*Escute, você mal está respirando
e chama isso de vida?*

— Mary Oliver

2

DIZEM QUE SE UMA CRIANÇA PERDIDA da idade de Sebastian não for encontrada nas primeiras vinte e quatro horas do desaparecimento, as chances são de que jamais será.

Esse é o primeiro pensamento coerente de Marin Machado todas as manhãs, quando desperta.

O segundo pensamento que lhe vem à cabeça é se este será o dia em que ela vai se matar.

Às vezes, os pensamentos se dissipam quando ela se levanta e vai para o chuveiro, obliterados pelo vapor que sai da ducha quente. Às vezes, se dissipam quando ela termina seu café e dirige até o trabalho. Mas algumas vezes ficam com ela o dia inteiro, como nuvens sinistras que sussurram no fundo de sua mente, uma trilha sonora que ela não consegue desligar. Nesses dias, ela pode até se passar por uma pessoa normal, apenas alguém comum tendo conversas normais com os que estão ao seu redor. Por dentro, porém, se desenrola um diálogo completamente diferente.

Foi assim há alguns dias, por exemplo. Marin apareceu no seu salão de beleza, no centro da cidade, vestindo um tubinho Chanel cor-de-rosa que achou no fundo do seu closet, ainda dentro do plástico da lavagem a seco. Parecia fabulosa quando entrou no trabalho, e sua recepcionista, uma jovem loira com um impecável senso de estilo, notou.

— Bom dia, Marin — Veronique a cumprimentou com um sorriso brilhante. — Olha só você, nesse vestido. Está magnífica.

Marin sorriu de volta para a recepcionista enquanto passava pela elegante sala de espera até seu escritório no fundo do salão.

— Obrigada, Vê. Esqueci que tinha isso. Como estão os horários hoje?

— Todos agendados — respondeu Veronique com sua voz musical, a mesma que todas as pessoas matinais parecem ter.

Marin sorriu novamente, caminhando em direção ao escritório, pensando o tempo todo: *Talvez hoje seja o dia. Vou pegar a tesoura — não a nova que usei com a Scarlett Johansson no último verão, mas a antiga que usei com a*

Jennifer Lopez há cinco anos, essa sempre se encaixou melhor na minha mão — e vou enfiá-la no meu pescoço, no exato lugar onde sinto minha pulsação. Vou fazer isso diante do espelho do banheiro, para não sujar tudo. Sim, com certeza no banheiro, é o lugar mais fácil de limpar; as lajotas são de ardósia e os rejuntes, escuros, assim as manchas de sangue não aparecem.

Ela não fez isso. É claro.

Mas pensou nisso. Ela *pensa* nisso. Todas as manhãs. Na maioria das noites. Às vezes, à tarde.

Hoje, felizmente, Marin está começando o dia bem, e os pensamentos que a assaltaram quando despertou estão começando a desvanecer. Já haviam desaparecido por completo quando o despertador tocou. Ela acende o abajur de cabeceira, fazendo uma careta por conta do gosto amargo que sente na boca, resultado da garrafa de vinho tinto que bebeu inteira na noite passada. Pega o copo que mantém perto da cama e toma um grande gole d'água, girando-a dentro de sua boca seca, e depois tira o celular do carregador.

Há uma nova mensagem: *Está viva?*

É Sal, claro, e é sua mensagem habitual, a que ele envia todas as manhãs se ela não tiver entrado em contato ainda. Para qualquer outra pessoa, uma mensagem dessas poderia ser considerada bastante insensível. Mas é Sal. Eles se conhecem há muito tempo e compartilham do mesmo senso de humor sombrio, e ela agradece por ainda ter uma pessoa em sua vida que não se sente obrigada a pisar em ovos diante de seus preciosos sentimentos. Também tem quase certeza de que Sal é a única pessoa do mundo que secretamente não pensa que ela é uma merda.

Ela responde com os dedos ainda rígidos, os olhos ainda remelentos, a cabeça latejando com a ressaca. *Quase isso*, escreve de volta. É sua resposta habitual, curta, mas é tudo de que ele precisa. Ele vai verificar de novo por volta da hora de dormir. Sal sabe que a hora de dormir e a de acordar são as piores para Marin, quando ela é menos capaz de lidar com a calamidade em que sua vida se transformou.

A seu lado, a cama está vazia. O travesseiro ainda está em ordem e os lençóis, ainda esticados. Derek não dormiu ali na noite passada. Está mais uma vez fora da cidade, a negócios. Ela não tem a menor ideia de quando voltará. Ele se esqueceu de informá-la quando saiu ontem, e ela se esqueceu de perguntar.

São quatrocentos e oitenta e cinco dias desde que ela perdeu Sebastian.

O que significa que ela passou quatrocentas e oitenta e cinco noites nas quais não deu banho no filho, não vestiu pijamas limpos nele, não o colocou na cama e não leu para ele *Boa noite, Lua*. Foram quatrocentas e oitenta e cinco manhãs que despertou em uma casa vazia, sem risos e pés batendo, e sem nenhum chamado de "mamãe, já acabei!" vindo do banheiro, porque mesmo já estando perfeitamente treinado para usar o vaso, ele tinha apenas quatro anos, ainda estava aprendendo como lidar com sua higiene básica.

Quatrocentos e oitenta e cinco noites nesse pesadelo.

O pânico se instala. Ela leva um minuto fazendo os exercícios de respiração profunda ensinados por seu terapeuta, até que o pior passe e ela volte a funcionar. Nada sobre qualquer coisa parece normal agora, mas ela finge melhor do que antes. Na maioria das vezes, parou de constranger as pessoas. Voltou a trabalhar há quatro meses. A rotina de trabalho tem feito bem para ela, leva-a para fora de casa, estrutura seu dia, e dá a ela outra coisa para pensar além de Sebastian.

Ao virar as pernas para fora de cama, faz uma careta quando a dor lancinante martela sua têmpora. Ela engole seu antidepressivo e o multivitamínico com o que sobrou da água morna e vai para o chuveiro em cinco minutos. Quarenta e cinco minutos depois, sai do banheiro completamente vestida, maquiada, com o cabelo limpo e penteado. Sente-se melhor. Não ótima — seu filho ainda está desaparecido, e a culpa é toda dela —, mas há momentos em que ela não sente como se estivesse pendurada em um fio que se desenrola depressa demais. Este é um deles. Ela considera isso uma vitória.

O dia transcorre depressa. Quatro cortes de cabelo, dois tingimentos, uma balaiagem e uma reunião com a equipe, que Marin participa, mas é conduzida por Sadie. Ela promoveu Sadie a gerente-geral com um bom aumento de salário logo depois que ela teve o bebê, e agora Sadie cuida do dia a dia das operações nos três salões. Marin mal podia aceitar a perda da funcionária antes que tudo acontecesse com Sebastian; depois, pensar nisso se tornou impossível. Marin tinha que ficar em casa e desmoronar, o que ela fez por um ano, até que Derek e seu terapeuta sugeriram que era tempo de ela voltar a trabalhar.

Marin ainda supervisiona tudo — a empresa, afinal, é dela —, mas trabalha agora principalmente no salão, cortando e tingindo para um grupo seleto de clientes antigas, conhecido internamente como VIPs. Elas são absurdamente ricas. Algumas delas são celebridades menores que pagam seiscentos dólares por hora para Marin Machado, da Marin Machado Salon & Spa, cortar ela mesma seus cabelos.

Porque um dia ela já foi *alguém*. Seu trabalho teve reportagens na *Vogue*, *Allure*, *Marie Claire*. Era chique ser a Marin Machado. Se seu nome fosse pesquisado, fotos das três maiores celebridades chamadas Jennifer — Lopez, Lawrence e Aniston — apareceriam, todas mulheres de quem ela havia cuidado pessoalmente. Mas agora artigos sobre seu trabalho ficam em segundo plano diante das novas reportagens sobre o desaparecimento de Sebastian. A enorme busca que resultou em nada. Queixas sobre o tratamento especial que ela e Derek receberam por parte dos policiais, porque Derek também é alguém, e os dois são um casal abastado, com conexões, uma amizade com a chefe de polícia (o que é um grande exagero — eles mal conheciam a mulher além de vê-la em alguns eventos de caridade através dos anos) e boatos de que Marin tentou se suicidar.

Agora, ela era um exemplo de advertência.

Foi Sadie quem deu a ideia de trazer Marin de volta às funções básicas do salão. Trabalhar com cabelo fazia bem para Marin. É algo de que ela gosta, e não há lugar onde ela se sinta mais como ela mesma do que atrás da cadeira de cabeleireira, misturando cores, e tingindo fios, e manejando tesouras. Ser cabeleireira é a mistura perfeita de habilidade e química, e ela é boa nisso.

Sentada agora na cadeira diante dela está uma antiga cliente chamada Aurora, casada com um ex-jogador de beisebol dos Seattle Mariner. Seu cabelo naturalmente castanho está ficando grisalho, e ela vem fazendo a transição para o loiro durante as últimas sessões. Aurora pediu para tingir luzes loiro-platinadas que resultassem em um estilo bem "praiano", mas seu cabelo está ressecado e quebradiço. Marin decide tingir à mão as luzes com um clareador diluído e misturado com um fortalecedor de fios. Quando o cabelo da mulher clareia até um tom amarelo pálido, parecido com o interior de uma casca de banana — um processo que pode levar de dez a vinte e cinco minutos, dependendo de cem fatores diferentes —, Marin enxágua e aplica um toner violeta, que deixa por cerca de três minutos, para criar o perfeito tom branco-loiro desejado pela cliente.

O processo é complicado, mas é algo que Marin pode controlar. É extremamente importante para ela fazer coisas com resultados previsíveis. Em sua primeira semana de volta ao trabalho, ela compreendeu que teria sido muito melhor voltar mais cedo para o salão do que gastar todo o tempo em terapia.

— E aí? O que achou? — pergunta a Aurora, ajustando alguns fios antes de umedecê-los e aplicar um laquê suave.

— Perfeito, como sempre. — É o que Aurora sempre diz, porque parece que não sabe o que mais dizer a Marin. No passado, a cliente era muito loquaz acerca do que gostava ou não sobre seu cabelo. Mas desde que Marin voltou a trabalhar, Aurora apenas se derrete em elogios para a cabeleireira.

Marin a observa atentamente, em busca de sinais de descontentamento, mas Aurora parece estar mesmo satisfeita, girando a cabeça de um lado para o outro de modo a poder ver os realces a partir de ângulos diferentes. Olha Marin pelo espelho com um sorriso contente.

— Adorei. Muito bem-feito.

Marin aceita o elogio e sorri, retira a capa da mulher e vai com ela até a mesa da recepção, onde Veronique espera para fechar a conta. Ela dá um abraço leve em Aurora, que a mulher aceita, apertando-a um pouço demais.

— Você está se saindo ótima, querida, continue firme — sussurra a cliente, e automaticamente Marin se sente claustrofóbica. Ela murmura um *obrigada* em resposta e fica aliviada quando a mulher finalmente a solta.

— Já vai? — pergunta a recepcionista alguns minutos depois, quando vê Marin sair do escritório com o casaco e a bolsa.

Marin dá uma olhada no computador da recepcionista para ver as reservas do dia seguinte. Apenas três clientes agendadas para a tarde, o que, depois de sua terapia pela manhã, deixa algumas horas para resolver questões administrativas. Tecnicamente, ela não precisa fazer nada disso, mas se sente mal por sobrecarregar Sadie.

— Diga para a Sadie que vou passar por aqui de manhã — diz Marin, verificando o celular. — Tenha uma boa noite, Vê.

Ela se dirige para o carro e está ligando a ignição quando recebe uma mensagem de Sal. Nesses dias, parece que ele é a única pessoa que consegue fazer com que ela sorria sem sentir que faz isso apenas por educação ou obrigação.

Passa aqui no bar, diz a mensagem. *Estou aqui sozinho com um bando de merdinhas universitários que não fazem ideia de que existem outras cervejas além da Budweiser.*

Não dá, responde ela. *Estou a caminho do grupo.*

Está bem, escreve Sal. *Então passa aqui quando terminar sua autoflagelação. Saudades da sua cara.*

Ela fica tentada a dizer que sim, porque também sente saudade dele, mas fica sempre exausta depois da sessão de grupo. *Talvez*, responde, sem querer dizer não. *Você sabe como fico cansada. Te aviso.*

Tudo bem, ele escreve de volta. *Mas inventei um novo coquetel que quero que você experimente, mojito com um toque de granadina e abacaxi. Vou chamar de Hawaii cinco-zero.*

Parece nojento, ela devolve a mensagem, sorrindo.

A resposta dele é um GIF de um homem mostrando o dedo do meio, o que a faz rir.

Sal não pergunta onde Derek está. Ele nunca pergunta.

São apenas quinze minutos de carro até SoDo, a área de Seattle conhecida como "sul do centro". Quando ela entra no estacionamento do conjunto dilapidado onde acontece a reunião de grupo, já está triste de novo. E está tudo bem, porque este deve ser o único lugar no mundo todo onde ela pode se sentir tão miserável quanto precisa, sem sentir necessidade de se desculpar e, ao mesmo tempo, sem ser de fato a pessoa mais miserável do grupo. Nem na terapia é assim. Terapia é um espaço seguro, com certeza, mas ainda há julgamento envolvido, e uma expectativa velada de que ela está ali para melhorar.

A reunião da noite, por outro lado, não se baseia nessa falsa pretensão. O Grupo de Apoio para Familiares de Crianças Desaparecidas — Grande Seattle é um nome extravagante para um bando de pessoas com uma coisa horrível em comum: todos perderam crianças. Sal descreveu suas idas ao grupo como um ato de autoflagelação. Ele não está errado. Algumas noites, é exatamente isso, e é exatamente do que ela precisa.

Um ano, três meses e vinte e dois dias atrás foi o pior dia da sua vida, quando Marin fez a pior coisa que poderia ter feito. Não foi culpa de ninguém, só dela, e ela não tem ninguém a culpar a não ser a si mesma.

Se ela não estivesse trocando mensagens, se não tivesse soltado a mão de Sebastian, se eles tivessem ido para a loja de doces antes, se ela não o tivesse arrastado até a livraria, se tivesse desviado os olhos do celular mais cedo, *se, se, se, se...*

Seu terapeuta diz que ela tem que parar de se fixar naquele dia, que não ajuda em nada ficar lembrando de cada segundo sem parar, como se algum novo detalhe fosse magicamente se apresentar. Ele diz que ela tem que achar uma maneira de processar o que aconteceu e seguir em frente, o que não significa que esteja deixando Sebastian de lado. Isso significa que ela estaria levando uma vida produtiva apesar do que aconteceu, apesar daquilo que ela *deixou* acontecer, apesar do que ela fez.

Marin acha isso uma merda sem tamanho e é justamente por isso que ela não quer mais vê-lo. *Tudo* o que ela quer é se fixar nisso. Ela *quer* continuar a remexer a ferida. Ela não quer que as coisas melhorem, porque se melhorarem, significa que tudo terminou, e que seu filhinho está perdido para sempre. E o que mais a perturba é que ninguém parece compreender isso.

Exceto as pessoas do grupo.

Ela fixa o olhar na velha tabuleta amarela da loja de donuts, que tem um tom entre mostarda e limão. Está sempre acesa. Ela jamais teria acreditado se, no ano passado, alguém tivesse lhe dito que, uma vez por mês, ela passaria um tempo com um grupo de pessoas que nem conhecia ainda.

Há muitas coisas em que ela jamais teria acreditado.

A chave do carro escorrega de sua mão, e ela consegue capturá-la antes que caia numa poça suja do estacionamento. É isso que sua vida se tornou nesses dias, não é? Uma série de escorregões e capturas, erros e remorsos, um malabarismo constante entre fingir que está tudo bem quando o que ela mais quer é que tudo entre em colapso.

Um dia, todas essas bolas vão cair, e não vão só se quebrar.

Elas vão se estilhaçar.

3

O FBI CALCULA QUE, ATUALMENTE, há mais de trinta mil casos ativos de desaparecimento de crianças.

É um número alarmantemente alto e, no entanto, ser um dos pais de uma criança desaparecida é estranhamente solitário. Não é possível compreender esse pesadelo tão singular de não saber onde está seu filho, se ele está vivo ou morto, a menos que se enfrente essa situação pessoalmente. Marin precisa estar perto de pessoas que *passam* por essa forma específica de inferno. Precisa de um lugar seguro para descarregar todos os seus medos de modo a poder examiná-los e dissecá-los, sabendo que as outras pessoas na sala estão fazendo a mesma coisa.

Ela pediu a Derek para ir às reuniões do grupo com ela, mas ele não quis. Para início de conversa, falar sobre sentimentos não é algo que ele goste de fazer, por isso, se recusa a discutir sobre Sebastian. Todas as vezes que alguém menciona o filho, ele se fecha. É o equivalente emocional de se fingir de morto; quanto mais alguém mostra preocupação com o bem-estar de Derek, menos ele reage, até que a pessoa desiste e o deixa em paz. Até com Marin ele faz isso. Principalmente com Marin, talvez.

Há pouco menos de um ano, quando ela começou a frequentar o grupo, havia sete pessoas. A reunião acontecia no porão da Igreja de Santo Agostinho. O grupo agora está reduzido a quatro e desde então se mudou para os fundos da loja de donut. Uma estranha escolha de local, mas a dona da Big Holes é mãe de uma criança desaparecida.

O nome Big Holes, que quer dizer Grandes Buracos, deveria ser engraçado, mas Frances Payne não tem muito senso de humor. Uma das primeiras coisas que disse quando conheceu Marin foi que Big Holes não era uma padaria, já que fazia apenas duas coisas: café e donuts. Chamar de padaria, insistiu ela, sugeria um nível de habilidades em confeitaria que ela não possui. Frances tem pouco mais de cinquenta anos, mas já parece ter setenta: as rugas de seu rosto são tão profundamente marcadas, que é como olhar um mapa em relevo. Seu filho, Thomas, desapareceu quando tinha quinze anos.

Uma noite foi a uma festa em que todos eram menores de idade, e estavam consumindo bebidas alcoólicas e drogas. Na manhã seguinte, ele havia desaparecido. Ninguém se lembrava de vê-lo saindo da festa. Nada foi deixado para trás. Ele simplesmente desapareceu. Frances é mãe solo, e Thomas era tudo que tinha. O desaparecimento dele ocorreu há nove anos.

Lila Figueroa, com trinta e quatro anos, é a mais nova do grupo. É higienista dental, casada com Kyle, dentista pediátrico. Juntos, têm dois filhos ainda bebês. O filho desaparecido é Devon, o mais velho, fruto de um relacionamento anterior. Um dia seu pai biológico, que não tinha custódia, o pegou na escola e nunca mais foi visto ou se soube dele. Isso aconteceu três anos atrás, quando Devon tinha dez anos, e o último lugar em que ele e o pai foram vistos foi Santa Fé, no Novo México. Ainda que Devon não seja vítima de rapto por um estranho, seu pai é abusivo. De acordo com Lila, quando Devon era bebê, o pai queimou de propósito a perna do filho em um forno, porque ele não parava de chorar. Foi a razão pela qual ela pegou Devon e saiu de casa.

Simon Polniak é o único pai do pequeno grupo. É gerente de uma revenda Toyota em Woodinville e, a cada dois meses, aparece em um carro novo que esteja usando para demonstração. Ele a esposa, Lindsay, costumavam ir juntos ao grupo, mas os dois se divorciaram há seis meses. Ela ficou com o labradoodle, e Simon ficou com o grupo. Ele costuma brincar que ela ficou com a melhor parte do arranjo. Sua filha, Brianna, tinha treze anos quando desapareceu ao ser atraída para fora de casa por um estranho da internet, alguém que fingia ser um garoto de dezesseis anos chamado Travis. A investigação mostrou que Travis, na verdade, estava com vinte e nove anos e tinha um emprego de meio período em um depósito de peças eletrônicas, que ainda morava com os pais e, quando Brianna desapareceu, ele também sumiu. Isso aconteceu há quatro anos, e não se soube mais notícias de nenhum dos dois desde então.

A cada primeira terça-feira do mês, os quatro se encontram em uma pequena sala nos fundos da Big Holes. De vez em quando alguém novo aparece. Frances mantém uma página no Facebook, e há um aviso no boletim da Igreja de Santo Agostinho e no website deles, e o grupo pode ser procurado *on-line*. Mas os novatos nem sempre permanecem. Reuniões de grupo — ainda mais deste — não são para qualquer um.

Nesta noite há alguém novo. Frances a apresenta como Jamie — nada de sobrenome, pelo menos por enquanto. Quando Marin entra na sala dos fundos, fica claro, pela linguagem corporal de Jamie, que a situação que está enfrentando é recente. Os olhos dela estão inchados, as bochechas, encovadas, o cabelo úmido pela chuveirada que ela deve ter se forçado a tomar antes de sair de casa. As roupas estão largas nela como se tivesse perdido muito peso ultimamente. É difícil avaliar a sua idade, mas Marin imagina que ela tenha quase quarenta anos. Sua bolsa está no chão, a seu lado, e ela não consegue parar de mexer os pés. Ela parece ser o tipo de mulher que costumava fazer pedicure, mas não agora. As unhas dos dedos dos pés estão compridas e sem esmalte.

Marin cumprimenta a todos ao chegar. Antes de se sentar, escolhe um donut de coco tostado, trocando um olhar cúmplice com Simon. É sempre interessante ver quanto tempo vai durar um novo membro. Muitos nem mesmo ficam até o final da primeira reunião. A realidade de viver assim é pesada demais.

A culpa é grande demais.

— Quem quer começar? — pergunta Frances, olhando ao redor da sala.

Jamie abaixa a cabeça.

Lila pigarreia, e todos sutilmente se viram para ela, abrindo espaço para que fale.

— Kyle e eu não estamos bem. — Lila parece mais magra do que da última vez que Marin a viu, as olheiras mais pronunciadas, o batom já meio desbotado, os lábios ressecados e com rachaduras bem evidentes. Ela usa uma calça jeans e um suéter grosso tricotado com uma enorme framboesa de lantejoulas no peito. Ela gosta de se vestir de forma meio brega e brincalhona para as crianças que atende no consultório dentário. Seu clássico donut caramelado está intocado, mas ela beberica o café de vez em quando.

— Não sei quanto tempo mais a gente vai continuar fingindo que está tudo bem. Brigamos o tempo todo, e as brigas são feias. Gritos, socos nas paredes, coisas quebradas. Ele odeia que eu frequente as reuniões aqui. Diz que eu fico remoendo. — Lila olha ao redor, a exaustão transpirando por todos os poros. — Vocês acham que é isso que a gente faz aqui? Remoer?

Claro que é isso que eles fazem. Mas Marin não diz nada, porque não é o que nenhum deles quer ouvir.

Simon está no seu segundo donut, e Marin prevê que ele irá comer um terceiro antes de saírem. Ele engordou desde que se separou de Lindsay, e o acúmulo se nota em especial na barriga e no rosto; começou a deixar a barba crescer para esconder a pele flácida e seu cabelo é uma massa confusa de cachos crespos. Há várias coisas que Marin poderia fazer no salão para amaciar esses cachos, mas ela não tem nem ideia de como oferecer suas habilidades sem parecer esnobe. Ela suspeita de que eles já a considerem pretensiosa, e aparecer ali usando aquele vestido Chanel que usou no trabalho provavelmente não ajuda.

— E daí que ficamos "remoendo"? — pergunta Simon. — Tudo tem que ir para algum lugar. Os pensamentos. As perguntas. O que a gente faria com todas essas questões se não pudesse trazer para cá? — Ele engole o último pedacinho do donut e limpa as mãos na calça jeans. — No fim, a Lindsay achou que isso não era saudável para ela. Ela queria parar de pensar no assunto, parar de falar sobre isso... Às vezes ela se sentia pior depois do grupo, porque todos vocês a faziam lembrar que provavelmente não haverá um final feliz.

Todos deixam escapar um suspiro coletivo. Embora seja difícil de ouvir, Lindsay está certa. Esse é o problema com o grupo de apoio para crianças desaparecidas. Nos raros casos em que o paradeiro do filho acaba sendo descoberto, a pessoa deixa o grupo. Viva ou morta, a criança não está mais *desaparecida* e, portanto, seja qual for o apoio necessário, não é mais encontrado ali. Não são eles. Um rompimento com o grupo é sempre inevitável, e todas as vezes é mútuo. Ainda mais se a criança estiver morta. Ninguém do grupo quer saber disso.

E se, por algum milagre, for encontrada viva, então a pessoa para de ir, porque não quer que os outros pais a façam se lembrar do pesadelo pelo qual passou e no qual eles continuam imersos a cada dia.

O casamento de Lila e Kyle está com problemas desde que Marin começou a frequentar o grupo. O índice de divórcio de casais com filhos desaparecidos é exorbitantemente alto. Pelo menos Lila e seu marido ainda brigam. Marin e Derek, não. É preciso se importar ao menos um pouco para gritar com alguém, e ele teria que se importar pelo menos um pouco com ela para gritar de volta.

— Ele anda passando muito tempo com alguém que conheceu em uma convenção de dentistas, meses atrás — Lila deixa escapar. Seu rosto ganha o mesmo tom de vermelho-framboesa do suéter. — Uma mulher. Ele diz que são só amigos, mas eles têm se encontrado em cafés e almoços, e quando pedi para ser apresentada a ela, ele entrou na defensiva e disse que tinha o direito de ter amigos que não sejam meus amigos também. Mas acho... acho que ele está me traindo.

O silêncio toma conta do grupo.

— Que nada, tenho certeza de que não está — Simon finalmente rompe o silêncio.

Alguém precisa dizer alguma coisa, e quase sempre Simon é o primeiro a falar, já que silêncios prolongados o deixam desconfortável.

— Ele te ama, querida — Frances se expressa, mas não soa nada convincente.

Jamie não diz nada. Ela mantém os olhos baixos, enquanto enrola uma mecha de cabelo úmido com o dedo.

Outro longo silêncio, e quando todos se voltam para Marin, ela percebe que deixou escapar um suspiro.

— Talvez ele *esteja* traindo — diz ela. Simon e Frances olham zangados em sua direção. Marin não se importa. Ela não consegue falar amenidades e mentir para Lila, afirmando coisas em que não acredita só para fazer a outra se sentir melhor. O filho de Lila está *desaparecido*. O mínimo que eles podem fazer é não tentar convencê-la a não acreditar em algo que ela sabe que *sabe*.

— Você conhece o Kyle melhor que ninguém. Se o seu instinto diz que o Kyle está enganando você, então não pode ignorar isso. Sinto muito. Você não merece isso.

Uma enorme lágrima escorre pelo rosto de Lila. Frances lhe passa um lenço de papel.

— Eu já devia ter percebido que algo está acontecendo — diz ela. — Kyle odeia fazer novos amigos. E eu também. Vocês sabem como é conhecer alguém novo.

Todos concordam, inclusive Jamie. Todos sabem. Amigos novos são os piores. Não conhecem nossa história, então logo de cara somos forçados a escolher: fingir ser alguém "normal", cujo filho não está desaparecido ou contar tudo sobre o caso? Ambas as opções são exaustivas. Não há meio-termo, e qualquer uma das escolhas é uma merda.

Lila está com excesso de cafeína em seu organismo; Marin sabe disso pelo modo como sua perna balança sem parar.

— Não tenho nenhuma prova. É só uma sensação.

— Você vai confrontá-lo quanto a isso? — O tom de Marin é gentil.

— Não sei. — Lila começa a roer a unha do polegar como um cachorrinho rói um osso. — Não sei o que fazer. Não sei nem se devo ficar zangada. Faz dois anos que não fazemos sexo. Merda, talvez três, nem consigo me lembrar da última vez. Se eu tocar no assunto, ele vai negar ter outra pessoa. E vamos brigar. Meu Deus, estou tão cansada de brigar.

— Você é casada — diz Frances bruscamente. — Sexo com outra pessoa nunca é parte do acordo, não importa quanto tempo esteja sem.

— Mas os homens têm necessidades — diz Simon.

— Não seja babaca. — Frances se vira e dá um tapa na perna dele. Marin fica contente com isso, porque se fosse ela, teria dado um soco.

— Ignore o Simon — Marin diz a Lila. — Sejam lá quais forem as necessidades do homem, não é legal o que o Kyle está fazendo. Mas você não deve tocar no assunto até estar preparada.

— E se eu nunca estiver preparada? — Os olhos de Lila começam a se encher de lágrimas. — E se eu quiser enfiar a cabeça num buraco e não lidar com isso? Já tenho que lidar com muitas coisas, sabe?

— Se você acha que ele está traindo, deveria se separar dele — diz Frances, sem rodeios. — Quando se trai uma vez, se trai sempre.

— Mas nós trabalhamos juntos. — As lágrimas agora descem mais rápido, marcando trilhas através da base e da maquiagem pálida do rosto dela. Ao passar a mão para tentar limpá-lo, acaba piorando. — Temos dois filhos juntos. Não é tão simples assim, Frances.

— Só estou dizendo que você não deveria continuar casada com um sujeito que te trai. — Frances cruza os braços sobre o peito, algo que sempre faz quando acredita que está certa. — Você vai ficar melhor sozinha. Sem ofender o nosso querido Simon aqui, mas faz tempo que descobri como viver a vida sem um homem.

Pois é, e que vida, hein. Lila e Marin trocam um olhar de esguelha; as duas estão pensando a mesma coisa. Frances tem um grupo de apoio e uma loja de donuts, e mais nada.

— E se eu não quiser "descobrir tudo"? — Lila volta a roer a unha do polegar. — E se eu não quiser mudar nada? E se isso... for o que eu consigo de melhor para mim? E se eu merecer tudo isso?

— Bobagem — diz Simon, mas seu olhar resignado não combina com seu tom firme.

Frances não tem nada a acrescentar e, francamente, nem Marin. Ela está cansada demais para conversas motivacionais, não tem energia para convencer Lila de algo que ela não foi capaz de convencer a si mesma. Todos ali sabem bem o que ela quer dizer. Todos naquela saleta convivem todo santo dia com o peso do que fizeram: não protegeram suas crianças. Como pais, acima de tudo, é isso que devem fazer, porra.

Então, não, eles não merecem uma boa vida. Não se seus filhos não estiverem bem.

— Seja gentil consigo mesma.

É o melhor que Marin consegue dizer e, assim que as palavras saem, ela estremece. São tão banais, tão rasas. Ela pode fazer algo melhor do que apenas jogar algumas palavras tiradas direto de algum meme inspiracional.

— Ah, como você? — retruca Lila, e Marin se espanta. — Por que você continua nesse seu casamento de merda? Você e o Derek mal se falam. Quando foi a última vez que vocês transaram? E você... — Ela se volta para encarar Frances. — Você não está casada desde a Idade da Pedra, e todas as pessoas com quem você conversa estão agora mesmo sentadas aqui nessa loja de donuts. Você não é exatamente um exemplo brilhante do que eu quero para a minha vida daqui a vinte anos.

— Lila, pare com isso — diz Simon, estendendo a mão para pegar outro donut. O terceiro, pela contagem de Marin. — Isso não é legal.

— Ah, e *legal* está funcionando para você? — A voz de Lila fica mais alta. — Aonde ser *legal* te levou, Simon? Sua mulher te abandonou e você engordou dez quilos com todos esses donuts que fica comendo quando vem aqui.

— Ela se volta para Jamie, que parece se encolher quando o olhar de Lila se fixa nela. — Você tem certeza de que quer estar aqui? Porque esta é a sua vida agora e ainda dá tempo de continuar em negação, se precisar.

— *Ei* — Marin diz, erguendo a voz. Uma coisa é Lilá estourar com ela e Frances. Elas aguentam. Simon, por outro lado, é muito mais sensível, e quando ele chora, e vai chorar, é horrível para todos. E uma pessoa nova nunca, jamais, deveria ser submetida a uma coisa dessas. Todos já passam por momentos difíceis. — Entendo que esteja zangada, mas pare de atacar todo mundo. Todos nós estamos do seu lado.

— Mas eu não *quero* estar deste lado. — A voz de Lila treme. E suas mãos também. — Eu não quero estar aqui, deste lado, com vocês. Não perceberam isso? Eu não quero que esta seja a minha vida. E não quero mesmo ouvir isso de você, Marin, porque se o Derek não estiver te traindo agora, vai acabar fazendo isso. É isso que os homens fazem.

— Êpa, êpa, êpa! — Simon levanta as mãos gorduchas, e é a primeira vez que Marin o escuta elevar o tom de voz. — Vamos fazer um intervalo, senhoras.

— Ah, para com essa merda de *senhoras* — diz Frances, se levantando. Dentro de um minuto ela vai precisar de um cigarro. — Lila, querida, você pode aturar isso ou não, mas pelo amor de Deus, pare de gritar com a gente. Tudo que estou dizendo é que você tem uma escolha, tá? E tem esse direito. Mas ficar casada com um marido traidor só porque você se culpa pelo seu filho ter sido raptado é punir a si mesma e a seus outros filhos. O que aconteceu com o Devon não é culpa sua.

— Eu me atrasei na hora de ir buscá-lo. — A voz de Lila fica embargada. — Estava atrasada, e se não estivesse, o pai dele não ia conseguir levá-lo, e o meu filho estaria comigo em casa, a salvo.

— Pois é, bem, os professores não deveriam ter permitido que ele fosse liberado. — Frances está agitada. Ela bate nos bolsos, procurando seu maço de cigarros.

Simon termina seu terceiro donut e mais uma vez limpa as mãos na calça jeans.

— Mas eu estava atrasada — repete Lila. — Estava atrasada e é culpa minha.

— Pois é, você não estava lá quando o Devon foi levado — Mariz diz em voz baixa. — Mas eu estava quando o Sebastian foi levado. Eu *estava* lá.

— Sebastian tinha quatro anos, Marin. As crianças perambulam — Simon soa tão exausto quanto parece. — Noventa e nove por cento das vezes, elas simplesmente se perdem e são achadas. Não foi sua culpa. Ele desapareceu porque alguém o levou. Um *sequestrador* o levou.

Ele se volta para Lila, que chora em silêncio.

— E o seu ex também é um sequestrador. Você achava que Devon estava seguro na escola. Porque é dever da escola mantê-lo seguro. E ele estava, até aquele dia. O seu atraso não muda nada. Se você aparecesse na hora prevista, o pai o levaria em outra ocasião.

Todos refletem acerca dessas palavras por alguns segundos. Não há nada que já não houvessem dito a si mesmos inúmeras vezes, mas escutar em voz alta ajuda, nem que seja por pouco tempo.

Marin dá uma olhada em Jamie, que não reagiu a nada do que tem sido dito até então. Isso a faz pensar no tipo de coquetel de antidepressivos que a nova integrante está tomando.

— Pausa de dez minutos — anuncia Frances. Ela desaparece pela porta dos fundos com os cigarros na mão antes que alguém possa dizer algo.

Simon caminha para o banheiro masculino. Lila, fungando, vai direto para o feminino. Marin também tem que usar o toalete, mas há apenas um banheiro feminino e ela sabe que Lila precisa de um momento a sós para se recompor. Jamie se levanta e se alonga, depois caminha até a mesa onde estão os donuts, verificando as opções e escolhendo um com cobertura de creme. *Será seu favorito?*, especula Marin. Será que ela vai ficar tempo suficiente para ao menos comer seu donut favorito?

Porque esse grupo é horroroso. Qual foi mesmo o termo que Sal usou? Ah, é. *Autoflagelação.*

Simon está certo sobre sequestradores. Quando Sebastian mal havia completado três anos, ele se perdeu dela uma vez no parque de diversões Wonderland, no feriado de Independência. Depois dos cinco minutos mais longos de sua vida, um estranho o trouxe de volta. Porque o estranho percebeu que o garotinho estava perdido em um parque cheio e assumiu a tarefa de ajudar a criança a encontrar a mãe. Porque o estranho não era um sequestrador, ou pedófilo, ou assassino.

O estranho que levou Sebastian, por outro lado, *era* um sequestrador. Seja porque o estranho viu Sebastian caminhando sozinho e decidiu que era uma oportunidade de roubar uma criancinha, ou mesmo se foi planejado com antecedência, o estranho era um sequestrador porque *não trouxe* Sebastian de volta. Essa é a diferença.

Ainda é difícil tomar consciência disso quase dezesseis meses depois. Sebastian tinha apenas quatro anos, mas era um garoto esperto. Tanto Marin como Derek haviam conversado muitas vezes com ele sobre os perigos de falar com estranhos, sobre não aceitar brinquedos ou comida ou qualquer tipo de presente de alguém, sem verificar antes com a mamãe ou com o papai. Ele aprendeu isso na pré-escola; era discutido em casa.

Mas era o *Papai Noel*. As crianças são ensinadas a amar o Papai Noel, a falar com eles mesmo que estejam intimidadas ou assustadas, e se sentar no colo do maldito bom velhinho e contar o que querem ganhar no Natal. Em troca, eram *premiadas* com um doce por confiar em um estranho.

Quando Lila volta, está com os olhos vermelhos e inchados, mas está calma. Aperta o braço de Marin ao passar para ir encher sua xícara de café, e é seu jeito de pedir desculpas. Marin sorri para ela, que é seu jeito de aceitar as desculpas. Elas conhecem seus gestos silenciosos; fazem isso todos os meses.

Quando Marin volta do banheiro, Frances já está sentada e começa a falar dos pesadelos que anda tendo com Thomas. Falou sobre isso nos últimos encontros, e parece que estão piorando, fazendo com que ela desperte no meio da noite, gemendo e suando, o estômago revirado.

— Ontem à noite eu o vi e era como se metade do seu rosto tivesse virado uma massa disforme de tanto apanhar. — Frances treme enquanto conta o sonho. — O olho estava pendurado na cavidade ocular e o osso da mandíbula estava exposto, como se a pele tivesse sido arrancada...

— Frances... — Lila fecha os olhos, mas Simon lhe faz um sinal de silêncio. Jamie se inclina, parecendo fascinada.

— ...E ele tentava me alcançar, eu agarrei sua mão, e estava fria. — O rosto de Frances se contorce, o que alarma a todos. Ela costuma ser muito estoica. Quase nunca mostra emoção, muito menos pesar. — Senti como... senti como se ele quisesse me dizer que estava morto. E que eu devia deixá-lo partir.

— Frances — repete Lila, devagar, num sussurro. — Frances, não.

E é assim. Eles estão prestes a perder Frances.

A esperança dura até certo ponto, só pode levar até determinada distância. É uma bênção e uma maldição. Às vezes, é tudo o que se tem. É o que nos faz seguir em frente quando não há mais nada a que se agarrar.

Mas a esperança também pode ser terrível por nos manter esperando, querendo, desejando algo que talvez jamais aconteça. É como uma parede de vidro entre o lugar onde estamos e o lugar em que desejamos estar. É possível ver a vida que se deseja, mas não se pode alcançá-la. É como ser um peixe no aquário.

— Tenho esperado há nove anos. — A voz de Frances treme. — Não há razão para pensar que Thomas vai voltar algum dia. Talvez tenha fugido. Mesmo que eu aceite que ele se foi por escolha própria, ele não era um garoto forte. Tinha apenas quinze anos. Não tinha a esperteza das ruas. Não conseguiria durar tanto tempo sozinho.

Frances está se levantando. Seus olhos estão secos, mas se o choro não fosse definido pela presença de lágrimas, seria correto dizer que ela está aos prantos.

— E ele teria me telefonado. Teria me dito que estava bem. Agora ele já teria vinte e quatro anos. Vinte e quatro. Nos meus sonhos, ele ainda tem quinze. Jamais cresceu. Não sei mais quanto tempo eu consigo... eu consigo...

Lila salta da cadeira e alcança Frances antes que Marin possa fazê-lo, abraçando apertado a mulher que soluça mesmo sem verter lágrimas. Marin envolve as duas com seus braços. Ela sente Simon atrás, mas quando olha por cima do ombro, percebe que não é Simon, e sim Jamie, a novata, derramando lágrimas silenciosas de dor e solidariedade. Simon se junta a elas alguns segundos depois.

A aceitação final é dura, seja por receber notícias ou chegar a isso por conta própria. Mas talvez agora Frances possa começar a se curar.

Quando se separam, os olhos de Marin encontram os de Simon. Ela sabe o que ele está pensando. Terão que encontrar outro lugar para esse pretenso grupo de apoio, estúpido e sem sentido. Quando o encontro termina, alguns minutos depois, os quatro se despedem de Frances e saem. O carro de Jamie está ao lado do de Marin, e as duas clicam o chaveiro ao mesmo tempo.

— Terrível, não é? — comenta Marin.

A reunião não tinha sido exatamente a primeira experiência ideal que ela desejaria para alguém novo, e não se surpreenderia se jamais voltasse a ver a outra mulher.

— É. — A voz de Jamie é mais suave do que ela esperava. Quase infantil. — "Terrível" é a palavra certa. Mas quer saber? Eu me sinto muito melhor. Vejo vocês mês que vem.

Enquanto entram em seus carros, Marin se lembra, e não pela primeira vez, de que em certas ocasiões a dor do outro é a única coisa capaz de diminuir nossa própria dor.

4

O E-MAIL DA INVESTIGADORA particular a faz parar de repente.

Marin não consegue se mexer, nem respirar, por sete segundos. Ela mal havia saído do chuveiro, o cabelo molhado pinga sobre a pia quando se inclina, olhos fixos no nome de Vanessa Castro no celular. Não há nada na linha "assunto".

Ela sabe que são sete segundos, porque conta. Quando chega ao quinto, lembra que Vanessa Castro não enviaria um e-mail se tivesse más notícias. Ela não diria a Marin que seu filho estava morto em um e-mail. Quando chega ao sétimo segundo, respira fundo, clica na mensagem e lê. São apenas duas frases.

> Olá, você tem um tempo livre hoje de manhã?
> Lá pelas dez já estarei no escritório.

Ela quer uma reunião? Meu Deus. Seja lá qual for a notícia horrível que a investigadora particular planeja dar a Marin, quer fazer isso pessoalmente.

Não há nenhum protocolo sobre como as más notícias a respeito de Sebastian lhe serão reveladas, se esse dia chegar. Elas jamais conversaram sobre isso. A única coisa que Vanessa Castro lhe disse — e isso por alto — foi que, se ela soubesse de alguma coisa crucial, ligaria imediatamente para Marin.

Com as mãos trêmulas, Marin responde.

> Estarei lá. — MM

Quatrocentos e oitenta e seis dias. Será que este é o dia?

Não pode ser. O encontro está marcado para as dez, e são apenas oito e meia. Se a detetive particular fosse dizer a Marin que seu filho estava morto, com certeza não a faria esperar noventa minutos para descobrir.

Mas talvez ela fizesse isso. Talvez fosse desse jeito. Caso seu filho estivesse morto, que diferença faria se ela soubesse disso logo ou dentro de uma hora e meia.

Marin se apronta, tentando ocupar a mente com outras coisas. Antes de sair do cômodo, arruma tudo. Hoje é o dia de Daniela fazer a faxina, mas isso não quer dizer que a mulher tenha que pegar as roupas no chão, ou arrumar a cama. Ela não leva muito tempo, os lençóis ainda estão arrumados no lado de Derek. Enquanto afofa um travesseiro que já está afofado, Marin se lembra de que não tem a menor ideia da hora que o marido chegará de sua viagem de negócios. Na breve mensagem que mandou, já na hora de dormir na noite anterior, ele não especificou. E ela também não perguntou. Ele não sugeriu que os dois jantassem juntos. Ela não se prontificou a cozinhar.

É assim que eles estão agora. Vivendo vidas paralelas, lado a lado na maior parte do tempo, mas jamais convergindo.

Quando passa pelo quarto de Sebastian, ela põe a mão na porta. Só por um segundo, como faz todos os dias. Daniela não está autorizada a limpar ali.

Marin saiu com mais facilidade da cama nesta manhã. Ela sempre dorme bem depois das reuniões do grupo, e não bebeu nada na noite anterior ao chegar em casa. A diferença óbvia aparece no espelho pela manhã — nada de olhos injetados, inchados, nem olheiras profundas. Seria um começo de dia decente, se não fosse o e-mail da detetive.

Ela desce as escadas até a cozinha para ligar a cafeteira. É um modelo fantástico e pode fazer tudo, desde capuccinos até café com leite apenas apertando um botão, usando grãos moídos na hora para todas as xícaras. Sentada em um tamborete na ilha da cozinha, enquanto o café fica pronto, ela verifica sua agenda para o dia. Procura um número de contato em sua lista e aperta o botão de chamada. O celular toca duas vezes e transfere para o correio de voz, como sempre faz. Ele nunca atende.

— Olá, dr. Chen, aqui é a Marin Machado — diz ela depois do *bip*. Sua voz está um pouco rouca, já que são as primeiras palavras que fala pela manhã. — Surgiu algo urgente, e tem a ver com o meu filho, então não será possível manter o horário da minha consulta. Estou ciente de que serei cobrada pelo cancelamento tardio, e não há problema nenhum. Obrigada. — Faz uma pausa, pensando se deveria mencionar a remarcação, depois decide que é melhor não. E desliga. Ela pode ligar mais tarde, mas, por enquanto, não tem certeza se deseja voltar a ver o terapeuta.

Não há nada de errado com o dr. Chen. Ele é bacana. É calmo, tranquilizador, compreensivo, é fácil falar com ele, enfim, tudo o que se deseja em um terapeuta. Mas terapia é difícil. É preciso bastante esforço, e isso demanda muito antes de começar a compensar. E na última sessão, as coisas ficaram... discutíveis.

Marin finalmente contou seu segredo ao dr. Chen.

Ela foi à sessão com o plano de revelar tudo, em parte porque desejava discutir o assunto. Era algo que jamais havia ousado contar a alguém antes. Porém, mais do que isso, ela queria testá-lo, avaliar sua reação, para ver se ele "permitiria" que ela continuasse fazendo isso, ou se tentaria impedi-la.

Quando ela finalmente formulou em voz alta a questão, a face normalmente neutra do dr. Chen registrou surpresa, e logo se transformou em preocupação. Assim, levou um bom momento para falar, e quando o fez, seu tom era gentil, mas firme. E depois disse todas as coisas que Marin sabia que ele iria dizer. E talvez fosse essa a razão pela qual ela tenha contado. Para que ele dissesse a ela que era errado. Para que dissesse a ela que não fizesse mais isso.

— O que acabou de me contar, Marin, não é produtivo. — A voz do dr. Chen era comedida, mas não havia como não reconhecer o alarme nela. Estava em sua linguagem corporal, um pouco mais rígida do que um segundo antes. — Não é saudável para você. Na verdade, recomendo que pare. Imediatamente.

— Não faço isso todas as noites — Marin disse. — Nem mesmo toda semana. Só... quando não consigo parar de pensar nele. Quando não consigo parar de me preocupar.

— Compreendo. Mas não é assim que você deve agir. — O dr. Chen se inclinou. Ele só fazia isso quando se sentia compelido a assinalar uma questão. — Não... não é nada bom. Fico muito preocupado que isso faça você exacerbar seus pensamentos de automutilação. Para não mencionar — continuou ele, com seu modo irritantemente calmo, encostando-se mais uma vez na poltrona — que é ilegal. Você pode se meter em um problema sério. Poderia acabar presa.

Ela sabia que era isso que ele diria. Só precisava ouvi-lo dizer. Ela se defendeu, sua voz ficando cada vez mais alta, enquanto a dele permanecia no tom normal, até que terminou seu horário. A frustração dele, entretanto, era óbvia. Terapeutas não são imunes à emoção.

Depois de deixar a mensagem para o dr. Chen, Marin manda para Sadie: *Não vai dar para eu ir aí hoje de manhã*, digita ela. *Desculpa, sei que hoje prometi revisar com você os contratos com os vendedores.*

Não tem problema nenhum, responde Sadie. *Está tudo bem?*

Não tenho certeza, escreve Marin, o que é verdade. *Vou encontrar a detetive.*

Uma pausa, e Marin observa os três pontos que piscam na tela, enquanto Sadie formula uma resposta. A outra mulher não vai perguntar nada, nunca faz isso, mas deve sentir que Marin está preocupada. Sadie não apenas administra os salões de Marin — também é uma amiga íntima. Finalmente aparece a resposta dela, suave e breve, como Marin sabia que seria.

Entendi. Estou aqui se precisar de alguma coisa. Bjs.

Ela não sabe o que teria feito sem Sadie. Quando o FBI contou a eles, um mês depois do desaparecimento de Sebastian, que a busca por seu filho seria sempre considerada "ativa", mas que de imediato não havia novas pistas para considerar (um jeito chique de dizer "estamos priorizando outros casos agora"), foi como perder o filho pela segunda vez.

E Marin não lidou bem com isso. Não mesmo.

Quando ela recebeu alta do hospital, uma semana depois, a primeira coisa que fez foi contratar a detetive particular. Fazia algum tempo que estava com o cartão de Vanessa Castro; pelo menos duas semanas. Ela havia deixado seu cartão profissional na tigela de plástico da recepção do salão do centro, depois de ir à pedicure algum tempo antes. A cada mês, os salões sorteiam um serviço grátis, mas o cartão de Vanessa Castro não era o premiado. Marin só o viu porque a manga de seu casaco havia empurrado a tigela e derrubado o conteúdo, fazendo com que todos os cartões se espalhassem pelo chão.

Não havia nada de particularmente chamativo no cartão da detetive — apenas as palavras *Isaac & Castro* impressas com letras azuis simples no meio do cartão e, abaixo, estava escrito, *Vanessa Castro, Detetive Particular*, em uma fonte menor —, mas, das duas dúzias de cartões que se esparramaram no piso, foi o único que havia caído com a parte escrita virada para cima. Talvez fosse o único que ela realmente precisava ver. Às vezes o universo age de forma engraçada.

Na ocasião, Sebastian estava desaparecido havia duas semanas. Marin colocou o cartão no bolso e, mais tarde — após receber alta da ala psiquiátrica —, ligou.

Castro e seu sócio são ex-agentes do Departamento de Polícia de Seattle. Ela era especializada em encontrar crianças desaparecidas, e adquiriu certa fama porque procurava em lugares aonde a polícia não vai, ou não pode ir. É pouco ortodoxa, um tanto renegada. Elegante por fora, mas não tem medo de sujar as mãos. Também é ridiculamente cara. Quando se encontraram pela primeira vez, ela disse a Marin que a chamasse de Vanessa, mas isso não parecia certo — não eram amigas e aquilo não era um almoço de domingo.

Marin a contratou para encontrar seu filho. Ela não conseguia viver com a ideia de que ninguém estava procurando por ele. Alguém sempre deveria estar procurando.

E havia um ponto de atrito entre Marin e a polícia — e, mais tarde, o FBI: se a pessoa que levou Sebastian era alguém que, na verdade, o conhecia. Os investigadores não acharam nenhuma prova que sugerisse ser alguém conhecido pela família, e citaram estatísticas de sequestros por estranhos como sendo "pequenas, mas significativas". A fantasia de Papai Noel, acreditavam eles, denotava a intenção da pessoa de roubar uma criança — possivelmente qualquer criança, de um lugar que estivesse lotado, movimentado e congestionado —, porque não há nada mais representativo do Natal para uma criança do que o Papai Noel. Mesmo uma criança que não confiasse de primeira em um adulto pode ser atraída pela roupa vermelha e a barba branca. Quanto ao pirulito, ela e Sebastian não estavam longe da loja de doces. Se alguém houvesse planejado sequestrá-lo, ele (ou ela) pode ter ouvido a conversa dos dois.

Marin discordava. Ao mesmo tempo em que admitia que Sebastian era uma criança extrovertida por natureza — e que, em geral, confiava em adultos com certa facilidade —, ele jamais teria permitido ser levado para longe dela sem nem olhar para trás. E como o "Papai Noel" sabia que Sebastian gostava especialmente daquele pirulito? Marin havia visto umas mil vezes aquele filme granulado. Ela conhecia seu filho melhor do que qualquer pessoa na Terra. Ele adorava o Papai Noel, mas ficava intimidado na presença real do personagem. Ele teria olhado na direção de Marin para ter certeza de que podia ir.

A menos que fosse alguém que ele conhecesse.

Mas todas as pessoas ligadas à vida pessoal deles tinham sido entrevistadas. Todo mundo. E todos os álibis foram verificados. Todos. No ano passado, Castro repetiu todo o trabalho feito pelo FBI, e fez ainda mais.

Na sua última reunião de verificação da situação, há um mês, Marin pediu a Castro que checasse todos os empregados de Derek, e os seus, junto com todos os seus clientes. A empresa de Derek havia promovido uma festa de Natal para as famílias dos empregados no começo de dezembro, e Marin fez algo semelhante no verão com um Churrasco de Agradecimento aos Clientes. Qualquer um que estivesse nessas festas conheceu Sebastian. Marin queria verificações dos antecedentes de todos eles, de modo que Castro começou com os empregados que eram mais próximos de Derek e Marin.

Ela faz uma pausa. E se fosse *Sadie* quem levou Sebastian? E se fosse isso o que a detetive ia lhe dizer?

É a primeira vez que tal pensamento passa por sua cabeça, e Marin solta uma risada na cozinha silenciosa. Ridículo. Claro que não foi a Sadie. Além do mais, a mulher havia acabado de ter seu próprio bebê. Por que iria querer ter o de Marin?

Marin prepara seu café, colocando-o em um copo com o logotipo do salão gravado. Eles vendem os copos extragrandes cor-de-rosa, com o logo dourado, nas três filiais, pelo preço ultrajante de sessenta e cinco dólares para o que não passa de uma caneca de café, mas os clientes o compram com regularidade, não apenas para eles mesmos, como para presentear outras pessoas. Às vezes, Marin coloca vinho no dela. Mas não hoje.

Ela entra no carro pensando se deve ou não ligar para Derek em Portland, para avisá-lo da possibilidade de más notícias. Apesar da distância emocional entre eles, ela gostaria de ouvir sua voz agora, sempre tão tranquilizadora e prática. Ele com certeza a lembraria de que Vanessa Castro é uma ex-policial e detetive particular profissional que *imediatamente* lhe diria se tivesse alguma notícia definitiva sobre Sebastian, que jamais a faria esperar para encontrá-la pessoalmente.

Ela gostaria de falar com ele, mas não pode. Não pode contar coisa alguma a Derek.

Ela nunca contou ao marido que havia contratado uma detetive.

5

— **COMO ESTAVA O TRÂNSITO?** — pergunta a detetive Castro quando Marin entra no pequeno escritório em Fremont. Ela nunca pergunta como Marin está. Sabe que não deve. Parece que a investigadora também acabou de chegar. Ainda está de casaco.

— A ponte não estava tão ruim.

Marin se senta diante dela, notando a mudança de algumas coisas desde a última vez que esteve ali, há um mês. O pequeno aquário, que estava em cima da estante baixa perto da parede, está agora em um canto da mesa, onde Marin pode vê-lo mais de perto. Há apenas um peixe, um betta com uma cauda vermelha brilhante, e ela o observa nadar de um lado para o outro, enquanto a detetive liga seu computador.

Ela e Castro costumam fazer uma reunião de atualização uma vez a cada dois meses, mas a verdade é que essas reuniões poderiam ser feitas via telefone ou e-mail. No entanto, a investigadora parece compreender que conversar pessoalmente é algo necessário para o bem-estar da mãe da criança que ela está procurando, e ela é ao mesmo tempo paciente e direta com Marin sempre que as duas se encontram.

No que diz respeito a Marin, esses encontros com a detetive são melhores que a terapia.

— Obrigada por ter vindo assim tão rápido. — Castro coloca uma minigarrafa de água diante dela. Geralmente oferece café a Marin, mas hoje tudo parece diferente.

— É claro. — Marin encara o rosto da mulher, buscando por alguma pista de que ela está prestes a receber más notícias, mas sua expressão é indecifrável. Porém, ela parece se sentir um pouco desconfortável.

— Bom... — Castro faz uma pausa. — Não se trata de Sebastian.

Marin não percebe que estava prendendo a respiração até que solta o ar devagar. *Ah, graças a Deus*. Pega a garrafa de água, gira a tampa e bebe um longo gole.

— Desculpe. — A detetive franze a testa. — Não queria assustar você. Devia ter especificado isso no meu e-mail.

— Tudo bem — Marin diz. Na verdade, não, mas no momento ela não consegue fazer outra coisa senão processar seu alívio. — Então, do que se trata?

— É... — Castro hesita mais uma vez, e embora Marin não esteja mais preocupada, não consegue imaginar o que provoca tanto desconforto na investigadora. A mulher é uma ex-policial de homicídios, pelo amor de Deus. — Parece que o seu marido está com outra pessoa.

Hein? Marin bebe outro gole de água, encarando a outra mulher, sem compreender completamente.

— O que quer dizer?

— Não tenho certeza de como estão as coisas entre vocês, mas da última vez que conversamos você não mencionou nada sobre separação...

— Não estamos separados.

— Então sinto dizer que o seu marido está tendo um caso.

Marin fica atônita. Ela ouviu claramente as palavras que a detetive disse, e não precisa que sejam repetidas, embora talvez precisasse que Castro as dissesse de modo diferente. As duas ficam em silêncio por alguns segundos. Marin sente como se estivesse esperando o final da piada que não chega.

Do que diabos ela está falando? Um *caso*? Não pode ser esta a razão para ter chamado Marin. Não foi para isso que ela foi contratada.

Como se lesse sua mente, Castro digita algo em seu computador e depois vira o monitor para que Marin veja. É uma foto, colorida, de Derek. Ele está com uma mulher. A foto ocupa toda a tela.

Marin encara a foto de queixo caído. Seu cérebro parece querer processar tudo aquilo separadamente; ela não consegue absorver tudo de uma vez. Cabelo. Roupas. Rosto. Mãos. Árvore. Calçada. Botas. Sorrisos. Idade. Etnicidade. A mulher de pé ao lado de Derek parece um pouco com Olivia Munn, a atriz que namorava aquele jogador de futebol. Mas essa mulher com certeza é mais jovem — Marin não sabe sua idade, mas vinte e poucos anos seria sua aposta. Um raio de familiaridade a atinge, alguma coisa no ângulo de seu queixo, o contorno de seus olhos. Mas então Marin pisca, e o sentimento de *déjà-vu* desaparece, e a mulher é uma estranha.

Uma estranha de mãos dadas com seu marido.

Castro clica o mouse, e a foto muda para outra, tirada no mesmo dia, talvez um ou dois minutos depois.

A estranha agora está beijando seu marido. Apaixonadamente. Ao ar livre. Em plena luz do dia.

— São fotos de ontem à tarde. Em Portland. — A detetive sabe como dar más notícias. Sua voz é modulada, simpática, mas neutra. Ela poderia ser a âncora de um jornal local, lendo no teleprompter e contando aos telespectadores algo devastador que acabou de acontecer em algum lugar do mundo, antes de voltar para Chuck e Gary com os esportes e o tempo. — Um contato que tenho as enviou. Sinto muito que você descubra desse jeito.

Derek não está simplesmente em viagem de negócios — está viajando a negócios com sua... com sua... *amante*, é a primeira palavra que lhe vem à mente. *Namorada, caso, destruidora de lares,* e *puta* também lhe vêm à mente, mas, por alguma razão, *amante* é a que cabe melhor. É mais sórdida, e mais escandalosa, é o que isso parece.

Bem, o que você esperava?, a vozinha em sua mente sussurra, e ela mentalmente lhe dá um tapa, como se espantasse um mosquito zumbindo. Mas a voz não a abandona, continua sussurrando, e os sussurros ficam cada vez mais altos, e mais persistentes, e se ela não se acalmar, terá um ataque de pânico ali mesmo, no meio do escritório da detetive particular.

Castro a observa, o rosto cheio de preocupação.

— Você está bem?

Marin não consegue falar. Só consegue fechar os olhos e, por fim, inspirar o ar profundamente várias vezes através dos dentes cerrados. Ela agarra os braços acolchoados da cadeira com mãos suadas enquanto as partes práticas de seu cérebro lutam para assumir o controle. Logicamente, ela compreende que está a salvo. Seu coração não está fisicamente se partindo em dois; o mundo não está literalmente se acabando; as paredes da sala, na verdade, não estão se fechando sobre ela. Castro é uma policial experiente e com certeza sabe fazer ressuscitação cardiopulmonar, se for o caso. Marin não vai morrer hoje, não importa como ela se sinta.

Ela tem ansiolítico na bolsa, mas se sentiria mortificada se tomasse. Ela não quer que ninguém saiba que depende de pílulas controladas para se manter nos eixos. Respira fundo mais uma vez, depois outra vez. Após um momento as batidas de seu coração diminuem, voltando ao normal. Ela abre os olhos. Seu olhar se fixa no rosto da detetive particular.

— Aquele filho da puta — ela finalmente consegue dizer. Pega a garrafa de água. — Ele está com ela agora?

— Na verdade, não está com ela agora. — Castro consegue soar ao mesmo tempo gentil e profissional. — Eles passaram juntos o dia de ontem, e ela tomou o trem de volta de Portland hoje de manhã cedo. Verifiquei o perfil dela no Instagram, e lá mencionava algo sobre aulas mais tarde.

Portland. Trem. Instagram. Aulas. Tudo isso é demais. Marin volta a fechar os olhos, como se isso apagasse as imagens que a agente lhe mostrou. Não funciona. Elas já estão marcadas em seu cérebro.

— Ela é professora?
— É estudante de pós-graduação. Faculdade de Artes.
Marin estremece.
— Sinto muito. — Castro balança a cabeça. — Sei que isso não ajuda.
— Quantos anos ela tem?
— Vinte e quatro.

Vinte e quatro anos e artista. *Uma estudante*, pelo amor de Deus. Marin torna a abrir os olhos. Seu olhar encontra o da detetive, que a observa com uma expressão de profunda compaixão, tão autêntica que quase a faz chorar.

Mais um minuto se passa, e então Castro começa a descrever como aconteceu sua descoberta. Segundo as instruções de Marin em sua última reunião, ela começou a pesquisar os empregados de Derek, e dois que trabalham na fábrica em Portland foram marcados. Castro encarregou seu contato de Oregon, um policial que faz serviços extras como detetive particular nos dias de folga, para investigar um pouco mais. Ele descobriu que os dois empregados tinham registros de prisões, e ambos foram acusados, mas as acusações, no fim das contas, foram descartadas.

— Por que foram presos? — Marin pergunta, tentando manter o foco nos detalhes da investigação e não na visão dos lábios de outra mulher apertados contra os de seu marido.

— Um foi preso por briga de bar — Castro informa. — A outra foi acusada de agredir a vizinha dela.

— Vizinha *dela*?

O resquício de um sorriso passa pelos lábios de Castro.

— Parece que as duas não se davam bem. Tudo começou quando uma vizinha acusou a outra de roubar seus anões de cerâmica do jardim.

Castro explica que seu contato em Portland terminou vigiando o hotel onde Derek estava hospedado, e foi então que percebeu o marido de Marin saindo por uma porta lateral com uma mulher que ele sabia que não era Marin. Curioso, ele os seguiu por algum tempo. Os dois iam jantar. Henry's Tavern, no distrito Pearl.

Quando Castro diz isso, Marin mais uma vez estremece. O Henry's é um dos seus locais favoritos para uma refeição casual, e ela e Derek sempre vão lá pelo menos uma vez quando estão em Portland. Eles fazem uma ótima margarita de manga. Também fazem umas lulas fantásticas, cobertas com massa de tempura, fritura rápida, com pimenta em grão e sal marinho com um molho de aïoli jalapeño, um prato muito bem-servido.

— O que levou seu contato a ir ao hotel? — Marin tenta não imaginar seu marido alimentando a amante com lulas fritas. Com certeza ele não pediria a entrada que os dois sempre comiam.

— Ele examinou os registros do celular do funcionário, o que tinha sido preso por briga de bar — explica ela. — E lá estava registrada uma ligação de dez minutos do Hotel Monaco para o celular desse funcionário. Ele vigiou o hotel, e quando viu Derek sair com outra mulher, tirou algumas fotos e mandou para mim. — Ela clica no mouse. — Aliás, essa pista não deu em nada. Acabou que o cunhado do funcionário estava na cidade para assistir a um jogo dos Blazers, e eles estavam fazendo planos para se encontrar. O cunhado fez a chamada do quarto dele.

Uma nova foto aparece na tela. Agora eles estão dentro do restaurante. Derek está falando e gesticulando. Sua amante está rindo para o que quer que ele esteja dizendo. Cada um com um coquetel na mão. Um old-fashioned para Derek, seu drinque preferido — e, mesmo que ela não soubesse disso, a fatia de laranja no drinque é um sinal inconfundível. Algo cor-de-rosa — daiquiri de morango? — com uma sombrinha para a amante.

E os dois compartilham a porra das lulas.

O mais surpreendente é como Marin se sente chocada, agora que finalmente a informação está sendo absorvida, mesmo que ela já tivesse essa sensação, mesmo que em algum nível ela *soubesse*. Não é como se ela não tivesse notado certas coisas. Ela e Derek estão prestes a comemorar o vigésimo aniversário de casamento, e mesmo que ela se automedicasse com vinho na maioria das noites, está ciente de que as coisas estão diferentes. Não é só por não estarem fazendo sexo, ou pelo fato de Derek passar cada vez mais noites fora por conta do trabalho, e por períodos cada vez maiores. É que, quando ele está em casa, a distância emocional entre eles continua crescendo, e atualmente está do tamanho de um continente.

— Não mandei um e-mail para você ontem à noite porque queria investigar mais um pouco — continua Castro. — E porque imaginei que você teria perguntas para fazer.

— Há quanto tempo? — As palavras saem como um coaxar. Marin toma outro gole d'água para lubrificar a garganta seca, liquidando a garrafinha. Castro a joga na lixeira ao lado de sua mesa e coloca mais água diante dela.

— Pelo menos seis meses, pelo que posso dizer. — Castro está digitando novamente.

Seis meses. *Seis meses*. Isso não é um caso. É um *relacionamento*.

Marin solta um longo suspiro quando o real peso da situação a atinge. Que diabos ela andava fazendo nesses seis meses que não notou? Ah, é. Tentando lidar com o desaparecimento do filho deles. Isso tende a manter uma mãe ocupada.

A foto do restaurante desaparece, e Marin se prepara para outra facada emocional. Mas não se trata de outra fotografia. É uma planilha de dados. Os registros do celular de Derek. Castro passa rapidamente pelas páginas, nas quais já havia marcado todas as vezes em que o número de telefone da outra mulher aparece, seja como autora da chamada ou destinatária. Elas estão marcadas em amarelo brilhante. Derek e sua amante estão em comunicação constante, pelo visto.

— Seis meses é o máximo dos registros telefônicos. Eu poderia ir mais fundo, mas teria que acessar a informação de outra forma. Pude acessar essas, porque a conta do celular dele está unificada com a sua.

Marin não pretende perguntar como ela chegou a ter acesso a *esses* registros. No primeiro encontro que tiveram no ano anterior, ela havia sido bem clara em suas instruções. *Procure em todos os lugares possíveis e imagináveis. Sem exceção. Siga todas as pistas, não importa até onde levem.* Ela esperava — não, ela exigiu — uma transparência completa. Tudo o que a detetive particular descobrisse, Marin queria saber.

Castro informou que podia fazer isso, mas avisou a Marin que seus métodos não eram convencionais. Quanto menos Marin soubesse *como* ela fazia as coisas, melhor. E então avisou que seus clientes nem sempre gostavam das respostas, e que às vezes perguntas não respondidas eram mais fáceis de enfrentar do que a verdade.

E a verdade é que, nesse momento, o homem com quem Marin é casada há quase vinte anos tem feito sexo com uma mulher mais jovem. Há seis malditos meses.

Sua garganta parece uma lixa, e ela abre a segunda garrafa de água.

— Derek costumava visitar a fábrica em Portland a cada mês. Agora é toda semana e, com frequência, passa dias por lá. A empresa em que ele trabalha fornece ingressos para jogos dos Blazers — acrescenta ela em tom acanhado, como se isso explicasse, como se de alguma maneira tornasse melhor o fato de ele nunca estar em casa. E então, porque ela é masoquista, pergunta: — Há mais fotografias?

Castro clica mais uma vez no mouse, e outra foto preenche a tela. Derek com os braços em volta da outra mulher. Os dois sorriem, e mais uma vez Marin tem a sensação de que já a viu antes. Não é incomum que ela pense isso sobre alguém — ela é dona de três salões que têm milhares de clientes, a maioria mulheres, e talvez a amante de Derek tivesse passado por um deles antes, para um corte de cabelo ou manicure. Mais uma vez, a sensação é passageira e desaparece antes que ela possa se aprofundar nisso.

Nesses momentos aterradores e chocantes, Marin parece incapaz de processar os detalhes da aparência da outra mulher. Olhar para ela a faz se sentir fisicamente mal. Ela parece incapaz de fixar os olhos na mulher tempo suficiente para decidir se ela é ou não bonita, ou compreender o que o marido vê nela. Quando começa a perceber isso, fica nauseada, e tem que mudar o foco e se fixar em Derek. E, quando faz isso, tudo o que percebe é o sorriso do marido. O olhar dele quando fita a outra mulher. Faz muito tempo que ele não olha para Marin da mesma maneira.

Quatrocentos e oitenta e seis dias, para ser precisa.

As fotos são nítidas e coloridas, em alta definição, não granuladas e preto e branco como ela supôs que seriam. Nada disso se parece com o que ela pensava que seria. Nos filmes, o investigador particular que dá as más notícias sobre um cônjuge traidor é um homem curtido e mais velho, cínico e solitário, usando uma roupa amassada e mal ajustada, e suas fotos são entregues impressas dentro de um envelope de papel pardo. Na realidade, a investigadora particular é uma mulher com idade próxima da sua, bem atraente em seu jeans azul-escuro justo e um casaco com bom caimento. Não usa aliança de casamento, mas hoje em dia isso não significa nada.

Castro olha a aliança de Marin, algo que outras mulheres fazem com frequência. Dez anos atrás, Derek trocou seu anel de noivado por um diamante de cinco quilates com lapidação especial. Na época, parecia ser um tamanho razoável — a maioria das mulheres do seu círculo social tinha diamantes do mesmo tamanho ou maiores —, mas ali, naquele escritório pequeno, com suas paredes simples pintadas de amarelo, vasos de plantas frondosas, o minúsculo aquário e as fotos de Derek com outra mulher na tela do computador, o anel parece uma piada. É enorme. Chamativo. Caro. Era isso que Marin queria, não era? Para que todos vissem como eles estavam se saindo bem, que sorte tinham, como eram — e ela odeia essa palavra em particular — *abençoados*.

Fica tentada a tirar a aliança de diamante e jogá-la no aquário. Seus olhos estão marejados, e ela pisca depressa, tentando impedir que as lágrimas caiam. Encara a foto de Derek e sua amante, as imagens borrando por trás das lágrimas, transformando tudo em uma confusão de cores e sombras sem sentido.

— Tenho que atender — diz Castro de repente. Marin tira os olhos da tela do computador e vê a detetive segurando o celular. Ela não ouviu tocar.
— Volto já.

Ela fecha a porta do escritório ao sair. Marin não a escuta falar na sala de espera, que tem uma mesa para recepcionista, mas nenhuma recepcionista. E compreende alguns segundos depois que não há nenhum telefonema. Castro está dando um tempo para que sua cliente reaja, ou desabe de uma vez, se precisar. É uma gentileza dela, mas Marin não vai desabar. Pelo menos não agora. Ela é boa em fingir. Sabe que pode suprimir tudo até chegar em casa, onde pode perder o controle sem que ninguém a veja, com suas pílulas e uma garrafa de vinho.

Marin ficou convencida. É a única explicação. Ainda mais depois que teve Sebastian, depois de cinco difíceis tentativas de fertilização *in vitro*. Ela havia recebido em excesso — dinheiro demais, sucesso demais, amor demais de seu marido e de seu filho —, então o universo resolveu corrigir aquele desequilíbrio de abundância tirando dela a única coisa que significava algo.

Seu filho.

O torpor começa a se instalar, e Marin fica agradecida por isso. Ela sabe, por experiência, que o ser humano só consegue tolerar dores emocionais intensas até certo ponto, antes das coisas se embotarem. É o modo que o corpo tem para lidar, e não é tanto um alívio, e sim mais uma trégua. A dor voltará. Ela vai sentir mais tarde cada pedacinho dela e, quando perceber o ataque, vai afogar tudo com calmantes e uma garrafa de Cabernet Sauvignon antes que se torne insuportável.

A porta se abre novamente.

— Estou de volta. — Castro desaba em sua cadeira. Marin nota, e não é a primeira vez, como ela é magra. Manequim trinta e oito, talvez até trinta e seis. Marin jamais foi tão magra assim. Nem quando tinha dezesseis anos e sofria de bulimia.

A detetive a observa de perto. Marin sabe que parece estar bem, e se pergunta se a outra mulher a julga por isso. Será mais aceitável ser vista como maluca ou lidar com toda essa informação sobre Derek como quem nem se importa? Ela quer que Castro goste dela. Deseja que Castro se sinta como ela, e não que sinta *pena* dela.

Ela nunca lidou bem com a piedade dos outros, especialmente de outras mulheres. Por outro lado, anseia pelo reconhecimento delas. Acha que isso veio do fato de ter uma mãe severa demais, até o dia em que morreu.

— Reuni tudo em um arquivo para você, se quiser olhar quando chegar em casa. — Castro digita alguma coisa. — Mandei por e-mail para você.

O celular de Marin vibra alguns segundos depois. Ela o tira do bolso e verifica para ter certeza de que o arquivo chegou corretamente. Toca nele para baixar.

— Recebi — ela diz.

— Quero ser honesta com você. — Pela primeira vez desde que se conheceram, Castro parece preocupada. — Ontem, quando recebi essas fotos, não tinha nem certeza se devia te contar sobre isso. Não foi para isso que você me contratou, e pensei na possibilidade de que talvez você já soubesse sobre o caso. Eu não queria te constranger. Você já está lidando com coisas demais.

— Você fez a coisa certa — responde Marin. — Fui clara com você desde o começo, e pedi que me contasse tudo que descobrisse. Não se sinta mal. Prefiro saber. Eu... eu não consigo lidar com mais coisas desconhecidas.

Castro soltou um suspiro.

— Certo. Foi o que imaginei.

Ela percebe a detetive olhar o relógio. Então deve ser o que há por hoje. Marin termina a segunda garrafa de água, depois pega seu casaco. Parece que está se mexendo em câmera lenta. Ser emocionalmente pega de surpresa arranca o fôlego de uma pessoa.

— Mais uma coisa, antes que você saia — diz Castro, gentilmente. — Agora pode ser um bom momento para reavaliarmos nossos objetivos aqui.

Marin pausa, colocando o casaco no colo.

— O que quer dizer? Meus objetivos não mudaram.

— Em nosso último encontro, disse a você que repetimos toda a investigação feita pela polícia há dezesseis meses. Ninguém em seu círculo social mais próximo ou de convivência despertou qualquer suspeita. Vasculhei todo o passado dos ex e atuais funcionários de Derek, os contatos de negócios dele, os seus empregados, seus contatos comerciais, todos os seus clientes no ano anterior ao desaparecimento de Sebastian. O filme de vigilância do mercado foi dissecado por dois especialistas em vídeo que contratei pessoalmente. Não apareceu nada de novo. Já faz mais de um ano. E não temos nenhuma pista nova.

Marin já imagina o que a detetive vai dizer, e se prepara para isso. A polícia de Seattle e o FBI fizeram ampla busca logo depois do desaparecimento de Sebastian. A foto do filho apareceu em todos os noticiários locais após duas horas, e seu cartaz de Criança Desaparecida viralizou no Facebook e no

Twitter no dia seguinte. Alguns dias depois, o caso ganhou repercussão nacional, provocando acusações de classicismo e elitismo, porque as autoridades pareciam estar dando tratamento especial ao caso da família Machado. Mas nem Marin nem Derek poderiam se desculpar por isso. Por que *não* usar todas as vantagens que tinham? De que adiantava ter dinheiro e amigos poderosos se não podiam ajudar em uma situação como essa? Eles estavam desesperados para encontrar o filho. Qualquer progenitor estaria.

Castro a observa com atenção, e Marin se força para entrar em foco.

— Não quero desperdiçar seu tempo nem seu dinheiro, mas sinto que chegamos a um momento em que posso dizer... — Castro suspira, e coloca as mãos no colo. — Sei que não faz nenhum sentido, e é bastante doloroso e injusto, mas muitas vezes... esses sequestros simplesmente não são pessoais.

Nossa, como Marin odeia quando as pessoas dizem isso. É exatamente a mesma coisa que a polícia disse. E o dr. Chen também. Mas saber que não foi pessoal não deixa o caso menos doloroso. Não ajuda em *nada* pensar que seu filho de quatro anos foi raptado só porque era a criança que estava mais perto do psicopata que o roubou naquele dia.

Ela não diz nada disso a Castro. Fica tudo dentro dela. A detetive está só fazendo seu trabalho.

— Ainda há uns dois mil e quinhentos dólares de seu adiantamento que não foram usados — diz Castro. — Com certeza eu gostaria de continuar investigando, mas acho que, neste ponto, você pode querer reconsiderar...

— Não terminamos ainda. — A força da voz de Marin surpreende as duas. Sua garganta não está mais seca. Ela volta a soar como a si mesma, decisiva, e no comando, e uma total "poderosa chefona", como diria Sadie. — Não estamos nem perto de terminar. Quero que continue investigando.

As duas se encaram. O rosto de Castro está inexpressivo, mas Marin pode imaginar sua mente trabalhando, tentando lê-la. Mas não diz nada, e a cada segundo que passa, o peso do que a detetive disse aumenta.

— Vanessa — diz Marin, e sua voz falha na última sílaba. — Vanessa, por favor.

Ela nunca havia usado o primeiro nome da detetive antes.

Castro volta a olhar o anel de Marin. Se ela não é casada agora, então já foi casada antes. Marin sente isso. Ela deve ter filhos. Marin também sente isso. As mães se reconhecem — está nas rugas do rosto, no cansaço, na proteção e na vulnerabilidade que mostram. Marin sente a tentação de dar para a detetive aquele maldito anel, se isso garantir que ela continue o trabalho.

— Sei que você não pode prometer resultados, e nunca esperei isso. Só preciso da sua promessa de que vai continuar fazendo o melhor que pode. — Marin está completamente no papel de chefe agora, falando com a detetive como falaria com uma de suas funcionárias, alguém bastante valorizada, mas que talvez precise de um pouco de motivação. — E esse caso? Quem é essa pessoa que está dormindo com o meu marido? O que ela quer de verdade? Derek não é nenhuma celebridade, mas aparece na mídia com certa frequência. Nós dois aparecemos. Ela deve saber quem nós somos, e o que perdemos. Acho que vale a pena vasculhar mais a fundo sobre ela.

Marin se inclina para a frente.

— Eu entendo que não é possível que você trabalhe nesse caso a cada minuto de todos os dias. Sei que você tem outros clientes. Mas, sempre que puder, sempre que tiver um momento de folga... preciso saber que alguém está procurando o meu filho. Se precisar de mais dinheiro, isso não é problema.

A voz de Marin começa a tremer, e ela volta a ser uma mãe, não uma poderosa chefona, não uma cliente. Detesta que a detetive possa ouvi-la tão vulnerável, que pareça estar perdendo o controle, que esteja implorando. Mas ela está.

— Mas se você sentir que levou mesmo esse caso até onde acha que é possível, não terei escolha a não ser procurar outra pessoa e começar tudo de novo. Por favor, não me obrigue a fazer isso, Vanessa. Por favor.

Se Castro disser que não, que não há mais onde investigar, Marin não sabe se sobreviverá a isso. Ano passado, quando a polícia disse que havia feito todo o possível, foi quase tão devastador quanto ter perdido Sebastian.

Ela conhece as estatísticas sobre crianças desaparecidas. Sabe que a maioria morre horas depois do desaparecimento. *Ela sabe.* Se Castro parar de procurar, será o mesmo que considerar Sebastian como morto.

E se ele estiver morto, Marin também estará.

— Continuarei investigando enquanto você quiser, Marin. — Também é a primeira vez que Castro usa seu primeiro nome. Parece que ela leu sua mente de novo, e Marin agradece a Deus por tê-la encontrado. Vanessa Castro é a pessoa certa para isso, talvez a única. — Prometo. Não vou parar até que você me diga, e prometo também que continuará sendo uma prioridade. Não se preocupe quanto a isso. Estaremos sempre buscando por ele. Eu compreendo a situação. Estou com você.

— Obrigada. — O corpo de Marin relaxa de alívio. Seus olhos mais uma vez ardem com as lágrimas. Mas ainda assim, elas não caem.

Ela se levanta com as pernas bambas e tem que fazer duas tentativas para vestir o casaco. Sabe que vai chorar quando chegar ao carro, mas tudo bem, desde que não chore ali. Ela se despede mentalmente do peixinho, que balança sua cauda vibrante mais uma vez antes de se esconder atrás de uma folha de plástico.

Castro caminha com ela para fora do escritório, até a modesta salinha de espera. Ali as duas apertam as mãos. Seu aperto de mão é firme. Seu sorriso é gentil. Se fosse outra situação, as duas mulheres poderiam ser amigas. Ela é exatamente o tipo de pessoa que Marin poderia convidar para o Banquete de Mulheres Empreendedoras; Marin dirige o comitê.

Castro hesita, e fica claro que há algo mais que ela quer dizer. Marin pode sair às pressas ou dar tempo para que ela finalmente fale. Decide que seria rude se saísse correndo, então para um instante na porta.

— Sinto muito sobre o seu marido — diz a detetive.

Suas palavras, ainda que bem-intencionadas, irritam Marin. Por que é *ela* quem lamenta? Por que as mulheres fazem isso? Castro não disse nada sobre algo horroroso que ela mesma houvesse feito; está informando o que soube sobre o marido de sua cliente e a amante dele. Não é ela quem está traindo Marin. É Derek. Com uma universitária de vinte e quatro anos.

Mesmo assim, Vanessa Castro sente muito. Talvez sejam apenas palavras e talvez sejam para confortá-la, mas, caramba, Marin está de saco cheio de ouvir mulheres dizerem que sentem muito por algo que não é culpa delas. Ela está de saco cheio de ser consolada por algo que não é culpa *dela*.

Ela não diz nada disso para Vanessa Castro. Pode lidar com esse drama outro dia. Marin agradece à detetive, sai e, quando chega ao último degrau da escada, está tremendo. Ao chegar ao carro, está internamente aos gritos.

Está furiosa. Sente a onda de raiva se espalhando por dentro dela como se fosse cera quente, revestindo-a externamente, endurecendo os lugares suaves, frágeis e desprotegidos como se fosse um escudo blindado.

Ela desfruta a sensação. Faz muito tempo desde que sentiu uma raiva como esta, e ela prefere a raiva à tristeza, sempre. Nos últimos quatrocentos e oitenta e seis dias, a tristeza bateu nela por todos os lados, debilitando-a, deixando-a confusa, enfraquecendo-a, convencendo-a a se conformar com coisas que ela não quer, nunca quis.

A raiva, por outro lado, vai fazer com que as coisas sigam em frente.

6

ALGO ESTRANHO ACONTECE QUANDO ESTAMOS passando por uma situação terrível. É como se corpo e mente estivessem desconectados, e deixássemos de ser uma pessoa completa. O corpo obedece aos movimentos que são necessários para sobreviver — comer, dormir, evacuar e repetir tudo —, enquanto o cérebro se divide em compartimentos de Coisas a Fazer Agora e Coisas para se Processar Quando a Mente Permitir.

Marin passou tanto tempo entorpecida que essa centelha de raiva a surpreende. É como um membro dormente que vai se recuperando aos poucos. A sensação de picadas e comichões incomoda, mas também a faz se sentir bem, porque a ajuda a lembrar que está viva.

Ela manda uma mensagem para Sadie.

Não vou aí hoje à tarde. Preciso de um tempo para mim. Não se preocupe, estou bem.

Sadie responde imediatamente. Ela deve estar morrendo de vontade de saber o que Marin descobriu no escritório da detetive, mas não vai perguntar — o tranquilizador "estou bem" é tudo de que ela precisa por enquanto. Sadie é uma das poucas pessoas em quem Marin se permite confiar.

Tudo bem, ela responde. *Cuido das coisas por aqui. Se cuida.*

Sadie anexa uma foto de sua filha, Abigail, vestindo o macacãozinho de elefante cor-de-rosa que Marin lhe deu no primeiro aniversário há um mês. Fotos de Abby sempre a fazem sorrir, e ela responde com vários corações de *emoji*.

Felizmente, não está chovendo, e ela abaixa as janelas e respira o ar fresco da primavera. Está livre durante todo o dia, mas a única coisa que deseja fazer é ir para casa.

A casa em Capitol Hill não é absurdamente grande, de modo nenhum é uma mansão, mas é esplêndida, com um pouco mais de trezentos e setenta metros quadrados, construída em um terreno em formato de trapézio isósceles. Quando a compraram, em 2009, pouco depois do pior período da crise imobiliária no país, a casa precisava de uma reforma, e ela e Derek a renovaram de cima a baixo sem pressa, enquanto continuaram morando na pequena casa de dois quartos em Queen Anne. A casa em Capitol Hill vale um pouco mais de cinco milhões de dólares hoje em dia. A casa em Queen Anne — que eles mantiveram e atualmente está alugada — vale um pouco mais de um milhão de dólares. Eles jamais haviam pensado em vender nenhuma das duas, mas é bom saber dessas coisas.

Ela passa pela rampa de acesso à garagem, estaciona e entra em casa através do vestíbulo que liga a garagem com a cozinha. Quando Sebastian estava ali, o espaço era sempre uma bagunça. Botas, sapatos, brinquedos, moletons e luvas com os pares perdidos espalhados por todo lado, mesmo que a criança tivesse seu armário com cabideiro onde suas coisas podiam ser guardadas. O armário tinha até seu nome na porta, presente de uma de suas clientes — a mesma que tinha tricotado o suéter com a rena —, que havia pintado à mão em pequenas tabuletas de madeira, o nome deles em uma letra cursiva perfeita.

— O que quer dizer isso, mamãe? — perguntou Sebastian quando fixaram a sua na parede.

Ela recuou um pouco para admirar.

— É o seu nome. Sebastian.

— As letras são engraçadas.

— São letras enfeitadas. — Marin o pegou para dar um beijo. — Para o seu lugarzinho enfeitado. Aqui é que você deve pendurar o seu casaco e guardar as suas coisas, está bem? Ninguém mais pode colocar coisas aqui, só você.

O armário e o cabideiro agora estão sempre vazios. Marin acaricia o casaco de Sebastian quando entra no vestíbulo, o mesmo que ele estava vestindo naquele dia no mercado, o mesmo que ele a fez carregar porque estava com calor de tanto andar. O casaco e as galochas jamais foram tirados do armário, outra coisa que o terapeuta sugeriu que ela considerasse mudar de lugar.

— Claro, você não tem que se livrar de tudo, Marin — disse o dr. Chen, alguns meses atrás. Ele falou de maneira suave e gentil. — Mas seria uma ação de cuidado consigo mesma se preferir não manter as coisas dele onde você as vê o tempo todo. Talvez possa guardar o casaco e as botas no quarto do Sebastian. Assim, você ainda pode ir lá e vê-los sempre que desejar, em vez de ser confrontada por eles toda vez que entra em casa.

— Não é um confronto — insistiu Marin, com certa teimosia, sentindo-se frustrada. Isso foi na época em que ela começou a suspeitar que talvez quisesse parar com a terapia. — Existem buracos escancarados em todos os lugares onde meu filho costumava estar, e não desejo recolocá-los em nenhum outro lugar.

Ela não compreende a razão de todos tentarem fazer com que siga adiante, quando tudo o que ela quer é permanecer onde está.

Marin chuta os sapatos e entra na cozinha, que tem o cheiro fresco e limpo. Quando Sebastian estava em casa, ela cozinhava o tempo todo. Agora não cozinha mais tanto assim, e com Derek fora de casa às vezes por dias, não há mais necessidade disso. Ela sente falta da confusão confortável da sua vida em família. Mesmo com uma faxineira vindo todas as semanas, a casa nunca passava muito tempo impecável. As evidências da existência de Sebastian estavam em todos os lugares, o tempo todo. Migalhas de bolachas no chão embaixo da mesa da cozinha. Manchas de leite nas cadeiras. Peças de Lego e de Hot Wheels espalhadas pela escada. Uma meia sem o par enterrada entre as almofadas da poltrona. No decorrer do ano passado, essas coisas foram limpas — não todas de uma vez, mas aos poucos, na medida em que eram descobertas —, e Sebastian não estava mais lá para desarrumar tudo de novo. O que era a razão de ninguém ser permitido tocar no seu armário ou em seu quarto. Daniela ainda vem todas as sextas-feiras, mas agora ela chega e sai em tempo recorde.

— Senhora Marin, não seria melhor que eu viesse a cada duas semanas? — Daniela perguntou timidamente alguns meses depois que Sebastian foi levado. — A casa agora não está muito desarrumada.

— Ainda preciso de todas as semanas — Marin respondeu. Ela não queria que a jovem perdesse metade da renda com que contava. — Faça o que é preciso fazer, e tudo bem se sair mais cedo quando não houver mais o que fazer. Vou continuar pagando seu salário completo.

Daniela muitas vezes usa fones de ouvido enquanto trabalha, na maioria das vezes para escutar música, mas às vezes fala ao telefone. "*Aquí ya no queda mucho que hacer*", Marin a ouviu falar uma vez, seja lá com quem estava conversando enquanto espanava prateleiras de livros que não precisavam ser limpas. "*Me siento mal por tomar su dinero.*"

Não há muito mais o que fazer por aqui. Me sinto mal recebendo esse dinheiro.

Marin prepara um chá em uma caneca gigante. Leva-o para o quarto principal no andar de cima, onde se acomoda na cama king-size e pega seu MacBook Air. Tal como o resto da casa, o quarto foi todo decorado por profissionais, inclusive a roupa da cama de bambu. Não é a primeira vez que Marin pensa que poderia ser uma típica mulher rica de uma dessas comédias românticas da TV. Só que não há nenhum romance e nenhuma comédia. Ninguém ri.

Ela vive uma tragédia.

Enquanto seu laptop zumbe ao ligar, Marin fica tentada a logar em um dos sites ilegais que preocupam o dr. Chen, mas se detém. Ela tem outras coisas a fazer na internet. O arquivo que Vanessa Castro enviou contém principalmente fotos e os enormes registros do celular de Derek. A detetive incluiu uma anotação no alto da planilha.

> MM — existem muitas mensagens enviadas entre eles e registradas aqui pelo fato de eles usarem também serviços de mensagens de terceiros (como WhatsApp ou o Facebook Messenger).
> Recomendo que procure um aplicativo chamado Shadow. Você vai descobrir logo de cara se é algo que te interessa. — VC

Marin nem tem que procurar; ela conhece esse aplicativo, Shadow. Comentaram sobre ele uma vez no grupo, e é algo que Simon disse que desejava que estivesse disponível antes de sua filha desaparecer. Trata-se de um programa que permite que pais leiam as mensagens dos filhos em tempo real, sem que as crianças percebam. Todos as mensagens que seus filhos enviam ou recebem são baixadas no Shadow de seus pais. Simon quase teve um colapso na reunião ao discutir isso com o grupo.

— Se tivéssemos isso na época, a Brianna ainda estaria aqui — disse ele, o peito arfando. — Ela iria nos odiar, mas ainda estaria aqui.

O aplicativo é comercializado para os pais, porque, para poder funcionar, os números que serão "seguidos" precisam estar no nome de um deles. As crianças costumam ter o mesmo plano de celular dos pais. E é por isso que o aplicativo funcionará para Marin. Logo no começo do casamento, ela foi a primeira a ter um celular, pois era ela que na época tinha uma renda regular e crédito suficiente. Um ano mais tarde, ela adicionou uma linha para Derek, o que significa que durante todo esse tempo, o número dele está registrado em sua conta. Jamais ocorreu a nenhum dos dois mudar isso, já que nunca havia importado. O que significa que durante todo esse tempo ela poderia estar verificando as chamadas do marido.

Mas por qual razão faria isso? Ela nem se importa em verificar seus próprios registros de chamada, salvo quando algo fora do comum aparece na fatura mensal, o que jamais acontece, pois seu plano permite uma enorme quantidade de ligações e uso de dados.

Marin baixa o aplicativo e seleciona o plano mensal. O plano anual é mais barato, mas ela imagina que não irá precisar do aplicativo por mais que algumas semanas. O restante das configurações envolve alguns passos simples para permitir que o aplicativo acesse todas as mensagens de Derek, ou apenas mensagens de um número específico.

Ela faz uma pausa para pensar no assunto. Derek usa o celular constantemente para o trabalho, tal como ela, o que significa que recebe milhares de mensagens todos os meses. Ela verifica na planilha de Castro e, com cuidado, digita apenas o número de celular da amante. E então está pronto.

Marin ativa as notificações e aguarda, enquanto o aplicativo sincroniza, meio que esperando que uma torrente de mensagens antigas desabe. Então se lembra de que não pode baixar mensagens enviadas antes de o aplicativo ser instalado. O que é decepcionante, uma espécie de anticlímax. Marin gostaria de ver como o caso de Derek com a amante havia se desenrolado. Em vez disso, tem que esperar que algo novo entre, o que, se ainda estivessem juntos em Portland naquela manhã, poderia demorar.

A planilha de Castro sobre a amante de Derek é menor do que Marin esperava, mas faz sentido, já que a detetive só descobriu agora sobre o caso e não sabia que Marin lhe pediria para se aprofundar no assunto. Basicamente, é um resumo da vida da outra mulher. Há links para o Instagram, Snapchat, Facebook e Twitter dela — e ela quase não usa os dois últimos. Seu endereço, quando Marin procura no Google Maps, mostra um edifício no bairro universitário. Ela está na metade de um mestrado em Belas Artes, especializando-se em Design de Mobiliário. Sua formação anterior foi em uma Faculdade de Belas Artes, em Boise, Idaho. Ela tem um gato. Tem uma colega de quarto. E é barista na cafeteria Grão Verde.

O nome dela é McKenzie Li.

A fotocópia da sua carteira de motorista, emitida pelo estado de Washington, confirma que tem mesmo vinte e quatro anos, um metro e setenta e oito de altura, pesa sessenta e um quilos, e tem cabelo e olhos castanhos. A foto da carteira de motorista, tirada há dois anos, não bate com as fotos tiradas em Portland no dia anterior. Seu cabelo agora está rosa-pálido, no tom de algodão-doce.

Malditos vinte e quatro anos. Maldito cabelo cor-de-rosa. Poderia ser cômico, se não estivesse acontecendo agora com Marin.

Há mais fotos além das que Castro lhe mostrou no escritório. Fotos com teleobjetivas de Derek e McKenzie na noite passada no Hotel Monaco, com as persianas abertas, como se nem se importassem em ser vistos.

O rosto dela. Agora que Marin está em casa, sem ninguém para observar sua reação, pode se fixar nele, e permitir que seus sentimentos aflorem.

E o que ela sente é *ódio.* Ódio puro, cru e que a deixa cega. Marin odeia McKenzie Li com cada grama de energia que lhe resta e que não é usada para se sentir culpada, e triste, e deprimida, e aterrorizada.

E, caramba, o ódio a faz se sentir *bem*. Inspira vida em Marin de um modo que ela não sabia que emoções tão negativas pudessem fazer.

Baseada nos registros de Derek, é óbvio que ele e a amante só falam pelo celular nos dias em que não estão juntos. Dois meses atrás, por três dias inteiros não houve qualquer tipo de contato pelo celular entre eles. Marin verifica onde Derek estava nesse período; eles têm uma agenda familiar que tentam manter atualizada com os compromissos dos dois. Seu marido estava em Nova York naquela semana, levantando capital. Quatro dias inteiros de encontros com investidores em Manhattan.

Ela abre o Safari e olha o Instagram de McKenzie, que é público, sem nenhuma restrição de privacidade. Deslizando por dúzias e dúzias de fotos, Marin descobre um monte delas tiradas naquela semana. E nelas, tiradas com filtros de foco suave, estão as provas fotográficas dessa viagem a Nova York. Fotos de McKenzie parada ao lado do Empire State e do Rockefeller Center. Uma foto artística de um chocolate quente congelado no badalado restaurante Serendipity III. Uma bolsa da Dolce & Gabanna pela qual ela está babando na Bloomingdale's. Uma foto do lado de fora do Richard Rogers Theatre, com ela alegremente mostrando dois ingressos para *Hamilton*.

A porra do musical *Hamilton*. Marin jamais foi ver *Hamilton*.

Não há fotos de Derek e a amante juntos, mas no último dia há uma selfie tirada em uma balsa para Staten Island. É uma foto do rosto sorridente dela, cabelo cor-de-rosa balançando ao vento com a Estátua da Liberdade ao fundo. Há um braço sobre seus ombros, sem dúvida masculino. A manga da camisa social azul está dobrada até o cotovelo, o antebraço coberto por finos pelos dourados, um Rolex no pulso.

Mesmo sem o Rolex — que foi um presente de aniversário de Marin —, ela reconheceria aquele braço em qualquer lugar. Ela foi envolvida por aquele braço, sentiu cócegas daquele braço, dormiu sobre aquele braço. Ela conhece *exatamente* a sensação daquele braço. Sabe onde estão os músculos, onde estão as veias, conhece o roçar dos pelos em sua face e conhece o cheiro — limpo, almiscarado, masculino — daquela pele.

Na foto, ele não está usando sua aliança de casamento. A foto tem uma legenda: *Primeira viagem para Nova York e bolsa (Dolce & Gabbana) estão na mão! (Perceberam a piadinha?! Rá-rá). Obrigada, senhora Liberdade e mozão!!!*

Mozão? O que diabos é *mozão*? Marin dá uma pesquisada e, segundo um dicionário de gírias, é um termo carinhoso. Significa querido, docinho, uma substituição da palavra "amor". Pelo visto, ninguém com mais de trinta anos o usaria.

A foto teve mais de mil curtidas e dezenas de comentários. Os seguidores de McKenzie perguntam a mesma coisa: *Quem é o homem misterioso?* ou

Quem é o mozão? Ela responde apenas a uma pessoa, postando um *emoji* com um sorriso e a língua para fora.

Se o sangue pudesse ferver, o de Marin estaria borbulhando. Sua temperatura aumenta tão rapidamente que ela imagina se não está tendo uma dessas ondas de calor. No entanto, por mais que soe estranho, é útil saber quem, exatamente, tenta destruir sua vida. A pessoa que levou Sebastian não tem um rosto. Mas a mulher que tenta roubar seu marido tem.

Seu celular toca um som desconhecido, e ela se assusta um pouco. É o Shadow. O pequeno escudo de notificação ao lado do ícone do aplicativo indica a chegada de uma nova mensagem, e o coração de Marin dispara quando ela clica, receando o que irá ler, mas de qualquer modo compelida a fazê-lo. Ela adicionou McKenzie na lista de contatos, de modo que o nome dela aparece tal qual no celular de Derek. Supondo que ele tenha usado o nome verdadeiro de McKenzie.

McKenzie: *O trem chegou dez minutos mais cedo, então não me atrasei pro trabalho! Oba! Superocupada aqui, já cheia de clientes. Aff!! Já estou com saudades. Manda mensagem mais tarde.*

Marin solta a respiração. Até que não foi tão ruim. A jovem poderia ter dito algo sexual ou explícito. Embora, pensando bem, isso possa até ser pior. A mensagem parece uma dessas trocas comuns que ela mandaria para seu... *namorado.*

Marin precisa vê-la. Sabe exatamente onde é a Grão Verde, tem certeza de que parou lá para tomar um *latte* algum dia. Poderia ir lá agora mesmo. Apresentar-se à puta. Confrontá-la. Fazer um escândalo. Envergonhá-la diante dos colegas de trabalho. Arrancar seus belos olhinhos.

É uma péssima ideia, é claro. Marin abusou da cafeína e está com excesso de adrenalina alimentada pela raiva, e talvez este não seja o melhor momento para gritar em público com a jovem amante de seu marido. Ela deveria esperar Derek chegar em casa, falar com ele primeiro, escutar sua versão dos fatos, descobrir como ele se sente em relação a essa garota. Talvez não seja um relacionamento. Talvez seja só sexo. *Um homem tem necessidades*, como disse o doce Simon.

Sem querer ofender, vá se foder, Simon.

Antes que possa mudar de ideia, ela entra no carro. Enquanto sai de ré da garagem, chega uma mensagem de Sal.

Ainda está viva?

Marin pisa no freio para poder digitar uma resposta rápida.

Mais viva do que jamais estive.

7

ASSIM QUE ENTRA, Marin tem um vislumbre do cabelo cor-de-rosa e das longas pernas, mas a jovem logo desaparece nos fundos da loja, carregando sacos de lixo.

A Grão Verde é enorme, mais parecida com um pub do que com uma cafeteria. Como quase todas as cafeterias do distrito universitário, há diversas mesas cheias de estudantes, profissionais hipster e meia dúzia de aspirantes a escritor que parecem estar questionando seriamente suas escolhas de vida. Marin sabe que não combina com o ambiente. Seus saltos são altos demais, seu casaco, muito bem cortado, sua maquiagem, perfeita. Parece a proprietária de um salão de luxo que atende exclusivamente mulheres ricas e celebridades, o que é exatamente o que ela é. Mas ela sabe que está bonita. E precisa disso. É sua única armadura.

Está furiosa e apavorada na mesma medida.

O cheiro de café invade suas narinas. Algum tipo de música lounge, covers populares de Nirvana e Pearl Jam, apenas com guitarra e vocal, ecoa pelos alto-falantes da cafeteria. Ela percebe a razão da popularidade do lugar; é grande, mas aconchegante. Há uma variedade de formas e tamanhos de mesas — mesas redondas para seis pessoas, uma mesa retangular onde cabem doze, mesas quadradas onde quatro podem se apertar. Alguns sofás e uma lareira a gás se alinham na parede oposta ao balcão, e no canto mais distante há um palco minúsculo com uma cadeira, um microfone e um amplificador montados. A placa na porta indica música ao vivo nas noites de sexta-feira e sábado. Também anuncia que o Cookie do Dia é de aveia com passas e frutas vermelhas.

Marin entra na fila atrás de cinco pessoas, e ela avança tão lentamente que quase considera dar o fora dali. Seu coração bate tão forte no peito que chega a doer. A palma de suas mãos está suada. Ela não vê a outra mulher em lugar algum, mas quando se aproxima do balcão, lá está ela, de repente de volta de algum lugar dos fundos da loja. Agora é uma das três baristas atrás do balcão, movimentando-se com agilidade, pernas como as de uma gazela, o cabelo cor-de-rosa na altura dos ombros caindo em ondas como as do mar e o avental marrom bem ajustado na cintura.

A amante de Derek. Ela existe mesmo.

Depois do que parece uma eternidade, Marin chega ao balcão, meio esperançosa de que outra pessoa atenda seu pedido. Mas é claro que isso não acontece. McKenzie entrega o biscoito de amêndoas para a cliente na frente de Marin, e depois se vira para ela, aguardando seu pedido.

McKenzie tem a altura de uma supermodelo, e, mesmo usando saltos altos, Marin se sente baixa, e atarracada, e velha, encarando o rosto da jovem amante de seu marido. É tão diferente pessoalmente. Era outra pessoa na tela do computador, alguém que Marin podia derrubar, alegremente, sem pensar duas vezes. Cara a cara, Marin mal consegue se obrigar a fazer contato visual.

O olhar das duas se encontra, e Marin se prepara, antecipando o reconhecimento da outra mulher, a expressão de horror ou constrangimento, ou ambos, que com certeza seu rosto vai denunciar antes que possa controlar.

Mas o semblante de McKenzie Li não muda. Seu sorriso não murcha. Seu rosto não fica ruborizado. Seu olhar permanece firme.

— O que posso servir para você? — pergunta, animada.

Marin abre a boca para falar. *Quero que você pare de fazer sexo com o meu marido. Quero que fique longe dele senão eu te mato, sua puta destruidora de lares.*

As palavras não saem. Em vez disso, ela se ouve dizer, com uma voz perfeitamente agradável:

— Café com leite de soja sabor baunilha, extragrande, sem açúcar, sem espuma. E o cookie do dia.

McKenzie rabisca letras em um copo marrom alto e fino, com um marcador dourado. A caligrafia dela é artística e sem esforço, com letras grandes que se estendem para além dos quadradinhos impressos no copo. Ela registra o pedido. Informa Marin do total. Pega a nota de dez dólares que Marin lhe entrega, devolve o troco e agradece quando Marin enfia tudo no pote de gorjetas.

Ela entrega o cookie.

— Seu café com leite vai estar pronto no final do balcão. Bom apetite!

Marin desliza para o lado, agarrando o cookie ainda quente, dentro do saquinho de papel-manteiga. Cada movimento a faz sentir menor, insignificante, inútil. Há seis meses essa mulher vem dormindo com seu marido. Enquanto Marin estava de luto, se culpando, se punindo e se automedicando com todo tipo de remédio e álcool, Derek tem se automedicado com... *ela*. Seis meses, e ela não tem a menor ideia de quem seja Marin.

Seus olhos voltam a se encontrar quando McKenzie lhe entrega a bebida alguns minutos depois. Nenhum sinal de reconhecimento ainda.

Ela pega o café e o cookie, se esgueira até uma mesa perto da janela e se senta olhando para o balcão. Abre o computador, onde as fotos da outra mulher no Instagram ainda estão abertas. A amante do marido é um pouco menos perfeita pessoalmente. Seu cabelo de um rosa-pálido, que brilha nas fotos, parece seco e revolto na realidade, e Marin percebe um centímetro de raiz castanho-escura crescendo. Para conseguir aquele tom específico de rosa, seu cabelo naturalmente escuro teria primeiro que ser descolorido até um loiro quase branco, para depois adicionar a cor pastel rosa, um processo muito danoso. No salão, há um tratamento para reparar a estrutura do cabelo e restaurar o brilho. Se elas fossem amigas, Marin não pensaria duas vezes em trazer uma amostra para ela experimentar. Mas elas não são amigas.

São inimigas. E do tipo mais mortal.

Para alguém que olhasse casualmente, Marin se parece com uma pessoa qualquer, bebendo um café, atualizando o trabalho, olhando coisas aleatórias na internet. Só que não são "coisas". Ela examina fotos da outra mulher quando *a outra mulher está bem na porra da sua frente*, mas ela desafia qualquer um que não tivesse passado por isso a julgá-la.

Não é possível compreender como ela se sente, a menos que se tenha vivido isso na pele.

As informações que faltam nas anotações de Castro, podem ser encontradas na conta de McKenzie Li no Instagram. Ela coloca hashtags em todas as fotos, informando ao mundo que é uma #artista, #gostadelivros e #adorachá. Bebe principalmente #cervejaartesanal quando sai com os amigos. #BufordOGato, uma coisinha esfarrapada, com orelhas gigantes e olhos marejados aparece pelo menos uma vez por semana (#adotenãocompre). Ela tira uma tonelada de selfies, geralmente porque está exibindo um conjunto #descobertonobrechó, ou exibindo uma nova cor de cabelo no #inspiraçãodecabelo, mas tudo bem, porque todas têm a hashtag #selfiessemvergonha só para ter certeza de que seus seguidores saibam que *ela* sabe o quão narcisistas as selfies são. Seu hobby favorito é #reaproveitamentodemóveis, mobiliário que ela pinta e vende através do #FacebookMarketplace. Ela adora #maratonadefilmes, #Netflix e parece não ter nenhum problema em compartilhar os detalhes mais mundanos de sua vida com pessoas completamente estranhas. Mesmo no dia em que acordou #doente e seus olhos estavam inchados e injetados — e ela estava, com toda a sinceridade, horrorosa —, ela continuou #mandandoareal. E seus seguidores adoram isso. Essa foto teve quase duas mil curtidas.

Ela tem mais de cinquenta *mil* seguidores. Cinquenta mil pessoas se ligam no que McKenzie Li posta. A conta dos salões de Marin, em comparação, mal têm a metade disso, e o negócio rendeu mais de três milhões de dólares no ano anterior.

Ela é tudo de que Marin se ressente em relação à geração mais jovem.

Tudo que a mulher faz é documentado *on-line*, exceto seu amante casado. Ela deve morrer de vontade de falar sobre ele. Mas as pessoas não gostariam tanto dela se soubessem quem ela é de verdade, ou gostariam? Aqui e ali existem dicas de alguém especial na vida de McKenzie, mas apenas dicas.

Marin ficaria feliz em sugerir mais algumas hashtags para ela: #destruidoradelares, #puta e #interesseira, para início de conversa.

Ela não tem apetite para o cookie. Toma um longo gole da bebida. Nem pode dizer se é boa ou não, porque não consegue sentir o gosto. O travo metálico em sua boca não se dissipa. Marin descobre que a traição tem o gosto de moedinhas de cobre.

A amante de seu marido está agora a três metros de distância, no balcão de atendimento de café, reabastecendo as máquinas de creme, leite e guardanapos. O corpo de Marin fica tenso, e ela prende a respiração, esperando que McKenzie olhe para ela e finalmente compreenda quem ela é. Mas a garota não olha nem de relance em sua direção. Como se Marin não estivesse ali.

Como se Marin não existisse.

Mas McKenzie existe há muito tempo para Marin. Em algum nível, ela *sabia*, só não queria *ver*. A amante de Derek está bem debaixo do nariz de Marin há seis meses. Ela é a razão pela qual ele se vira de lado quando está escrevendo mensagens, a razão pela qual viaja duas vezes mais que antes, a razão pela qual Marin mal ouve falar dele quando ele está fora de casa.

Mas viver em negação é mais fácil do que confrontar. A negação é uma pequena bolha que protege seu frágil umbigo de coisas que coçam, mordem e queimam.

Seu celular toca uma notificação, e mais uma vez é o Shadow. Vai demorar um pouco até ela se acostumar com o toque. Derek finalmente respondeu à mensagem anterior de McKenzie, e Marin sente uma onda de náusea passar por ela quando a lê.

Derek: *Também estou com saudades, gatinha. Hoje foi um dia de merda, e bem que eu poderia usar um tempinho extra com a minha garota. Estarei de volta a Seattle por volta das sete, e fiz uma reserva no nosso hotel favorito, se você topar...*

McKenzie: *SIM!!!!*

A moça abre um sorriso de orelha a orelha. Não é dirigido a ninguém em particular, e sua óbvia felicidade é como se fosse um punho em volta do coração pulsante de Marin, esmagando-o com força. Um aperto para cada ponto de exclamação.

Derek deveria chegar tarde da noite. Será que McKenzie compreende que ele tem que mentir para a esposa para poder ficar com ela? Será que isso a aborrece de alguma maneira? Será que acha que essa é uma qualidade atraente em um homem? Mesmo que McKenzie não reconheça Marin, ela tem que saber que ele é casado. Se alguma vez pesquisou Derek — e que *millennial* não pesquisaria na internet sobre a pessoa com quem dorme? —, sua biografia na empresa, que menciona Marin, apareceria.

Além disso, também surgiriam notícias sobre seu filho desaparecido. Há quinze meses, foi a história mais divulgada na cidade. Não é possível pesquisar o nome de Derek ou o de Marin sem se deparar com uma foto do *post* de Criança Desaparecida de Sebastian nas cinco primeiras linhas.

#mentirosa. #vadiadestruidoradelares. #vagabunda.

McKenzie está agora a menos de dois metros, segurando um bule de café e batendo papo com um cliente, alguém assíduo, baseado no modo como interagem. Marin fica tentada a tirar uma foto e enviar para Derek. Sem nenhum texto. Para que ele veja aquilo, sinta seu coração saltar na garganta ao compreender que, se ele está vendo aquilo, é porque sua esposa está vendo. Não seria *fantástico*?

Mas ela não vai fazer isso.

— Completo? — pergunta a jovem.

Sobressaltada, Marin bate a tampa do laptop, fechando-a antes que McKenzie possa ver que a tela do computador está cheia de fotos dela. Com Marin sentada, a outra mulher parece ainda mais alta e magra. A luz da janela ilumina sua pele, viçosa e sem manchas. Algumas sardas que Marin não havia notado antes se espalham suavemente por seu nariz arrebitado, e ela não usa maquiagem além de um brilho rosado nos lábios e um pouco de rímel. Não precisa mais do que isso. Seus olhos são de um castanho-dourado. Como os de um gato. Tudo nela parece vibrante. Exótico.

Agora, ela está diante de Marin, segurando o bule de café com um sorriso de expectativa. Marin se sente insípida e invisível como jamais se sentiu. E quando seus olhos se encontram novamente, fica confirmado: ela não tem mesmo ideia de quem seja Marin.

— Eu, hã, pedi café com leite. — Marin sente sua face ficar vermelha, mas se a outra mulher nota que ela está ruborizando, não deixa transparecer.

Marin desvia os olhos para seu copo de isopor extragrande, agora vazio. Do cookie só restam migalhas. Ela também não se lembra de tê-lo comido, mas parece que seu estresse fez com que consumisse tudo enquanto observava a conta do Instagram de McKenzie.

— Tudo bem. Quem senta aqui recebe uma dose grátis, se desejar. — McKenzie levanta um pouco mais o bule. — Acabei de coar. É o grão da casa, torrefação média. Todo mundo adora.

Marin empurra seu copo para a frente. Suas mãos já estão tremendo. Ela não precisa de mais cafeína, e não planeja beber.

— Talvez só um pouquinho.

Felizmente, a garota parece não perceber o desconforto de Marin enquanto serve o café, e sua alegria é tão absurda quanto irritante. Porque Marin sabe a razão de seu ótimo humor. Sabe quais são os planos dela para mais tarde. Sabe que McKenzie está pensando em Derek.

Marin quer pular em cima dela, agarrar o bule e jogar tudo em seu rosto. Quer ouvir os gritos da outra mulher quando o líquido escaldante queimar sua bela pele. Quer arranhar o rosto quente e molhado com suas unhas, rasgar seus olhos, arrancar seu cabelo, de modo a tornar a amante do marido tão horrível por fora como é por dentro. Marin quer arruinar a vida dela da mesma maneira como ela está arruinando a sua.

Odeio você. Odeio tanto você.

É lógico que ela não faz nada disso. Permanece sentada, paciente, silenciosa.

— Que anel lindo! — McKenzie diz, sorrindo ao olhar a mão de Marin. — Se algum dia eu me casar, quero um anel assim.

É quase insuportável. Marin sente a raiva crescendo. Precisa de toda a sua força de vontade para não esmurrar o rosto feliz e sorridente da mulher.

Sua puta destruidora de lares fique longe do meu marido sua vagabunda de merda sua vadia vou te matar vou arrancar a porra desse bule das suas mãos e descascar seu rosto com os cacos de vidro...

Mas pensamentos são apenas pensamentos e, quando passam, McKenzie já se foi, sua cintura fina balançando para longe com o bule de café. Para machucá-la, Marin teria que correr atrás dela, e sabe que jamais faria isso. Não é do seu feitio, porque é tão educada, tão bem-comportada, e envergonhar a amante do marido em público também seria um embaraço público para ela.

O Shadow toca de novo. McKenzie havia acabado de mandar uma mensagem com uma foto para Derek. A miniatura é pequena demais e difícil de distinguir, mas claramente é de uma pessoa. Marin prende a respiração, imaginando se de algum modo McKenzie mandou uma foto da esposa para Derek, do mesmo modo como Marin quase lhe enviou uma foto de sua amante.

Mas não se trata de uma foto de Marin. É uma selfie, e nela McKenzie está nua. Total e completamente despida, mostrando da cabeça até os joelhos.

McKenzie: *Tirei esta antes de sair hoje de manhã. Uma pequena amostra do que virá...*

Marin clica na miniatura e a amplia.

McKenzie tinha acabado de sair do chuveiro. O espelho está embaçado, o vidro limpo apenas o suficiente para que a barriga lisa e o umbigo estejam nítidos no reflexo. Ainda assim, os mamilos rosados são óbvios, tal como a tatuagem de uma flor que cobre a lateral de seu torso, do seio até a cintura. Marin não havia percebido que ela tem uma tatuagem — ou ela não olhou com atenção ou a mulher não a exibe nas fotos do Instagram. Além disso, ela tem o corpo totalmente depilado.

As duas esperam para ver se Derek responde. McKenzie paira perto da máquina de capuccino, celular na mão, até que um freguês se aproxima e ela se vê obrigada a guardar o aparelho.

Nudes? Sério? Será que ela guarda todas no celular para enviar nos momentos oportunos?

#odeiovocê.

Outra notificação do Shadow. McKenzie ainda está ocupada com o cliente e não pode verificar o celular, de modo que Marin lê a resposta de seu marido para sua amante antes dela.

Derek: *Vou lamber cada centímetro de você.*

Marin vai matá-la.

8

— CONHEÇO UM CARA — diz Sal algumas horas mais tarde. — É um solucionador de problemas, caro pra caralho, mas não fica nem traço dos corpos depois do serviço feito. Quer o contato?

Sal Palermo nem sequer tem certeza se Marin está brincando, mas já está do lado dela. Ele a entende bem. Por fora, parece que os dois não têm nada em comum. Ele é ex-presidiário, eventual fornecedor de drogas (sempre consegue Oxi e Vicodin e pode fornecer três tipos diferentes de maconha a curto prazo), e dono de um bar de má reputação. Durante o tempo de universidade, os dois namoraram sério por cerca de um ano. Mais de duas décadas depois, ainda são bons amigos. Ele é o homem que ela sempre amou, mas por quem nunca se apaixonou, e cujo coração ela jamais pensou em magoar quando os dois tinham apenas vinte e um anos.

— Estou brincando — diz ela.

— Eu, não — responde ele, e pela primeira vez no que parece séculos, ela dá uma risada.

Ela empurra o copo vazio na direção dele. Havia um amaretto sour nele, e ela quer outra dose. É o mesmo coquetel que ela bebia quando os dois namoravam. Agora, só o bebe quando Sal prepara para ela, neste bar. Do contrário, ela se mantém fiel ao vinho tinto.

— Outro — diz ela.

O Bar do Sal — sim, foi o nome que ele escolheu — é escuro e esquisito. Fica perto de um estádio de futebol e é popular por duas razões: cerveja barata nas noites de jogo (jogada pra valer), e batatas fritas com alho e parmesão (alho extra, por favor). Antes se chamava Quintal do Fred e, na época da faculdade, os estudantes costumavam frequentá-lo aos finais de semana para beber, porque o velho Fred os tratava como se estivessem no quintal dele — ele nunca pedia identidade. Então Fred sofreu um ataque cardíaco fulminante durante uma partida de futebol de domingo à noite.

O pai de Sal morreu três meses depois, e, nessa época, o bar estava decadente, mal administrado pelos filhos de Fred e perdendo fregueses depressa. A pedido de Sal, Marin e um bando de amigos foram com ele ao bar depois do funeral, e após várias doses de tequila e algumas rodadas da cerveja, Sal se aproximou dos filhos e propôs comprar o bar deles. No começo, eles não o levaram a sério, aborrecidos com a arrogância do garoto universitário bêbado com amigos barulhentos. Sal explicou que havia herdado o suficiente para comprar tudo de imediato, em dinheiro.

Uma semana mais tarde, o acordo foi fechado. Ele largou a faculdade logo depois de assinar a papelada, e ninguém ficou surpreso; as notas de Sal eram, no melhor dos casos, medíocres, e a única coisa da qual ele guardava mais rancor que do seu pai era a faculdade.

O Sal pai, viticultor que estudou na Itália orientado por seu pai, teria odiado o fato de seu único filho dispensar o trabalho no vinhedo da família e, em vez disso, comprar um bar na cidade. *Odiado.*

Na época, ele era tido como radical, um rapaz de vinte e um anos de idade que desistiu da faculdade para comprar o bar, onde costumava se embebedar depois das provas, mas, em retrospectiva, não foi mais radical do que Marin se casar com Derek logo depois da formatura. É mais fácil tomar decisões espontâneas e transformadoras de vida quando se é jovem, e destemido, e não tem nada a perder. Por sorte, Sal se revelou um negociante mais que razoável, e em uma vizinhança na qual bares e restaurantes sugiam e sumiam, o Bar do Sal ainda está lá, ainda lucrativo.

Marin e Sal tecnicamente ainda estavam juntos quando ele comprou o bar, e ela foi contra a decisão. Parecia ser outra das ideias malucas dele, e Marin foi enfática ao dizer que ele deveria terminar o curso. Os dois brigaram muito por causa disso, mas, para ser justo, eles brigavam o tempo todo. Brigas e sexo eram duas coisas que o relacionamento deles tinha de sobra. O sexo, pelo que Marin se lembra, era ótimo. As brigas, nem tanto.

Eles são muito melhores como amigos.

— Se eu a matasse, você acha que eu me daria bem na prisão? — ela pergunta a Sal. — Eu acho que sim. Sou uma vadia durona. Provavelmente iria mandar no lugar. — Ela toma o segundo coquetel mais rápido que o primeiro e dá um tapinha no copo. — Mais um.

Sal a encara, e ela sabe que ele não gosta de como ela está agindo nem da rapidez com que está bebendo. Ele já tinha visto Marin assim — fora de controle, quase perdendo as estribeiras —, mas nunca em público. Isso o deixa nervoso.

— Não vou dirigir para casa. — Ela revira os olhos. — Relaxa.

De fato, foi a primeira coisa que ela disse quando chegou ao bar: que ia voltar para casa de Uber e que precisava de um coquetel, ou cinco. Sal, sem imaginar que havia algo seriamente errado, perguntou se o carro dela estava na oficina de novo.

Era uma pergunta pertinente. Há três anos, Derek lhe deu um Porsche Cayenne Turbo de presente de aniversário, que esteve no mecânico mais vezes do que ela foi ao médico. Marin tem um relacionamento de amor e ódio com aquele carro. Ficou emocionada quando abriu a porta da frente da casa na manhã do seu quadragésimo aniversário e o viu estacionado na entrada, em um ângulo que provocava o maior impacto, branco pérola e reluzente sob um gigantesco laço de veludo vermelho. Alguns vizinhos saíram para ver que comoção era aquela, mas, considerando a vizinhança onde vivem, não era grande coisa. Não era nem sequer a primeira vez que alguém havia recebido um carro de presente naquela rua, entregue exatamente do mesmo modo.

Naquele dia, Marin descobriu duas coisas: primeiro, que o revendedor fica com o laço. Ninguém precisa de uma fita do tamanho de um arbusto de hortênsias para qualquer propósito além de dar um carro de presente; além disso, esses são laços personalizados e caros, então o vendedor o pega de volta assim que o carro é entregue ao destinatário. Segundo, ninguém realmente compra um carro para outra pessoa. Derek não entrou na revendedora e pagou um valor de seis dígitos no seu cartão de crédito. Fez um financiamento por quatro anos no nome dela. O carro podia entrar como despesa de negócios, algo que ela pode deduzir como um ativo que sofre depreciação. Mas ele pagou o depósito e os impostos adiantado (também dedutíveis), lidou com a papelada e escolheu a cor. Ele sabia que ela iria adorar o branco pérola, e estava certo.

É assim que as pessoas ricas fazem. Se puderem financiar alguma coisa, é o que farão. Tudo para maximizar o fluxo de caixa; o débito é apenas um número no papel. É por isso que ela não sabe como realmente se sente em relação ao Porsche. É como se fosse um presente pela metade. Eles tiraram uma bela foto dele — um dos vizinhos tirou a foto com os dois sentados no capô com cara de imbecis pretensiosos enquanto Derek a beijava no rosto. Naquele ano, essa foi a foto mais popular em seu Facebook.

Agora já são duas da tarde. Ela deveria ter voltado para casa para dormir depois de sua tocaia matinal na cafeteria, mas deu uma volta por algum tempo, tentando desanuviar a cabeça. Seus pensamentos estão ficando cada vez mais sombrios, e em vez de se assustar, ela está começando a se sentir confortável com isso.

Marin começa a imaginar o desaparecimento de McKenzie Li. E começa a imaginar a si mesma *fazendo* McKenzie Li desaparecer.

— Não consigo acreditar que você foi até a cafeteria dela — diz Sal. — Isso é subir um nível na arte de perseguir alguém.

— Não é a cafeteria *dela*. Ela trabalha na Grão Verde. — Marin batuca com as unhas na lateral do copo para lembrá-lo que está vazio. — A gente pode até ir lá agora mesmo, se você quiser dar uma olhadinha nela.

— Nem pensar — retruca ele, e seu rosto está o mais próximo de chocado que ela já viu. — A gente não vai lá, nem você vai lá. Nunca mais. Está bem? Fique longe. Não fale com ela. O primeiro passo para resolver o seu problema é compreender o que, exatamente, é o seu problema. Ou, nesse caso, quem. Tudo isso se resume a essa cobra com quem você se casou. Se quiser matar alguém, que seja ele.

Ela escuta, mas não está atenta ao que ele diz. Depois de uma olhada feroz e mais uma batida no copo, Sal suspira e começa a preparar outro coquetel para ela.

Muitas vezes, Marin devaneia sobre o que teria acontecido com eles, se ela não tivesse conhecido Derek. Não era fácil namorar Sal. Ele teve uma infância dura e era assombrado por demônios. Aliás, nada disso era um empecilho de verdade, mas, naquela época, o que ela não conseguia aguentar era a falta de direção da vida dele. Ele era divertido, mas sem rumo. Ele odiava estudar e parecia não ter ambições; nenhum objetivo além do que já tivesse planejado para o fim de semana... e às vezes nem isso. O que deixava Marin enlouquecida.

Eles tiveram uma grande briga depois que o pai dele morreu, depois de Sal comprar o bar, então decidiram terminar. Não foi a primeira grande briga dos dois, nem a primeira vez que romperam, mas ele andava em um estado de ânimo sombrio e as coisas estavam mesmo intensas. Ela precisava de espaço. Por impulso, viajou no final de semana para Cabo San Lucas com um grupo de amigas, e foi lá que ficou com Derek. Eles já se conheciam um pouco; ele era amigo de um amigo, e sempre houve uma faísca entre eles, mas ela nunca pôde ir além, porque já tinha um namorado. Mas, naquela viagem, tecnicamente, ela estava solteira, e Sal estava a três mil quilômetros de distância com seus demônios. Ela se sentiu tão bem em ficar com alguém que pensava as mesmas coisas que ela, e era tão ambicioso quanto ela, e tinha um plano bem definido para o que desejava para sua vida. O que realmente a atraiu em Derek foi seu ímpeto.

Quando o final de semana terminou, Marin sabia que era Derek quem ela queria. Sentia isso como nunca havia sentido com Sal. Ao voltar da viagem, Sal a queria de volta e, na verdade, ele tinha todo o direito de esperar que reatassem — brigar e voltar sempre foi o padrão deles. Mas não dessa vez.

— Conheci alguém — disse ela. Nem havia desfeito a mala. Mal havia chegado em casa, tarde da noite, e Sal queria ir para lá. Ela sugeriu, em vez disso, que os dois se encontrassem na lanchonete vinte e quatro horas que adoravam. O Frankenstein ficava a três quarteirões do apartamento que ela dividia com duas amigas, e quando ela chegou, com o cabelo ainda molhado pela chuveirada rápida que havia tomado, ele já tinha feito o pedido para ela. Marin sempre pedia a mesma coisa. Ovos com a gema mole, batatas fritas, bacon, torrada de pão de trigo.

— Conheceu alguém? Quem? — perguntou Sal.

Ela contou sobre Derek.

— Então você ficou com outro cara. — Sal fez uma careta. — Pensar que você estava com outro me deixa doente, mas acho que não posso ficar puto, porque a gente tinha terminado. Só que eu posso ficar magoado.

— Sinto muito — disse ela. Mas não sentia. Não de verdade. Para ela, os dois haviam terminado no momento em que beijou Derek.

Sal agarrou sua mão.

— Então dá um pé na bunda dele e volta para mim. Mar, somos você e eu. Para mim, não há mais nada além de você. A gente pode dar um jeito. Sei que as coisas ficaram... estranhas depois que o meu pai morreu. Mas tudo pode ser melhor. *Eu* posso ser melhor.

— Sinto muito — repetiu ela, apertando a mão dele antes de soltar. — Quero que continuemos amigos. Mas a gente quer coisas diferentes. Agora você tem um bar. E o Derek e eu vamos nos formar em alguns meses. Tudo está... diferente. E, talvez, deva ser assim.

Sim, as coisas com Derek haviam avançado depressa. Mas quando se sabe, sabe. Não era para Sal ser o grande amor da vida de Marin. Ele jamais poderia satisfazê-la por inteiro, por razões que ela jamais conseguiu articular. Seja lá qual fosse o fator determinante que deveria existir entre eles naquela época, simplesmente não estava lá. Pelo menos para ela.

Sal ficou destroçado. Sentiu-se pego de surpresa e abandonado. Levou um bom tempo até ele querer ser amigo dela, e a transição de namorado/namorada para amigo/amiga foi conturbada.

Foi a confiança que os salvou. Ele confiava nela, e ela, nele, e, de algum modo, Marin chegou a compreender que confiança é melhor que amor. O amor é imprevisível, e o amor machuca. Confiança é segurança, fiel, sólida. Como Sal.

Ele nunca gostou de Derek. Nem naquela época nem agora. No começo, ela supôs que isso se devia a ele culpar Derek pelo fato de os dois não terem reatado, mas, com o passar do tempo, ficou claro que às vezes acontece de duas pessoas não se bicarem. E isso não muda, não importa o que se faça. Os dois não podiam ser mais opostos. Derek é encantador, e Marin pode levá-lo a qualquer lugar. Sal é meio rude, e ela nunca sabe quem ele vai ofender. Derek adora ser o foco quando se trata de trabalho, adora dar longas entrevistas sobre sua empresa, adora a publicidade. Sal teve seu perfil publicado no *The Stranger* um ano depois de comprar o bar, e não gostou nada quando um dos funcionários mandou emoldurar o artigo e o pendurou na parede. A única razão de continuar pendurado é por ser bom para os negócios.

Felizmente, nem Derek nem Sal jamais a obrigaram a escolher entre os dois. Eles raramente se encontram, e quando isso acontece, são educados. Encontram um assunto sobre o qual conversar por uma hora, se precisarem fazer isso; geralmente esportes. Os dois se toleram por causa dela.

Derek é o amor de sua vida, mas, se for honesta, Sal é a pessoa que a faz se sentir mais como ela mesma. Não há fingimentos com Sal. Ao contrário de outros velhos amigos, ele jamais a puniu por passar para um nível de renda superior, por comprar uma casa maior em um bairro melhor, por ter sucesso. E, ao contrário de seus novos amigos, ele não torce o nariz por ela ter sido quem foi, nem por ela (e Derek) serem bem-sucedidos, tampouco por ela fazer parte de comitês de caridade, embora seja tecnicamente uma "nova rica". Com Sal, está tudo bem ser imperfeita. Ela não tem que se conter o tempo todo, ou, na verdade, nunca. Ela provavelmente depende mais dele para apoio emocional do que deveria.

Quem diria que aquele a quem se ama e aquele com quem se sente mais segura não seriam a mesma pessoa?

O bar está quase vazio, e ela está com seu terceiro coquetel, enquanto Sal fala com uma de suas funcionárias. Marin nunca a viu antes, então, ela deve ter sido contratada em algum momento dos últimos dois meses, que foi a última vez que Marin passou por lá. Ela ia ali com regularidade até voltar a trabalhar, e geralmente ia nesse horário, depois do almoço, mas antes da chegada da turma do *happy hour*.

Sal deve estar dormindo com ela. É bem do tipo dele, com cabelo escuro, o traseiro redondo enfiado em um jeans apertado e uma camiseta decotada que mostra todos os benefícios de um sutiã que levanta os seios. De um modo estranho, ela faz Marin se lembrar de si mesma mais jovem, antes de desenvolver seu senso de estilo. A nova garçonete lança olhares o tempo todo, provavelmente especulando sobre quem é Marin, mas não há razão para ela se preocupar. Marin não rouba homens de outras mulheres, mas parte dela desfruta do fato de ainda provocar ciúmes. De qualquer modo, esse caso da funcionária com Sal não vai durar mais de três meses. Nenhum dura mais que isso. E os dois não irão permanecer amigos, porque a coisa sempre termina mal. Pelo que Marin sabe, ela é a única ex de quem Sal continua amigo.

Mais três amaretto sours aparecem, e, ao lado deles, uma tigela enorme de batatas fritas com alho fresco, parmesão e um leve toque de azeite trufado. Ela sorri diante da fila de coquetéis. Sal sabe que ela está decidida a se embebedar, e se ele não a deixar fazer isso ali, sabe que ela irá beber em outro lugar. Mas também sabe que ela precisa de comida. As batatas fritas são deliciosas.

— Está vendo esses aqui? — Sal faz um gesto dramático na direção dos amaretto sours, bem alinhados diante dela. — Quando esses acabarem, você também para, sacou?

Ele se senta na banqueta ao lado dela.

Ela balança a cabeça. Quando terminar com esses drinques, ele vai ter que sair carregada dali, o que é exatamente o que ela quer. Mas os drinques grátis têm preço. Significam que ela tem que falar.

— Então, o que você quer fazer? — Sal pega uma batata da tigela. — Além de beber, é claro. Quando foi a última vez que você dormiu? Precisa de calmante? Tenho um pouco lá nos fundos. Também tenho, claro, a boa e velha cannabis que faz maravilhas. Tenho algumas comestíveis que parecem goma de mascar...

— Estou exausta, sei que pareço uma merda. Pare de me oferecer drogas.

Ele dá um tapinha no braço dela.

— Nem no seu pior dia você pareceu uma merda. Hoje é o seu pior dia?

— Não. — Ela nem precisa pensar nisso. O pior foi há quatrocentos e oitenta e seis dias atrás. Nada antes, ou depois, nem sequer chega perto disso. Não até que chegue o dia em que receba um telefonema que ela não quer nem pensar em atender.

— Então aperte o cinto, florzinha — Sal diz, e ela solta uma gargalhada, que é a reação que ele espera.

— Eu deveria deixá-lo. — Ela não consegue sustentar o olhar dele quando pronuncia essas palavras.

— Sim, deveria mesmo. — Ele nem hesita, e a vergonha toma conta dela. — O Derek sabe que você sabe?

Ela sacode a cabeça. É mais fácil manter essa conversa sem olhar para Sal, de modo que ela volta sua atenção para a TV, onde alguém usando um uniforme vermelho leva um murro de alguém em um uniforme branco e grita horrores por causa disso.

— Como você descobriu?

— Castro me contou. Ela estava seguindo uma pista. Descobriu tudo sem querer.

Sal quase se engasga com uma batata frita.

— A detetive? Ela ainda está investigando?

— Eu já tinha dito isso a você.

— Não disse, não. Você falou que a contratou por um mês no ano passado. E nunca mais mencionou nada, aí imaginei que... Puta merda...

— E por que isso te incomoda tanto?

— Não me incomoda — responde ele. — Me preocupa. Sinto que você está...

— O quê? Diga logo.

Ele olha para o outro lado, mordendo o lábio inferior. Ela pega o queixo dele e faz seu rosto voltar na direção dela.

— Diga — pede.

— É como se você estivesse no mesmo lugar em que estava quando o Sebastian desapareceu. — Ela afasta a mão, e ele a encara. — Você não seguiu em frente. Está... presa.

— Você parece o meu terapeuta falando. — O quarto coquetel a está atingindo, e a língua está se soltando. — Vou ter que terminar com você também?

— Você parou de ver o dr. Chen?

— Oficialmente, ainda não. Mas ele também não para de me dizer que estou presa.

— E o que o Derek pensa disso?

— Desde quando você se importa com o que o Derek pensa?

— Não costumo me importar. Mas você não o viu ano passado, Mar. Depois do... depois do susto.

Ela está aprendendo que ninguém usa a palavra *suicídio*. As pessoas usam qualquer outro termo que lhes ocorra para não dizer essa palavra. Podem dizer, *aquela vez que você tentou se machucar*. Ou *quando você estava em um momento ruim*.

Ela tentou se matar. Ela consegue admitir isso — por que ninguém mais consegue?

— Nunca o vi tão assustado. — Sal está mastigando uma batata frita e fala mais consigo mesmo do que com ela. Um pedacinho de alho fica em seu lábio, e ela se inclina e o tira com o dedo. — Ele pensou que ia perder você. Estava arrasado pra caralho. Você não disse a ele que parou com a terapia, né?

— Na verdade, hoje foi o primeiro dia que cancelei a sessão com o dr. Chen sem remarcar. Posso voltar. Ainda não sei.

Ele a observa.

— Então... qual a diferença desta vez?

Desta vez. Ele quer dizer o caso. Porque houve outro, há muito tempo.

— Ela tem vinte e quatro anos — Marin informa. — E já vem acontecendo há seis meses.

— Porra. — Sal arrasta a sílaba, e é assim que ela sabe que é tão ruim quanto ela acha que é. *Pooooorrra*. Ele pega outra batata frita e mastiga furiosamente. Esse simples gesto a faz se sentir um pouco melhor. Um amigo de verdade é alguém que fica comendo estressado com você, mesmo que a coisa estressante não esteja acontecendo com ele.

Ela tira o celular e mostra para ele a selfie dela nua.

— Ela tem o cabelo rosa.

Ele pega o celular de Marin e olha a foto de perto, os olhos arregalando um pouco. A mandíbula se contrai e, por um instante, ela supõe que ele esteja zangado. Mas então ele dá uma risadinha.

— Isso é engraçado para você? — pergunta ela.

— Desculpa. — Ele abafa outra risada e devolve o celular. — É só que... o cabelo. As tatuagens. É como se ele estivesse procurando exatamente o oposto de você.

— Ela é bonita.

Ele faz um gesto com a mão.

— Você também. Essa não é a questão. Não é a questão em nada disso.

— Pare de rir. Isso não é legal.

— Não, não é mesmo — diz ele, e o sorriso desaparece. Ele põe as mãos nos ombros dela e a sacode. — Não é mesmo nada bom. Então por que você está aqui? Por que você não está, neste exato momento, sentada diante de um advogado de divórcio discutindo como dar o fora dessa porra de casamento?

Ela não responde. Porque não sabe qual é a resposta. Seu cérebro ainda não alcançou suas emoções.

É engraçado como a vida pode ir à loucura em questão de minutos. Um minuto, você tem um filho. No minuto seguinte, ele desaparece. Um minuto, seu marido é fiel. No minuto seguinte, ele está comendo uma garota de vinte e quatro anos, e você está pensando se seu melhor amigo conhece mesmo um cara para dar um jeito nisso. Porque, se alguém conhece um cara desses, é Sal.

Ele afaga a perna dela.

— Está bem. Hora de fazer planos. Eu ajudo. Quer passar uns dias lá em casa enquanto você se prepara? O apartamento tem um quarto de hóspedes, os lençóis estão limpos. E você teria o seu próprio banheiro.
— Para. Não consigo pensar tão adiante assim.
— Ele é um babaca.
— Também é o meu marido.
— É um mentiroso infiel.
— Ele mente só sobre a infidelidade.
— Até onde você sabe. Pare de defendê-lo.
— Ele é o pai do Sebastian.
— E daí? — A voz de Sal soa magoada. — Você não pode mais continuar usando o seu filho como desculpa.
— Eu ainda o amo.
— *E daí?* — Sua voz explode, e algumas cabeças no bar se voltam na direção deles. A nova garçonete observa da outra ponta, seu rosto mostrando suspeita e preocupação. Para ela deve parecer que Sal e Marin estão numa discussão de namorados, pelo modo como estão sentados tão perto um do outro, a discussão tão passional e acalorada. — Veja aonde o amor te levou. Se você me perguntar, Mar, eu digo que isso de amor é muito superestimado. Foda-se o amor. A gente deveria ficar com as pessoas de que *gostamos*. E em quem confiamos.
— Como você? Dormindo com a sua nova garçonete? — Marin se vira e olha com atenção para a nova funcionária, depois levanta a sobrancelha para Sal. Ele se inclina para trás, surpreso por ela ter adivinhado. Claro que ela adivinhou. Ela conhece Sal. — Você *gosta* dela, hein? E isso vai durar quanto tempo, tipo, alguns meses no máximo, até que tudo termine com ela dando o fora porque você começou a paquerar outra e aí ficou estranho trabalharem juntos? Você está sempre a um passo de um término complicado e um processo de assédio sexual, meu amigo. Que porra você sabe sobre casamento, compromissos ou relacionamentos?

Sal visivelmente perde o prumo, murchando no banco de bar, como se ela tivesse tirado o ar dos pneus dele. Marin logo se arrepende de suas palavras. Ela retrucou de maneira ríspida demais, e não foi legal, porque Sal não estava tentando feri-la. Apesar da aparência de durão, Sal é muito sensível. Ele nunca se casou, nunca teve filhos, e esse é um ponto sensível no qual ela não deveria ter tocado.

— Desculpe. — Marin pega sua mão. Ele a deixa segurá-la e, alguns segundos depois, aperta um pouquinho sua palma. Ele se cura tão rápido quanto se fere, graças a Deus. — Sou uma megera. Aquilo não era sobre você. Você não disse nada que já não tivesse me dito antes.

— Pois é, e espero que um dia desses você me escute de verdade. — A expressão de seu rosto a fez lembrar da cara que ele fez quando pediu que ela voltasse para ele nos tempos de faculdade, e ela disse que estava namorando Derek. Cara de cachorrinho machucado. A boca caída nos cantos, agora contornada pela barba grisalha. — Você sempre foi boa demais para ele, e odeio que você não reconheça. Ele fez isso com você antes, e não houve nenhuma consequência, e é por isso que ele sabe que pode fazer a mesma coisa de novo.

— Poxa, obrigada, Sal. — Ela larga a mão dele. — Culpe a mulher. Então é culpa minha ele estar me traindo?

— Não. — Sal bate a mão no balcão. — Mas é culpa sua *continuar*. Ele te traiu da primeira vez quando você estava grávida. Quem faz isso? E mesmo assim você ficou. Teve o Sebastian. E agora aqui está você de novo. Qual é, Mar. Quem sabe quantas outras houve? As que você nunca descobriu e jamais descobrirá.

A honestidade de Sal é como uma marreta. Puro trauma dado com força bruta no coração, sem embromação, sem movimentos desperdiçados, sem palavras inúteis.

— Ainda estamos casados — diz ela em voz baixa. — Eu fiz promessas.

— *Ele também!* — A voz de Sal parece um trovão. Isso a alarma, pois raramente ele ergue a voz. Ela ainda está olhando para o espelho do bar, e logo atrás vê cabeças se levantando outra vez. O olhar de laser da garçonete do outro lado da sala a faz corar. Ela nem conhece Marin e já a odeia por estar perturbando Sal.

— Você não precisa continuar com um casamento ruim como penitência pelo que aconteceu com o Sebastian, Mar. Será que não entende isso? Nenhuma das duas coisas é culpa sua. Havana não foi culpa sua. Já chega.

Ele não se refere à cidade cubana. Todos os melhores amigos têm um tipo de código, e Havana foi o apelido de uma mulher chamada Carmen, uma consultora de vendas da Nordstrom que descende de cubanos, e com a qual Derek dormiu quando Marin estava grávida de Sebastian.

Depois de quatro tentativas de fertilização *in vitro*, era sua primeira gravidez a ultrapassar as doze semanas, e Marin estava ao mesmo tempo eufórica e aterrorizada.

Derek jurou que aquela foi a única vez. Ironicamente, foi Sal quem lhe contou. Ele estava em um encontro, sentado ao lado da janela de um restaurante, quando viu Derek passar, de braços dados, rindo, com uma mulher que não era Marin. Na manhã seguinte, ele lhe contou, mas ela insistiu que era um engano, que ou não era Derek, ou Sal não havia visto o que pensava ter visto. Os dois discutiram, Sal a acusou de ser deliberadamente cega, e ela o acusou de tentar fazer um drama, porque sempre havia pensado o pior de seu marido.

Então, dois dias depois, uma vendedora da Nordstrom ligou para dizer a Derek que os sapatos Ferragamo que ele tinha encomendado chegaram. A conta da Nordstrom devia estar vinculada ao celular de Marin, e a mulher não percebeu que estava deixando uma mensagem no correio de voz da esposa dele. Na época, sua resposta no correio de voz era genérica, automaticamente gerada: "Você ligou para dois-zero-seis nove-sete-um...".

Marin ouviu a mensagem novamente, certa de que havia compreendido mal.

"Oi, Derek, aqui é a Carmen. Seu Ferragamo chegou. Estarei na loja até o final do expediente, caso você esteja planejando vir... Se vier, talvez a gente possa tomar um drinque? Gostei muito da outra noite. Eu, hum... não consigo parar de pensar em você. Espero ver você mais tarde. Tchau."

Marin confrontou Derek quando ele chegou em casa, reproduzindo a mensagem duas vezes pelo viva-voz, enquanto ele se contorcia de vergonha. Ele se desculpou, implorou seu perdão, insistindo que foi apenas uma noite, que as pressões da fertilização o deixaram perturbado e ele perdeu o controle. O que ela deveria fazer? Eles tinham um bebê a caminho, e ela queria — precisava — que tudo desse certo. Eles começaram a fazer terapia de casal, e ainda que por fim tenham encontrado o caminho de volta um para o outro depois que Sebastian nasceu, nunca mais foi exatamente a mesma coisa. A quebra de confiança faz isso.

Sal se aproxima, até seu rosto ficar a centímetros do dela. Seu hálito cheira levemente a alho, mas isso não a incomoda, porque o dela deve estar assim também. Às vezes, ela se pergunta se não magoou Sal mais do que imaginou. Se talvez a razão para ele não assumir um relacionamento se deva ao que aconteceu entre eles na faculdade. Ele nunca falou isso. E ela nunca perguntou.

— Você ficará melhor sem ele — diz Sal. — Pode começar tudo de novo. O Derek está podre de rico. Você vai ficar com metade de tudo. E isso já é o bastante.

— Do mesmo jeito que a Tia?

Sal sabe de quem ela está falando. Tia é uma amiga deles da faculdade que se casou com um chef e dono de um restaurante rico. Por dez anos viveram em uma casa com vista para o lago Washington. Ela não precisava trabalhar. Ficava em casa com a filha, jogando tênis e era voluntária em ações comunitárias. Então Bryan conheceu outra mulher. O divórcio foi feio.

Bryan contratou advogados melhores que os dela, e mesmo que ela tenha conseguido um acordo, ele ficou com todo o resto. E seguiu abrindo mais dois restaurantes. Tia agora mora em um apartamento e compartilha a guarda da filha com o ex-marido e a mulher pela qual ele a abandonou.

Fazia mais de um ano que Marin não encontrava Tia. A última vez foi quando sua velha amiga esteve em sua casa com um prato especial quando a notícia sobre Sebastian foi divulgada. Tia disse que era "feliz com sua nova vida", mas é difícil imaginar o quão feliz ela poderia estar. O que Tia perdeu quando se divorciou de Bryan jamais pôde ser substituído. Tempo com sua filha. Segurança financeira. Status.

Marin não quer ser feliz em uma nova vida. Quer ser feliz com a que já tem... ou tinha.

— Você não é a Tia — retruca Sal. — Sempre trabalhou. Isso a Tia nunca fez.

— Você sabe que eu jamais poderia sustentar sozinha o estilo de vida que tenho agora. — Ela se sente horrível ao dizer isso, mas é verdade. Os salões geram lucro, mas é uma fração do que Derek ganha.

— Sim, mas eu vou estar aqui — diz Sal. — E você ainda será a mesma, não importa o que diga a sua conta bancária.

— Não quero perder tudo o que construí.

— Você trocaria tudo isso para ter o Sebastian de volta?

— Até o último centavo — responde ela, sem hesitar, apesar de o álcool estar deixando sua cabeça enevoada.

— Então, se tudo de que você precisa é ter o seu filho de volta para ser feliz, Derek não tem nada a oferecer. Por onde é que ele andou no último ano? Nunca está em casa. Emocionalmente, ele abandonou você.

— Derek é um bom homem — ela diz.

— Não, não é mesmo. Ele é *legal*, e há uma diferença. Dá para ser legal com alguém e ainda assim trair. Dá para ser legal e fazer coisas escrotas. Dá até para ser legal e arruinar a vida de alguém. Ele é legal, Mar, mas não é *bom*. Espero que algum dia você entenda a diferença.

— Sal — uma voz chama e os dois se viram. A garçonete com o jeans apertado olha para os dois da entrada da cozinha. — Entrega de vinho. Ele disse que precisa de uma assinatura.

— Então, você assina — responde ele, aborrecido. — O nome dela é Ginny — informa a Marin, em voz baixa. — Está ficando chata. Você disse três meses? Nem sei se vamos completar três semanas.

— Quantas vezes você dormiu com ela?

— Só duas. — Ele parece ofendido. — Mas acho que ela está começando a ter *sentimentos*.

— Bem, você sempre foi fantástico na cama.

Sal joga a cabeça para trás e ri. Marin se sente melhor ao ouvir isso, saber que ainda pode fazer alguém rir desse jeito.

— *Sal* — Ginny chama novamente. — O *vinho*.

Ele desaparece na sala dos fundos por tempo suficiente para que Marin chame um Uber, e volta bem a tempo de vê-la tentando sair da banqueta. A sala gira, e ela quase cai. Ele a segura e a coloca de pé.

— Nossa, você está com um baita porre. E não são nem quatro da tarde.

— Conquista desbloqueada — diz ela, e sua voz sai enrolada. — Chamei um Uber. Chega em três minutos.

Ele pega o celular da mão dela. O aplicativo do Uber ainda está aberto, e ele cancela a viagem.

— Vou levar você para casa. Me dê as chaves.

Ela procura no bolso e as entrega para ele.

— Tem certeza de que não precisam de você aqui? — pergunta ela enquanto caminham para a porta. O chão ondula. Ela se aproxima para abraçá-lo, mas se atrapalha e acaba se jogando em cima dele. Do outro lado do salão, Ginny dispara dardos com o olhar, e Marin acena para ela. A outra mulher não acena de volta.

— Ginny — ele a chama. — Não volto mais hoje. Quando o Tommy chegar, diga a ele que hoje à noite vou para a fazenda. — Tommy é o cozinheiro chefe e o subgerente.

— Quando você volta? Temos que...

— Volto quando voltar — dispara ele.

Advertida, Ginny baixa a cabeça.

— Você não havia dito que ia para Prosser — diz Marin, apoiando-se nele. É como se ela tivesse a boca cheia de algodão.

— Decidi de última hora.

— Diga um oi para a sua mãe. Sinto saudade dela.

Sal cai na gargalhada.

— Agora tenho certeza de que você está de porre.

Ele a ajuda a entrar no banco de passageiros do Porsche e prende o cinto de segurança, com certa dificuldade. Ele se mantém inclinado por alguns instantes, e ela inala. Sabonete, e água, e xampu. O mesmo cheiro. O mesmo Sal. Seu cheiro é reconfortante. Ele é reconfortante. Ela se sente a salvo. Ela fecha os olhos.

E então adormece.

9

PARECE QUE SÓ SE PASSOU um segundo quando Sal a desperta. Marin deve ter capotado mesmo, pois quando abre os olhos, estão no acesso de sua casa, e Sal mais uma vez se inclina por cima dela, destravando o cinto de segurança.

Ele a ajuda a sair do carro e a subir os degraus da porta da frente, amparando-a outra vez, enquanto ela tenta lembrar o código. Mal usa a porta da frente. Ela e Derek estacionam na garagem e entram na casa através do vestíbulo que quase nunca fica trancado. A primeira tentativa, que ela lembra tarde demais, é a senha do seu caixa eletrônico, o que faz a luz vermelha piscar. A segunda tentativa, o aniversário do casamento deles, também não funciona.

Então, ela se lembra. O código da porta é o aniversário de Sebastian, e uma onda gigantesca de pesar a atinge quando digita o número no teclado. A luz verde finalmente brilha.

— O quê? — Sal pergunta, sentindo-a escorregar contra ele. — O que foi? Vai vomitar?

— Não. — Ela não vai vomitar. Ela nunca vomita, pelo menos não por conta de bebida. Não mais. — Você pode me ajudar a subir para o quarto?

Ele fecha a porta e a tranca logo que entram. Ela chuta os sapatos e se livra do casaco, deixando os dois no chão do saguão de entrada. Ele a ajuda a subir a escada longa e curva até o quarto, onde ela desaba na cama e fecha os olhos. O quarto ainda está girando, mas ela está com a cabeça um pouco melhor do que quando saíram do bar.

Sal se senta ao lado dela, e ela se apoia no ombro dele. Ela gosta da sensação que ele lhe causa. Tão sólido. Tão *presente*.

— Você está com pressa? — pergunta ela, consciente de que os dois estão na cama. Mas ela não quer ficar sozinha. Tem estado muito sozinha ultimamente.

— Não — responde ele, encostando o rosto em sua cabeça. — Posso ficar um pouco mais.

Ela se recosta, querendo se deitar com ele, mas é claro que isso seria totalmente inapropriado. Eles já estão perto demais de cruzar a linha.

— Lembra quando eu disse que conheço um cara? — murmura ele, acariciando seu cabelo, que caiu em mechas bagunçadas sobre sua testa. Talvez seja porque estão a sós no quarto silencioso, mas a voz dele lhe provoca arrepios. É rouca, íntima, em um tom que ela não ouve ele usar desde que era sua namorada. Ela se excita, e sente um formigamento, mas deve ser só o álcool que a faz se sentir assim. — Eu não estava brincando, Mar. Conheço mesmo. E ele pode cuidar desse problema para você.

— Para. Eu estava brincando. — Ela tenta se afastar e olhar para ele, mas seus braços são fortes, musculosos e não permitem que ela tente sair do abraço dele.

— Eu, não — diz ele em seu cabelo.

— Tudo bem, me passa as informações sobre ele. — Ela pode continuar com isso por mais alguns minutos, até ele sair. Quando Sal não diz nada, ela pergunta: — E aí, ele não tem cartão de visitas? O que exatamente esse sujeito faz? É advogado?

— Já te disse — Sal diz. — Ele é um solucionador de problemas.

— Perfeito. Ele pode matar alguém e fazer com que pareça um acidente?

— Talvez. Ele com certeza conhece quem pode.

— Você já usou os serviços dele antes?

— Uma ou duas vezes.

— Você confia nele?

— Não confio em ninguém — rebate ele sem rodeios. — Só em você.

Seus braços se afrouxam, e ela se afasta apenas o suficiente para fitar seu rosto. Ele a encara, sustenta seu olhar. Parece ter transcorrido uma eternidade, ao esperar que os lábios dele se movessem, formando o esboço de um sorriso para que ela soubesse que ele está brincando, esperando apenas para soltar o final da piada. Porque por mais sombrios que alguns de seus amigos sejam — e por mais sombrio que ele seja, às vezes —, é claro que ele não *conhece* de fato pessoas que possam mandar matar outras pessoas. Isso seria absurdo.

Mas o final da piada não vem. Ele está totalmente sério.

Marin pode admitir que estava zangada quando foi ao bar, mas, qual é. Fazer brincadeiras sobre matar uma mulher é loucura, mesmo para um sujeito como Sal e seu sombrio senso de humor. Ela sabe que andou tendo pensamentos terríveis o dia todo, mas isso é...

Então, finalmente, um sorriso enorme se espalha pelo rosto de Sal.

— Seu *babaca*. — Ela dá um tapa no braço dele e ele ri alto. Mais uma vez, é o Sal de quem ela se lembra, dos velhos tempos. O piadista Sal, o tranquilão Sal, o Sal que a ama incondicionalmente.

Risadas sempre a fizeram se sentir mais próxima dele, e antes que consiga pensar, ela o beija.

É um beijo desleixado, molhado, embriagado, e ele não a beija de volta, tampouco protesta. Ela recua depois de um segundo, sentindo sua face corar de vergonha. Ele não diz nada, apenas solta um suspiro longo, e no mesmo instante ela deseja não ter feito o que fez. Ela teve um dia péssimo, e agora deixou as coisas piores, cruzando completamente o limite do qual jamais deveria nem sequer ter chegado perto. Ela abre a boca para se desculpar, mas antes que possa dizer alguma coisa, Sal a segura pelos ombros e a joga de volta na cama.

A língua dele em sua boca e o tamanho de seu corpo parece ao mesmo tempo pesado e reconfortante sobre ela. Ela o beija com intensidade de volta, colando seu corpo ao dele, enquanto as mãos dele exploram todos os lugares, e é como se não conseguissem chegar perto o suficiente um do outro. Os lábios dele estão nos seus, em seu rosto, seu pescoço, sua clavícula, seus seios, e ela o deseja, por inteiro, em cima dela, dentro dela, para que possa esquecer tudo que sente, tudo que sabe, nem que seja só por um tempinho.

Como se sentisse os pensamentos dela, ele gira para o lado tão rápido como rolou antes sobre ela, sentando-se na cama, a respiração ofegante.

— O que foi? — Ela arfa. — Por que você parou?

— Não posso — diz ele, sem olhar para ela. — Você está bêbada, Marin. E é a minha melhor amiga. Isso não é certo.

Ela nota que ele não disse *e você é casada*. Ela se aproxima dele, colocando a mão em seu braço.

— Sal, olhe para mim.

Ele vira a cabeça na direção dela. Seu rosto é a expressão mais completa do conflito. Seus olhos estão cheios de desejo, mas a boca está comprimida, uma linha reta de determinação.

— Estou bêbada, mas sei o que estou fazendo — afirma ela. — Você precisa que eu consinta? Porque eu consinto. *Eu consinto*. Eu quero isso. Eu quero você. — Ela se inclina, pressionando o rosto nos braços dele, sentindo o calor dele por baixo da camisa. — Preciso de você, Sal. Não vá. Fique comigo. Por favor, fique comigo.

Ela olha para ele. Sua boca suavizou, e ele olha para ela do mesmo modo como olhava quando os dois eram universitários.

— Você sabe que eu te amo — declara ela e, em algum lugar lá no fundo, sabe que não deveria dizer isso a ele, pois não é justo. É jogar sujo para fazê-lo ficar e não a deixar sozinha. — Talvez eu não tenha te amado do jeito como você merece ser amado, mas eu te amo do melhor modo que sei. Sempre te amei e vou sempre te amar.

Ele vacila. Ela percebe. Ela coloca a mão na parte interna de sua coxa, acariciando o volume ali com o indicador. Ela pode senti-lo.

— Você tem que prometer que não vai me odiar amanhã. — A voz de Sal está rouca. — Porque eu não vou saber viver se me odiasse.

— Jamais conseguiria odiar você, não importa o que acontecer — diz ela.
— Ainda não se deu conta disso? Você é a única pessoa no mundo em quem eu posso confiar, Sal.

Para qualquer outra pessoa, essas seriam apenas palavras. Mas é a mesma coisa que Sal lhe havia dito na noite em que seu pai morreu. Ele estava arrasado, gritando, histérico, quase incoerente, e demorou muito tempo para que se acalmasse. Marin foi quem deu a maior parte das respostas quando os policiais chegaram. Ela é a única razão pela qual ele nunca foi preso. *Você é a única pessoa no mundo em quem eu posso confiar, Marin.*

Este momento é, provavelmente, o mais próximo que eles chegaram de falar sobre aquela noite, e nem foi intencional.

Ele avança e começa a despi-la devagar, seu olhar se deliciando com o corpo nu que ele havia visto pela última vez em uma cama de solteiro no dormitório da universidade. Depois ele se despe, e a visão do corpo dele é reconfortante para ela, em grande medida inalterado desde a última vez que o viu assim, exceto talvez por um pouco mais de pelos e muito mais músculos.

Ele não é mais um universitário. Nem ela.

Eles se descobrem novamente, se enroscando nos lençóis, até ele recuar por um momento, sem fôlego, para perguntar:

— Você tem alguma coisa?

Ela leva alguns segundos para compreender. Faz muito tempo desde que alguém lhe fez essa pergunta. Ela não usava qualquer espécie de contraceptivo desde que tinha um pouco menos de trinta anos, quando ela e Derek começaram ativamente a tentar ter um bebê.

— Não, não tenho. — Ela o puxa de volta. — Não importa.

Foram necessárias quatro tentativas de FIV e cem mil dólares para ter Sebastian. Ela não está preocupada com o que pode acontecer esta noite. Só sabe que precisa disso, mais do que precisou de qualquer coisa ou de alguém em toda a sua vida.

Sal a penetra devagar, o olhar fixo no dela, e a sensação de ser preenchida, de não se sentir mais vazia, é tão boa. Ela se perde nele, e é melhor do que ela se recorda. Os dois estão melhores do que ela se lembra. Suaves no começo, animalescos perto do final, e exatamente do que ela precisa.

Ele está vestindo a calça, enquanto ela começa a adormecer nos lençóis bagunçados. Já está escurecendo lá fora. Ele se inclina e cola seus lábios nos dela em um beijo prolongado, cheio de palavras não ditas e um desejo que ela agora compreende que nunca esmaeceu, foi apenas abafado. Ela o beija de volta, sabendo que essa será a última vez que se beijarão assim. Quando os dois terminaram há anos, não sabiam que o último beijo que deram era mesmo o último.

Mas, hoje, Marin sabe. Isso não pode mais se repetir.

— Eu te amo — sussurra ele.

Ela sorri e acaricia seu rosto.

— Eu te amo.

São exatamente as mesmas palavras, mas significam coisas totalmente diferentes.

Uma hora mais tarde, quando ela é despertada pelo toque suave do celular, o quarto está às escuras. Não é o Shadow. É uma mensagem normal. Derek finalmente se importou em dar sinal de vida, e Marin se apoia no cotovelo para ler a mensagem.

Ei, fiquei retido mais uma noite em Portland, convidado para jantar com os investidores. Queria poder recusar. Amanhã à noite volto para casa.

Mentiras. Mentiras, mentiras, mentiras. Ele não está em Portland. Deve ter acabado de chegar ao hotel aqui em Seattle, seja lá qual for o "favorito" deles.

Não se preocupe, responde ela. *É por isso que eles te pagam uma grana preta.*

Chego em casa amanhã para o jantar, prometo, escreve Derek. *Faça uma reserva em qualquer lugar que você queira comer. Vou surpreender você com algo bom* ☺.

O pior é que ele realmente fará isso. Em sua última viagem para Portland, ele trouxe de presente um par de botas Valentino que iam até o joelho. Não era seu aniversário. Não era o Natal. Ele as havia visto em alguma vitrine e as comprou para ela "porque quis". O que será desta vez? Quanto ele gastará para aliviar a culpa?

Supondo que ele sinta alguma culpa. Ele não é como Marin, para quem culpa é seu estado normal, tingindo tudo que ela pensa, sente e faz. Ela sente a raiva voltar, brotando por seus poros. A raiva é bem-vinda, destrói todas as idiotices e confusões. A raiva desembaraça seus pensamentos, deixando tudo mais nítido.

Ela pega o celular e liga para Sal. Quando ele atende, leva um segundo para o Bluetooth fazer a conexão, que é como ela sabe que ele está dirigindo.

— Oi — diz ela. — Você está na estrada?

— Estou. O que foi? — E essas poucas palavras já mostram que as coisas mudaram entre os dois. É como se ele estivesse se preparando para o que ela vai dizer sobre o que fizeram, mas ela ainda não pode tocar nesse assunto.

— Quero conhecer aquele cara — responde ela. — Supondo que você estivesse falando sério.

A resposta dele é quase imediata, e não é, *Mar, eu estava brincando*, como ela meio que espera. Em vez disso, é:

— Não precisa. Eu posso falar com ele por você.

— Não. — Ela caminha até a janela e olha para fora. O sol se pôs, e as árvores são apenas sombras no quintal. — Preciso encontrar com ele cara a cara. Não vou fazer isso se não puder falar com ele pessoalmente. Não é certo.

Silêncio. Ela sabe que ele ouviu, porque percebe que ele ainda está no viva-voz.

— Está bem. Eu arranjo tudo — diz ele, por fim. — Estou planejando sair de lá amanhã por volta das seis da noite, aí devo chegar por volta das nove. Vou acertar para que ele nos encontre...

— Nós, não. *Eu*. Preciso fazer isso eu mesma, Sal. Assim que possível, antes que eu perca a coragem.

Ela escuta o que acabou de dizer a ele, e lhe ocorre que seria bom esperar até amanhã. Talvez a possibilidade de perder a coragem seja uma coisa boa, porque o que ela pensa em fazer é insanidade absoluta.

Os segundos se passam, e Sal não fala nada. Ela sabe que ele está lá. Pode ouvir o ruído suave do carro em movimento e o ligeiro eco da conexão Bluetooth. Ela se pergunta se ele se arrepende de ter aberto essa porta, levando-a por esse caminho. Sal sempre foi um pouco fora da caixa, antiautoritário, meio fora da lei, enquanto Marin sempre foi certinha e bem-comportada.

— Ligo de volta para você — diz ele, e depois de um breve adeus, cheio de palavras não ditas, eles desligam.

Uma hora depois, ele envia uma mensagem: *Hoje à meia-noite. Frankenstein. Fique sóbria.*

10

O CARTÃO DE CRÉDITO DE McKenzie Li não está passando. De novo. Envergonhada, ela olha por cima do ombro. Derek está sentado em um banco, verificando seus e-mails em um iPhone, e não percebe o olhar dela. Ele nunca percebe que ela está olhando. Eles não estão nesse nível de sincronia.

— Tente de novo. — Ela dá as costas para o balcão, esforçando-se muito para não transparecer urgência em sua voz. Foi ideia dela vir ali, deixar que ele saiba que ela não é uma garota cara para se manter. Queria lembrar a ele o que o levou a sentir atração por ela. Entretanto, não consegue criar coragem para voltar para a mesa sem a comida. Não pode dizer a ele que está sem dinheiro. Geralmente, quando ela faz o pedido, ele lhe entrega algumas notas antes mesmo que ela possa pensar sobre isso. Mas esta noite ele está distraído, e ela não consegue se forçar a pedir. Ele tem que oferecer.

O caixa do McDonald's, que não deve ter mais do que quinze anos, olha em dúvida para ela por baixo da viseira do boné. Ele volta a passar seu Visa, e mais uma vez aparece na tela *Transação não aprovada*.

— Desculpe, senhora. Tem outro cartão aí que eu possa tentar?

Em primeiro lugar, ele pode enfiar no rabo essa história de chamá-la de *senhora*. Ela só tem vinte e quatro anos, porra. Segundo, não, ela não tem. Todos os seus outros cartões de crédito já estão sem limite, e esse é o segundo dos dois que ela achou que poderia funcionar, o que tem limite baixo e taxa de juros mais alta, que ela solicitou apenas um mês atrás. Não é possível que ela tenha usado tanto, mas talvez tenha mesmo. Ela provavelmente saberia se tivesse se dado ao trabalho de abrir a conta, que ainda está lá no balcão da cozinha, em cima de todas as outras contas que ainda não abriu.

A senhora atrás dela, com dois netos hiperativos, suspira, impaciente, batendo um dos pés no chão, enquanto manda que os dois *fiquem quietos ou vão voltar para a casa do pai*. Isso seria menos humilhante se o McDonald's onde estavam fosse mais movimentado, mais barulhento, com mais caixas e mais clientes. Kenzie está superconsciente do julgamento aborrecido do garoto que está atendendo ao pedido, e que, mesmo estando no ensino médio, deve ter mais dinheiro no bolso do que ela tem agora em sua conta bancária.

Derek uma vez lhe disse que crescer pobre é o que o fez ser quem ele é agora. Que bom para ele. Para ela, ser pobre é uma merda, e ela sabe que obter um mestrado em Belas Artes não irá exatamente transformar essa perspectiva quando se graduar. Claro, ela gostaria de ser o tipo de pessoa que não se importa com dinheiro, como tantos de seus amigos artistas. Mas quando você está se afogando em dívidas para pagar a universidade e o cartão de crédito, e sua mãe sofre com um ataque prematuro de Alzheimer e está em uma casa de saúde que nem é das mais caras, mas ainda assim é *cara pra cacete*, dinheiro é a diferença entre o McDonald's e o macarrão instantâneo das lojas de até um dólar. Porque, sim, existem níveis mais baixos do que o de *fast-food*.

Ela procura na carteira, com a esperança de que aquela nota de vinte dólares que guarda para emergências ainda esteja no compartimento onde a esconde. Nem se lembra se usou ou não esse dinheiro. Nem sabe se ter um cartão de crédito recusado no McDonald's pode ser qualificado como uma emergência de verdade, mas com certeza ela sente que é. Sua avó lhe ensinou a sempre guardar algum dinheiro na bolsa, porque às vezes os cartões de crédito não funcionam, e às vezes não há um caixa eletrônico por perto. *Sua avó* estava certa, e Kenzie de repente sente saudade dela, deixando as coisas ainda mais difíceis.

Ah, luto, seu desgraçado.

Ela acha a nota dobrada entre um velho cartão da Sears e um cartão do clube de membros da Sephora, nenhum dos quais usa mais: a primeira faliu; e a segunda, está além de suas condições financeiras no momento. O pedido no McDonald's fica quatorze dólares e sessenta e oito centavos. Ela pensa na possibilidade de trocar seu combo de frango grelhado por dois hambúrgueres na promoção. Mas a senhora atrás dela suspira de novo, e Kenzie tem que aceitar que está envergonhada demais para dizer qualquer coisa. Desdobra a nota de vinte dólares e a entrega para o caixa. Ele devolve cinco dólares e algumas moedinhas. Ela enfia o troco na carteira e tenta não pensar no fato de esse ser todo o dinheiro que sobrou para passar o restante da semana.

Derek nem levanta a cabeça quando ela volta com a comida; está dominado por seu celular. Ele é dominado pelo celular do trabalho da mesma maneira como ela é dominada pelo celular para qualquer coisa que não seja trabalho, e ele não gosta de ser interrompido quando está digitando, então ela não diz nada. Antes de se sentar, ela tenta dar uma olhadinha no que ele está acessando. Mas, é claro, ele percebe e afasta o celular de sua linha de visão.

Ela odeia quando ele faz isso. Isso a faz se lembrar de que ele tem segredos. Ela sabe disso. Ela *é* um desses segredos.

Ela desembrulha seu hambúrguer de frango grelhado e dá uma mordidinha, mantendo-se ocupada com seu Instagram, enquanto ele continua a agir como se ela não estivesse ali. Ela postou uma foto enquanto dirigiam para o hotel com os pés em cima do painel, e conseguiu bater a foto logo antes de ele lhe dizer para não colocar os pés no painel. Mesmo tirando os sapatos, ela sabia que isso o irritaria. Ela o conhece melhor do que ele pensa. E ele provavelmente a odiaria se soubesse que às vezes aparece no Instagram dela, mesmo que não haja seu nome, ou rosto, ou qualquer característica que o identifique. Mas o que importa se ele não tem redes sociais e nunca vê nada disso, não é?

Distraído, ele pega uma batata frita. Nem agradece pela comida, e mesmo que não precise — afinal, ele pagará todo o resto —, para Derek, pagar cem paus em um jantar não é nada. Kenzie gastar quase quinze dólares no McDonald's limpou sua carteira até o próximo pagamento. Além do mais, ela não consegue se lembrar da última vez que ele fez questão de ser educado com ela. Ela se lembra de que pensou, quando os dois se conheceram, que ele tinha muito bons modos. Era um verdadeiro cavalheiro.

Derek já não é mais esse cara. Seis meses mentindo e fazendo coisas às escondidas o mudou. Mas ela não pode se preocupar muito com isso, porque ela também mudou. Kenzie costumava estar no controle, mas agora o sente escapar. Ir para um hotel hoje à noite pode ter sido ideia dele, mas ela não é burra. Há uma grande diferença entre um homem que quer mesmo ficar com ela e um homem que simplesmente não quer ir para casa.

— Tudo bem? — pergunta ela quando ele desliga o celular.

— Tudo. — Mas ele não sorri, e Kenzie não sabe se é por causa do celular, ou por causa dela. Não vai perguntar; eles não fazem isso. Eles não questionam suas emoções. Não vão ao *fundo*. Isso nunca foi parte do seu *modus operandi*, mesmo que ela tenha tentado. Em vez disso, ele olha para a comida adiante e franze a testa. Abre a caixa com seu hambúrguer, e a carranca aumenta. — Eu disse um Quarteirão.

— Você disse que queria um Big Mac. — Ela sabe que ele pediu um Big Mac. Sabe que ele pediu um Big Mac, porque se lembra de que quando ele disse isso, ela pensou consigo mesma: *Mas você normalmente pede um Quarteirão*. Ela está confiante em sua correção, mas observa pela mudança em seu olhar que ele está se perguntando se isso *foi* mesmo o que ele disse. Mas Derek odeia estar errado, e é o rei de dobrar a aposta, então vai negar que disse Big Mac até isso arruinar a noite deles juntos.

— Quando foi que alguma vez eu comi um Big Mac? — questiona ele, mas sua convicção não é tão forte. Ele olha para Kenzie como se ela devesse saber a resposta. Ela entende que ele está cansado por ter dirigido a tarde inteira de volta de Portland, mas ela se ofereceu para dirigir até o hotel quando ele a pegou, e Derek insistiu que estava bem. O que os dois sabem é que ele não quer que ela dirija seu precioso Maserati. Se ele não a deixa colocar seus pés calçados com meia (limpa!) no painel, com certeza não vai deixar que ela fique no volante de seu absurdamente caro carro esportivo. Derek acha que o Maserati a excita, e no começo era assim. Mas isso também o faz parecer um babaca.

E quer saber? Ele não é o único que está cansado. Ela passou a manhã toda de pé, atendendo clientes na Grão Verde, até Marin Machado entrar, com cara de quem queria rasgar a garganta de Kenzie com seus dentes perfeitos, ao mesmo tempo mantendo a pose elegante e completamente fabulosa.

Kenzie sabe quem é a esposa de Derek. Lógico que sabe.

Foi preciso um enorme esforço para não reagir, fingir que a esposa do amante era apenas mais uma cliente, e ela dá o crédito de seu desempenho ao curso eletivo de teatro que fez na faculdade, em Idaho. Se houvesse um prêmio para Melhor Atriz de Cafeteria, Kenzie teria ganhado. Foi uma agonia imaginar se Marin iria pular por cima do balcão e estrangulá-la, ou começar a gritar obscenidades diante de seus colegas de trabalho e da loja lotada de clientes. Mais tarde, Kenzie chegou até a se aproximar dela para completar seu café e lhe dar a oportunidade de fazer justamente isso — imaginando que podiam resolver a questão, e pelo menos ela estaria de alguma forma mais preparada —, mas Marin não disse nada. Só ficou sentada no canto, observando-a trabalhar, encarando Kenzie como se ela fosse uma mosca que Marin quisesse esmagar debaixo de seus sapatos Jimmy Choos.

Kenzie havia visto Marin em fotos. Estavam espalhadas pela internet, em revistas, nas páginas de eventos de caridade, em artigos sobre beleza, e a esposa de Derek mantém ativas as páginas no Facebook e no Instagram, tanto para trabalho como para sua vida pessoal. Mas Marin Machado, pessoalmente, estava em um nível bem diferente. Para começar, ela parece a Salma Hayek (a quem ela atendeu em seu salão, de acordo com uma revista da moda). Tem um olhar sedutor, toda peitos, e bunda, e cintura minúscula, e roupas de grife que se ajustam nela em todos os pontos certos. Quando Marin ficou olhando para ela no balcão, Kenzie se sentiu desengonçada e desajeitada, como uma adolescente que ainda não se desenvolveu por completo, alta demais, magra demais e precisando desesperadamente de uma maquiagem. Marin Machado é suave e curvilínea, e Kenzie, pontiaguda e achatada. Não poderiam ser mais diametralmente opostas na aparência nem se tentassem.

Por isso, ela mandou a selfie nua para Derek. Ela precisava de validação.

Marin Machado é esperta. Bem-sucedida. Toca seu próprio negócio com aqueles três salões e a equipe de mulheres que parecem adorá-la. Ela cresceu por conta própria e retribui para a comunidade, e seus hashtags são sempre #patroa e #mulheresproprietárias e #empoderemulheres e ela, na verdade, é tudo o que Kenzie queria ser quando crescesse.

Ela nem imagina o que aquela mulher pretende. É óbvio que Marin sabia quem Kenzie é. Mas não houve confronto, e é claro que ela não disse nada para Derek, porque se tivesse dito, sem chance de estar com ele ali agora.

Derek ainda não está falando nada, então ela continua pensando sobre Marin enquanto come suas batatas fritas. Ver a esposa dele pessoalmente explica muita coisa. Todo mundo aparece bem nas fotos no Instagram, graças aos filtros e ao Facetune. Ver alguém na vida real, entretanto, é diferente. Derek deve pensar que Kenzie é só toda atrapalhada na maior parte do tempo, comparada a sua esposa bem ajustada. Ela havia corrido para casa depois do trabalho para tomar um banho rápido, e Derek fez careta quando a viu.

— Secar o cabelo não deve ser tão demorado assim — disse ele.

— Quase sempre deixo secar naturalmente.

Ele pegou a bolsa de ginástica no banco de trás, remexeu ali dentro até encontrar uma toalha de microfibra.

— Chegue para a frente — disse, e quando ela obedeceu, ele cobriu o assento de couro com aquilo.

— Meu cabelo está mais limpo que a sua toalha — comentou ela.

— Meu assento vale mais que o seu cabelo.

Ela não tinha resposta para aquilo. E aposta que uma mulher como Marin jamais sai de casa com o cabelo úmido, ou com menos de cinco produtos cosméticos no rosto.

Derek nem sobe até o apartamento quando passa para buscá-la. Se ela não estiver na calçada, ele manda uma mensagem. Ele nem mesmo sai daquele maldito carro para tocar a campainha do saguão. Um dia ele se estressou:

— Não sou a porcaria de um motorista do Uber! — O que demonstra que ele jamais usou um Uber. Esses sujeitos tampouco saem do carro.

Então, eles ficaram sentados lado a lado no carro dele, chamativo e desconfortável, por meia hora, até Kenzie sugerir a parada no McDonald's. Apesar da pose de burguês que Derek mostra, ele foi criado com *fast-food*, tal como ela, que sabe que ele não se importa com hambúrgueres produzidos em massa e batatas fritas. Além do mais, ele estava com o humor horrível, e ela achou que a comida poderia acalmá-lo um pouco. Em vez disso, está tendo o efeito contrário, já que os dois só ficam ali sentados naquele banco pegajoso, enquanto ele se queixa sobre o sanduíche que ela comprou com seu dinheiro para emergências.

Ela nota que ele ainda não tocou no Big Mac.

— Derek, se for um problema assim tão grande, eu posso pedir que eles troquem. — Ela coloca seu hambúrguer de frango no prato e solta um suspiro fundo e dramático.

Senhoras e senhores, os dois estão agora no meio da competição verbal *Quem Está Certo?*, na qual os pontos são contados mentalmente de forma passivo-agressiva até que alguém vença. Quem será? Ela deseja que seja ela mesma, já que gosta tanto quanto ele de vencer, mas se não substituírem gratuitamente o hambúrguer, isso significa que ela terá que comprar outro com os únicos cinco dólares que ainda tem, até receber seu pagamento no final da semana. O que significa que, no fim, ela perde.

— Não precisa — responde Derek. Agora os dois têm a mesma pontuação computada.

Ele dá uma boa mordida no hambúrguer que insistiu não ter pedido, o que significa outro ponto para ele por comer algo que não quer comer. Então, ele faz uma careta para mostrar que não gosta de Big Mac, o que significa um ponto para ela, porque ele havia dito que não precisava trocar. Mas então ele termina de mastigar e engole, o que, merda, significa outro ponto para ele porque vai digerir a coisa.

— Você quer o meu hambúrguer de frango? Eu posso comer o Big Mac, não ligo. — *Plim, plim, plim*. Ela pode ouvir o sino tocando dentro de sua cabeça, computando os resultados. Uma oferta para trocar os sanduíches com certeza vale três pontos, e com isso Kenzie assume a liderança. Ela também é boa nesse jogo.

— Já disse que está tudo bem.

Ou ela perde um ponto ou ele ganha um, ela não sabe. Os dois comem em um silêncio mal-humorado, e ninguém vence. Ninguém nunca vence. Ela nem sabe por que jogam esse jogo. Não sabe por que ele quis vê-la esta noite. Se ele realmente não queria ir para casa, podia ter ficado em Portland.

Dez minutos depois, estão de volta ao carro. Ele aumenta o volume da música, como sempre faz quando não está a fim de conversar, o que tem acontecido cada vez mais ultimamente. Derek costumava conversar com ela o tempo todo. Afinal, foi assim que eles começaram. Conversa foi o que os ligou naqueles primeiros meses, até que começaram a fazer sexo e descobriram que desfrutavam ainda mais daquilo.

Sua lista de músicas não mudou nos seis meses em que ela o conhece, e seu gosto musical inclui principalmente Soundgarden, Pearl Jam, Alice in Chains e Nirvana. Todas bandas da grande Seattle, claro, mas todas de antes de sua época, e a faziam se lembrar de seu pai, que costumava ouvir alto esses álbuns até o verão em que saiu de casa. Também fazem Kenzie lembrar que Derek é mais velho, e, apesar de essas diferenças terem sido excitantes no início, agora são um fio solto que os dois ficam puxando, e o relacionamento começa a desfiar.

Mas não pode desfiar. Kenzie investiu demais nisso.

O Cedarbrook Lodge é um hotel a meia hora de Seattle, perto do aeroporto internacional. Quando Derek falou dele pela primeira vez, ela pensou que seria um desses hotéis genéricos de aeroporto. Mas é surpreendentemente agradável. Tem um restaurante chique e um spa de luxo, e a suíte reservada é quase do tamanho do apartamento que Kenzie compartilha com seu amigo Tyler, mas com lareira. A propriedade em volta do hotel é bem cuidada e exuberante, romântica até. Mas não é por isso que Derek gosta dali. Eles o frequentam porque é improvável que esbarrem em algum conhecido dele. E se isso acontecer, ele sempre pode dizer que tem que pegar um avião bem cedo no dia seguinte.

Seja lá o que estão fazendo, não tem nada a ver com romance.

Derek estaciona o carro e a instrui a esperar, enquanto ele cuida do registro e pega as chaves do quarto. Está de volta alguns minutos depois.

— Vamos usar a entrada lateral — diz a ela, e agora está sorridente, alegre, tentando distraí-la do fato de não querer que o pessoal da portaria a veja. Eles sempre usam a entrada lateral, e é humilhante que ele ainda sinta a necessidade de lembrá-la disso, como se ela fosse uma criança que precisa de uma repetição constante para aprender alguma coisa.

Eles entram pela porta lateral, Derek está carregando sua pequena mala, e ela está carregando a sua própria. No começo, ele sempre levava as duas malas, e Kenzie adorava o cavalheirismo. Em algum momento no meio do caminho, entretanto, ele deixou de oferecer. Uma vez ela comentou, e ele riu.

— Deixa disso, Ken. Você é uma *millennial* e uma autointitulada feminista. Não pode ser tudo isso e esperar que um homem carregue a sua bagagem.

Talvez ele esteja certo, mas de modo algum se trata de expectativas, só que ela não sabe lhe explicar isso sem criar uma confusão ainda maior. Ela quer que Derek *queira* ser aquele que carrega sua bagagem quando eles entram em um hotel. Quer que ele seja o tipo de sujeito que segura sua mão quando andam pela calçada, que suba quando vem buscá-la, que a leve para jantar em lugares onde os amigos dele possam estar, que tira selfies com ela e a deixe postar no Instagram.

Kenzie quer que ele seja tantas coisas que ele não é, mas não sabe como pedir, porque nunca desejou isso até agora.

Desde o começo ela sabia que ele era rico. Sabia que ele era casado. Sabia que seu filhinho havia desaparecido. Sabia que ele estava vulnerável, pronto para ter um caso, aberto a qualquer coisa que levasse para longe sua dor. Ela também sabia que ele era generoso com a carteira.

Em suma, ele era o alvo perfeito.

Ela o segue pelo corredor, imaginando pela centésima vez como tudo pode ter dado tão errado. Nunca supôs que se apaixonaria por ele. E se ela não bolar logo seu próximo passo, vai foder com o plano todo.

11

A SELFIE DELA NUA é o papel de parede do celular de Marin.

E agora, toda vez que ela pega o celular, aparecem os peitos de McKenzie Li. Todas as vezes que ela vê as horas lá está a virilha de McKenzie Li. Marin olha a tatuagem de flor de cerejeira que vai subindo pelo torso magro da mulher mais nova, dos quadris até o seio. Marin não sabe quase nada sobre tatuagens, mas até ela pode reconhecer a arte, a ousadia dos tons fúcsia e rosados pintados com um efeito de aquarela. Só uma mulher de vinte e quatro anos com um corpo desses pode se sentir confortável seminua, deitada em uma mesa durante as horas que deve ter demorado para que um estranho gravasse tinta em sua carne com uma agulha.

A foto enche Marin de raiva, e ela a fica encarando. Raiva é melhor que tristeza. Raiva é melhor que entorpecimento. Essa mulher é tudo que Marin não é, e ela só pode supor que é disso que Derek gosta mais nela.

Já é quase meia-noite, e Marin está no Frankenstein, sentada a uma mesa no meio da lanchonete, esperando que apareça um homem cujo rosto ela nunca viu e cuja voz nunca escutou. Tudo que sabe sobre ele é que se chama Julian, e parece que não é anormal que ele encontre mulheres estranhas à meia-noite em restaurantes.

O Frankenstein é um local à moda antiga, enfiado no Distrito Universitário. Ela foi muitas vezes ali com Sal na época da faculdade — foi ali, inclusive, que eles terminaram. Há cabines com mesas de madeira arranhadas e bancos com vinil rasgado alinhadas à parede e espalhadas pelo salão, cada um com uma luminária baixa de lâmpada fraca. O assoalho de vinil é constantemente pegajoso de café e calda de panquecas derramados. Os banheiros foram reformados, mas ainda são nojentos e, ao usá-lo mais cedo, ela foi forçada a se acocorar por cima do vaso, com medo de que suas coxas encostassem em algo repugnante.

A comida do Frank é gordurosa e rápida, as porções são generosas e os preços são baixos. A lanchonete atrai muitos sem-teto, a maioria homens, que chegam em pequenos grupos e se sentam em silêncio às mesas dos cantos, compartilhando pratos de comida que muitas vezes conseguem com desconto. O proprietário já havia sido um sem-teto, antes de permanecer sóbrio e conseguir um emprego; é o tipo de história clássica de Seattle e foi divulgada em um noticiário. Ainda há uma foto emoldurada na parede perto da entrada. O Frankenstein também atrai o pessoal que trabalha em turnos no hospital universitário, e estudantes de três diferentes faculdades da área, inclusive da Faculdade de Artes frequentada por McKenzie Li.

Mulheres como Marin não vão a lugares assim. Pelo menos não mais. Um sujeito com meia dúzia de dentes podres sorri para Marin quando passa por ela a caminho do banheiro, e, por um momento, o fedor que emana dele — uma mistura de mijo e lixo advinda de uma vida inteira dormindo nas ruas — invade as narinas dela. Por instinto, ela puxa a bolsa para mais perto no assento de vinil. Será que foi Sal que escolheu esse lugar ou o tal de Julian?

Dói pensar em Sal, e ela nem começou a processar o que aconteceu mais cedo entre eles. Quase vinte anos casada com Derek, e Marin nunca o havia traído, nem sequer tinha chegado perto disso. Ela respira fundo, obrigando-se a parar de pensar na tarde que teve. É uma porta que jamais deveria ter aberto, e é assustador pensar para onde ela e Sal irão a partir daí. Ela não quer perdê-lo. Não sabe se consegue sobreviver a mais uma perda.

Quanto mais tempo ela passa sentada ali, mais louca a coisa toda lhe parece. É bem possível que ela tenha chegado mesmo ao fundo do poço.

Mas todas as vezes que considera se arrepender de sua decisão de estar ali, seu celular acende com uma notificação qualquer. E ela volta a ver a foto de McKenzie Li, jovem, e revigorante, e desinibida, suave onde Marin é enrugada, ousada quando Marin... não é. Provavelmente fértil, com ovários funcionando muito bem, pronta para produzir um ou dois bebês, caso seja o que Derek quer.

E o que *será* que Derek quer? Outro filho? Porque isso é algo que Marin sabe que não pode mais lhe dar. Sua última tentativa de FIV usou seu último embrião viável, e daí veio Sebastian.

Mulheres se opondo a outras mulheres é o clichê mais antigo do mundo, e ela sempre teve orgulho de ser uma mulher que enaltece outras mulheres. Seja lá o que McKenzie esteja fazendo, a traição ainda é de Derek. Mas Marin também machucou o marido. Se Derek pode perdoá-la pelo que houve com Sebastian — e ele disse isso centenas de vezes —, então com certeza ela pode perdoá-lo por isso.

O que deixa apenas McKenzie como vilã nessa história. Ela não investiu nada, e tenta ficar com tudo. E isso não pode acontecer.

— Mais café, querida?

A voz rouca da garçonete pega Marin desprevenida, e ela se assusta um pouco. A garçonete segura um bule com café em uma das mãos e um jarro de água na outra, e ela oferece os dois a Marin, com um sorriso gentil. Há uma manchinha de batom coral no seu dente da frente, e só por isso Marin se lembra da garçonete do restaurante a que seus pais costumavam levá-la aos domingos, depois da igreja. Ela se chamava Mo, apelido de Maureen. Em um fim de semana de Ação de Graças, durante a faculdade, ela e seus pais foram até o Golden Basket. Marin pediu à recepcionista que os levasse até a seção de Mo, e o rosto da mulher se abateu ao lhes informar que a garçonete favorita de Marin tinha falecido havia um mês.

— Eu ia te contar — sussurrou sua mãe quando eles se acomodaram em uma seção diferente pela primeira vez em mais ou menos dez anos.

— É, bem, mas não contou — respondeu Marin. — E agora eu me sinto uma merda, assim como a recepcionista.

A mãe franziu os lábios.

— Olha a *boca*, Marin.

O uniforme verde desbotado da garçonete está frouxo no seu corpo magro, e o nome no crachá diz *BETS* com letras inclinadas. Marin supõe que deveria ser *BETSY*, mas de alguma forma o Y se apagou. Ela pisca, percebendo que não havia respondido à pergunta da garçonete.

— Os dois seria ótimo, obrigada.

Bets/Betsy enche sua caneca sem derramar uma gota. Os nós de seus dedos parecem raízes de gengibre.

— Algo para comer? — pergunta a garçonete. — Ou ainda está esperando alguém?

A porta da lanchonete se abre e um grupo barulhento de estudantes entra trazendo uma lufada de vento frio. Não há lugar para eles se sentarem, todas as mesas estão ocupadas. A última coisa que Marin quer é comida, mas não parece certo ocupar uma mesa para quatro quando ela só está bebendo café.

Ela olha por cima da cabeça da garçonete para ler o menu rabiscado na lousa grande que ocupa quase metade da parede em cima da cozinha aberta.

— Vou querer o Monstro especial. Mas com clara de ovos mexidos, por favor, e nada de panquecas, torradas, ou *hash browns*. Vocês têm bacon de peru?

Bets/Betsy levanta uma sobrancelha tingida.

— Querida, esse não é o Monstro especial. Há um extra pelas claras de ovos, e você vai pagar por um monte de comida que não vai comer. E não servimos bacon de peru. — Ela franze o rosto quando diz *bacon de peru*, como se a própria ideia fosse uma blasfêmia. O que provavelmente é, porque só um idiota chega em uma lanchonete vinte e quatro horas, conhecida pelo café da manhã servido o dia inteiro, e tenta fazer dele algo saudável.

Marin sorri para ela.

— Quer saber? Vou querer ovos fritos. Torradas da casa. Batatas com cebola caramelizada. E o bacon normal que, se bem me lembro, é delicioso.

A garçonete devolve o sorriso.

— Quer acrescentar uma panqueca por um dólar?

Ela não vai conseguir comer isso tudo, mas o que importa?

— Claro, por que não?

Bets/Betsy não escreve nada disso. Marin se pergunta como ela veio parar ali, com a sua idade, trabalhando no turno da meia-noite naquele lugar gorduroso. Mo costumava dizer que gostava daquilo. Que os clientes do Golden Basket eram como amigos, e os colegas, como sua família. Mas o turno da meia-noite no Frankenstein era completamente diferente.

Já é meia-noite em ponto, e o "cara" de Sal ainda não apareceu. Ela não tem como mandar uma mensagem ou verificar se Julian ainda planeja vir. Sal lhe assegurou que os dois iam se dar bem. E isso é tudo que ela sabe de fato. E se Julian não aparecer?

Seu celular vibra com uma mensagem. É de Sal. *Está viva?*

Ele ainda não chegou, responde ela, nervosa. *Estou pirando. Não sei se quero fazer isso.*

Sal escreve de volta tão rápido quanto ela. *Está tudo bem. Fique calma. É só uma conversa.*

Sem nada mais a fazer senão esperar, ela clica no seu aplicativo do Instagram. Ela não prioriza a mídia social; Sadie e os gerentes dos salões lidam com os posts no Instagram e no Facebook. Mas hoje, Marin está viciada, e está aprendendo que a geração mais jovem parece completamente confortável publicando a vida inteira nessas plataformas virtuais. E, se olharmos com atenção, podemos aprender quase tudo sobre qualquer pessoa.

A amante de Derek, por exemplo, posta qualquer coisa no Instagram todo dia. Todo. Maldito. Dia.

Apareceu uma foto desde que ela checou, e é do... pé dela? Pés compridos ligados a um tornozelo magro, envoltos em meias de bolinhas cor-de-rosa e brancas, cruzadas casualmente no painel de um carro. Foi tirada de um ângulo estratégico para mostrar o volante, no qual o inconfundível logo do Maserati está bem no centro. Uma das mãos aparece no volante, claramente masculina, e a legenda informa: *Roda quente, cara quente*, com um *emoji* de óculos.

Há mais de cem comentários na foto, mas o primeiro é o único que McKenzie respondeu.

> sugarbaby1789: *safadinha, quem é esse???*
> kenzieliart: *desencalhei, garota!* [*emoji* de beijinho]

Marin mais uma vez tem que consultar um dicionário de gíria para a definição oficial. *Desencalhar* significa arranjar namorado; em um relacionamento sério.

Humilhações abundantes.

Um homem desliza pelo assento de vinil rasgado na frente dela. Assustada, Marin quase deixa cair seu celular. Ela estava tão imersa em seus pensamentos que não notou sua aproximação. Não percebeu que ele caminhava na direção da mesa, nem sentiu o vento bater em seu rosto quando a porta da frente se abriu. O mesmo grupo de jovens barulhentos ainda estava reunido na frente da porta.

Ele deve ter entrado por outro lado, pela porta dos fundos ou talvez pela cozinha.

Seu coração está batendo forte, a palma das mãos, suada e, como reflexo, ela estende a mão, mas ele não se move para apertá-la. Em vez disso, faz sinal para a garçonete, que chega com uma caneca limpa e o bule de café.

— O de sempre, Bets — pede ele.

Então o nome dela é mesmo Bets, e é evidente que os dois se conhecem. Se ele usa a porta dos fundos, deve aparecer muitas vezes ali. Marin coloca as mãos no colo, para que ele não as veja tremendo.

Será que ela está mesmo fazendo isso?

Ela tem dificuldade para manter contato visual com ele, que não parece sentir qualquer constrangimento. Ele pega um pacote de lenços umedecidos do bolso do casaco, tirando um do pacote plástico. Ela observa, enquanto ele limpa meticulosamente as mãos, pegando cada dedo e, quando termina, faz uma bola com o lenço usado e o enrola em um guardanapo. Deixa o guardanapo em um canto da mesa.

Ele a encara, avaliando-a, o olhar percorrendo seu rosto, seu cabelo, seu colar, sua blusa, a aliança na mão esquerda, o bracelete no punho direito. Não sorri, mas o rosto é naturalmente agradável. O que Sal terá lhe dito? Ela se pergunta se ela é como ele esperava.

Ela se pergunta quantas vezes ele terá feito isso.

Finalmente, ele fala:

— Sou o Julian. Não precisa ficar nervosa, Marin. Só estamos conversando.

Ela não havia percebido que estava prendendo a respiração até que exala.

— Olá — cumprimenta ela. — Obrigada por ter vindo.

Julian — se é que esse é seu nome verdadeiro — tem mais ou menos sua idade, talvez alguns anos mais velho. Olhos escuros, sobrancelhas grossas, nariz forte, cabeça toda raspada. Casaco de couro preto e desgastado por cima de uma camiseta preta com gola em V. Corpo extremamente musculoso, pelo que ela pode ver. Mãos fortes, sem relógio e sem aliança, apesar de ela supor que seria estranho ele usar uma neste cenário. Ele não parece um sujeito que tem um emprego regular, tampouco parece um — qual foi a palavra que Sal usou? — *solucionador de problemas*.

Não que ela tenha a menor ideia do que faz um solucionador de problemas profissional.

Ele a observa o analisando, e mais um momento se passa antes que ele diga:

— Então foi você quem partiu o coração do Sal?

Ela se surpreende. Não é assim que achava que a conversa iria começar.

— Hum... algo do tipo. — Ela não sabe o que Sal disse exatamente a ele e não sabe como explicar isso, ou quantos detalhes ele espera. — A gente namorou durante a faculdade. Há muito tempo.

— E você o largou pelo cara com quem acabou se casando? — Julian pergunta, porém é mais uma afirmação que uma pergunta.

Meu Deus, Sal, o que você contou para esse cara?

— Não... exatamente.

— O Sal é um cara bom — diz ele. — Alguma vez você se arrependeu? De ter preferido o seu marido a ele?

— Eu... — *Nossa*. Ela não tem a menor ideia de como responder a isso. Não estava preparada para esse tipo de perguntas, ainda mais assim na lata, mas o sujeito parece ser incapaz de conversa fiada. Nem mesmo um *oi*. — Ora, claro que não. Sal sabe disso. Estamos bem.

— Só estou tentando confirmar como vocês dois se conhecem. — Os olhos de Julian se enrugam, e ocorre a ela que ele está sorrindo. Ou está tentando. — Vendo se a sua história combina com a do Sal. Porque é óbvio que eu e você nunca nos encontramos antes, e preciso ter certeza de que você é a pessoa que ele diz que é.

— Sal é o meu melhor amigo. — É a explicação mais simples, e a mais precisa. — Temos uma longa história. Posso mostrar a minha identidade para você, se precisar confirmar o meu nome.

Merda. Isso foi estupidez. Ela não quer mostrar sua identidade para ele; assim, ele saberia tudo sobre ela, inclusive o endereço, e de alguma maneira isso parece ser... perigoso.

Ele sacode a cabeça.

— Não, não precisa. Está tudo bem.

— E como *você* conhece o Sal? — pergunta ela.

Ele levanta uma sobrancelha, perplexo.

— O que ele contou para você?

— Disse que você trabalhou para ele. Uma ou duas vezes.

— É verdade. — Há um brilho nos olhos escuros de Julian. — Mas não foi assim que nos conhecemos. Foi quando nós dois éramos residentes no CCM.

Marin o encara, esperando que explicasse, mas ele não faz isso. Então ela compreende. CCM é o Complexo Correcional Monroe. É uma prisão. *Meu Deus*. Quando Sal tinha dezenove anos e era calouro, foi preso por vender maconha. Era um crime pequeno, no que diz respeito a tráfico de drogas, mas era a segunda vez, e seu pai ficou puto. Recusou-se a pagar a fiança, de modo que Sal ficou preso por trinta dias até a audiência, e o juiz o condenou apenas pelo tempo que passou preso. Isso tudo aconteceu antes de eles se conhecerem, e Sal jamais fala sobre isso, o que é a razão pela qual muitas vezes ela esquece que ele havia sido encarcerado.

— Mantivemos contato depois que nós dois saímos. Ele falou sobre você quando vocês dois estavam juntos. Ainda faz isso. Diz que você é a tal que escapou.

— Que interessante, porque ele nunca mencionou você — ela deixa escapar, e logo seu rosto enrubesce. As palavras foram muito mais bruscas do que ela queria.

O que não parece aborrecer Julian. Ele dá de ombros.

— Não sou o tipo de cara sobre o qual vale a pena contar para os amigos.

— Ele costuma me contar tudo — retruca ela.

— É mesmo? — Julian responde com um sorrisinho, e antes que ela possa perguntar o que isso significa, ele acrescenta: — Não nos vemos com frequência. Quando ele precisa de mim, liga. Sou especializado em solucionar problemas que precisam ser resolvidos de uma maneira específica.

— Que tipo de problemas? — Ela prende a respiração, se perguntando se ele vai dizer as palavras.

— Seja lá o que você precisa, Marin.

Ele não explica, e um silêncio desconfortável paira sobre eles, até que o celular de Marin acende. É uma mensagem de Sal, perguntando como ela está. Ela fica constrangida quando o olhar de Julian é naturalmente atraído para a tela do celular e o corpo nu de McKenzie. Ela agarra o celular da mesa. Ninguém mais deveria ver isso em seu celular.

— É o Sal. — Ela pode sentir o calor no rosto se espalhando até o pescoço. — Querendo saber se está tudo bem.

Julian se recosta, bebericando o café.

— Vá em frente e responda à mensagem.

Ela digita às pressas, e guarda o celular na bolsa.

— Desculpe, Marin — Julian diz. — Preciso que isso fique sobre a mesa.

— É mesmo?

— Desbloqueie para mim, por favor. — O tom é agradável, mas é inconfundível que se trata de uma exigência, não de um pedido.

Ela aperta o botão de iniciar, e o celular desbloqueia.

Ele pega o aparelho e começa a deslizar, meticulosamente fechando todos os aplicativos que ela havia aberto. Depois coloca o aparelho de volta na mesa, de onde McKenzie sorri para eles em toda a glória de sua nudez até que a tela escurece.

— Eu precisava ter certeza de que não estamos sendo gravados — informa Julian.

— Eu não faria isso.

Ela não teria nenhum motivo para gravar qualquer coisa dali. Seja lá o que aconteça hoje, ela não quer que ninguém, além de Sal, saiba, e nem sequer pensou nisso, ou considerou essa ideia a ponto de conversar com alguém que possa mesmo fazer alguma coisa sobre isso.

— A comida chegou — Julian diz.

Bets, a garçonete, coloca pratos enormes empilhados com comida brilhando com gordura e manteiga sobre a mesa. Ela nota que Julian pediu a mesma coisa que ela, até a panqueca adicional, só que com torrada de trigo em vez das torradas da casa.

— O que você acha de a gente comer primeiro e conversar depois? — Ele pega o garfo e usa a lateral para cortar a gema de um dos ovos. A gema escorre sobre as batatas aceboladas. — Conversas sobre assassinatos são muito mais fáceis quando o estômago está cheio, não acha?

12

POR ALGUM TEMPO MARIN pode até fingir que são duas pessoas em um encontro às cegas, o que, de certo modo, é verdade. Afinal, os dois foram unidos por um conhecido em comum.

Só que tudo sobre o que falam é ilegal.

— Então, é ela? — Julian finalmente coloca o garfo sobre o prato. — No seu celular? É a mulher com quem o seu marido está te traindo?

Ele liquidou dois terços da comida e ela, a metade, e parece que os dois estão satisfeitos. Bets percebe que eles já terminaram, mas não se aproxima da mesa. É como se ela soubesse que não tem permissão para se aproximar até que Julian lhe faça um sinal, e ele nem olha na direção dela. Está olhando fixo para Marin, e parece que seus olhos escuros penetram dentro dela. Ela pensa que não conseguiria mentir para ele sobre qualquer coisa, nem se quisesse.

Ela começa a falar, e tudo sai em uma longa e apressada vazão. É quase como se Marin finalmente se sentisse livre para dizer cada uma das coisas horrorosas que vem pensando, coisas que jamais falaria no grupo, coisas que só poderia dizer para seu terapeuta. Julian é um estranho, talvez essa seja a razão. Talvez seja porque ela sabe que ele não irá julgá-la.

— O caso já dura algum tempo. Agora mesmo ele está com ela. Em um hotel, em algum lugar da cidade. — A vergonha colore novamente seu rosto de vermelho; ela sente o rubor das bochechas.

— Me deixa ver a foto.

Ela entrega o celular, a vergonha cedendo lugar à raiva. Ele olha demoradamente para a foto, até que a tela escurece, um sorrisinho aparecendo nos lábios. O que quer dizer esse comportamento dos homens ao verem mulheres nuas? Sal teve a mesma reação mais cedo. Diversão, com um toque de... malícia.

— Você e o seu marido têm filhos?

— Isso é irrelevante.

A resposta o surpreende. Ele ergue a sobrancelha, questionando, mas ela não elabora. Jamais discutirá sobre seu filho com esse homem, e está contente por Sal também não ter feito isso. Falar sobre Sebastian está fora de cogitação.

— Me conta tudo que sabe sobre ela — Julian pede.

Essa parte é fácil. Ao contrário do que sente a respeito de Derek, Marin sente apenas uma emoção quando pensa na outra mulher, que começa com *ó* e termina com *dio*.

Ele escuta sem interromper. Quando ela termina, sua garganta está seca. Marin busca o copo d'água e derruba a caneca de café. Felizmente, está quase vazia, e apenas algumas gotas se espalham na mesa. Bets está lá em um instante, com um pano úmido, e oferece para retirar os pratos. Os dois não aceitam embalar o resto para viagem.

— Desculpe. — Marin limpa uma gota de café que a garçonete não viu. — Não costumo agir assim com tanto nervosismo.

— Isso é porque você é normal — replica Julian —, e esta conversa é absolutamente anormal para você. Não há pressão aqui, Marin. Estou aqui para ajudá-la, não para tornar sua vida mais difícil.

As palavras dele são inesperadamente gentis, e ela se força a lembrar que se trata apenas de uma reunião. Ficar ali com ele não significa que tenha que seguir com isso. Nenhuma decisão tem que ser tomada nesse instante.

Ela ainda pode mudar de ideia.

Ele volta a encará-la, e agora é diferente, depois que ela despejou a história e ele tem os detalhes das razões que a trouxeram até ali. Ela lhe contou segredos. Isso parece estranhamente íntimo.

— Sal sempre disse que você era uma mulher bonita, Marin — diz Julian, e ela sente seu rosto ruborizar novamente. — E ele está certo. Bem-sucedida também, pelo que ele me conta. Já vi essa situação muitas vezes antes, e posso dizer com certeza que seja lá o que for que o seu marido esteja fazendo tem muito pouco a ver com você.

Errado. Tem tudo a ver com ela.

— Você tem alguma pergunta para mim? — indaga Julian.

Ela respira fundo. *Aqui vamos nós.*

— Suponho... suponho que seja bem caro. Quanto você cobra? E como você... o que você faria...? — Ela engole em seco.

— Não precisa se preocupar com meus métodos. — O brilho está de volta aos olhos dele. — Eu cuido pessoalmente de algumas situações e outras... eu terceirizo. Você só precisa saber que resolverei o problema. Mas a minha taxa é de dois e cinquenta. E não é negociável.

— Duzentos e cinquenta *mil*? — Ela não sabia o que estava esperando. Sal tinha dito que ele era caro, mas o número é ainda maior do que ela havia imaginado.

— Você recebe pelo que paga.

— Mas eu... — Ela tem tantas perguntas, e nenhuma ideia por onde começar. Detesta soar como uma idiota ingênua que lida com isso pela primeira vez, o que é exatamente o que ela é, e lamenta ter sido tão insistente em encontrar Julian a sós. Ela gostaria que Sal estivesse ali. — Posso... posso pagar a metade adiantado?

— Não. — A risada dele é curta, quase um latido. — Tem que pagar toda a soma adiantada. Dinheiro ou transferência bancária.

— É só que... não sei como é possível explicar o pagamento de um quarto de milhão de dólares. — Ela sabe que tem essa grana, mas não é como se estivesse tudo disponível na conta bancária. E não é como se ela pudesse gastar isso tudo sem explicações. — Não vai levantar suspeitas?

— Se fizer uma transferência bancária, o número da conta que vou te passar é de uma instituição de caridade. Uma instituição antiga e legítima. Você já fez doações beneficentes antes, não é? — Ele não espera pela resposta; ele já sabe que sim. — Até te dou um recibo para dedução de impostos. No que diz respeito ao imposto de renda ou qualquer outra preocupação, vai parecer como se você tivesse feito uma doação muito generosa para um abrigo de mulheres.

— É sério?

Ele toma um gole de café. Não se incomoda em responder. É evidente que não gosta de se repetir.

— Mas como vou saber se você realmente...

— Completei o trabalho? Não vai saber. É aqui que entra a confiança. — Julian se inclina. — Confiança é algo muito importante na minha área de atuação. E uma via de mão dupla, Marin. Eu também tenho que confiar em você. E confio, porque confio no seu bom amigo Sal.

Ela leva um minuto para processar isso, e ele espera, paciente, enquanto sua mente dispara por centenas de cenários diferentes. Finalmente, ela sussurra:

— Se eu quiser seguir com isso, em que momento vou saber quando você planeja executar tudo?

— Você não vai saber nada sobre isso. Vai saber quando for feito. E pode levar algumas semanas.

— *Semanas?*

Ele coloca a xícara de café na mesa.

— Quanto mais tempo se passar entre esta conversa e o evento, é melhor. A razão pela qual muitas pessoas são pegas é porque o trabalho é feito logo depois do pagamento, e o cliente fica envolvido demais com o plano. Quanto maior for a distância entre você e todo o resto, melhor.

Ela não diz nada. Tudo soa tão rotineiro para ele, e ainda assim, tão inconcebível para ela. Eles estão mesmo falando sobre isso. Ela vai mesmo fazer isso.

— O que você me paga não é só para matar alguém, Marin. — O tom de Julian é de uma conversa comum. Ele não está nem um pouco apreensivo com a possibilidade de alguém ouvi-lo. — Se a sua única preocupação fosse de fato matar, você mesma poderia fazer isso, supondo que estivesse com muita raiva. Ou pagar algum malandro das ruas para fazer isso para você, por muito menos grana. Matar é a parte mais fácil.

Ela pisca, atônita. Em toda sua vida, nunca escutou ninguém dizer isso.

— O que você me paga é para ter certeza de que isso não trará consequências para você. — Julian beberica seu café. — É para fazer isso parecer uma batida de carro, ou um assalto aleatório que deu errado, talvez uma maldita doença, ou um incêndio, ou um afogamento. Algo inesperado, mas plausível. Para que seja crível, você precisa ficar tão chocada quanto qualquer outra pessoa, longe do lugar e totalmente despreparada para receber a notícia. Seria até melhor que você não soubesse da traição dele. — Ele faz uma pausa. — Ele sabe que você sabe?

— Não. — A voz de Marin está trêmula. Seu corpo inteiro está trêmulo. As coisas que ele listou, como se fossem opções inofensivas, como se não fossem um monte de maneiras diferentes de levar alguém... à morte... Ela não sabe como reagir a isso.

— Como você soube que ele está tendo um caso?

— Detetive particular — diz ela, e os olhos dele se estreitam.

— Qual deles?

Ela balança a cabeça.

— De novo, acho que é irrelevante.

Por alguma razão, Marin não quer dizer o nome de Vanessa Castro. Ela descobriu por acidente o caso, enquanto investigava o desaparecimento de seu filho, sobre quem Marin também se recusa a falar. Nada disso interessa a Julian.

— Se você continuar me escondendo coisas, isso faz o meu trabalho mais difícil.

— Se você for tão bom quanto diz que é, isso não deveria importar — rebate ela. O que soa como um desafio.

Ele cerra o queixo, e depois relaxa novamente.

— Quem mais sabe? Seu terapeuta?

— Como você sabe que tenho um terapeuta? — Será que ele a está testando? Ou será que Sal lhe deu essas informações?

— Mulheres como você sempre têm.

— Não tenho mais terapeuta. — Marin também não pretende dar o nome do dr. Chen. Julian a intimida, mas também a faz se sentir protetora das pessoas em sua vida. — E se você for me perguntar sobre todas as pessoas da minha vida para as quais eu poderia ter falado sobre o caso, que eu só descobri hoje, vamos ficar um bom tempo aqui.

Um sorrisinho passa pelos lábios de Julian. Seja lá qual fosse o teste, parece que ela foi aprovada.

— Você precisa dispensar o seu investigador — diz ele. — Imediatamente.

— Feito — garante Marin, mas é uma mentira. Mesmo compreendendo que Julian não precisa da complicação de uma detetive particular seguindo a pessoa que ele foi contratado para matar, ela não pretende mandar Vanessa Castro parar de investigar tudo. Vai dizer a Castro para não se preocupar em investigar o *caso*. Mas nada vai mudar sobre a busca de Sebastian.

— Então está bem. O que nos leva à coisa mais importante. — Julian se inclina novamente. — Quando você me transferir o dinheiro, está confirmado. Tudo começa. E se você acordar algumas manhãs depois, surtar, mudar de ideia, tudo bem. Mas o dinheiro já era. Você não recebe de volta. Está entendendo?

— Sim. — Ela começa a tremer novamente, o que é bobagem, já que chegaram até ali. Ela já lhe mostrou a pior parte de si mesma, a parte que mal conseguiu contar a Sal, salvo de brincadeira ou bêbada, a parte que pode mandá-la direto para o inferno.

Ou pior, a prisão. Porque não se pode ameaçar alguém de ir para o inferno caso a pessoa já esteja vivendo nele.

— Você pode simplesmente se divorciar dele, sabe — comenta Julian. — Não é a forma mais rápida de se livrar do problema, mas pelo menos não tem riscos. Tenho um grande advogado que posso colocar em contato com você, por uma taxa, é claro. Ele desenterraria cada pedacinho de sujeira do seu marido e asseguraria que você receberia tudo o que é devido.

Ela fica abismada.

— Do que você está falando?

Ela e Derek *não* vão se divorciar. O divórcio é horrível, e no final das contas apenas iria liberá-lo para ficar com McKenzie, ou seja lá quem ele possa conhecer depois dela. A única a sair perdendo seria Marin. E ela não quer terminar com menos, como Tia. Já perdeu demais.

— Só digo que é uma opção — diz Julian. — Porque se você seguir este caminho, sempre haverá um risco. Mesmo que pareça um acidente, ainda é uma morte, e o cônjuge é sempre o primeiro suspeito. A polícia pode se envolver. Uma autópsia. Perguntas. E o seu marido é uma pessoa muito conhecida...

— Desculpa, mas do que está falando? — Ela não deveria interrompê-lo no meio da frase, mas está confusa. — Não estou falando do Derek aqui. Ele é o meu *marido*. — Ela quase acrescenta, *e pai do meu filho*, mas se segura bem na hora.

É a vez de Julian ficar confuso. Parece ter sido pego de surpresa, e ela tem a impressão de que ele não é pego de surpresa com frequência.

— Você não quer a morte do seu marido?

— Claro que não. — Ela toca o celular até que a selfie de Mackenzie nua volta a aparecer. — Derek não é o problema. É *ela*.

Julian se recosta no banco e a avalia por um instante.

— Não foi isso que o Sal me disse.

— Então o nosso amigo em comum entendeu errado.

Puta merda, Sal. Marin não duvida de que Sal esperaria exatamente isso. Mas ela jamais iria querer a morte de Derek. Ele é o pai de Sebastian. Seja como for, nunca faria qualquer coisa para machucar o pai de seu filho. Ela olha a foto até a tela escurecer novamente, xingando Sal por dentro por foder tudo.

— Isso é um problema para você? — pergunta ela.

— Nenhum — diz Julian, com o sorrisinho de volta aos lábios. — Na verdade, deixa as coisas um pouquinho mais fáceis.

Os dois não dizem nada por um momento, mas ele a olha diferente agora. Ele foi até ali pensando que ela queria um homem morto, mas é uma mulher que está arruinando a vida de Marin. É uma mulher que tenta roubar o último pedacinho de família que lhe resta. E se isso faz dela um monstro, que seja. Nas últimas quatorze horas, ela imaginou McKenzie morta de dezenas de maneiras diferentes — atropelada por um ônibus, caindo de uma janela, sumindo dentro de um esgoto gigante, sendo empurrada de um maldito penhasco... E cada fantasia lhe proporcionava um momento de intenso alívio.

Uma risada alta ecoa da cabine no canto, onde os universitários barulhentos finalmente terminaram de comer. São três homens e duas mulheres, e Marin foca sua atenção em uma das garotas em particular, a de cabelo castanho comprido e um olhar brilhante, que deixa óbvio que está apaixonada pelo rapaz bonito e autoconfiante sentado ao lado dela. Ela poderia ter sido Marin há vinte anos. E, com toda a certeza, a maioria daqueles anos foi boa. Só o último ano é que foi um inferno.

— Eu ainda o amo — murmura ela, mais para si mesma do que para Julian.

Ele procura no bolso do casaco e tira de lá um panfleto brilhante. É do Rise, um abrigo local para mulheres e seus filhos que são vítimas de abuso doméstico. É uma instituição real, para a qual ela acha que até já fez uma doação antes. Tem quase certeza de que recebe um cartão de boas festas deles todo ano. Ao final da página de trás, ele havia rabiscado um número de dezesseis dígitos, que ela só pode supor que sejam da conta bancária.

Ela estremece. As conexões de Julian devem ser bem profundas se ele sabe como fazer lavagem de dinheiro através de uma instituição de caridade legítima.

— Depois de hoje, nunca mais vamos nos ver ou nos falar — declara Julian. — Seu consentimento para prosseguir acontece quando você transferir a soma total. Você não vai saber de detalhes. Não vai saber quando. E, lembre-se, sem devoluções. Entendido?

É a única informação que ele repetiu esta noite.

— Eu entendo.

— Você tem um tempinho para pensar. Se o dinheiro não for transferido até as nove horas, amanhã de manhã, vou considerar que sua decisão foi negativa.

— E se eu não puder decidir assim tão rápido?

Ele estuda seu rosto, com o sorrisinho na boca.

— Você já decidiu, Marin, ou não estaria aqui. É uma questão de se você vai ou não apertar o gatilho. — Seu sorriso aumenta. — Piada de mau gosto. Esse é o meu trabalho, não o seu.

Mais nada é dito nos minutos seguintes. Ao redor deles, o barulho vai aumentando. Os bares do Distrito Universitário estão fechando e os estudantes estão se amontoando ali em busca de comida barata e gordurosa para absorver as cervejas que estão bebendo.

A conta chega e Julian coloca uma nota de cem dólares na mesa. É dinheiro demais, e Marin poderia ter pagado, mas Bets embolsa o dinheiro com um sorriso manchado de vermelho e nem oferece o troco.

— Fiquem o tempo que quiserem — a garçonete diz.

As garotas na mesa ao lado soltam risadas esganiçadas, e há um novo grupo na cabine ao lado da deles, contando piadas obscenas sobre algum vídeo a que estão assistindo no celular de alguém. Na mesa adiante, um sem-teto conta em voz alta para outro sem-teto uma história sobre um terceiro sem-teto. Ela consegue sentir o cheiro deles, o fedor das ruas em suas roupas, a pele fedendo a suor velho.

Nada disso a incomoda. De qualquer forma, o barulho é um abafador bem-vindo. Ninguém pode ouvir essa conversa. Ninguém pode ficar horrorizado com as palavras que ela já disse, e o que ela ainda vai dizer. A única pessoa que poderia julgá-la está sentada diante dela, e é seguro dizer que a ausência de uma bússola moral deixa sem base a opinião dele sobre ela.

— Foi um prazer conhecer você, Marin — diz Julian, e isso simplesmente dá a reunião por encerrada. — Chegue bem em casa.

Seu tom da voz é tão leve e despretensioso. Marin não pode deixar de pensar em como ele parece normal, tão profundamente são, tão atraente.

Pegando sua bolsa, ela desliza para fora do banco e joga seu casaco sobre os ombros.

— Como posso entrar em contato com você?

— Não pode. — Ele olha para cima, mas não se levanta, nem estende a mão para uma despedida. — Daqui em diante tudo passa pelo Sal.

A despedida é tão rápida quanto a apresentação inicial.

Ao sair, ela nota que está chovendo e olha para o céu escuro por um instante, deixando as gotas caírem em seu rosto, mancharem sua maquiagem, lavarem seus pecados.

Ela não consegue acreditar que chegou a esse ponto.

Ela perdeu completamente a cabeça.

13

NO COMEÇO, KENZIE ACHAVA EXCITANTE. Todos os casos são assim no início. Mas agora, deitada na cama do hotel ouvindo Derek roncar a seu lado, a empolgação já passou.

Homens casados são exaustivos. Eles têm um jeito de sugar todo o oxigênio do ambiente em que se está com eles. É necessário estar sempre na agenda deles, atentando para mudanças de locais e horários de encontro. Existem apenas determinados lugares aonde podem ir, e só por certo tempo antes que eles precisem ir para outro lugar. A família deles é prioridade. E amante não é família.

É o acompanhamento. É quem está lá para preencher os buracos. Não tem *voz*.

Foi uma perda de tempo ir até ali. Ela deveria ter deixado passar um prazo maior entre os encontros. Derek está começando a se sentir confortável, e quando ele parar de ansiar por ela, o relacionamento estará liquidado. Ao contrário do que ocorre com a esposa, ele não é obrigado a ficar com Kenzie. Não está comprometido. Eles não estão construindo uma vida juntos. Quando ele se cansar dela, o caso termina. E ela não está pronta.

Ela procura seu celular, tentada a mandar uma mensagem para J.R., ver o que ele está a fim de fazer mais tarde. Ele foi o único de seus amantes que não tinha esposa, mas, no final, ele não a queria. Eles continuaram amigos, e de vez em quando ainda fazem sexo, e às vezes isso a faz se sentir melhor. Outras vezes, no entanto, a faz se sentir pior, e não há como prever o que vai ser. Ela deixa o celular de lado, sem vontade de saber qual será o resultado hoje. Pelo menos com homens casados não há dúvidas de qual a sua posição.

Quando chegaram ao quarto na noite passada, Derek disse que tinha um trabalho para fazer, então Kenzie ficou relegada, assistindo a um filme no *pay-per-view* sozinha, enquanto ele verificava seus e-mails. Quando o filme terminou, ela acabou dormindo. Em algum momento, o mesmo aconteceu com Derek, e ele não se incomodou em despertá-la.

Por que ele a convidou para vir, se não para fazer sexo?

Ela desliza para fora da cama e vai até a janela, abre um pouquinho as cortinas. O sol está saindo, e a vista da área é bonita. Ela vê seu reflexo no vidro de relance e fica consternada ao perceber que seu cabelo cor-de-rosa está todo amassado. Vai ter que lavá-lo de novo, e usar o secador desta vez. Xingando mentalmente, ela vai para o banheiro tomar um banho, despindo suas roupas no caminho.

Ela não tem ilusões sobre sua aparência. É alta, magra e abençoada com um grande tônus muscular, e pernas fabulosas. Seu rosto, entretanto, é só normal. Fica bonita quando está maquiada, mas fora máscara e um pouco de brilho, na maioria das vezes ela não vai além disso. Pelo menos agora, com seus vinte e poucos anos, as marcas de acne na pele finalmente sumiram.

Seu maior atrativo é ser exótica. Pai havaiano, mãe franco-canadense... os homens sempre foram atraídos por ela. Não é tão bonita a ponto de intimidá-los, mas é atraente o suficiente para que valha a pena ser paquerada. Ela compreende o que tem. E já sacou isso há muito tempo, com J.R., quando tinha dezessete anos. E depois com Sean, quando tinha dezenove. Depois veio Erik. E depois Paul, cuja esposa ameaçou matá-la. E agora Derek.

Todos começam do mesmo modo, com o que ela chama de "faísca". A faísca é o que a coloca no radar deles. Se acaso eles ainda não a considerarem como uma opção, então isso acontece depois da faísca. Às vezes, é um flerte — amistoso, mas cheio de insinuações — e às vezes é um olhar mais prolongado. Se o homem casado não está aberto para qualquer coisa a mais, então nada acontecerá, e a faísca se apaga. Não há nenhuma consequência. Mas se quiser algo mais, então é ele quem deve dar o próximo passo.

A sedução pode durar semanas, crescendo devagar, enquanto o homem casado batalha com seus desejos, apenas para perder a guerra no final (é o que sempre acontece). É importante que pensem que são *eles* que estão seduzindo; saber que podem, isso faz com que se sintam poderosos, e sintam que ainda têm o necessário para conquistar, seja lá o que for. A primeira vez que fizerem sexo tem que ser espetacular, e isso só acontece se houver esse desenvolvimento. A caçada é tudo.

Quando estão viciados nela, e com a excitação lá no alto, então ela pode começar a usar o relacionamento para tirar vantagens. Não é que ela não goste dos homens com quem se encontra — ela sempre é atraída de verdade por eles. Ela não é uma prostituta, ora essa. Namorada profissional, *talvez*. E, como em qualquer relacionamento, não pode virar uma chateação.

É nesse ponto que ela está com Derek agora. Já se passaram seis meses, seu relacionamento mais longo, e ela sente que começa a ficar rançoso. Ele está ficando apático, e ela não sabe o que fazer quanto a isso. Quando se conheceram, ele ganhava vida ao lado dela. Agora ele se retrai para um poço fundo de tristeza que ela acha que é o que ele vive quando está perto de Marin, e é diferente de tudo com que ela lidou antes. O que significa que seu tempo com Kenzie é menos excitante, vale menos a pena, e se transformará em uma complicação que ele logo decidirá que não vale a pena.

Ela enxágua o cabelo com o condicionador do hotel e deixa todos os pequenos frascos na bancada para que se lembre de levá-los para casa. São produtos melhores que aqueles que ela pode comprar, a menos que outra pessoa esteja pagando.

Quando sai do banheiro, vinte minutos depois, Derek já está acordado, guardando seu computador. As roupas que ela deixou espalhadas no chão foram dobradas e, com cuidado, colocadas sobre a sua mala. A necessidade que ele sente de pegar as coisas que ela deixa espalhadas a irrita e diverte ao mesmo tempo.

— Parece que acabamos de chegar — diz ela, tentando puxar conversa. Os dois mal se falaram desde que ele a buscou na véspera.

Derek não olha para ela.

— Já terminou no banheiro?

Ele passa por ela e abre o chuveiro. Ela usa o secador do hotel e arruma o cabelo diante do espelho do aparador do quarto, e nota que o cor-de-rosa dos fios está desbotando novamente e ela tem que decidir se mantém a cor. Cada ampola da caixa de tintura que usa custa oito paus; é um luxo a que nem sempre pode se dar depois de pagar mensalidade da universidade, aluguel, comida, ração para o gato, luz, água e suprimentos de arte. Com o empréstimo estudantil e o que recebe na Grão Verde, ela poderia até conseguir administrar tudo, mas as despesas com a casa de repouso da mãe custam quase três mil por mês, e o pagamento que ela recebeu de Paul ano passado está quase no fim.

Por isso ela precisa ser mesmo cuidadosa com Derek. Não está em condições de perdê-lo. O momento certo é tudo.

Ela usa a escova redonda para fazer ondas soltas; não precisa de outra repreensão de Derek quanto a seu cabelo molhado. As coisas *têm* que ir bem hoje; ela precisa deixá-lo feliz e com vontade de vê-la novamente. Ela remexe na pequena bolsa de maquiagem que trouxe e decide colocar um pouco de máscara. Um toque de blush. Um pouquinho de brilho. Depois enfia uma calcinha preta, uma legging limpa e um top larguinho caído nos seus ombros. Sem sutiã. Ela não precisa de um.

Gosta de sua aparência quando termina: parece ela mesma, só que mais refinada. Bate várias selfies no espelho. Escolhe a melhor e posta no Instagram, com a hashtag #cabelorosatônemaí e #vidadehotel. Das cinquenta mil pessoas que a seguem na mídia social, há apenas meia dúzia que ela considera amigos de verdade, que sabem que ela não passa tanto tempo assim em hotéis.

Mas não se trata do que é real. Trata-se do que *parece ser*.

Ela atualiza o aplicativo, observando as curtidas rolarem. Qualquer coisa menos que mil significa que sua foto é considerada chata, ou não colocou as hashtags certas. Ela usou um filtro que faz seu cabelo parecer mais rosado do que na verdade é, e está gerando um retorno positivo, baseado em todas as curtidas.

Derek não gosta de seu cabelo cor-de-rosa. Ela muda com frequência a cor do cabelo, e era loira quando se conheceram. Da primeira vez que pintou de rosa, ele riu. Era como se pensasse que ela estivesse fazendo uma brincadeira com ele, fazendo isso só para ver sua reação. Ficou muito consternado ao descobrir que a cor não saiu quando ela lavou o cabelo e que ela, de fato, tinha toda a intenção de mantê-lo assim, porque era uma artista e era a porra do cabelo dela e ela acha fantástico assim.

Derek supõe que muitas coisas giram em torno de si mesmo. É uma mania de ricaço — quanto mais dinheiro têm, mais levam as coisas para o lado pessoal, e menos estão acostumados a receber um não. Quando ela trabalhou por cinco noites seguidas no mês anterior, ele pensou que a razão era por eles terem discutido e ela estava chateada com ele e precisava de uma desculpa para não o ver. Essa merda só a deixa insultada. Ela fez horas extras porque o aluguel estava atrasado naquela semana, assim como o valor da faculdade para o próximo semestre. Ah, *que triste* aquela cafeteria estúpida ter arruinado os planos dele.

O celular de Kenzie toca e ela faz uma careta. Usa um som diferente para cada contato, e essa notificação corresponde a Tyler. Ela não havia dito ao colega de quarto que ia ficar com Derek. Se esqueceu de mencionar de propósito; queria evitar a briga que sempre acontece quando falam sobre ele. Ty nunca conheceu Derek, mas não gosta dele.

A porta do banheiro se abre.

— Quem ligou? — Derek olha o celular quando sai, vestindo apenas a cueca. Um vapor de ar quente o segue.

Ela não responde, de propósito, porque se ela não tem permissão para perguntar quem manda mensagens para ele, então ele também não tem. Ela vai até a janela. Lê a mensagem de Ty e se encolhe de novo.

Onde vc tá? Pensei que a gente faria o café.

Ela não quer responder. Mas se não responder, ele vai continuar mandando mensagens até que ela responda. Melhor acabar logo com isso.

Ainda estou com D. Volto em algumas horas, mas depois tenho que trabalhar. Ela envia e se prepara para a resposta.

PQP! Sua resposta é rápida. *Eu podia ter ficado dormindo! Cheguei às três da manhã, sua idiota!! Nem sabia que vc não tava no seu quarto. Pensei que a gente ia maratonar* Residência Hill *hoje à tarde!*

Ele está certo, é claro. Kenzie tentou assistir ao primeiro episódio de *A Maldição da Residência Hill* sozinha, mas percebeu que não conseguiria, porque era assustador demais, então convocou Ty para verem juntos, ainda que ele odeie assistir a qualquer coisa que cause medo à noite. Os dois se entusiasmaram, e o plano era fazer uma maratona e assistir aos últimos três episódios antes que Ty fosse trabalhar à noite.

Mas ela se esqueceu de Ty quando Derek mandou a mensagem. E voltou a se esquecer dele quando uma colega de trabalho perguntou se ela poderia cobrir um turno, o que ela concordou porque precisa do dinheiro.

Desculpa. Você tá certo, sou uma amiga de merda, responde ela. Um minuto inteiro se passa.

Tudo bem, responde ele, finalmente, e ela sabe que o tudo bem dele significa que não está nada bem. *Aproveita esse seu namorado velho e casado.*

Vou te compensar, retorna ela. *Este fim de semana, prometo, depois que receber o meu pagamento. O frango do Ezell,* Residência Hill *e margaritas de manga!!!*

Tanto faz, vem a resposta.

Ela solta um suspiro de alívio. *O tanto faz é como Tyler diz "sim". Tanto faz* também é Tyler dizendo: *Se você me deixar na mão de novo, não perdoo nunca mais*, e é assim que ela sabe que não pode falhar de novo. Nossa, como ela sente falta de estar no controle. Normalmente, ela é muito organizada com sua agenda, mas os últimos seis meses têm girado em torno de Derek. Não é fácil ficar na órbita de um homem casado.

Frustrada, ela desliga o celular e o joga na cama. Derek abre a boca como se fosse perguntar de novo com quem ela estava trocando mensagens, mas então muda de ideia. Aproxima-se dela. Massageia seus ombros. Beija seu pescoço. Ela sabe o que isso significa e o que ele quer. Raramente é carinhoso, a menos que queira sexo, e ela vai para perto da janela, longe do seu alcance.

Como sempre, ele supõe que a frustração dela tem tudo a ver com ele. Nesse caso, tem mesmo. Então ele vai ter que se esforçar.

— Gatinha, desculpe por eu ter agido como um babaca — diz ele.

Derek a abraça por trás, e ela nota que ele ainda não se vestiu. Ele a envolve pela cintura, todo seu corpo pressionado contra o dela. Esfrega o rosto em seu cabelo e inala, e ela se lembra do quanto gosta do tamanho dele, do fato de ele ser mais alto que Kenzie, mesmo quando ela usa os saltos mais altos. O rosto dele está colado ao seu, e ele tem um cheiro maravilhoso. Está usando a colônia que encontraram na Nordstrom, aquela cara que ela escolheu, porque o cheiro é sexy; ele deve ter borrifado um pouco depois do banho.

— Sei que fui um idiota sobre o hambúrguer e que fiz você se sentir mal. Devo ter pedido mesmo um Big Mac, porque estava distraído e sem prestar atenção, e isso por si só não é legal. Me desculpe, de verdade.

Ela já pode se sentir amaciando. Melhor que qualquer sujeito que ela conheceu, ele compreende que um bom pedido de desculpas envolve sempre um reconhecimento do comportamento errado que afeta a outra pessoa.

— Estou com muitos problemas no trabalho, e os investidores estão ficando inquietos. Muita gente está exigindo de mim coisas sobre as quais eu não tenho controle agora, e não queria descontar isso em você. — Ele soa preocupado de verdade, e isso a faz se sentir melhor. — Me desculpe, Kenz.

— Está bem — responde ela, e finalmente se permite se derreter nele. Seus braços fortes a seguram com mais firmeza, e ela sente os lábios dele em seu pescoço, o hálito quente.

Kenzie começa a se sentir mal por ele estar aborrecido, e quer que ele se sinta melhor. Odeia se importar tanto, porque não costuma ser assim. Odeia sentir que está começando a se apegar. Ela sabe tanto sobre ele, que ele sofre pelo filho, que é triste o tempo todo, e agora ela está chateada porque pode ter aumentado, de alguma forma, seu estresse comprando a porcaria do hambúrguer errado. Ela sabe que ele sempre pede Quarteirão. *Ela sabe disso.* Deveria ter pedido esse, porque achou mesmo que ele tinha se confundido. Mas estava irritada pelo silêncio dele no carro, e como ele havia reclamado de seus pés no painel.

Isso é parte do padrão deles. Derek é insensível, o que a deixa chateada, então faz com que ele se sinta mal, o que a deixa pior ainda, e aí ela faz qualquer coisa para deixá-lo melhor. É assim que eles agem, mas ela não sabe como *não* fazer isso com ele. Quando é só um caso, as coisas são mais fáceis. Mas ela começa a sentir como se fosse um relacionamento de verdade, o que acrescenta uma camada de complexidade para a qual ela não está preparada. Seus sentimentos estão atrapalhando seu julgamento, e ela não permitia que isso acontecesse desde J.R.

As mãos de Derek vão descendo, passam pela cintura de sua legging, e ele ainda está beijando seu pescoço e sussurrando que sente muito, e as mãos já estão acariciando sua virilha por cima da roupa. Seu corpo inteiro está em chamas, e o polegar e o indicador dele sabem exatamente o que fazer; o tecido de sua legging e da calcinha é fino, e ela sente tudo que ele está fazendo, e quer mais. Ela encosta seu corpo no dele, pressionando a bunda na ereção, respirando mais fundo, e ele sabe que isso significa que ela não está mais zangada e quer que ele faça tudo com ela.

Tudo.

Ela tenta se virar para beijá-lo, mas ele não deixa, e isso a excita ainda mais. As mãos dele deslizam por dentro da legging e da calcinha, e ele geme ao sentir como ela está molhada, e ela adora o fato de ele sempre se surpreender com isso, muito contente e grato por não ter que se esforçar tanto para deixá-la nesse ponto — ela está sempre pronta para ele. Ela sabe que isso o faz se sentir como um deus, e adora ser capaz de proporcionar isso a ele. Derek é paciente e não teme nada que tenha que fazer para levá-la a atingir um orgasmo.

Seus dedos estão dentro dela e a sensação é incrível, mas ela ainda quer mais, então puxa a legging e a calcinha para baixo e se inclina em direção à janela, pressionando as mãos contra o vidro frio. E nem liga que qualquer um que passar lá embaixo possa levantar a cabeça e vê-los. O rosto dele está agora onde antes estavam as mãos, a língua passando por todos os lugares e provando tudo, e é tão bom e tão devasso, e ele está gemendo de prazer como se fosse ela quem estivesse fazendo aquilo nele.

E isso é o que faz a diferença com ele. É o sexo, sim, mas é também como o sexo a faz se *sentir*. Quando eles transam, ela pode ser qualquer coisa que quiser. Pode dizer qualquer coisa que quiser. Ela é completamente desinibida, de um jeito que nunca foi com ninguém antes. Ela pode não saber como pedir a ele que segure sua mão em público, mas sabe como exigir que ele enfie a língua mais fundo dentro dela. Ela goza muito, se contorcendo no rosto dele, e ele não interrompe até que ela esteja satisfeita e lhe diga para parar.

Quando ela se vira, ele está baixando a cueca, e ela o quer dentro dela de uma vez, então o empurra para a cama e monta por cima, de onde pode ver seus olhos, e beija sua boca, provando dos seus lábios, e dura somente alguns minutos, porque ele está tão excitado, e ela o cavalga com o máximo de energia e intensidade que aguenta, até que ele grita seu nome, e seus olhos saltam, e aquela veia na testa pulsa.

Há duas coisas que ela adora nesse momento. Primeiro, é o único instante em que Derek fica feio, porque, em qualquer outro, ele é lindo.

Sempre. Mesmo quando está sendo um babaca no McDonald's, ou falando sobre as músicas de velho que ele curte, ou reclamando dos seus pés no painel lustrado, ele é lindo.

Segundo, é o único momento no relacionamento dos dois em que ela está totalmente no controle. Ele é quem sempre dita tudo o que acontece, e ser capaz de fazê-lo gozar assim — pra valer, sem ter que se segurar até ela chegue ao orgasmo — é a única coisa que ela pode fazer.

Mas agora há uma coisa que ela começa a odiar em relação a isso. É que a faz lembrar de que há uma data de validade para o tempo deles juntos. Logo depois disso, Derek vai sair para trabalhar, e ela vai voltar para seu apartamentinho de merda, para seu colega de quarto ressentido e seu gato negligenciado, seu armário de cozinha cheio de xícaras desparelhadas e pacotes de macarrão instantâneo comprados em lojas de um dólar, sentindo-se mais vazia do que quando essa coisa toda começou, porque, a cada dia que passa com Derek, todas as vezes que fazem isso, ela perde um pedaço de si mesma.

Eles não se abraçam e acariciam depois do sexo. Em vez disso, ela fica deitada na cama, saciada, vendo-o se vestir, observando o modo meticuloso como ele abotoa a camisa e a enfia para dentro da calça, a maneira como amarra com precisão os sapatos. Seus sapatos custam mais que um mês de aluguel para ela e Ty. Ela sabe, porque pesquisou.

— Não posso levar você para casa, tenho que ir direto para o escritório — informa ele. — Mas acho que você deveria ficar. Tomar um bom café da manhã. Pedir uma massagem, se quiser. Peça para colocar na conta do quarto. Deixo com você o dinheiro para o táxi.

Ela se senta.

— Não dá para você tomar café comigo?

Ela sente que ele deseja se sentar ao lado dela; está em sua linguagem corporal, no modo como ele quer ficar um passo mais perto da cama, mas se obriga a não fazer isso. Ele tem agido assim ultimamente, hesitante em suas despedidas. Como se houvesse algo mais que deseja dizer. Como se soubesse que tem que terminar com aquilo e terminar *logo*, mas então se acovarda.

— Tenho uma reunião — diz ele. — Mas você pode ir. Aproveite. E quando estiver pronta para ir...

— Use a entrada lateral.

Ele concorda, e ela se deita até que ele finalmente se aproxima da cama e a beija. É nos lábios, mas é casto. Isso a faz pensar se o verá novamente. Nos primeiros meses, as despedidas eram tão fáceis.

Agora são difíceis.

Ele pega sua bagagem e vai embora. Ela se volta para a janela, olhando para as belas árvores e o céu nublado, tentando desfrutar de seus últimos momentos no luxuoso quarto de hotel, cuja diária deve ser maior do que ela fatura em gorjetas em uma semana na Grão Verde. É deprimente. Mas então seu estômago ronca, e ela se levanta — pelo menos ganhou um café da manhã, e o restaurante do hotel faz uns ovos Benedict ótimos com torrada de abacate.

Quando vai em direção ao banheiro, ela vê o dinheiro na mesa de cabeceira e para. Derek deixou dinheiro para ela, e é muito mais do que ela precisa para um táxi. O maço de notas é grosso, com notas de vinte e cinquenta. Ela pega e começa a contar, e fica boquiaberta.

Ele deixou cinco mil dólares para ela.

Ele já lhe deu dinheiro antes, é claro. Um mês em que ela estava com o aluguel atrasado, e mencionou isso por alto, ele tirou trezentos dólares do bolso como se fosse um trocado. Uma vez ela se queixou de que tinha que parar num supermercado para ver se tinham frango, porque, se chegasse tarde demais, o frango poderia já ter acabado, ele sacudiu a cabeça, fingindo desgosto, e entregou duzentos dólares para ela, dizendo que fosse ao Whole Foods e fizesse um estoque de frangos orgânicos criados soltos, que eram muito mais saudáveis.

Ele paga por todas as estadias em hotéis, quase todas as refeições; pagou o voo dela para Nova York, e os ingressos para *Hamilton*, e um dia de compras na Bloomingdale's, onde ela comprou sua bolsa Dolce & Gabbana, que custou dois mil e duzentos dólares. *Dois mil e duzentos*. Ele tentou convencê-la a comprar a versão colorida que a atraiu, mas por fim venceu o bom senso e ela escolheu a preta, sabendo que talvez jamais teria outra bolsa tão bacana como aquela e era preciso que combinasse com tudo.

— Você tem certeza? — Kenzie havia lhe perguntado, pendurada em seu braço, enquanto ele pagava, e a vendedora ampliava o sorriso para esconder o olhar malicioso. Sem dúvida ela já havia visto esse cenário antes.

— Tenho certeza. — Derek entregou seu cartão de crédito. — Você quer a florida também?

— As floridas estão bem na moda agora — interferiu a vendedora, aumentando ainda mais o sorriso.

— Não. — Kenzie riu. — Já está bom.

Ela captou a olhadinha da vendedora e leu a mensagem não verbal escrita na cara séria da mulher: *Querida, não seja idiota. Leve a floral também.* A

pobre mulher não sabia de nada. A única coisa que viu foi o cabelo cor-de-
-rosa e as risadinhas, mas Kenzie não queria outra Dolce & Gabbana. Ela estava jogando para ganhar.

E cinco mil dólares ainda estão muito longe da meta. Cinco mil não cobrem nem dois meses do cuidado de sua mãe, e com certeza ela não havia passado seis meses dormindo com um homem casado para terminar com míseros cinco mil dólares.

Ela precisa saber o significado disso. Pega o celular da mesinha e manda uma mensagem para Derek.

Ei, querido, deixou alguma coisa aqui?

Ele não responde. Deve estar dirigindo, então ela vai ao banheiro para fazer xixi antes de descer para o restaurante. Talvez seja apenas um presente. Kenzie tem andado estressada com relação a dinheiro ultimamente — e quando não está? — e talvez ele quisesse só ajudar.

Talvez ainda não seja o fim.

Só quando ela já está no restaurante, e os ovos e a torrada de abacate foram servidos é que ele responde. Ela imagina que ele acabou de entrar no estacionamento do escritório.

É tudo para você. Não queria dizer nada enquanto estava aí, porque sabia que você provavelmente não aceitaria.

Rá. Até parece.

Mas tudo bem. Ela pode continuar o jogo. Vai responder como se não fosse nada, nenhum problema. *Você é um amor. Mas eu estou bem! Devolvo para você quando te encontrar da próxima vez.*

A resposta vem rápida. *Não vai haver próxima vez*, escreve ele. *É uma despedida. Me desculpa por fazer desse jeito, mas não posso continuar com isso. Obrigado pelos momentos maravilhosos, e desejo o melhor para você, Kenzie.*

Suas mãos tremem tanto que ela quase deixa o celular cair. *Covarde!* Terminar com ela dessa maneira? Por mensagem? Com cinco mil dólares para, sei lá, amaciar os sentimentos machucados e deixar a ruptura mais fácil? Para quem? Ele?

E que parte dele pensa que pode dar o fora com apenas cinco mil? Paul não conseguiu, e Derek também não vai. Não. De jeito nenhum. Não depois de passar meio ano investindo seu tempo e sua energia com um homem que é o equivalente emocional de um buraco negro.

Ela se força a respirar fundo várias vezes. O que ela disser em seguida vai contar. Começa a digitar, os polegares batendo com força na tela de seu smartphone.

Derek, por favor. Eu amo você. Não faça isso. Converse comigo.

Ele não vai sair dessa assim, com tão pouca grana, o filho da puta.

Ela tenta novamente. *Se você está dizendo que nunca mais quer me ver, e se é o que você quer mesmo, então tudo bem. Deixo você em paz. Mas, Derek, eu quero você. Quero estar com você. Preciso de você.*

Você é a pior coisa para mim, responde ele.

Ai, Deus. Acabou. Ela estragou tudo.

Kenzie se senta na mesa do restaurante, enquanto o garçom completa seu copo de água, pensando na pilha de dinheiro que enfiou na sua bolsa D&G antes de sair do quarto. Como ela não antecipou isso? Um caso só dura o período da lua de mel, e ela deveria ter compreendido que já haviam passado dessa fase dois meses atrás. Foi bem na época em que ele começou a ficar silencioso, e parou de querer sexo no minuto em que entravam no quarto de hotel. Quando ele começou a ficar mais crítico, mais temperamental, retraído.

Ela já deveria ter percebido, mas estava ocupada demais se apaixonando e começando a pensar que talvez fosse real. Ela errou completamente na avaliação. E agora que tudo terminou, só lhe sobrou seu ego ferido, uma bolsa de luxo e um bolinho de dinheiro.

E talvez um coração despedaçado... se ela se permitir sentir isso.

Seu celular notifica a entrada de mais uma mensagem, e ela olha. É Derek, e ela tem que ler as palavras duas vezes antes que possa processá-las. Quando consegue, seu corpo desaba de alívio.

Esqueça tudo que acabei de dizer. Sou um idiota. Kenzie, me perdoe. Não quero que isto termine. Também preciso de você.

Não é *amo você*, mas é bom o suficiente. Meu Deus. Essa foi por pouco.

Ela responde. *Já esqueci. Mas, por favor, não me assuste assim outra vez. Não mereço isso.*

Não farei mais isso, responde ele. *E você está absolutamente certa. Me desculpe.* E envia um *emoji* de coração.

Ela manda outro de volta, e, como se fosse uma deixa, seu estômago ronca. Ela coloca o celular na mesa e pega o garfo.

Hora do café da manhã. Uma garota precisa comer.

14

MARIN PASSOU A NOITE INTEIRA EM cima dos lençóis sobre os quais ela e Sal haviam feito amor. Ela não dormiu nada.

Às sete da manhã, ela toma um longo banho quente. Coloca maquiagem. Escolhe um vestido, o Rachel Roy de seda, com as mangas bufantes. Na cozinha, pressiona o botão pré-programado da cafeteira profissional, que Derek esbanjou ao comprar há alguns meses e, três minutos depois, sua caneca contém um café com leite de soja e baunilha perfeito, com uma dose extra de expresso. Ela a leva até a banqueta perto da janela, onde se senta e lê alguns e-mails.

Às oito e quarenta e cinco, lê as mensagens entre Derek e sua amante. A tentativa dele de romper de uma vez por todas com o caso. Os esforços dela para sugá-lo de volta. E que parecem ter funcionado.

Ela toma sua decisão.

A ligação dura um total de cinco minutos. Marin troca amabilidades com seu consultor de finanças pessoal e depois passam aos negócios. Ela recita o número da conta que Julian lhe passou e confirma o total. Se o consultor fica surpreso, não diz nada. Ele não faz perguntas. Só cuida de clientes ricos e sabe muito bem que não deve sondar. Duzentos e cinquenta mil dólares é muito para dar a apenas uma instituição de caridade, mas ela e Derek doam grandes somas o tempo todo, e ela aumentou consideravelmente suas doações no ano anterior.

É quase como se ela acreditasse que poderia comprar seu filho de volta com um bom karma.

Mas, na verdade, não existe isso de karma, não é? Coisas terríveis acontecem e às vezes levam a coisas ainda mais terríveis.

Ela encerra a chamada e fica perdida em seus pensamentos por alguns minutos até que o aparelho notifica a entrada de uma mensagem. *Você está viva?*

Ela pega o celular e liga para Sal. Ele atende no primeiro toque.

— Oi — diz ele.

— Oi — responde ela, e surge aquele constrangimento entre eles, que, a essa hora no dia anterior, não existia. A linha estala, e ela se lembra de que ele está na fazenda, onde a recepção de celular é precária.

— Tudo correu bem ontem à noite? — pergunta ele.

Marin hesita. Ela quase não quer contar. Parece tão estranho dizer: *Sim, tudo está ótimo, acabei de transferir um quarto de milhão de dólares para uma instituição de caridade que lava grana para o solucionador de problemas que você recomendou a fim de matar a amante do meu marido.*

— Já liberei — diz ela finalmente. — Quero que ela... desapareça.

— Pensei que você se referia ao Derek. — O choque de Sal é evidente, mesmo com a conexão precária.

— Jamais mencionei o Derek. Você disse isso para o Julian. Derek é o pai do meu filho. Tem que ser... tem que ser a namorada.

Há uma longa pausa. Ao fundo, ela pode ouvir a TV. O *TODAY Show* está passando, e ela percebe o som de risadas tanto da audiência como da mãe de Sal. Ela imagina os dois sentados na sala de estar da casa da fazenda, bebendo café. Hoje à noite, o café será substituído por uma garrafa de Merlot ou de Cabernet Sauvignon extremamente caros da adega subterrânea deles, que abriga o que sobrou da coleção pessoal de vinhos do pai de Sal.

— Nossa. — É óbvio que ele não sabe de que outra maneira responder. — Mas você sabe que, na verdade, não se trata dela, né?

— Não me importa. Ela está tentando arruinar o que sobrou da minha família. — Mais uma vez, o silêncio se estende do outro lado da linha. — O quê? Você achou que eu não teria coragem?

— Aprendi há muito tempo a não subestimar você. — Sal abaixa a voz, e o som da TV fica mais distante. Ela o imagina caminhando até a cozinha. — Mas você sabe que agora não há mais volta, né? Depois que você paga, o dinheiro já era.

— Sei disso. Está feito. — É a vez de ela fazer uma pausa. — Você... você tem alguma ideia de como ele planeja fazer isso?

— Nenhuma. — A resposta de Sal é decidida e rápida. — Não pergunto coisas desse tipo para ele. Não é algo com que deve se preocupar, acredite.

— Foi o que ele disse também.

— Ele faz acontecer. Nada disso terá qualquer ligação com você. É por isso que ele é caro.

Ao pensar na grande confiança que Sal tem nas habilidades de Julian, Marin fica inquieta. O que será que Julian fez para ele no passado?

— Você acha que leva quanto tempo? — pergunta ela, mas o que quer saber, na verdade, é: *Quanto tempo tenho para mudar de ideia, se eu acordar amanhã e me horrorizar completamente com o que fiz?*

— Sei lá — reponde Sal. — Mas não demora muito. Espera um instante. — Ela o escuta dizer alguma coisa para a mãe, e depois está de volta. — Desculpe. Ela não conseguia achar o controle remoto.

— Como a Lorna está?

— Melhor. Consegue se movimentar sozinha a maior parte do tempo.

— Isso é bom. Vou deixar que você volte para perto dela.

— Mar... — Sal hesita. — Quer o meu conselho? Esqueça isso tudo. Esqueça o jantar, esqueça o dinheiro. Tire tudo isso da sua cabeça, como se nunca tivesse acontecido e continue com a sua vida. Não fique pensando sobre o Julian. E, definitivamente, esqueça a amante. Eles não existem mais para você, não é? É a única maneira... é a única maneira de passar por isso. E, pelo amor de Deus, dispense a detetive particular. Você não quer que ela descubra algo sobre isso.

Ela concorda, depois lembra que está ao telefone e Sal não pode vê-la. Ao fundo, escuta Lorna chamando por ele.

— Tenho que ir — diz ele. — Volto para a cidade hoje à noite, se você quiser... conversar. Pode passar lá em casa.

Marin sabe o que ele quer dizer, e não está mais se referindo a Julian. Está se referindo a eles dois, e ao que aconteceu entre eles na véspera, sobre o que eles ainda não conversaram. E precisam fazer isso, mas não agora. Nem tão cedo. Ela não consegue lidar com isso ainda.

— Dirija com cuidado — recomenda Marin e desliga.

Sal é bom com sua mãe, e ela tem sorte por ter um filho tão dedicado. Lorna Palermo não se casou novamente depois que o marido morreu há mais de vinte anos, e sua saúde anda em declínio nos últimos tempos. Problemas no joelho, na coluna e, há algum tempo, passou por uma cirurgia para colocar uma prótese no quadril, o que levou Sal a se afastar do bar durante quase um mês, uns dezesseis meses atrás. Ela lembra o período exato da cirurgia de Lorna, porque aconteceu duas semanas antes do desaparecimento de Sebastian, e foi a última vez que ela viu a mãe de Sal.

Quando Marin ligou para saber de Sal depois que Lorna teve alta do hospital, o pobre coitado parecia sobrecarregado. A cirurgia tinha ido bem, mas Lorna não podia fazer nada por conta própria, e a casa precisava de adaptações. Marin insistiu de ir até a fazenda para ajudar durante alguns dias, apesar dos protestos tanto de Lorna quanto de Sal, que diziam que podiam lidar com tudo.

— Mas, Marin, você é tão ocupada. — A mãe de Sal estava encantada e consternada quando Marin apareceu, cansada depois de dirigir por mais de três horas. Lorna sorriu, a cicatriz do lado do rosto se enrugando. — Seu garotinho precisa mais de você do que eu.

— Ele está ótimo com o papai dele — respondeu Marin, sorrindo. — Estão aproveitando o tempo para fazer coisas de garotos juntos.

— Mas tão perto do Natal, você deve ter coisas melhores para fazer do que ficar aqui cuidando de uma velha...

— Lorna, estou tão contente em ver você. — Marin se abaixou para dar um beijo na face dela, sentindo o suave franzir da cicatriz sob seus lábios. Era o resultado da última surra que seu marido havia lhe dado, que quase a matou, e que finalmente permitiu a ela levar adiante o divórcio. Ela jamais disse que foi ele; ele jamais foi preso, mas Sal sabia. Todo mundo sabia. — Há quanto tempo já nos conhecemos? Você sabe que é como uma mãe para mim.

— Que Deus a abençoe. — Lorna olha Marin com os olhos castanhos suaves parecidos com os de Sal. — Gostaria que o meu filho se apressasse e se ajeitasse na vida. Ter filhos, enquanto estou aqui para curti-los. Não vou ficar por aqui para sempre. Odeio a ideia de ele ficar sozinho.

Marin tocou no seu braço.

— Ele não está sozinho, não se preocupe. Não importa o que aconteça, ele sempre pode contar comigo. Falando do seu filho, onde ele está?

— Na adega. — O olhar dela brilhou. — Escolhendo vinho para o jantar de hoje à noite. Ele ficou tão animado quando soube que você viria.

— Vou lá dar um "oi". — Marin estava ansiosa para ver seu amigo, mas também contente por escapar. Lorna era um pouco sentimental demais às vezes.

A mãe de Sal é uma mulher doce, mas tem cicatrizes, físicas, emocionais e mentais. Ela é abertamente superprotetora com Sal, como se quisesse compensar pelos anos em que não o protegeu mais, quando ele era mais jovem. E sua mente parece estar se deteriorando. Os médicos suspeitam que ela tenha um leve trauma cerebral por conta da última surra que levou, que não foi diagnosticado na época, e os sintomas estão aparecendo mais agora. Ela tem problemas de concentração, se frustra facilmente com tarefas simples e Marin às vezes a ouve falando sozinha, murmurando palavras e frases em uma mistura de italiano e inglês que, segundo Sal, não faz sentido.

Marin nem consegue imaginar pelo que ela passou, o que Sal também passou. O pai de Sal era um tirano, administrando a casa e o vinhedo com punho de ferro, sem que ninguém pudesse questionar seu julgamento. E que Deus tivesse pena de quem fizesse isso. Ele mantinha uma arma trancada no cofre do quarto deles, e tinha um porte de armas. Apesar de nunca ter usado a arma, fazia questão de dizer para todo mundo que ela estava lá, e às vezes caminhava pela propriedade armado, "para manter as coisas no devido lugar". Pelo que Sal contou a Marin, os homens que trabalhavam para ele temiam seus ataques de raiva, e todas as mulheres sabiam que deveriam evitar qualquer situação em que pudessem ficar a sós com ele.

Ao crescer, Sal aguentou a maior parte dos espancamentos, e aceitou isso voluntariamente, já que seria ele ou sua mãe. Na época, Lorna era uma mulher de boas maneiras, ansiosa por agradar e adorava o marido tanto quanto o temia. Ela ainda tem essas mesmas características, exceto em relação ao marido.

— Ele é um bom rapaz, não é? — comentou Lorna na última tarde que Marin passou ali.

Elas estavam na espaçosa cozinha da fazenda; enquanto Marin preparava um lanche, a idosa descansava na cadeira reclinável que Sal tinha arrastado da sala para que a mãe ficasse confortável. Havia uma grande janela nos fundos da casa, que permitia ver a extensa propriedade, e Lorna observava o filho podar os galhos de uma árvore que estava perto demais da casa.

A maior parte da Vinícola Palermo — mais de doze hectares no total — tinha sido vendida para uma grande empresa dez anos antes. Os novos proprietários não precisavam da casa. Queriam apenas os vinhedos, portanto, Lorna conseguiu manter, junto com a antiga casa de degustação, a adega no porão e um hectare de videiras. A casa da fazenda era o único lar que ela possuía; e estava determinada a viver e a morrer ali. Nos últimos anos, enquanto seus problemas de saúde se agravavam, a manutenção da casa foi ficando em segundo plano, o que obrigava seu filho a ir a Prosser mais do que ele gostaria.

Atrás de onde Sal estava trabalhando, havia um balanço na árvore, apenas uma tábua pendurada por duas cordas. Um dos funcionários surpreendeu Sal com o brinquedo quando ele ainda era um garotinho. Talvez só tenha feito o balanço para agradar o patrão, ou talvez para distrair Sal do fato de sua mãe estar frequentemente coberta de machucados. Qualquer que tenha sido a razão, Sal ficou encantado, e uma vez contou a Marin que era uma das lembranças mais felizes de sua infância. Não havia muitas.

— Ele é mesmo um bom rapaz. — Marin olhou pela janela, observando seu velho amigo trabalhar. Era raro ver essa versão de Sal, a que havia crescido ali, que cortava galhos e se sujava com trabalhos braçais. Para ela, ele fazia o tipo urbano, gerenciando seu bar, vivendo seu estilo de vida de solteiro no apartamento que possuía em Belltown. Reconhecia, entretanto, que essa versão de Sal — garoto de fazenda, o exato oposto do rapaz que ela conheceu e namorou na universidade e de quem era amiga havia mais de duas décadas — até que era atraente.

— Por que você não se casou com ele? — Não havia acusação na voz de Lorna, apenas decepção. — Ele amava tanto você.

Marin tinha a impressão de que elas sempre entravam nesse assunto quando ela ia visitar, e ela respondia à pergunta sempre do mesmo modo.

— Simplesmente não era o nosso destino. Éramos tão jovens — acrescentava ela, evitando mencionar que havia se relacionado com Derek apenas uma semana depois que ela e Sal terminaram.

— Você ama o seu marido?

— É claro — respondeu ela, surpresa. Lorna nunca havia lhe perguntado isso. — Derek e eu estamos juntos há muito tempo.

— E ele é um bom marido para você? — pressionou a mulher mais velha. — Um bom pai para o seu garotinho?

— Claro que sim. — Marin passou manteiga em um par de bolinhos que levou até a mesa. Sentou-se ao lado de Lorna. — Por quê? O que o Sal contou para a senhora?

Lorna observava o filho através da janela.

— Ele não gosta do seu marido.

Nenhuma surpresa nisso.

— Diz que ele não é bom para você. — O olhar de Lorna dirigiu-se para Marin por um instante. — Diz que ele trai você.

Marin fechou os olhos, segurando um suspiro. Derek foi infiel *apenas* daquela vez, no começo da gravidez, e ela não conseguia acreditar que Sal tinha contado isso à mãe. Além do mais, não era da sua conta, menos ainda da de Lorna.

— Derek errou. — Marin sentiu seu rosto ruborizar. — Não vai acontecer de novo.

— Acredito em perdão — Lorna disse, reafirmando com a cabeça. — E você também é uma boa garota, Marin. Mas há uma coisa que aprendi depois de estar casada tanto tempo, e é que você sempre tem que proteger o seu filho. Sempre. Isso vem antes de qualquer outra coisa, e eu não fiz isso com o meu filho. Ele me protegeu, quando deveria ter sido o contrário. Acho que é por isso que agora ele não confia nas pessoas. E é por isso que não permite que ninguém se aproxime. Além de você — acrescentou ela com um sorrisinho.

— Você tem que cuidar dele lá na cidade. Não deixe que ele fique sozinho.

Marin apertou o braço dela.

— Nós cuidamos um do outro.

Uma hora depois, ela já estava com a mala pronta para voltar para a cidade. Uma caixa com vários vinhos Palermo estava alojada no porta-malas ao lado de sua bagagem. Sal jamais permitiria que ela voltasse de Prosser sem vinho.

— Não trabalhe demais — disse ela a Sal, depois de se despedir de Lorna. Sentia-se mal por deixá-lo na fazenda, mas estava ansiosa para voltar a Seattle. A fazenda era rodeada por milhares de fileiras de videiras e nada mais, nada de vizinhos por mais de um quilômetro em qualquer direção, e a recepção do celular era ruim. Marin ansiava pela agitação da cidade, os confortos de sua própria casa. E, é claro, sentia saudades de seus garotos.

Sal deu um abraço caloroso nela. Ele tinha um cheiro bom, como relva e ar fresco.

— Obrigado por ter vindo. Foi uma grande ajuda.

— Vejo você em uma semana?

Ele balançou a cabeça.

— Tenho muito o que fazer aqui, e é preciso aprontar tudo antes que comece a nevar. Vou passar as festas de fim de ano aqui. Mas vejo você no Ano-Novo. — Ele a puxou para outro abraço. — Feliz Natal, Mar.

Cinco dias depois, de volta à cidade, três dias antes do Natal, Sebastian desapareceu. As palavras de Lorna voltaram, do nada, como um tapa na cara, um soco na garganta. *Você sempre tem que proteger o seu filho. Isso vem antes de qualquer outra coisa.*

E nisso Marin havia falhado. Horrivelmente.

A esse respeito, ela não é melhor que Lorna. Mas depois de todo o tempo de terapia, compreende que cada pessoa é o resultado de tudo pelo que passou. Marin cresceu com uma mãe hipercrítica, e essa é a razão da dificuldade que ela tem para pedir ajuda, e o motivo de sempre se culpar por tudo. Derek cresceu muito pobre, por isso é tão importante para ele ter dinheiro, e que as pessoas *saibam* que ele tem dinheiro. E Sal cresceu com um pai abusivo e alcoólatra, e mal havia completado vinte e um anos quando o pai caiu acidentalmente de uma sacada no décimo sexto andar, na noite da festa dos seus cinquenta anos.

De qualquer modo, essa é a história oficial. *Oficialmente*, ninguém estava perto quando isso aconteceu, e era uma teoria perfeitamente plausível. Sal pai era um bêbado notório e desleixado, um sacana, que não era exatamente conhecido por sua coordenação e seu discernimento.

Sal nunca fala sobre aquela noite, nem mesmo com Marin, que estava lá na festa, e ficou muito tempo depois que os outros convidados haviam saído, ajudando a limpar tudo. Depois da última e terrível briga dos seus pais, aquela em que Lorna se feriu na cabeça, eles finalmente haviam se separado, e o pai de Sal tinha decidido alugar um apartamento na cidade para onde podia escapar quando não estava ocupado demais no vinhedo. Isso tudo aconteceu antes que ela e Sal começassem a namorar, e quando ela conheceu Sal pai, ele vivia com todo o estilo de um solteiro. Organizou para si mesmo uma festa de aniversário, celebrando seu quinquagésimo aniversário com seus novos amigos da cidade — na maioria, os caras com quem jogava pôquer —, e convidou o filho. Marin encorajou Sal a ir, imaginando que seria bom para os dois se reconciliarem. Ela queria conhecer o pai de Sal. Nem imaginava no que estava se metendo.

— As pessoas podem mudar — ela havia dito a Sal, o que, em retrospectiva, foi estúpido. — Você diz que ele está melhor depois da separação. Ele está abrindo a porta. Você só precisa entrar.

— Você não o conhece como eu, Mar.

— É verdade. Não conheço — respondeu ela. — Mas lembre que eu estarei lá com você.

Sal pai já estava bebendo quando eles chegaram. Assim que a festa terminou, por volta das duas da madrugada, ele estava completamente bêbado, discutindo com Sal, agressivo. Marin estava na pequena cozinha do apartamento, jogando os pratos e copos descartáveis no lixo, mas conseguia escutar os dois gritando na sacada. A porta deslizante estava aberta, e uma brisa fresca entrava pelo apartamento. Ela já estava amarrando o saco de lixo quando ouviu Sal dizer:

— A mamãe não deveria ter se divorciado de você, seu filho da puta. Eu deveria simplesmente ter matado você.

Ela ouviu o pai de Sal *rir*. Riu, como se o que o filho tinha acabado de dizer fosse a coisa mais engraçada do mundo. Depois respondeu algo que Marin não entendeu, algo em voz baixa e ameaçadora. Aquilo apavorou Marin. Ela saiu da cozinha, indo direto para a sacada. Jamais deveria ter encorajado Sal a vir. Não era da conta dela. E eles precisavam ir embora, antes que as coisas ficassem completamente fora de controle.

Mas quando ela entrou na sacada, apenas um dos dois ainda estava ali.

Quando um corpo aterrissa no chão, não provoca nenhum som para quem está no décimo sexto andar. Pode-se apenas imaginar a batida, o ruído dos ossos se quebrando e da carne se comprimindo na calçada, mas, na verdade, não se ouve nada daquela altura. Marin não viu a queda, não ouviu a batida no chão, mas tudo o que conseguiu fazer foi não gritar quando olhou por cima do corrimão da sacada e viu o corpo minúsculo lá no chão, dezesseis andares abaixo. Quase não parecia real.

Talvez se o homem não houvesse caído de uma altura tão grande — talvez, digamos, de seis andares, ou oito, e de dia —, ela teria visto mais de perto o modo horroroso como morreu Sal Palermo pai, e tomasse uma decisão diferente. Mas estavam no meio da noite. E a rua residencial lá embaixo estava completamente deserta às duas da madrugada.

— Ai, meu Deus, Marin, ai, meu Deus, o que foi que eu fiz... — Sal soluçava tanto que mal conseguia pronunciar as palavras.

— *Shhhh* — foi o que ela conseguiu exprimir quando a ficha do que havia acontecido finalmente caiu. Ela colocou um dedo em seus lábios e o puxou para dentro do apartamento. — Nunca mais diga isso, está entendendo? Me escuta, Sal. Está me escutando?

Ele confirma, com os olhos vidrados. Ele havia bebido algumas cervejas, mas fazia pelo menos uma hora. Ele não estava bêbado. Estava em choque.

— A gente estava aqui dentro, na sala. E você foi ao banheiro antes de me levar para casa. Eu saí para me despedir do seu pai, e quando não o vi, olhei por cima do corrimão e vi o corpo dele. Liguei para a polícia...

— Marin, não...

— *Liguei para a polícia* — repetiu ela, tirando o telefone sem fio do carregador —, porque havia acontecido um acidente horrível. A porra do seu pai, bêbado, caiu da porra da sacada. Você estava longe da sacada quando aconteceu. Está entendendo?

Ele concordou, e ela fez a ligação, e os policiais acreditaram na história. Várias pessoas que estavam na festa mais cedo confirmaram que o pai de Sal estava bêbado e tropeçando pela sala. Ele tinha um histórico de se machucar quando estava bêbado — uma vez, quando Sal estava no ensino médio, ele caiu em cima de um espelho quando não havia ninguém em casa, e cortou o próprio rosto.

Um mês depois disso, ela e Sal terminaram de vez. Nenhum dos dois admitia que foi a morte do pai de Sal que, finalmente, provocou uma ruptura entre os dois. Como poderiam, quando Sal se recusava a falar sobre isso? Mas aquilo foi a gota d'água de um relacionamento que, como Marin disse a Lorna, jamais teria um futuro.

Seu e-mail soa uma notificação, trazendo-a de volta ao presente. É a confirmação de seu consultor financeiro de que o dinheiro havia sido recebido pela outra parte. É oficial. *Sem devolução*, como Julian disse. Está feito.

Se soltar a mão de seu filhinho no meio de um mercado movimentado fosse a pior coisa que Marin já tinha feito, então essa é a segunda pior. Só que, desta vez, ela está fazendo isso de propósito.

Ela checa o aplicativo Shadow. Não houve nova troca de mensagens entre Derek e a amante desde que ele tentou terminar o caso pela manhã, só para mudar de ideia alguns minutos depois. É a dor falando, claro que é, porque o Derek que está dormindo com uma mulher de vinte e quatro anos não é o homem com quem ela se casou. Todo mundo lida de maneiras diferentes com a dor. Marin estragou tudo. Derek estragou tudo. Ela não pode consertar seu erro. Mas pode consertar o de Derek.

O que mais Lorna havia dito? *Acredito em perdão.*

McKenzie Li não merece mais de seu tempo e sua energia, nem mais um segundo, nem mais um grama. Marin aperta o ícone no Shadow até que o pequeno "x" aparece, e então, decidida, ela o aperta. Uma janela de notificação aparece.

> Apagar "Shadow"?
> Ao apagar este aplicativo todos os dados também serão apagados.

Ela pressiona "Apagar". Depois envia um rápido e-mail para Vanessa Castro.

> VC — Não é mais necessário investigar a traição. Eu dou um jeito nisso.
> Obrigada,
> MM

A detetive responde quase imediatamente.

> Entendido — VC

Então, como ela já está de banho tomado e vestida, e já que o que foi feito não pode ser desfeito, Marin vai trabalhar.

PARTE DOIS

Só estou fingindo quando pareço compreender algo.

— Soundgarden

15

KENZIE MEXE UM POUCO O macarrão instantâneo, de olho no tempo para não cozinhar demais. Até mesmo dez segundos a mais podem transformar tudo num mingau. Ela tem mais nove pacotes de macarrão instantâneo na prateleira, já que sempre custam cinco por um dólar no atacado, e têm que durar a semana toda. O sabor da noite: carne.

O macarrão a deixará inchada amanhã, mas ela não se importa. Tem pelo menos três fotos em sua estadia no hotel que valem a pena colocar no Instagram, e nenhuma delas é selfie. Ela conhece os enquadramentos e é bem hábil com a câmera, e com um pouco de edição, logo estarão prontas para serem postadas.

Uma vez Derek lhe perguntou qual era o objetivo daquilo tudo, e por que ela se importava tanto se cinquenta mil estranhos a "curtiam". Mas não se trata de "curtir". As pessoas podem odiar alguém por ser famoso e, no entanto, ainda se importarem com o que faz, com quem namora, o que está vestindo, aonde vai. Alguém que a "siga" apenas por ódio, ainda é um "seguidor". Tudo tem a ver com visibilidade, a importância de ser vista. Hoje em dia, quem você é *on-line* é quase tão importante quanto quem você é na vida real.

— Mas por quê? — pressionou ele, confuso. — Você ganha algum dinheiro com isso?

— Recebo alguns produtos de graça — respondeu ela. — Mas se conseguir que a minha conta cresça até cem mil seguidores, posso começar a ter anúncios pagos. Conheço uma influenciadora que teve a maior parte do seu casamento e lua de mel cobertos, graças a seus dois milhões de seguidores. Tudo que ela tinha que fazer era fotografar tudo e marcar as empresas.

Foi estranho explicar isso para alguém, ainda mais alguém com uma presença mínima nas redes sociais. A maioria das pessoas que ela conhecia compreendia o robusto ecossistema que existe entre influenciadores e seguidores do Instagram, e das empresas que tentavam vender um estilo de vida melhor do que o que já tinham. Ou, no mínimo, a aparência de um estilo de vida melhor. A empresa de Derek tinha contas em todas as mídias sociais, é claro, as quais ele jamais via. Eram gerenciadas por um estagiário do departamento de marketing.

— Posso ser qualquer pessoa que eu quiser *on-line* — afirmou ela. — Posso controlar a percepção de todos sobre quem eu sou. Eu controlo a narrativa.

— E isso é importante porque...

— Porque sim — respondeu Kenzie. — É como lembramos às outras pessoas de que *existimos*.

— Você posta a sua arte *on-line*?

— Nunca — tornou ela. — Não distribuo minha arte de graça para ninguém.

Derek olhava para ela de um jeito engraçado.

— É, não saco nada disso — disse ele. Então acotovelou de leve a costela dela, e só aí Kenzie percebeu que ele estava brincando.

Ela pegou um travesseiro e bateu nele.

— Cale a boca — brincou ela. — É isso que a galera mais descolada faz, seu velhote.

O cronômetro apita e Kenzie desliga o fogão, transferindo a panela para uma boca desligada. Usa os dentes para abrir o envelope com os temperos e polvilha o macarrão, mexendo uma última vez antes de passá-lo para uma tigela. Não há nenhum valor nutricional em nada do que ela está prestes a comer, mas, assim como os integrantes da banda Barenaked Ladies ainda comeriam pacotes de macarrão com queijo industrializado, mesmo que já tivessem um milhão de dólares, Kenzie também continuará a comer macarrão instantâneo, mesmo se algum dia se casar com Derek.

Puta merda. Ela estava mesmo pensando nisso? *Se casar* com Derek? Que diabos está *acontecendo* com *ela*?

Verdade seja dita, isso jamais deveria ser considerado.

Quando se encontraram pela primeira vez, há seis meses — isto é, se conheceram oficialmente —, Derek não tinha a menor ideia de quem Kenzie era. Não se lembrava dela. Ela não existia para ele antes do dia em que, pela primeira vez, ele entrou na Grão Verde.

A cafeteria não estava cheia, e ela lembra que estava olhando pela janela quando o Maserati preto-metálico estacionou na calçada bem em frente à porta de entrada. No Distrito Universitário, onde a maioria dos clientes da Grão Verde eram estudantes ou trabalhavam em turnos no hospital, um Maserati se destacava, mesmo tendo uma cor discreta.

Derek entrou, alto e bem-vestido com seu terno feito sob medida e sapatos pretos reluzentes, cabelo perfeito, bolsa de laptop de couro pendurada em um dos ombros largos, mostrando em sua aparência ser o empresário bem-sucedido que era. Kenzie o reconheceu na hora.

Era o cara lá do mercado.

Durante quase um ano, em semanas alternadas, ele parava no *food truck* dos Taquitos Hermanos, no lado oeste do mercado Pike Place, onde Kenzie trabalhava logo que se mudou para Seattle para fazer a pós-graduação. Carlos e Joey a pagavam em dinheiro no final de cada turno, e ela ia para qualquer lugar que o caminhão fosse — festivais de comida, shows, até mesmo casamentos ao ar livre. Era um modo divertido de ganhar dinheiro sem ter que pagar impostos, e o melhor de tudo era que podia comer o que quisesse de graça. Aos sábados, o caminhão tinha um ponto regular no Pike Place.

— Carne assada com guacamole, queijo e tomates extras. — É o que Derek pedia quando chegava à janela, todas as vezes.

O taco custava quatro dólares, e ele sempre pagava com cinco e enfiava o troco no pote de gorjetas. Na época, ela não tinha a menor ideia de que ele era rico. Vestindo jeans e um casaco impermeável, parecia um homem qualquer, e às vezes aparecia no *food truck* com o filhinho. Se fosse o caso, às vezes comprava churros para a criança.

Então seu filho foi sequestrado, e ele parou de ir. E depois Carlos vendeu o caminhão de tacos.

Kenzie sabia sobre o sequestro, é claro. Estava em todos os noticiários, e a polícia estava falando com todo mundo no mercado. Um policial chegou até o caminhão e perguntou a todos se haviam visto pela vizinhança um garotinho vestindo um suéter com uma rena desenhada. Carlos e Joey não tinham visto nada; passavam o tempo todo cozinhando e mal interagiam com os clientes. Quando o policial mostrou a Kenzie a fotografia do garoto, ela sacudiu a cabeça. Ela teria reconhecido Derek caso mostrassem sua foto, mas crianças eram basicamente invisíveis. De fato, ela jamais tinha dado uma olhada no filho de Derek.

Só mais tarde, quando chegou em casa, é que ela viu o link no Facebook para o alerta de noticiário, com a mesma foto que haviam lhe mostrado mais cedo. Mesmo garoto, mesmo suéter. Mais embaixo da página havia uma foto de seus pais, e foi então que ela ligou os pontos.

— Ty, olha isso. — Ela virou o laptop de modo que seu colega de quarto pudesse ver a tela. Ele estava sentado ao lado dela no sofá, totalmente distraído com o celular. — Foi sobre esse garoto que me perguntaram hoje à tarde. O que foi sequestrado no mercado.

Ty deu uma olhadinha e murmurou alguma coisa que, pelo tom, pelo menos soou simpática. Mas ele estava imerso em seu mundinho, obcecado por um interesse amoroso potencial que ignorava suas mensagens.

Derek e a esposa haviam feito uma declaração na TV, implorando para que o público ajudasse a encontrar o filho. A história era insana, ao mesmo tempo horrível e excitante, o tipo de coisa sobre a qual algum dia a Netflix faria um documentário. Algumas manchetes para atrair leitores diziam: "Filho do CEO da PowerOrganix sequestrado em plena luz do dia" e "A cabeleireira de Jennifer Lopez implora ao público que ajude a encontrar seu filho perdido".

Um milhão de dólares era a recompensa para quem desse alguma informação que possibilitasse encontrar o filho deles. Mas nunca o encontraram.

Nove meses depois, quando Derek se aproximou pela primeira vez do balcão da Grão Verde, ele parecia estar bem. Normal. Nada diferente das dezenas de vezes em que ela lhe serviu taco no mercado. Mas, dessa vez, de perto, ele parecia... vazio. Parecia ter envelhecido uma década, não na aparência, mas no comportamento.

Kenzie abriu um sorriso brilhante para ele, se perguntando se ele a reconheceria do caminhão de taco e fosse dizer algo como: "Ei, agora você está trabalhando aqui?", mas ele nem olhou para ela — seu olhar estava acima de sua cabeça, no menu do café. Ele pediu um café de grãos bem coados, sem leite. A conta foi de dois dólares e vinte centavos, e ele lhe entregou uma nota de dez e lhe disse que ficasse com o troco.

— Isso é muita coisa — disse ela, devolvendo o troco.

Ele sorriu, distraído, seus olhos encontrando os dela por um breve momento, e depois enfiou tudo no pote de gorjetas.

E sentou-se a uma das mesinhas perto da janela, abriu seu laptop, e ainda estava trabalhando nele quando Kenzie foi para seu intervalo, trinta minutos depois. Ela tirou um cookie da vitrine, colocou em um prato e levou até ele.

— Cookie do dia — disse ela. — Com gotas de chocolate. É delicioso, e vale mesmo todos os carboidratos. Gostaria de dizer que é por minha conta, mas tecnicamente é você quem paga, já que deu uma gorjeta tão generosa.

Ele a olhou, surpreso. Ela havia esquecido como ele era lindo, o rosto barbeado e esculpido, olhos escuros refletindo o dourado da luz que entrava pela janela a seu lado. Alguns homens não envelhecem bem; ficam barrigudos devido ao excesso de comida gordurosa, ou então corados por conta de álcool demais. Não era o caso de Derek. Ele seguia a linha de Bradley Cooper, não havia sequer um traço de Russell Crowe.

— Você não precisava fazer isso — comentou ele.

— Se você não comer, eu vou, e já comi dois hoje.

Ele sorriu, mas sem alegria.

— Quer dividir?

— É todo seu. — Ela deu a volta para sair, mas então fez uma pausa. — Você não se lembra de mim, não é?

Ele inclinou um pouco a cabeça.

— Você parece um pouco familiar...

Kenzie sabia a diferença entre verdade e cordialidade, e sorriu.

— Mentiroso. Você não tem a menor ideia de quem eu sou. E tudo bem — acrescentou, quando ele abriu a boca para protestar. — É bom saber que causei boa impressão depois de ver você praticamente todos os fins de semana por um ano. — Um pequeno exagero, mas não importava.

— Você chamou mesmo um cliente de "mentiroso"?

— Você vai fazer uma reclamação de mim? — Foi a vez de Kenzie inclinar a cabeça. — Temos uma caixa de sugestões no balcão, se você quiser se queixar do meu linguajar.

— É mesmo?

— Não — respondeu ela, sorrindo. — Na verdade, não.

Ele se recostou na cadeira e olhou para ela como se a visse pela primeira vez. Ela prendeu a respiração. Alguns homens gostam do atrevimento. Outros se intimidam. Kenzie apostava que ele pertencia ao primeiro grupo. Um cara com esse terno, dirigindo um carro como o dele, não está acostumado que as pessoas brinquem assim com ele. A maioria das pessoas não teria coragem.

Funcionou.

— Tá bom, desisto — disse ele. — De onde eu conheço você?

— Taquitos Hermanos. — O rosto dele não mostrou reconhecimento. — O caminhão de tacos no Pike Place? Você sempre pedia a mesma coisa. Carne assada, apimentada, guacamole extra, com queijo.

Ele ainda parecia não reconhecer, e finalmente ela riu.

— *Nossa*. Ou você é terrível para guardar fisionomias, ou eu sou mesmo bem esquecível.

— Espere. Estou lembrando. — O rosto dele ficou um pouco mais sombrio. — É só que... Faz muito tempo desde que estive no mercado. Mas, sim, me lembro de você. Seu cabelo era diferente...

— Na época, estava azul — retrucou ela, passando os dedos pelos cachos loiros.

— Agora está bem melhor — disse ele, e quando ela levantou uma sobrancelha, ele corou. — Desculpe, me expressei mal...

— Mal quer dizer grosseiro?

— É... *Merda*. Quis dizer... loiro, azul, fica ótimo de qualquer jeito.

— Você acabou de dizer *merda* para a barista? E logo depois de eu dar um cookie grátis para você?

— Agora é grátis? Achei que você pagou com a enorme gorjeta que dei para você.

— *Nossa*.

— Sabe de uma coisa, só vou ficar sentado aqui e calar a boca.

— Pode ser uma ótima opção.

Seus olhos se encontraram, e os dois caíram na risada.

— McKenzie — disse ela, estendendo a mão. — Pode me chamar de Kenzie. Pelo menos hoje. Tenho certeza de que no instante em que você for embora, vou deixar de existir para você.

— Derek. — Ele estendeu a mão. Ela a apertou, notando que ele segurou a sua alguns segundos a mais que o necessário. — E acho que agora isso não vai mais ser possível.

Ele soltou a mão dela, um tanto relutante, e ela olhou para a outra que estava sobre a mesa. Usava aliança. Ele notou que ela observava e colocou a mão no colo, escondendo-a. Ele nem precisava se preocupar.

É um mito que uma aliança evita que as mulheres deem em cima de homens. Algumas mulheres são atraídas por alianças como mariposas pelas chamas. Para essas mulheres, a aliança é exatamente o que buscam.

Depois desse primeiro encontro, Derek começou a ir com mais frequência ao café, e logo passou a ir em dias alternados, e ela não pôde deixar de notar como ele parecia diferente do tipo que ela se lembrava do mercado. O cara no mercado era cheio de vida e vigor. Isso se irradiava no modo como ele se movimentava.

A nova versão de Derek era assombrada. Solitária. E ansiosa para falar com alguém que não fosse lhe perguntar sobre o que o atormentava. Até então, ela não havia indicado que sabia sobre seu filho. Ela e Derek nunca tinham mencionado os respectivos sobrenomes.

— Você está no intervalo? — perguntou ele, algumas semanas mais tarde, quando Kenzie saiu de trás do balcão sem avental. — Sente-se aqui. Descanse um pouco.

— Tem certeza? Não queria interromper. — Ele estava com o laptop aberto, e tudo que ela conseguiu ver foi uma planilha repleta de números.

— Por favor. Interrompa. — Para enfatizar, ele fechou o laptop e o colocou de lado, e depois puxou a cadeira à sua frente.

Ela se sentou e os dois trocaram sorrisos. Ela o encarou, abertamente.

— Que foi? — perguntou ele. — Algo no meu rosto? Será que me cortei quando me barbeei hoje de manhã e ninguém me disse?

— Você anda aparecendo muito por aqui nos últimos dias — afirmou ela. — Minhas colegas pensam que você está me paquerando.

— Eu... — Ele parou, enrubescendo. — Sou muito velho para você.

— E muito casado.

Ele olhou para a mão com a aliança e a girou com a outra mão.

— É. Isso também. — Ele olhou de volta para ela com um sorriso pesaroso. — Gosto de vir aqui. Já morei a cinco quarteirões daqui quando estava na faculdade. Isso me faz lembrar... de tempos menos complicados. Aliás, isso foi há um milhão de anos.

— É mesmo? Que cursos eles ofereciam na época? Como fazer fogo? Rituais de Casamento dos Mamutes-Lanosos?

Ele riu.

— Graduação dupla em negócios e matemática.

— Isso parece horrível. — Ela olhou o carro dele pela janela e fez um muxoxo. — Mas acho que é por isso que você dirige o Batmóvel e eu pego ônibus.

— O que você disse?

— Batmóvel. — Ela revirou os olhos. — Ah, qual é, você é um homem de certa idade. Batman já devia ser conhecido...

— Meu filho costumava chamá-lo assim — revelou Derek, olhando para o carro. — O Batmóvel. Ele ficou totalmente encantado quando cheguei em casa com o carro. Minha mulher o detestou logo de cara, disse que era muito exibicionista e me fazia parecer um idiota, mas tinha sido um ótimo ano, e o comprei em um momento de espontaneidade. Mas quando ela viu a cara de Sebastian, tudo ficou mais tranquilo. É por isso que não consigo me livrar dele.

No começo, Kenzie não sabia o que dizer. Não parecia certo fingir que não sabia nada sobre Sebastian, mas a dor dele era palpável e ela temia que pudesse dizer alguma coisa que piorasse aquilo.

— Ele é o Robin do seu Batman — tornou ela, depois de um instante. — Acredito que um dia ele vai andar de novo no carro com você.

A cabeça dele se virou rápido na direção dela.

— Você sabe sobre o meu filho?

Ela faz que sim.

— Apareceu muito em todos os noticiários. Eu... na verdade, eu estava no mercado no dia em que aconteceu. Os policiais mostraram fotos dele para a gente, mas nenhum de nós... nenhum de nós viu coisa alguma. — Ela morde o lábio. — Eu sinto muito, Derek. Não sabia como mencionar isso. Ou mesmo se deveria. A primeira vez que você entrou aqui, logo me lembrei de você. — Ela quase acrescentou *e me lembrei do seu filho*, mas isso já seria demais. Seria uma mentira.

Ele sustentou seu olhar.

— Obrigado por me contar.

— A gente não precisa conversar sobre isso, se você não quiser. — Kenzie se virou e olhou novamente para o Maserati. — Mas concordo plenamente. Você deve mesmo ficar com o Batmóvel.

Isso levou Derek a abrir um sorriso.

— Então, o que você estuda?

— Estou na Faculdade de Artes. Fazendo um mestrado em Design de Mobiliário, mas meu primeiro amor é a pintura.

— E não existe mestrado para pintura?

— Claro que sim — respondeu ela. — Mas a melhor maneira de se tornar um bom pintor é continuar pintando. Arte é subjetiva. A obra ressoa ou não, e não preciso de mais treinamento. Preciso de prática.

— Isso explica a maneira como você me olha — comentou Derek. — Você é muito observadora. Uma verdadeira artista.

— Como sabe disso? Você não viu o meu trabalho... ainda. — Ela fez uma pausa, sorrindo, sustentando o olhar dele. — E não é por isso que olho para você do jeito que olho.

Ele ficou perplexo.

— De qualquer modo, já terminei o meu turno de hoje — continuou ela. — Acho que vou comer alguma coisa. Você já comeu?

Ele sacudiu a cabeça.

— Não sei se você gosta de comida cubana, mas existe um lugarzinho minúsculo a alguns quarteirões daqui. As filas na hora do almoço são enormes, mas eles fazem um incrível...

— Você está falando do Fênix?

Kenzie sorriu, surpresa.

— Você o conhece? Juro que o sanduíche de porco desfiado estilo caribenho é fantástico.

— Se eu conheço?! Eu investi naquele empreendimento. Vamos lá.

— Você está brincando?!

— Sou sócio, com 25% do capital.

— Meu Deus! — Ela se levantou, enquanto ele guardava o laptop. — E isso garante sanduíches grátis para você?

— Não, eu pago por eles. Mas nunca tenho que esperar na fila. — Ele deu uma piscadinha e pegou o celular para ligar para o restaurante enquanto caminhavam em direção à porta. — Ei, Jeremy, é o Derek... Estou bem, cara, e você? Ótimo. Por favor prepara dois Caribenhos, pimenta extra, e um acompanhamento de mandioca frita. Se tiver uma mesa livre aí fora, guarde para mim... uma pequena, somos só dois. Chego aí em cinco minutos.

Seu ombro roçou o peito dele quando passaram pela porta da Grão Verde. Ela nunca havia estado tão perto dele antes, e percebeu pela primeira vez como ele era alto. E, com um metro e setenta e oito, ela não era baixa.

— Sanduíches Caribenhos, e sem esperar na fila... Acho que amo você — disse ela baixinho, mas alto o suficiente para que ele escutasse, enquanto segurava a porta aberta.

— Bom, isso me faria o cara mais sortudo do mundo — replicou Derek.

Faísca.

Foi então que Kenzie soube que o havia fisgado.

16

O SILÊNCIO TOMA CONTA DO APARTAMENTO quando Kenzie chega em casa depois de terminar seu turno na Grão Verde. A porta de Tyler está fechada. Ela encosta a orelha na parede fina e escuta seu ronco. Ouviu-o chegando às cinco da manhã, bem na hora em que ela se levantava para ir trabalhar, mas não se falaram. Para ter chegado àquela hora, ela supõe que ele tenha ficado com alguém que conheceu ontem à noite no bar.

É claro que seu colega de apartamento está chateado com ela, e Kenzie não o culpa, já que ela falhou na maratona combinada de *Residência Hill*. Eles dividem um apartamento de sessenta e cinco metros quadrados, mas quase nunca se veem. Ela sente saudade dele. E está solitária.

Faz dois dias que não tem notícia de Derek.

Por mais que deseje, não pode lhe enviar mensagens. Ele é que tem que fazer isso. Existem regras com homens casados, e eles ficam chateados quando você as quebra.

Ela se acomoda no sofá com um brownie que roubou da cafeteria (ora, todos eles roubam comida) e liga a TV. Todas as vezes que está em casa às duas da tarde, ela assiste *The Young and the Restless*. Na verdade, ela nem liga muito para o roteiro da novela, mas costumava assistir ao programa com sua *avó* quando era garotinha. Buford pula no seu colo, ronronando de prazer por ela ter voltado para casa, e ela acaricia seu pelo. Mesmo que o gato não seja tão reconfortante como era a avó, chega bem perto.

— Por que a senhora assiste a isso? — Ela se lembra de ter perguntado à *avó* quando tinha dez anos. Ficava confusa com todos aqueles personagens ricos, com maquiagens perfeitas e cabelos bem penteados, e que pareciam não conseguir encontrar felicidade em nada, não importava o que fizessem. — Eles estão sempre apunhalando uns aos outros pelas costas. Não têm nada parecido com a gente.

— Eles são muito parecidos com a gente, *ma chère*. — A avó havia acenado para que ela se enfiasse debaixo do cobertor, o mesmo que tinha no sofá desde que Kenzie nasceu. — A única diferença é que eles têm dinheiro.

— Mas ele é cruel com ela. — Kenzie apontava para a tela, na qual o homem mais rico dizia uma grosseria para a mulher que estava esperando ser sua esposa. Pela segunda vez. — Ele é malvado.

— Ah, *ma petite ange*. — A avó a puxou para um abraço. — Homens pobres podem ser cruéis também. Você pode ter o seu coração destroçado por um pobre com tanta facilidade quanto por um rico. Nós sabemos o que é ser pobre, *oui*? Não há nenhuma nobreza nisso. Nenhuma mesmo. Quando você crescer, arrume um homem rico para você. Terá mais oportunidades de sobreviver quando ele te abandonar.

Onde quer que esteja agora, J.R. também deve estar assistindo a *The Young and the Restless*. Às vezes, os dois trocam mensagens quando o seriado está passando. Mas já não fazem isso há algum tempo. Desde que ela conheceu Derek, J.R., em grande medida, desapareceu. Isso a machuca, mas ela entende a razão.

Com Derek é diferente. E, desta vez, J.R. não interfere. Ele costumava se referir aos outros homens casados que ela namorou como "sacos de dinheiro tristes e entediados", mas com Derek, guardou para si mesmo sua opinião. Ela contou a J.R. sobre seu novo namorado há alguns meses, quando os dois se encontraram para uma cerveja em sua cidade natal, quando ela visitou sua mãe.

— Quem é o otário da vez? — perguntou ele.

Quando ela disse o nome de Derek, J.R. ficou chocado.

— O cara que é o dono da empresa que faz aquelas barras de proteína que vendem no Safeway? Aquele cujo filho desapareceu?

— O próprio.

— Meu Deus, M.K. — Na cidade todo mundo o chamava de J.R., mas ele era o único no mundo que a chamava de M.K. e, secretamente, ela sempre adorou isso. — Uma coisa é aplicar um golpe num trouxa como o Paul, o cara sempre foi um babaca, e ninguém liga para ele, mas o sujeito que tem um filho que desapareceu? Isso é...

Ele nem terminou a frase, mas nem precisava. Ele estava certo.

— Eu sei — respondeu ela. — Não vai acontecer nada. Ele está muito... sei lá. — *Despedaçado* foi a palavra que lhe veio à mente, mas ela gostava de Derek como pessoa. Parecia ser desleal dizer isso em voz alta.

— Ele está de luto — replicou J.R.

Os dois ficaram um tempo em silêncio. Ela observava, enquanto ele examinava, pensativo, sua cerveja, imaginando se ele iria querer fazer sexo depois. Quando ele a rejeitou — gentilmente, mas ainda assim —, ela se recriminou por continuar tentando, quando tudo que J.R. fazia era lembrá-la de que jamais seria a escolhida.

Sua *avó* tinha razão. Melhor ter o coração partido por um homem rico.

Kenzie teve o coração partido duas vezes. A primeira foi no dia em que seu pai abandonou sua mãe, quando Kenzie tinha apenas doze anos. Ele a deixou por uma mulher que tinha metade de sua idade. Sua mãe, que não havia trabalhado desde que Kenzie nasceu, foi forçada a aceitar um emprego que odiava. Em uma cidade pequena, as perspectivas eram escassas, e ela acabou trabalhando como faxineira do turno da noite para várias empresas locais.

O pai de Kenzie morreu por conta de um ataque cardíaco há dois anos. Ela descobriu através do Facebook, quando uma tia distante compartilhou a publicação que sua "madrasta" havia postado, com detalhes acerca do funeral. Kenzie não compareceu. Ela havia se despedido dele muito tempo antes.

A segunda vez que seu coração partido foi com J.R. Ele nunca foi seu namorado, mas foi seu primeiro amor, um cara de sua cidade natal cuja família conhecia a sua. Eles ficaram no verão antes de ela viajar para a universidade. Ela perdeu a virgindade com ele sobre um cobertor na relva perto do rio, sob as estrelas, e foi tão romântico quanto a porra de uma música *country*.

— Vou te ver de novo? — ela perguntou depois, enquanto vestia a calcinha e o short. Ela se sentia dolorida, mas de um jeito bom, um jeito adulto. Uma leve brisa agitava as folhas das árvores. A lua crescente quase não proporcionava luz, mas deixava as estrelas ainda mais brilhantes.

— Claro que sim — respondeu ele. — A gente vai voltar para cá no Dia de Ação de Graças. Enquanto isso, vamos nos falando.

Mas eles não fizeram isso. *Ele* não manteve contato. Ela foi para a universidade no dia seguinte, e no mês seguinte J.R. não atendeu nenhuma de suas ligações nem respondeu as suas mensagens. A única vez que ele atendeu foi quando ela usou o celular da colega de quarto para fazer a chamada, e ele expressou uma educada surpresa ao escutar sua voz, mas se manteve distante.

Kenzie entendeu. Tudo estava acabado, seja lá o que tivessem tido. Ficou claro que J.R. não queria um relacionamento, e apesar de ela se esforçar para manter suas expectativas baixas, a confirmação de que jamais haveria nada mais sério entre eles quase a destruiu. Ela ficou devastada pela dor. Jamais pensou que poderia sofrer tanto, que podia se doar a alguém que a descartasse com tanta facilidade, e foi pior do que quando seu pai foi embora. Seu único consolo foi que os dois moravam longe um do outro, e provavelmente ela nunca mais o veria.

Só que ela o reencontrou. J.R. passou pela casa de sua mãe no fim de semana do Dia de Ação de Graças e a convidou para um passeio até o rio, agindo como se não tivesse arrancado seu coração do peito e o incinerado apenas dois meses antes. Ela aceitou o convite. Tinha coisas a dizer e era a oportunidade perfeita.

— Você me usou. — O rio parecia diferente no final de novembro do que era em agosto. Os dois se sentaram no mesmo cobertor xadrez, mas usavam casacos e botas em vez de shorts e camisetas, e bebiam café com uísque irlandês em vez de cerveja gelada. As árvores que estavam com folhagens verdejantes alguns meses antes agora estavam despidas, os galhos finos e quebradiços. Nuas. Expostas. Que era como Kenzie se sentia.

O ar recendia ao cheiro doce e acre do baseado de J.R. Ele o ofereceu a ela, que puxou uma longa tragada antes de o passar de volta.

— Como foi que eu usei você? — perguntou ele. — Menti para você? Fiz promessas que não estou cumprindo?

— Você disse que a gente ia manter contato.

Ele sacudiu a mão com desdém.

— É, está certo que eu não sou muito bom nisso. Deveria ter avisado você. Costumo focar no que está diante de mim; e se você não está bem na minha frente, é meio que...

— Longe dos olhos, longe do coração?

— Meio que isso mesmo. — Ele voltou a lhe oferecer o baseado. Ela recusou. Qualquer coisa a mais que uma tragada tendia a deixá-la paranoica. — Não deixe que as emoções impeçam você de fazer coisas boas, M.K. O que a gente tem está muito bem do jeito que está.

— E o que é que a gente tem?

— Somos amigos — respondeu, e ela estremeceu. A palavra *amigos* nunca lhe havia soado tão desprezível. — E sempre vamos ser amigos.

— Eu quero ficar com você — desabafou ela, e logo que as palavras foram ditas, sentiu-se péssima. Tinha se esforçado para deixá-lo no passado, e agora ali estava ele, trazendo todos os sentimentos à tona. Ela não sabia o que fazer com eles; era tudo tão confuso.

— Você *está* comigo. — Ele esmagou o baseado, segurou seu queixo e virou seu rosto na direção dele. — Isso é o que você ainda não sacou. Quando estou aqui, estou *mesmo* aqui.

— E quando não está, não está.

— Não diga isso como se fosse uma coisa ruim. Você tem toda uma vida pela frente. Tem a sua faculdade, os amigos, deve estar cheia de caras o tempo todo pedindo para sair com você. Meu conselho? Aceite. Tudo. Não deixe que as oportunidades passem por você só por minha causa. Sua vida é maior do que eu, do que isso aqui. — Ele fez um gesto na direção do rio. — Você tinha razão em querer dar o fora daqui. Não deixe que nada arraste você de volta. Nem mesmo eu.

— Mas eu amo você. — Kenzie se encolheu ao ouvir a própria voz. Era minúscula, como se fosse a de uma criança.

J.R. sorriu. Ela jamais esqueceria aquele sorriso. Era cheio de sabedoria, cinismo, decepção.

— Você vai superar. Pode acreditar.

Ela cobriu o rosto com as mãos e soluçou.

— Você está me abandonando, como o meu pai fez.

— Não seja idiota — irritou-se J.R. — Você está escutando o que quer escutar, não o que eu estou dizendo. Estou sendo franco e dizendo o que posso e o que não posso fazer. O babaca do seu pai nunca fez isso, prometeu coisas que não conseguiu cumprir. Você tem dezoito anos, mas é muito esperta para sua idade, M.K. Use a cabeça, não seu coração. Você tem que aprender a cuidar de si mesma, ou não vai se dar bem na porra deste mundo. Não dependa de mim, tá bom? Não dependa de ninguém.

— Sinto como se estivesse perdendo você.

— Na verdade, isso é impossível — falou ele, com gentileza, inclinando-se. Ela viu que ele ia beijá-la e poderia ter virado o rosto, mas não fez isso. Queria os lábios dele nos seus, queria essa conexão. — Porque você nunca me teve.

Seus lábios se encontraram, e foi ao mesmo tempo a melhor e a pior coisa que já havia sentido.

Desde então, Kenzie aprendeu que quando alguém que se ama não nos ama de volta, existem dois caminhos a seguir. O primeiro é encontrar outra pessoa e tentar de novo. E de novo e de novo, até que um dia, se tivermos sorte, encontramos a pessoa com quem estamos destinados a ficar, que também nos ama e que deseja construir uma vida juntos. Mas não existe garantia de que vamos encontrar essa pessoa e, mesmo que encontremos, não há garantia de que irá durar.

O segundo é nunca mais tentar. Aceitar que o amor é uma merda. Amor machuca. Amor consome mais do que oferece, então qual o sentido? Assim, deixamos de buscá-lo. Passamos o tempo com seja lá quem possamos querer, sem expectativas, compreendendo que a única coisa em que podemos confiar é o momento exato que estamos vivendo.

Depois que ela abandonou todas as suas expectativas com relação a J.R. — dessa vez de modo definitivo, sem fingimentos —, foi capaz de apreciar o que esse relacionamento trouxe. Viu amigas atravessarem términos dolorosos, contente por saber que isso jamais aconteceria com ela. Como disse J.R., não se pode perder o que nunca se teve.

Nos quatro anos em que ela passou em Boise na Faculdade de Belas Artes, ela e J.R. mantiveram contato de vez em quando, e sempre que estavam no mesmo lugar, passavam juntos todos os momentos. Quando se mudou para Seattle para a pós-graduação, ela ficou com ele até encontrar um apartamento. Os dois ainda faziam sexo, nem sempre, mas às vezes, se as circunstâncias fossem boas. Conversavam sobre as pessoas com quem saíam, o que na maioria das vezes era Kenzie falando sobre os homens com quem *ela* saía, já que ela não ficava particularmente desejosa de ouvir sobre os relacionamentos sexuais de J.R. com outras mulheres. Ele a aconselhava muito.

Ele a aconselhou a respeito de Paul, por exemplo, e isso funcionou muito bem.

Na última vez que viu J.R., ele perguntou sobre como andavam as coisas com Derek. As aventuras dela com homens casados o excitavam — e quanto mais detalhes ela desse, mais ele sentia vontade de fazer sexo depois —, mas parecia estar particularmente fascinado com Derek. Por causa da criança desaparecida.

Kenzie compreendia isso. Era difícil separar Derek da história que apareceu em todos os noticiários. Seattle é cheia de milionários, graças à quantidade de empresas que figuravam a *Fortune 500* com sede na cidade: Amazon, Microsoft, Starbucks, Costco, Nordstrom. Normalmente um sujeito como Derek não se destacaria ali.

Exceto pela criança desaparecida.

— Ele te dá dinheiro? — perguntou J.R..

— Às vezes — respondeu ela. — Um pouquinho aqui, outro tanto ali, sempre quando sabe que estou precisando.

— Ele deveria estar dando para você mais do que um pouco. O cara é um ricaço. A recompensa pelo seu filho é de um milhão de dólares. — Ele estava vendo alguma coisa no celular, e quando achou, mostrou a ela. Era um artigo sobre a PowerOrganix em uma revista de negócios. — A empresa dele teve trezentos milhões em vendas ano passado.

— Me deixa ver isso — pediu ela, tentando agarrar o celular da mão dele. Ele não deixou, e isso não a surpreendeu. Homens têm comportamentos estranhos com seus celulares.

— Ele deveria arranjar um apartamento para você — disse J.R., e ela praticamente podia ver as engrenagens rodando na cabeça dele. — No seu nome. Se esse caso terminar, pelo menos você teria isso. Seria uma compensação sem parecer, se é que você entende.

— Não é bem assim que funciona com o Derek — retrucou Kenzie. — Ainda não chegamos nesse ponto, e talvez a gente nunca chegue. Ele não é como o Paul, que era obcecado. Derek só me procura quando é conveniente para ele, e nunca sei mais que um ou dois dias antes quando será.

— Porque você está deixando que ele controle as coisas. Você está disponível demais. Para um cara desses, só é divertido se for um desafio; se houver a possibilidade de não ter você. — J.R. voltou a olhar seu celular. — E como estão as coisas com a mulher dele?

— Ele não fala muito sobre ela, mas parecem que mal se veem. Uma vez ele mencionou que ela não andava bem depois do que aconteceu com o garoto. Acho que é por isso que ele odeia voltar para casa. Assim ele não tem que lidar com isso. Com ela.

— E por que eles não se separam?

— Ele tem medo de que ela se mate.

J.R. ergueu a cabeça de repente.

— Sério? Ele disse isso?

— Não com essas palavras — respondeu ela. — Mas ela anda bem perturbada. Ele me contou uma vez, depois de termos tomado muito vinho, que ela foi hospitalizada mais ou menos um mês depois do desaparecimento do garoto. Ela encheu a banheira, tomou um monte de pílulas. Ele descobriu bem a tempo. Ela ficou internada na ala psiquiátrica por cinco dias.

Ela não conseguia decifrar a expressão de J.R., mas estava ficando incomodada.

— O que foi?

— Não há como eles continuarem juntos por muito mais tempo — comentou ele, e parecia que falava consigo mesmo tanto quanto falava com ela. — Eles passaram por coisa demais. Em algum momento, vão se separar de vez. E parece que já estão chegando a isso. Estou achando que pode haver... — ele pausou, escolhendo as palavras — ...uma oportunidade aí para você.

— De que porra você está falando?

— Talvez ele seja a locomotiva em que você vai engatar o seu vagão.

Kenzie riu.

— Você está chapadão, né? Desde quando você acredita em casamento?

— Não acredito em casamento. Acredito em dinheiro. E ele tem um monte. Mais que qualquer um dos outros.

— Eu não o amo, J.R. — disse ela, mas, na verdade, quis dizer: *Ele não me ama*. Ela não queria dizer isso em voz alta. Não queria que J.R. soubesse que ela se importava.

Ele deu de ombros.

— E daí? Para citar a lendária Tina Turner, o que é que o amor tem a ver com isso?

— Não sou uma destruidora de lares.

— Aproveitadora, destruidora de lares, é a mesma coisa.

Não, não são nada. De jeito nenhum. Kenzie jamais gostou da expressão *destruidora de lares*. Ela não é uma destruidora de lares, assim como a mulher pela qual seu pai abandonou sua mãe também não era.

Os homens destroem seus próprios lares.

Ela sabe que J.R. está tentando ajudá-la a agarrar tudo o que puder dessa situação, porque algum dia esse caso irá terminar. Casos sempre terminam, de um jeito ou de outro. Ou vai se transformar em algo "real", e nesse caso, Derek deixará a mulher e pedirá a Kenzie que fique com ele para sempre, ou vai desaparecer, e Derek escolherá ficar com a mulher com quem se casou. De qualquer modo, o que os dois fazem agora não vai durar para sempre. É insustentável.

Ainda mais porque Derek ainda ama sua mulher.

Derek raramente fala com Kenzie sobre a família, mas sonha com eles, com seu filho, o tempo todo. Certa vez, durante a viagem para Nova York, ele gritou tão alto o nome de Sebastian no meio da noite que ela acordou em pânico. Acendeu a luz e viu Derek se remexendo na cama ao lado dela, o cabelo ensopado de suor. *Sebastian. Sebastian. Bash. Volte para o papai. Por favor.*

— Acorde — chamou ela, sacudindo-o. — Derek, acorde, você está tendo um pesadelo.

Seus olhos se abriram de repente, e ele recobrou a consciência, o rosto abatido.

— Meu Deus, eu não conseguia alcançá-lo. Ele estava bem ali, e eu não conseguia chegar até ele a tempo.

— *Shhh.* — Ela apagou a luz e se ajeitou ao lado dele. — Está tudo bem. Foi só um sonho. Tente voltar a dormir.

Pela manhã, não falaram sobre isso. Ela nem tinha certeza se ele se lembrava, e jamais tocou no assunto.

Mas ele também diz o nome de Marin, às vezes. Não com tanta frequência. Na verdade, a primeira vez que Kenzie o escutou dizer o nome da mulher foi na noite seguinte à do pesadelo. O tom dele era angustiado, as palavras claras.

E o que ele disse foi: *Marin, me perdoe. Por Deus, Marin. Me perdoe.*

17

TRÊS DIAS SE PASSARAM, e ainda nenhuma mensagem de Derek.

Kenzie pensa nele enquanto limpa a mesa perto da janela com desinfetante e toalhas de papel; uma criança vomitou nela há alguns minutos. Ela sempre pensa nesta como sendo a mesa de Derek, pois é ali que ele sempre se senta. Ele gosta de observar pessoas e ficar de olho em seu precioso Batmóvel. Jamais admitirá isso, mas adora quando param para olhar o Maserati. Kenzie estava sentada com ele quando duas estudantes pararam na calçada e deram uma olhadinha furtiva em volta. Uma delas posou ao lado do carro, enquanto a outra batia uma foto. Depois, às pressas, trocaram de lugares, e saíram às risadas, sem dúvida empolgadas por terem algo para postar no Instagram mais tarde.

Ela checou o celular, ignorando a mensagem de aviso da casa de repouso de sua mãe, lembrando que o pagamento do mês já está em aberto. Ela planeja usar o dinheiro que Derek lhe deu para pagar seus cartões de crédito e quitar as contas. Quando seu Visa liberar, ela fará o pagamento. Poderia ser pior. Já foi pior.

Poderia mandar uma mensagem para ele agora, ela supõe. Três dias sem nenhuma comunicação é tempo demais, e qualquer ser humano normal checaria. A incerteza começa a dominá-la, e então ela envia a Derek a mensagem mais inócua que ela consegue imaginar. Uma palavra.

Oi.

Ela espera. Nada. Ela enfia o celular de volta no bolso com um suspiro profundo.

A mesa fica fedendo a água sanitária, mas pelo menos está limpa. Como os pais fazem isso? A mãe da garotinha que vomitou sentiu-se mal pela sujeira, porém mais que feliz ao deixar que Kenzie fizesse a limpeza. Pelo menos ela está sendo paga para isso. Qual a vantagem de ser um dos pais? Gatos são muito melhores que criancinhas — são autolimpantes desde que nascem.

— Sabe o que significa ter uma filha? — sua mãe comentou uma vez com ela, quando Kenzie tinha oito anos. Ela havia pedido para dormir na casa de sua melhor amiga, Becca. — É como ver o seu coração saindo por aí com duas perninhas, vulnerável e desprotegido. É assustador pra caramba.

Pois é, mas não, obrigada. O mundo já é duro o bastante sem ter um ser humano minúsculo e carente nos braços.

Fazia anos que ela não pensava em Becca. Kenzie pode contar nos dedos de uma das mãos o número de amigas íntimas que teve em toda a sua vida. Becca, no ensino fundamental, Janelle, no ensino médio e Isabel, sua colega de quarto durante a faculdade.

Ela pensa muitas vezes em Isabel. Elas se conheceram na semana de calouros, quando Izzy entrou no dormitório com uma mala, na qual, mais tarde, Kenzie soube, metade era composta por maquiagem e produtos de cabelo. Izzy entrou na faculdade com uma bolsa de estudos para dança, e seu único objetivo na vida era se casar com um cara rico.

— Não é que eu não acredite em mim mesma — declarou Izzy com simplicidade, enquanto as duas comiam pizza, mais tarde na mesma noite. Sua nova colega de quarto mordeu um pedaço, que, Kenzie logo descobriria, ela acabou vomitando depois. — Meu sonho é ser dançarina profissional. Mas amanhã mesmo eu poderia quebrar o meu tornozelo. E aí? Não sei fazer mais nada. Por isso é que tenho o David. Ele é o meu plano de emergência.

Elas criaram um vínculo mais forte por ambas namorarem homens mais velhos. O namorado de Izzy era um cirurgião de quarenta e três anos, e Kenzie saía com Sean, um corretor de imóveis de trinta e nove anos, que conheceu em uma aula de yoga. Ao contrário de David, entretanto, Sean era casado.

— É, mas eu nunca ficaria com um homem casado — afirmou Izzy, com seu nariz perfeito franzido de desgosto. — Mas, tanto faz, garota. Faça como quiser.

Depois do primeiro ano, Kenzie e Izzy se mudaram do dormitório para um apartamento minúsculo fora do campus. Kenzie ainda saía com Sean, mas a mulher dele ameaçou dar no pé levando os filhos, e havia tensão no lar. Ela sentia que ele estava perdendo o interesse.

Izzy mudou para outro homem mais velho, Rick, que adorava viajar. Entre suas aulas de dança, ele a levou ao México, a Barbados, a Paris e até embarcaram num cruzeiro pelo Mediterrâneo, que Izzy declarou ter sido uma chatice, porque a média de idade dos passageiros no navio era de "onze bilhões de anos".

— Jamais vou viajar por essa companhia de cruzeiros de novo — decretou Izzy quando voltou para casa. — Nove horas da noite e todo mundo já estava na cama. O que eu perdi por aqui? Como está o Sean?

— Tenho quase certeza de que ele terminou tudo — respondeu Kenzie, taciturna. — Outro dia, no jantar, ele disse que precisava de um tempo, que precisa focar nas crianças. Na verdade, me deu dinheiro. Parecia uma... uma indenização de despedida.

— Quanto foi?

— Mil dólares. — Kenzie não tinha certeza de como se sentir a respeito disso. — Tirou um maço de notas da carteira, pagou a conta e me entregou o resto.

— E você disse...

— Obrigada.

— Garota, será que eu não te ensinei *nada*? — Izzy revirou os olhos. — Você não deve aceitar a primeira oferta. É uma *negociação*. Se ele quer que você suma, então tem que pagar para você sumir. Mil dólares... *Merda*. O David costumava me dar isso todo mês, sem nenhum motivo especial.

— E o que é que eu deveria ter feito?

— Deveria ter massageado o ego dele, brincado um pouco com o coração dele, apelado para o seu lado masculino e protetor — orientou Izzy. — Dizer algo como: "Ai, minha nossa, não imaginei que as coisas terminariam assim". — A voz dela subiu uma oitava, seu rosto era uma máscara exagerada de preocupação. — "Não quero perder você. Para mim, o que temos é verdadeiro, e não estou pronta para desistir de você."

Kenzie caiu na gargalhada.

— Ah, tenha dó. Eu jamais conseguiria dizer isso com a cara séria.

Izzy não riu.

— Então é melhor praticar. Esse término deveria ter custado a ele bem mais que mil pratas. Quando David e eu nos separamos, ele me deu dez mil.

— *Dez mil?*

— E você acha que é muito para eles? Não é nada. É um fim de semana de pôquer. — Izzy suspirou e sacudiu a cabeça. — Você sabe que não entro nessa de homens casados, mas se você entrar nessa rota, é melhor se capitalizar. As tarifas de namoradas profissionais sobem se o cara tiver uma esposa. Eles têm mais a perder.

Foi a primeira vez que Kenzie escutou o termo *namorada profissional*.

— Como eu disse, é uma negociação. — Izzy inclinou o corpo para a frente. — Você tem que pedir pelo que você vale.

— E como diabos eu faço isso?

— Isso é uma arte. — A colega de quarto fez um instante de pausa, pensando no assunto. — Você tem que pedir... sem pedir de verdade. Tem que fazer do jeito que eles acabem *oferecendo*.

Era muita coisa para assimilar.

— De qualquer modo, é tarde demais com Sean. — Izzy voltou a se recostar. — Mas tenha isso em mente para a próxima vez. Você tem mais poder do que imagina. Só não faça a besteira de se apaixonar.

Enquanto continuaram morando juntas, Izzy ensinou muitas coisas a Kenzie sobre ser uma "namorada profissional". Elas não eram prostitutas, insistiu ela. Tinham que realmente gostar do cara, e os relacionamentos eram sempre exclusivos; Izzy jamais namorava mais de um homem de cada vez. Enquanto estavam juntos, ela só tinha olhos para ele, e o paparicava do jeito que faria uma boa namorada. Na cama, ela fazia o necessário para dar prazer a seu homem, mas esperava o mesmo em troca. Afinal, não se tratava só dele.

Mas seus namorados deviam ter capacidade de sustentá-la. Ela exigia um alto padrão de vida, e exigia grana para fazer as unhas toda semana, as sobrancelhas a cada duas semanas, cabeleireiro todo mês e bronzeamento artificial sempre que necessário. Adorava viajar, mas só de primeira classe ou executiva. Esperava ganhar presentes e preferia aqueles que vinham de joalherias de luxo. Em troca, o namorado recebia uma mulher dedicada e uma companheira de viagens que derramava atenção sobre ele, e sempre assegurava que se divertissem muito juntos.

Mas Izzy não queria ficar na categoria namorada para sempre. Ela queria o anel de noivado, queria o casamento, queria uma casa, queria um nome. E queria segurança financeira.

— Fujo desses herdeiros filhinhos de papai como o diabo foge da cruz — disse a Kenzie certa vez. — Em primeiro lugar, são péssimos de cama. Em segundo, se nasceram ricos, então sempre tiveram uma rede de segurança, e jamais tiveram que trabalhar um dia sequer na vida. Além disso, sempre querem ter filhos. — Ela tremeu. — Um cara que fez a própria vida, divorciado e rico, esse é o santo graal. Eles trabalham muito, já devem ter passado por essa coisa de filhos, e agora só querem se divertir e paparicar alguém. É aí que eu entro.

Então Izzy conheceu Mike. Mike não era divorciado. Mike não era rico. Mike era apenas três anos mais velho que ela, e eles tinham se conhecido na academia. Ela havia terminado recentemente com Rick, e andava inquieta, então concordou com um encontro em um café, porque Mike era "bonitinho". O café virou drinques, que se transformaram em jantares, o que levou Izzy a voltar para casa só na tarde do dia seguinte.

— Bem, estou fodida — disse ela, desabando no sofá.

— Literal ou figurativamente? — perguntou Kenzie.

— Os dois. Ele trabalha com TI e dirige um Toyota Camry lançado seis anos atrás. Um *Camry*, Kenz. E hoje, me levou para comer panquecas de café da manhã numa lanchonete de esquina. E sabe o que mais?

— O quê?

— O sexo foi inacreditável, e as panquecas eram boas. O que está *acontecendo* comigo?

Kenzie teve que rir. Era difícil imaginar Izzy em uma lanchonete de panquecas, segurando um menu gigante de plástico laminado.

— Bom, então… divertido, mas é coisa de só uma noite, não é?

— É. — Sua colega de quarto falou de um modo decisivo demais, e Kenzie não soube dizer se Izzy estava tentando convencê-la, ou a si mesma. — Mas, nossa, como ele me fez rir. Tinha me esquecido de como é bom estar com alguém que me faça rir. Nas últimas vinte e quatro horas, me senti como se pudesse ser eu mesma perto dele. Não importava se a minha maquiagem estivesse perfeita ou se o meu cabelo ficasse ralo por conta da chuva. Eu até ofereci pagar pelo café da manhã, já que ele pagou as bebidas e a comida na noite passada. Quando foi a última vez que eu fiz isso?

— E você vai vê-lo de novo?

— Não sei. — Izzy parecia confusa de verdade. — Queria que ele não fosse tão… fofo.

Seis meses depois, ela ainda estava saindo com Mike. Depois de um caso breve com o dono de um restaurante chamado Erik, Kenzie se envolveu com Paul. Casado, quarentão, três filhos com menos de doze anos. Era o sócio-administrador de um escritório de advocacia do centro de Boise, e mantinha um apartamento perto do escritório, já que trabalhava por longas horas. A família vivia no subúrbio, e ele os via mais aos fins de semana — quando não estava com Kenzie.

Paul uma vez perguntou a ela se sua conta bancária era a razão de ela estar atraída por ele.

— Você ainda estaria comigo se eu fosse, digamos, faxineiro?

Ela devolveu a pergunta.

— E você ainda estaria comigo se eu tivesse mais de quarenta anos, com sobrepeso e três filhos?

Sem querer, ela havia descrito sua esposa, e isso o atingiu em cheio.

— *Touché* — disse.

— Desculpe. Não tive a intenção de…

— Sem problema. O que vamos fazer no jantar?

Ela namorou Paul por quatro meses no fim de seu último ano na universidade e passava a maior parte das noites no apartamento de Boise. Izzy passava a maior parte de seu tempo com Mike; ele tinha uma pequena casa própria, com um quintal bonitinho nos fundos. Nenhuma das duas queria admitir que a amizade estava com os dias contados, agora que Izzy havia se aposentado do mundo do namoro profissional, quisesse isso ou não. O que não teria nenhum problema — que importava isso para Kenzie? —, mas Izzy estava começando a julgar o estilo de vida da amiga. Que antes era o estilo de vida *dela*.

— Como pode continuar fazendo isso? — Izzy perguntou uma noite.

As duas estavam espremidas dentro do minúsculo banheiro delas algumas semanas antes da formatura, disputando posições diante do espelho. Kenzie havia tomado emprestado um dos vestidos justos de Izzy e estava se aprontando para uma noite de jantar e dança com Paul. Izzy vestia jeans e um suéter. No espelho, as duas pareciam ter invertido de posições, comparando com quando haviam começado.

— O Paul é casado — criticou Izzy, como se Kenzie já não estivesse farta de saber. — Tem filhos. Uma esposa. Há uma família nessa história. Você não se incomoda em nada com isso?

— Nada — respondeu Kenzie. Quantas vezes mais as duas discutiriam isso? — Nem um pouco.

Izzy se virou para ela.

— Isso não está certo, Kenzie.

— Desde quando você se importa? — rebateu ela. — *Faça como quiser*, lembra?

— Pois é, eu estava errada — reconheceu Izzy. — As pessoas podem mudar. Você não quer se apaixonar?

Era a primeira vez que Kenzie ouvia sua colega dizer a palavra *apaixonar*, e ficou surpresa. Não achava que Izzy pudesse pensar assim. Amor sempre parecia estar no fim da sua lista de prioridades, e Kenzie começou a ficar bem irritada. Nem todos se apaixonam.

Ela se voltou para o espelho.

— Não sou uma destruidora de lares, Izzy. Ele é. Uma coisa que as pessoas esquecem é que se trata do lar dele que está sendo destruído. Se as coisas estivessem bem em casa, ele nem se importaria comigo.

— Você sabe como eu e o Mike nos conhecemos?

— Na academia, você já contou.

— Na verdade, foi antes disso. Ele se aproximou de mim em uma livraria, começou a falar comigo sobre o livro de memórias que eu tinha na mão. Parece que tivemos uma longa conversa, mas, na verdade, eu nem me lembrava de nada disso até ele mencionar em nosso primeiro encontro num café.

Então, alguns meses depois, no Dia dos Namorados, e até aquele momento a gente ainda não tinha nada sério, ele me deu aquele livro de presente. — Ela sorriu com a lembrança. — Ele procurou um exemplar autografado em uma livraria especializada. E eu só conseguia pensar que aquele livro custava menos que vinte paus, mas devia ser o presente mais significativo que alguém já tinha me dado.

Izzy saiu do banheiro e voltou um instante depois, segurando um exemplar capa dura de *Livre*, de Cheryl Strayed. Ela mostrou a dedicatória para Kenzie, em que estava escrito: *Quando você terminar de lançar suas sementes livres ao vento, eu estarei aqui* — Mike.

— Você deveria ler este livro — recomendou Izzy. — É sobre uma mulher que usava drogas, traía o marido, fazia coisas malucas, tudo isso para fugir da dor da morte de sua mãe. Isso me tocou bem lá no fundo. Me fez pensar muito sobre a razão de eu fazer o que fazia, e compreendi que estava farta de mim mesma. E estou dando uma chance para o Mike, Kenz.

— Já li. — Kenzie se voltou para o espelho. — E fico feliz por você. Mas gosto do Paul. E namoro caras ricos com a mesma facilidade com que namoro os pobres. — Ela estava ciente de que soava exatamente como sua *avó*.

— Ninguém está dizendo que você não pode namorar caras mais velhos — afirmou Izzy. — Preferiria ser rica a ser pobre. Mas prefiro ser feliz a ser rica. Ache um solteiro, Kenz.

— A mulher dele não é problema meu. Nem penso nela. No que me diz respeito, ela não existe. — Kenzie deu de ombros. — Além disso, todos eles traem. E um dia, quando você for velha e gorda, casada com o Mike e com filhos, e com uma hipoteca para pagar, ele vai ficar entediado e trair você também. Tudo que você está conseguindo com esse relacionamento é se tornar vulnerável. Foi você que me ensinou a fazer isso, lembra? Mas tanto faz. *Faça como quiser.*

Parecia que Kenzie tinha dado um tapa nela. Podia ver isso no rosto de Izzy, pelo modo como sua face ficou desolada, o modo como ela rompeu o contato visual. Ainda assim, ela era belíssima, mesmo vestida com roupas casuais. Ela poderia ter qualquer homem que quisesse, qualquer estilo de vida que desejasse. Que desperdício.

O relacionamento de Kenzie com Paul durou mais três meses depois dessa conversa. Terminou no dia em que a mulher dele chegou à meia-noite batendo na porta do apartamento, na véspera de sua formatura. A sra. Paul — já que Kenzie não fazia a menor ideia de qual era o nome dela — estava bêbada e procurando o marido. Quando Kenzie abriu a porta, a mulher tentou invadir o apartamento.

— *Sua puta maldita, onde está a porra do meu marido? Sua puta, vagabunda, onde está o Paul?* — gritava ela, as palavras saindo quase incoerentes e de uma vez só. Sua maquiagem estava manchada, os olhos injetados e suas unhas perfeitamente pintadas eram como garras resvalando o rosto de Kenzie.

Kenzie tentou trancar a porta, mas a mulher tinha se enfiado entre a porta e o batente.

— Não conheço nenhum Paul. Só moro aqui! — disse ela, desesperada, tentando se passar por alguém que *não* dormia com o marido da outra.

A mulher de Paul era pelo menos quinze centímetros mais baixa que Kenzie, mas estava enraivecida e energizada com álcool. Empurrou o rosto dela contra a porta como Jack Nicholson fez em *O Iluminado*. Kenzie não duvidou que a mulher tentaria matá-la, ou, no mínimo, espancá-la, embalada por sua fúria embriagada.

— Izzy, me ajuda! — gritou ela por cima do ombro.

— Diga a essa sua amiga para deixar o meu marido em paz! — A mulher gritava para Kenzie. Seu rosto estava de um púrpura profundo, o cabelo úmido e grudado nas bochechas em cachos emaranhados. Jogou seu corpo contra a porta outra vez. — Ela é uma puta e você é uma puta e eu *odeio* garotas como vocês, suas putas desgraçadas!

— *Izzy!* — Kenzie voltou a berrar. Mal tinha forças para manter a porta fechada e precisava da ajuda de sua colega de quarto para trancá-la. — Izzy, venha aqui, agora! — Para a mulher ela disse: — Para de empurrar. Não vou deixar você entrar!

A porta do quarto de Izzy se abriu, e ela apareceu, o cabelo em um coque, de óculos, vestindo um suéter folgado e calças folgadas de moletom. Sem maquiagem e saltos altos, ela parecia uma adolescente, ainda mais com os olhos tão arregalados e assustados. A mulher de Paul, ainda empurrando, a viu por trás de Kenzie, na sala de estar, e seu rosto desabou de repente. Ela pensou que fosse Izzy quem estava saindo com Paul. Seja qual fosse a informação que tinha, não era uma foto. Ou um nome.

— Droga, quantos anos você tem, dezenove? — A voz da mulher mais velha ficou presa na garganta, e ela começou a soluçar. — Você é uma *criança*, Deus do céu, não acredito que ele fez isso, não acredito...

— Diga para ela dar o fora daqui! — Izzy disse para Kenzie, o que foi a pior coisa que sua colega de quarto poderia dizer, porque os soluços da mulher viraram raiva novamente. — Vamos chamar a polícia, sua vadia maluca!

— *Eu sou* uma vadia maluca? — uivou a mulher. — *Vá* chamar a polícia! Vá chamar a polícia, e eu digo para eles o que você fez! Você deveria ser presa por ser uma puta chupa-pau! — Seu rosto estava salpicado de manchas, e ela estava tão enlouquecida que cuspia. A saliva com cheiro de vodca pulverizava o rosto de Kenzie, e a mulher empurrava a porta de novo, dessa vez quase conseguindo entrar.

— Você acha que eu não quero chupar o pau do meu marido? — gritava ela para dentro do apartamento. — Eu chuparia, mas ele nunca está em casa! Odeio você! Queime no inferno, sua vagabunda! Se eu vir você na rua, jogo ácido no seu rosto, sua puta!

Totalmente assustada, Izzy correu de volta para o quarto, e Kenzie ouviu a porta bater e a chave girar.

Kenzie deu mais um empurrão na porta e a mulher foi jogada para o corredor. Um dos vizinhos havia chamado o zelador, e Gary saiu do elevador de pijama e robe, um taco de beisebol em uma das mãos e o celular na outra. Quando viu que era uma mulher, e baixinha inclusive, abaixou o taco.

— Vou chamar a polícia se a senhora não parar de gritar — avisou Gary. Ele estava ficando careca, mas o que restava do cabelo estava esticado em tufos. — Por favor, vá embora. Não quero causar problemas para a senhora.

A mulher olhou para ele e depois para Kenzie.

— Ele é o meu *marido*. — Seus lábios tremiam. — Estamos juntos há dezoito anos. Temos filhos.

— Sinto muito — disse ela. Foi só o que conseguiu dizer.

— McKenzie, entre e feche a porta — mandou Gary.

Ela entrou, fechou e trancou a porta, encostando a orelha na madeira pintada. Conseguia ouvir a mulher de Paul se lamentando, enquanto Gary a escoltava até o elevador. Todo o corpo de Kenzie estava tremendo. Ela jamais havia visto tamanha demonstração de raiva. Delirante, fora de controle, raiva suficiente para matar alguém.

Ela e Izzy pararam de se falar depois disso. A amizade das duas terminou naquela noite. Kenzie jamais perdoou Izzy por não ter ajudado, e Izzy jamais perdoou Kenzie por ter pedido ajuda. As duas conseguiram se evitar por algumas semanas, até o dia em que Kenzie chegou em casa e as coisas de Izzy não estavam mais lá. Nenhum adeus, nenhum bilhete de despedida, apenas um cheque no balcão para cobrir sua metade do que restava do aluguel. Mais tarde, ela descobriu que Izzy havia desfeito a amizade no Facebook e deixado de segui-la no Instagram.

Na era da mídia social, isso dizia tudo.

Quando terminou com Paul pouco tempo depois — mal, é claro, pois de que outro modo poderia ter terminado? —, Kenzie estava desesperada para mudar de cenário. Voltar para casa não era uma opção. Ela se inscreveu na pós-graduação em Seattle e foi aceita, e J.R. ofereceu seu quarto de hóspedes enquanto ela procurava um apartamento.

Seu celular vibra no bolso, forçando-a a retornar ao presente. É uma mensagem. De Derek. Finalmente. Kenzie a lê depressa, depois a lê mais uma vez, sentindo uma dor incômoda na boca do estômago. Não havia doído com Paul, com Erik ou com Sean, mas dói com Derek. Como doeu com J.R.

O que é bem feito para ela. Isso jamais deveria ter acontecido.

Desta vez tudo acabou mesmo, diz a mensagem de Derek. *Me desculpe. Por favor, não entre mais em contato comigo.*

18

EM ALGUM LUGAR ATRÁS DELA, um graveto se quebra. Alguém a segue.

Kenzie gira depressa, certa de que se verá frente a frente com algum estranho, maciço, vestido de preto, com olhos injetados e mãos enormes. Mas não há ninguém ali. A pessoa mais próxima é outra mulher, do outro lado da rua e meio quarteirão atrás, esperando o ônibus. Mas ela sente que há alguém à espreita em algum canto que seus olhos não conseguem ser ágeis o suficiente para enxergar. O corpo reage ao perigo antes da mente, e ela tem a sensação de que alguém está respirando em seu cangote, movendo seu cabelo para sussurrar em seu ouvido. Só que não se trata de algum conhecido, e nada que ela queira escutar.

Mais cinco quarteirões pela frente. Kenzie pega o celular, precisando do conforto de uma voz conhecida enquanto caminha para casa. O telefone toca duas vezes antes que J.R. atenda.

— Oi — diz ele. — Tudo bem? — Ele está preocupado. Ela raramente liga. Costuma mandar mensagens.

— A caminho de casa vindo do trabalho. — Kenzie para no cruzamento quando o sinal fica vermelho ao chegar à esquina. — Acho que estou sendo seguida.

— Você viu alguém?

— Não, só senti.

Um breve suspiro na outra linha.

— M.K., me escuta. Está tudo bem. Caminhe rápido e fique onde haja iluminação. Vou ficar na linha até você chegar em casa.

— Você não quer passar aqui hoje à noite? — O sinal para pedestres abre e ela começa a atravessar a rua. — A gente pode pedir comida, talvez assistir a um filme...

— Onde está o seu colega?

— Me evitando — responde ela. — Mas também trabalhando.

Há uma pausa, que dura um segundo a mais que o normal, o que significa que a resposta é não.

— Não posso hoje — diz J.R.— Eu... na verdade, estou saindo com alguém.

Kenzie fica tão surpresa que quase para no meio da rua.

— Saindo com alguém? — repete. — O que você quer dizer com "saindo com alguém"?

É a coisa mais estranha escutar essas palavras dele. J.R. está sempre "saindo com alguém" de um jeito literal — sua mãe dizia que ele é paquerador, e o desaprovava veementemente —, mas dizer "saindo com alguém" como se estivesse em um *relacionamento*, é outra coisa.

— É. Deveria ter contado para você no nosso último encontro, mas sei que você nem sempre gosta de ouvir sobre as outras pessoas. — Há um tom estranho na voz de J.R. que ela não costuma ouvir. — Espero que dê em algo... você sabe.

Ele *espera*?

— Sério? — Kenzie se esforça para falar normalmente. — Hum, desde quando? Como ela se chama? Como se conheceram?

— Você quer mesmo saber...

— Você só pode estar de sacanagem com a minha cara! — Sua voz sobe uma oitava quando todo o peso do que ele acabou de dizer a atinge. — Desde quando você está saindo com alguém? Você não entra em relacionamentos, J.R., lembra?

— M.K....

— Quer saber, esquece. Já estou quase em casa. Você pode desligar.

— Espera — diz ele e ela obedece. — Reconheço que o momento poderia ter sido melhor, mas me escuta. Você está ansiosa porque o Derek tem andado distante, e isso deixa você hipersensível a tudo mais. Quando ele ligar, você vai sentir tudo voltar ao normal. Confie em mim. E então a gente pode falar mais sobre... as minhas coisas.

Ele sempre amou explicar a ela como ela estava se sentindo, e por quê.

— Derek não vai mais me ligar — informa ela. — Ele mandou uma mensagem quando eu estava saindo do trabalho. Acabou.

— Ele já disse isso antes, acho.

— Tenho certeza de que desta vez é verdade. A mensagem era... curta.

Ela pisca para controlar as lágrimas de frustração e desapontamento. Dispensada por Derek, e agora abandonada por J.R., que arranjou uma *namorada* de verdade. São momentos como esse que a fazem se lembrar quão poucas pessoas ela tem na vida nas quais possa se apoiar. Cinquenta mil seguidores nas mídias sociais, e nem um único amigo que se aproxime quando ela passa por uma noite difícil.

— Ligo para você amanhã — diz ele. — Vamos pensar em algo, descobrir outro modo de liquidar o assunto.

Ela desliga, mas mantém o celular na mão. Descobrir outro modo de quê? É óbvio que J.R. pensa que ela pode conseguir de Derek o mesmo que conseguiu com Paul, mas talvez essa jamais tenha sido a forma como as coisas terminariam. Desta vez ela estragou tudo mesmo.

Seu prédio não tem nada de especial para ver da fachada, mas o saguão e os corredores sempre estão iluminados. A sensação de que alguém a observa ainda está lá quando chega ao portão e enfia a chave na fechadura. Só quando a porta pesada se fecha atrás de si é que se permite soltar o ar. Ela pode não ter visto ninguém, mas isso não quer dizer que não houvesse ninguém.

Os elevadores funcionam, mas são lentos, e seu apartamento é no segundo andar. É mais rápido ir pelas escadas; ela está no último degrau quando a porta se abre. É Tyler. Pelo jeito está saindo para o trabalho; está vestindo seu jeans bom e uma camiseta branca que realça sua pele morena. Ele é um *bartender* que trabalha à noite, e ela é uma barista que trabalha pela manhã. Quando não estão trabalhando, estão assistindo às aulas. Ainda assim, costumavam ser capazes de achar tempo para passarem juntos. Tyler odeia que Derek seja casado.

Homens casados acabam arruinando as amizades.

— Oi. — Seu colega passa por ela, tendo o cuidado de não deixar que seus ombros se esbarrem. Evita olhar diretamente para ela.

— Oi para você também. — Kenzie para no alto da escada para olhá-lo de cima a baixo. Isso é ridículo. Eles estão morando juntos há dois anos, droga. Ela usa o creme de cabelo dele. Ele devora suas barras de granola. Os dois ainda usam o login e a senha da Netflix do ex-namorado dele. Os dois deveriam saber superar isso. Ela quer contar a ele sobre Derek, mas não ali, na escada do prédio.

— Devo um café da manhã para você. Está livre amanhã?

Ele para e olha para cima.

— Café da manhã? Sério?

— Ou almoço?

Ele sacode a cabeça e continua descendo.

— O Buford vomitou na sua cama. Tem vômito por todos os seus lençóis, você vai ter que lavar tudo. Acho que ele andou comendo as flores.

Ela geme. O gato só faz isso quando se empanturra.

— Espera. Que flores?

— Hoje de manhã alguém mandou flores para você. Coloquei no seu quarto. — Ele para e olha para cima de novo. — E esqueça essa história de café da manhã e almoço, amanhã a gente vai jantar, mulher. E você vai me convidar para algum lugar bacana.

Ela vislumbra um sorriso antes que ele desapareça e, só com isso, alguns dos horrores do dia somem. Ela não vai estragar essa. Ty quer um lugar bacana. Ela o levará a um lugar bacana. Vai convidá-lo para ir ao Metropolitan Grill, usando um pouco do dinheiro que Derek lhe deu. Vão pedir bifes e coquetéis e dividir bananas Foster na sobremesa, e então ela deixará que Tyler lhe diga como ela tem sido uma babaca nos últimos seis meses. Droga, já que ela vai lá, vai deixar também seu currículo. Os garçons devem receber gorjetas enormes.

Buford começa a miar no instante em que ela abre a porta, e ela o alimenta com uma lata de ração antes de ir para o quarto. Há vômito de gato quase seco em vários pontos da cama, e é esverdeado. Ela olha o motivo — o pequeno buquê de flores sobre a penteadeira. São bonitas, mas não exatamente românticas. Talvez Derek não seja do tipo que manda dúzias de rosas vermelhas. Seu coração palpita quando ela pega o pequeno envelope aninhado entre as flores. *Por favor, por favor, por favor, que essas sejam dele.* A letra no cartão dentro do envelope é elegante — obviamente alguém da loja tem uma bela caligrafia —, mas a mensagem é deprimente. E não é de Derek.

Feliz aniversário para a minha doce garotinha. Saudades. Com amor, mamãe.

Então a culpa consome Kenzie. Seu aniversário é só dali a quatro meses, o que só pode significar que sua mãe está piorando. Sharon Li mora há dois anos na Residência Assistida Oak Meadows, em Yakima, e o Alzheimer prematuro parece estar progredindo em ritmo acelerado. Aquele era o segundo buquê de aniversário que ela recebia da mãe nos últimos três meses.

O gato pula na penteadeira, quase derrubando o vaso. Ela o agarra bem a tempo.

— Buford! — ralha ela. Como resposta, o gato balança a cauda, arrogante. Ela vê onde ele andou mastigando as folhas, e percebe as marcas de dentadas em vários ramos. — É por isso que você vomitou na minha cama, seu merdinha. Agora tenho que lavar os lençóis de novo, e já fiz isso uns dias atrás.

Ela não deveria gritar com o gato. Neste instante, é o único amigo que lhe sobrou. Ela tira os lençóis sujos, enfiando tudo em uma bolsa de pano de lavanderia. Ocupam apenas metade do espaço, e ela tira algumas peças do cesto de roupas sujas e desce novamente pelas escadas.

A lavanderia está nos "intestinos" do edifício, o apelido que Tyler deu ao porão, não por causa do cheiro, e sim porque é escuro, úmido e só dá pra ficar contente quando se sai de lá. Também é assustador. O porão é mantido com iluminação mais fraca que o resto do edifício, e tem um corredor comprido da escada até a lavanderia, cheio de sombras e barulhos estranhos que a deixam nervosa. Mais uma vez ela sente a pele formigando com a sensação de estar sendo observada, mas quando se vira não vê ninguém.

A lavanderia, porém, é bem iluminada. Ela se enfia rápido ali dentro, soltando o ar quando fecha a porta atrás de si. Vê uma lava-roupas livre no canto mais distante do cômodo, esvazia o conteúdo da bolsa lá dentro e enfia seu cartão na fresta de pagamento. A luzinha ao lado do leitor de cartões pisca vermelho. Deveria piscar verde.

— Merda! — exclama.

A tela digital mostra um saldo de dois dólares. A lavagem regular custa três dólares e vinte e cinco centavos, o que significa que ela tem que correr escada acima para pegar seu cartão de crédito e recarregá-lo através do caixa eletrônico no canto da lavanderia. Mas tanto seu cartão Visa como o Mastercard estão com o limite estourado, e ela ainda não usou o dinheiro de Derek para fazer o pagamento e liberar o saldo. E é claro que nenhuma das máquinas aceita notas. Às vezes a tecnologia é um saco. Hoje em dia, sem cartão de crédito não dá para fazer nem as coisas básicas.

— Merda! — exclama ela para si mesma outra vez, tentando decidir qual a melhor ação a ser feita.

— Sem grana? — diz uma voz rouca, e ela quase grita.

Ela se vira e vê Ted Novak, o zelador que mora no primeiro andar, parado atrás dela. Ela não havia percebido ele entrar, nem mesmo ouviu os passos quando ele cruzou a lavanderia na direção dela. Ele não parece estar ocupado com nada e não está segurando nada — nem celular, nem cesto de roupas, nem amaciante, nem chaves. Só está parado ali, encarando-a, como a porra de um psicopata.

Ela não gosta de Ted. Jamais gostou de Ted. Desde o dia em que se mudou para o prédio, ele a deixa arrepiada por razões que, na verdade, Kenzie não consegue articular. Ele não diz nem faz coisas inadequadas. Não faz comentários sugestivos nem conta piadas ofensivas. Não olha com malícia. Mas quando conversa com ele, parece... que falta alguma coisa. Uma luz nos olhos que deveria estar lá, mas não está. Se ele sorri, o que é raro, não parece ser autêntico. E se cai na risada — o que é ainda mais raro —, o som parece enlatado, quase forçado, como se estivesse fazendo isso porque o protocolo social ditasse que ele deveria fazer, mesmo que não compreenda o que é de fato engraçado.

— Preciso recarregar o meu cartão. — Ela começa a recuar na direção da porta. Ela quase diz: *Volto logo*, mas se dá conta a tempo. E se ele esperar por ela?

Ele se aproxima, tirando algo de dentro do bolso traseiro. É seu cartão Coinamatic.

— Tome. Use o meu. Economize uma viagem subindo e descendo essas escadas. Você pode recarregar quando voltar para usar a secadora.

— Ah, não, não posso... — diz ela, mas ele já está tirando seu cartão e enfiado o dele no lugar. A luz pisca verde e a tela mostra um saldo de quase cem dólares, o máximo.

— Vá em frente. — Ted se afasta para o lado. — Escolha seu tipo de lavagem.

Parece não haver escolha além de continuar com isso. Se fosse qualquer outra pessoa, ela ficaria agradecida pelo gesto do vizinho. Mas não é qualquer outra pessoa, é Ted, e ela está dolorosamente consciente de que uma calcinha de renda cor-de-rosa está bem em cima da pilha de roupas da lavadora. Aperta o botão para a lavagem normal, fecha a tampa. A lavadora começa.

— Obrigada. — Ela força um sorriso. — Devo a você três dólares e vinte e cinco centavos.

Ela tenta passar ao lado dele, mas Ted ainda está parado no mesmo lugar, e nem se mexe.

— Não se preocupe — diz ele. Depois sorri, com um segundo de atraso, e isso parece tão forçado quanto o agradecimento dela. — Talvez você possa me dar um café se eu for lá na Grão Verde. Que dias você trabalha lá?

Não tem a menor chance de ela lhe dizer algo sobre seus horários de trabalho. Ela odeia até o fato de ele saber onde ela trabalha, e nem tem certeza de como ele descobriu.

— Nós, hã, não podemos dar algo grátis para os clientes. — É uma meia-verdade. Eles só ficam encrencados quando são pegos, e isso não acontece porque todos fazem isso. Droga, dar um café grátis para seus amigos é metade da alegria de trabalhar lá. Favores geram favores. Mas Ted não é seu amigo. — Posso colocar o dinheiro por baixo da sua porta.

— Isso não é necessário, Kenzie — diz ele, e seu olhar morto não revela nada. Ela não sabe dizer se ele está sendo amistoso ou se ficou insultado por ela não dizer quais são seus horários. Ela não gosta de que ele a chame de

Kenzie. Isso faz parecer que têm uma amizade que não têm de fato. Ele deveria chamá-la de McKenzie, se é que precisa chamá-la por alguma razão. — Somos vizinhos e devemos ajudar uns aos outros. Além disso, sou mais velho que você. Se nós dois estivéssemos, digamos, namorando, eu sempre pagaria, não é? É disso que você gosta, não é? Homens mais velhos que pagam tudo.

Kenzie o encara, mas ele apenas a encara de volta. É impossível dizer se está sendo sério. Ele não pisca, e sua voz não tem inflexões. Ela não sabe se deveria rir disso, reagir com indignação ou simplesmente ignorar tudo.

— Obrigada mais uma vez, Ted. — Sem outra opção, ela dá uma passada larga para contorná-lo e corre para fora da lavanderia, agradecida por suas pernas compridas que podem subir dois degraus de uma vez.

Ela está sem fôlego quando chega ao apartamento, meio que esperando que as mãos de Ted a agarrassem por trás antes que ela pudesse fechar e trancar a porta. Dentro de quarenta minutos, não terá outra opção senão voltar para recolher seus lençóis e roupas molhadas e colocá-las na secadora. Com um pouco de sorte, Ted não estará mais lá.

Sentindo-se tão deprimida quanto esgotada, Kenzie abre a geladeira, vê as sobras de pizza e comida tailandesa (ambas de Tyler), e encontra bem no fundo um engradado com seis latas de sidra. Ela desaba no sofá, tomando uma boa golada, e Buford dá um pulo em seu colo e se acomoda. Ela clica num aplicativo e encomenda comida, usando um crédito que tem na conta por causa da confusão feita em uma encomenda anterior.

Kenzie tira uma dúzia de selfies, até ficar satisfeita com uma na qual aparecem ela e Buford no sofá com a sidra e a legenda: *Nenhum outro lugar em que eu preferisse estar*. É um sentimentalismo de merda. Ela gostaria de estar em qualquer lugar menos em casa, sozinha com seu gato, sentindo-se como está, mas consegue postar isso pouco antes de chegar a hora de retornar à lavanderia. Ver as curtidas e ler os comentários diminui sua ansiedade por ter que voltar ao porão. Elogios de pessoas que ela não conhece podem ser uma validação superficial, mas são melhores que nada. Suas fotos com Buford são sempre populares.

No final das contas, entretanto, nada disso tem significado algum. Até para o entregador que trouxe seus rolinhos californianos e arroz ela parece estar mal quando abre a porta com seu suéter, segurando o gato.

— Festa para um, é? — pergunta ele com um sorriso de pena.

Talvez seja hora de reconsiderar suas escolhas de vida. Se não o fizer, bem que pode morrer desse modo, bebendo sozinha no apartamentinho vagabundo, com apenas o gato como testemunha de seus últimos momentos de vida. E Buford provavelmente comeria seu rosto depois que ela morresse, já que não haverá mais ninguém em casa para lhe dar comida.

Quando Kenzie termina a última sidra da geladeira, está bêbada e percorrendo a página de Marin Machado no Instagram, algo que ela havia prometido a si mesma que jamais faria. Seu coração afunda quando vê a fotografia mais recente.

Marin está em Whistler, British Columbia. Com Derek.

Whistler fica a cinco horas de carro de Seattle, e em algum momento mais cedo, Marin e Derek estavam de pé no alto de uma montanha. A foto, postada algumas horas antes, mostra os dois vestidos dos pés à cabeça com roupas de esquiar, os braços ao redor um do outro. A legenda diz: *Nós precisávamos disso*.

A foto tem cinquenta curtidas e quatro comentários.

> furmon99: *Que bom para vocês!*
> hawksfan1974: *Dia de esquiar! Mandem ver!*
> sadieroxxx: *Ah, pessoal! Fico feliz de ver! <3 <3 <3*
> steph_rodgers89: *Finalmente conseguiu que o Derek tirasse férias... você é uma super-heroína, MM! Rá-rá*

Ai, meu Deus. Ai, meu Deus.

Kenzie rola por mais postagens de Marin. Eles estão em Whistler há três dias, o que explica Derek ter desaparecido do nada. Ele está no *Canadá*. De *férias*. Com sua *esposa*. Com base nas hashtags, eles estão hospedados no Four Seasons. Fizeram massagens para casais. Jantaram bifes e lagosta. Estiveram bebendo Champagne usando robes, em frente à lareira. E não era um espumante qualquer, também, mas a porra de um Champagne. De Champagne, França.

Porque é o vigésimo aniversário de casamento dos dois.

Por isso ele terminou com Kenzie. Derek está reaquecendo as coisas com a mulher. O que significa que não há mais espaço para Kenzie em sua vida.

Kenzie está encarando o celular, seu olhar fixo em um comentário em particular. Foi postado como resposta da primeira foto em Whistler, três dias atrás.

> furmon99: *Quando vocês voltam? Temos que tomar um café!*
> marinmachadohair: *@furmon99 domingo! E, sim, temos, sim! Mando mensagem depois do fim de semana! bj.*

Domingo. Mais quatro dias no Four Seasons, rodeados por montanhas cobertas de neve, e lareiras crepitantes, e Champagne. Kenzie continua encarando a foto, e três coisas ficam claras como cristal para ela.

Tudo está mesmo terminado com Derek.

A casa deles estará vazia até amanhã.

Ela sabe o código da porta da frente.

19

EM CADA NOITE DE BEBEDEIRA, há um momento crítico quando se está intoxicado o suficiente para sentir que uma má ideia passa a ser uma boa ideia. Kenzie já passou desse ponto.

Ela não pega um Uber para ir à casa de Derek, porque Uber não aceita dinheiro, que é tudo que ela tem no momento. Em vez disso, pega um táxi no Distrito Universitário. Sem trânsito, a viagem dura apenas quinze minutos entre seu apartamento e a rua de Derek. O endereço que ela deu ao motorista é de uma casa perto, e o motorista começa a diminuir a velocidade, a cabeça girando de um lado para o outro, entre seu GPS e os números que ele tenta ler através da janela molhada pela chuva.

— Desculpe, qual é a casa? — pergunta ele.

— Hã, aqui está bom. — O carro para umas duas casas antes, mas ela não quer que o motorista saiba exatamente aonde ela vai. Sua cabeça está confusa por conta do álcool.

O motorista para próximo ao meio-fio.

— Posso esperar até você entrar. — O motorista sorri para ela pelo espelho retrovisor, enquanto ela tira o cinto de segurança. Ele está na idade de aposentadoria, com pinta de avô, gentil. Normalmente Kenzie aceitaria a oferta. Mas não desta vez.

— Não precisa, obrigada. — A última coisa de que necessita é uma testemunha que a veja se esgueirando para a casa de seu amante casado. — Sempre uso a porta de trás, aí você nem vai poder me ver da rua. Mas obrigada mais uma vez.

Ela entrega o dinheiro para ele, diz que fique com o troco e abre a porta.

— Não esqueça do seu recibo. — Ele lhe entrega um pedaço de papel.

— Ah, claro. — Faz muito tempo que ela não pega um táxi. Enfia o recibo no bolso.

Ela desce antes que o motorista gentil fale mais alguma coisa e finge estar digitando alguma coisa no celular até que as luzes traseiras desaparecem na curva. A casa de Derek fica do outro lado da rua, tem o estilo American Craftsman, reconstruída com um grande pórtico que ele uma vez descreveu como "não tão grande", mas que, para Kenzie, parece enorme. Ela nunca morou em um lugar com mais de oitenta metros quadrados, que era o tamanho do bangalô onde ela cresceu.

Ela ouve um ruído atrás de si e gira, o coração saltando na garganta. Espera mesmo ver olhos predadores brilhando para ela na escuridão, mas vê apenas um esquilo encarando-a do tronco de uma árvore, o rabo se mexendo. A rua está deserta. Mas ela não consegue se livrar da sensação de que não está sozinha.

É ridículo, claro. Ela está bêbada, e isso a deixa paranoica, e essas são duas grandes razões para ela não fazer isso.

Kenzie não deveria saber o código da porta da frente da casa deles. Soube por acaso. Alguns meses atrás, ela e Derek estavam a caminho do aeroporto para pegar o voo para Nova York. Quando estavam para entrar na pista expressa, ele percebeu que estava sem a carteira. Havia enfiado em sua bolsa de ginástica que, até onde ele sabia, ficou na casa. Mandou que o motorista voltasse.

Quando se aproximaram da rua, Derek se inclinou para perto dela e afastou os fios de cabelo de seu rosto. Kenzie pensou que ele iria beijá-la, mas, em vez disso, ele sussurrou em seu ouvido:

— Querida, você se importa em ficar abaixada?

— O quê? — sussurrou ela de volta.

— Você sabe, tipo camuflagem. — Derek forçou uma risada, como se ela fosse uma criança e aquilo fosse uma brincadeira, e eles estivessem simplesmente jogando um jogo. Ela pôde ver os olhos do motorista os observando através do retrovisor. Ele devia achar os dois um casal estranho. Havia primeiro recolhido Derek, ali naquela casa no bairro chique de Capitol Hill, depois pegou Kenzie do lado de fora de um prédio maltrapilho no Distrito Universitário. Talvez ela devesse ser grata por Derek ter se dado o trabalho de ir buscá-la. Ele poderia ter dito para se encontrarem no aeroporto.

Não havia como protestar sem tornar aquilo um desgaste desnecessário. Kenzie se abaixou no assento de couro. O motorista parou ao lado do meio-fio. Logo que Derek saiu, ela se ergueu em desafio, sentindo o olhar do motorista julgá-la pelo retrovisor. Observou, através do vidro escuro, enquanto Derek digitava o código da porta da frente. Viu com clareza o teclado e observou seus dedos apertarem dois-zero-um-um. Dia vinte de novembro. O aniversário do filho.

Quanto mais tempo Kenzie fica parada na chuva, mais sóbria fica e não tem certeza se o que faz é uma coisa boa ou péssima. A casa de Derek tem dois andares, com janelas grandes e cercada pelos dois lados por enormes carvalhos e árvores de bordo. Um pórtico cobre toda a frente. Arbustos exuberantes e bem cuidados acrescentam uma paleta de cores que contrastam com as cores neutras do exterior da casa. Não é uma casa ostentosa, não uma dessas mansões produzidas em massa, opulentas, modernas e espalhafatosas, que surgem em outras vizinhanças onde reinam novos ricos. Essa é uma casa de família na Capitol Hill.

Pelo visto, Derek e Marin conseguiram a casa por uma bagatela durante a quebra do mercado imobiliário. Uma década depois, ele ainda contava com orgulho a história de como fez uma oferta baixa para os proprietários anteriores, que estavam à beira do despejo devido a algumas operações financeiras meio duvidosas que tinham feito para comprar a casa inicialmente.

— E você não se sentiu mal por isso? — Kenzie havia lhe perguntado. — Foi uma época difícil para todo mundo.

Derek bufou.

— Você é engraçadinha. Em todas as negociações alguém vence e alguém perde. Eles não tinham condições de comprar a casa, para início de conversa. Eles eram parte do problema.

Isso é loucura, é claro. Se Kenzie vai fazer isso, é melhor ir rápido, e é melhor se empenhar nisso. Nada de dúvidas ou pânico. Ela atravessa a rua, direto para o pórtico e a porta da frente. O exterior é bem iluminado. Se for interrogada por algum vizinho, está preparada para dizer que trabalha para Marin em um dos salões e está simplesmente entregando algo.

Mas, pelo que ela pode ver, não há ninguém olhando. O álcool em seu organismo torna mais difícil sua concentração, mas ela consegue digitar o código de quatro dígitos: dois-zero-um-um. O teclado apita. Ela gira a maçaneta, empurra e pronto, já está dentro. Fecha a porta, trancando-a novamente.

Expire. Inspire fundo. Expire.

A casa está em silêncio, exceto por um *bip* baixo, quase inaudível, que ela percebe que vem de algum lugar bem lá de dentro. Seus sapatos estão molhados, e como o assoalho está limpíssimo, ela os tira. Não parece certo deixá-los no tapete de entrada, então ela os enfia no closet de um corredor. Calçada só com as meias, ela caminha com leveza pela casa fracamente iluminada até a cozinha, onde o *bip* é mais audível.

Ah, *merda*. Eles têm um alarme.

Há outro teclado na parede da cozinha, que deve ser a entrada que eles normalmente usam, já que os dois estacionam na garagem. Ela calcula que o alarme está apitando a cada vinte segundos. Não tem ideia de quanto tempo ainda terá antes que ele dispare. Mas ela tem que tentar fazer alguma coisa, e rápido, antes que a empresa do alarme notifique a polícia e os celulares de Derek e Marin no Canadá.

Ela digita o mesmo código que usou na entrada, dois-zero-um-um. O teclado pisca vermelho. *Merda, merda, merda. Pense.* Porra, que ideia horrível foi fazer isso bêbada. Em pânico, ela digita o único outro número que consegue pensar que pode dar certo: a data de hoje, o aniversário de casamento de Derek e Marin. O teclado pisca verde novamente e o *bip* é interrompido.

Jesus Cristo.

Suas axilas estão úmidas de suor, e a adrenalina parece ter queimado qualquer vestígio de álcool que ela tenha ingerido. Seu coração está loucamente disparado, e sua garganta grita por água. Há um copo vazio no balcão ao lado da geladeira, e ela o posiciona no filtro de água do refrigerador, enchendo-o até a borda.

Ela abre o celular e verifica seu Instagram para se assegurar de que Derek e Marin ainda estão em Whistler. Estão. Na verdade, estão jantando neste momento. Estão sentados lado a lado em uma cabine redonda forrada de veludo, taças de vinho tinto nas mãos e pratos cheios de filés e vegetais diante dos dois. A toalha de mesa branca está salpicada com algum tipo de confete metalizado — corações e flores, ao que parece. A legenda diz: *Vinte anos se passaram, mais quarenta pela frente? Para mim, parece o paraíso.*

Em cada milímetro, os dois parecem o casal glamoroso que são, e Kenzie sente as lágrimas encherem seus olhos.

Não é que ela não soubesse que ele era de outra. É que, até agora, achava que não se importava com isso. Dói olhar para os dois, sabendo que a vida que eles têm jamais será dela.

Aparece só um comentário, e Marin postou a foto há apenas quinze minutos, mas é de uma conta que Kenzie nem sabia que existia.

> **sebastiansdad76**: *Eu te amo demais, linda. Felicidades para nós dois. Feliz aniversário, meu amor. Brindemos a mais quarenta.*

Linda. Derek chama Marin de *linda*. Mas chama Kenzie de *gatinha*. Ela jamais havia percebido como expressões tão comuns de carinho podem fazer tanta diferença.

Kenzie precisa parar de olhar as fotos deles. Precisa sair do Instagram. Precisa sair da casa deles.

Mas também precisa fazer xixi.

Droga. Bem que ela pode dar uma olhada nos banheiros deles.

A casa havia sido reformada de cima a baixo, e a estudante de designer de interiores em Kenzie não pode deixar de notar as linhas simples e o bom gosto no uso do espaço. O que não está decorado importa tanto quanto o que está. A casa parece tradicional, mas com uma pegada moderna.

— Cresci em um acampamento de trailers — Derek havia lhe contado na primeira noite que dormiram juntos. Estavam no hotel perto do aeroporto, deitados nus, as pernas entrelaçadas. — Não tínhamos nada. Menos que nada. Meu pai deu no pé quando eu tinha dois anos, e a minha mãe tinha três filhos para alimentar, eu era o mais novo. Nunca tive roupas novas. Nunca tive uma bicicleta nova. Nunca tive nada que fosse novo. A gente sempre estava com fome. Nunca havia comida suficiente.

— Nossa... — disse Kenzie, tocando seu relógio, um Rolex. — E olha só para você agora.

— É por isso que sou tão exigente com meu estilo de vida. — Derek pegou sua mão e beijou a ponta de cada um dos dedos. — Gosto de roupas boas. Gosto de ter um belo carro. Gosto de ter dinheiro na carteira, mesmo usando o meu cartão de crédito para tudo. Gosto de não ser pobre e acho que devo ter um chip no ombro me lembrando disso. — Ele ficou em silêncio por alguns instantes. — Mas é isso que me impulsiona. Foi o que me trouxe até aqui.

— E o que o trouxe até *aqui*? — perguntou Kenzie, apontando para a cama, o quarto, ela mesma.

Ele rolou por cima dela, todo seu corpo despido pressionando o dela. Suas pernas se abriram automaticamente. Eles já tinham feito sexo, mas ele estava pronto de novo. E olhou direto em seus olhos.

— Gosto que você não conheça essa parte de mim — respondeu Derek. — Gosto que você me conheça apenas como a pessoa que me tornei, e não a pessoa que fui. É bom não ter uma história com você.

Ela compreendeu. Totalmente. Ela entende como é bom se reinventar, mas nem sempre é fácil, ainda mais quando a família e os velhos amigos levam isso para o lado pessoal.

— Não tenho vinte anos de erros com você — sussurrou ele, e ela pôde senti-lo deslizando novamente para dentro dela. Abriu mais as pernas, e colocou suas mãos na bunda dele, guiando-o para ir o mais fundo possível. — Você é uma página em branco, e nem sabe o quanto preciso disso.

Não era necessário um psicólogo para compreender que Kenzie era uma válvula de escape para ele. O relacionamento dos dois sempre foi altamente compartimentalizado. Quando Derek está com ela, não tem que pensar na esposa, ou no filho desaparecido, ou nesta casa, ou em qualquer uma das obrigações sobre as quais ele se sente responsável.

O problema é que é quase impossível para Kenzie compreender a razão de alguém querer escapar *disto aqui*. *Pobre, triste homem rico*. A casa é belíssima. Tetos de três metros, assoalhos de madeira reluzente, luminárias que devem custar mais que o aluguel dela.

Até o cheiro de dinheiro está ali.

Ela imagina que o banheiro seja perto do vestíbulo de entrada da garagem, mas há apenas uma lavanderia, e é a mais moderna que ela já viu na vida. Há uma máquina de lavar enorme e uma secadora, armários embutidos para tudo que é desagradável de se ver, como detergentes, amaciantes, produtos de limpeza. Que luxo deve ser ter uma lavanderia que não seja compartilhada com centenas de outros inquilinos, especialmente uma tão bem montada como essa.

No vestíbulo de entrada da garagem há três armários. Cada um deles tem uma placa de madeira com letras pintadas à mão. Na da esquerda está escrito MARIN. Na da direita se lê DEREK. E na do meio está escrito SEBASTIAN.

Sebastian. *Nossa*. O casaco dele ainda está pendurado, suas botas de borracha alinhadas com cuidado logo abaixo e, no cesto, há uma mochila pequena coberta com desenhos de cães. *Patrulha Canina*. Ela se vê estendendo a mão para tocar o casaco com os dedos e para antes de chegar a fazer isso. Não. Ela não pode tocar naquilo. Não seria certo.

Sua bexiga ameaça estourar, e Kenzie sai do vestíbulo e continua seu tour autoguiado, fica imaginando como ela iria decorar se vivesse ali com Derek. Na verdade, não mudaria muito. Marin tem um gosto excelente.

Quando sobe para o segundo andar, ela faz uma pausa na curva da escada para olhar as fotos emolduradas na parede. São todas do filho de Derek e Marin, mostrando-o em idades diferentes.

A última, a mais perto do último degrau, deve ser a mais recente. Nela, Sebastian está vestindo exatamente o suéter decorado com rena que aparece no cartaz de Criança Desaparecida, mas nessa foto ele está sentado no colo do Papai Noel com um enorme sorriso no rosto. Neste momento, Kenzie se dá conta do quão horrível é toda essa coisa. É muito fácil não pensar sobre isso quando Derek se recusa a falar sobre o assunto, mas ali, na casa deles, há todo um lado de Derek que ela jamais conhecerá ou verá.

Ele é um pai. Que perdeu seu filho. Que está casado com uma mãe. Que perdeu seu filho.

Kenzie fixa o olhar na foto, lembrando-se de que Sebastian desapareceu no último sábado antes do Natal. Eles já deviam ter montado a árvore, provavelmente diante da janela da sala de estar, onde reluziria para que todos os vizinhos vissem. Já deviam até ter terminado de fazer as compras de Natal, a maioria dos presentes já embrulhados e prontos, com alguns escondidos para serem revelados na manhã do Natal.

Mas em vez de despertarem com o som de passinhos batendo no corredor e descendo a grande escadaria, seguidos de risos e gritos ao ver os embrulhos embaixo da árvore, houve o silêncio. Não houve nenhum garotinho na casa para abrir os presentes. Desde então não houve mais garotinho nenhum.

Isso faz Kenzie se sentir nauseada, e ela leva alguns segundos para respirar.

Na parede no alto da escada há uma foto de vinte por vinte e cinco centímetros, em preto e branco, de Derek e Marin na praia, no dia do casamento. Ela usava um vestido de noiva tipo boêmio-chique. Ele vestia uma calça clara e uma camisa branca abotoada, com as mangas enroladas. Os dois riam, de mãos dadas, cabelos esvoaçando ao vento. Na foto, Marin é mais jovem que Kenzie, e de uma beleza de tirar o fôlego.

Ela caminha devagar pelo segundo andar, passando por um quarto que só pode supor ser o de Sebastian. A porta tem um pequeno adesivo, e quando ela olha mais de perto, é de outro personagem da *Patrulha Canina*. Todas as demais portas do andar de cima estão abertas, exceto essa.

Ela não vai abrir.

De qualquer modo, a suíte é a única coisa que Kenzie realmente quer ver, e fica no fim do corredor, com portas duplas. Quando ela entra, o assoalho de madeira muda para carpete, mas não do tipo barato que há no seu apartamento. É do tipo grosso, de fios atados que não deixa marcas de aspirador ou pegadas. A área do quarto deve ser do tamanho do apartamento dela e de Tyler. Uma cama king-size está encostada na parede mais distante, com mesinhas de cabeceira idênticas e espelhadas de cada lado. Uma das mesinhas tem uma pilha de livros — alguns de autoajuda e os demais de ficção. A outra não tem nada, salvo um fio de carregador caindo pelo canto. Kenzie pode adivinhar em qual lado Derek dorme. Ele não é um leitor.

Ela entra no banheiro, que cheira a lavanda e parece algo saído de uma revista. Azulejos cuidadosamente ajustados em um padrão espinha de peixe. Chuveiro com boxe de vidro, grande o suficiente para dois. O armário do banheiro é o mais largo que ela já viu, e há uma banheira vitoriana perto da janela, tão funda que há um apoio para os pés ao lado para ajudar a entrar. O vaso fica em um quartinho próprio com a porta ao lado do chuveiro, e Kenzie vai direto para lá para se aliviar.

Ela não consegue nem começar a processar o closet. O lado de Derek é cheio de ternos, nenhuma surpresa ali. Mas o lado de Marin... A mulher tem *tantas coisas*. Vestidos. Casacos. Terninhos. Calças. Blusas. Tudo separado por estilo e cor. Há uma ilha central — uma ilha! — com gavetas para meias, e roupas íntimas, e roupas de ginástica, e jeans, e toda a parede do fundo é apenas para bolsas e sapatos. E pensar que Kenzie ficou aflita quando Derek comprou uma bolsa Dolce & Gabanna para ela em Nova York, a única bolsa de grife que ela tem, e tão bonita que ela só se permite usar quando está com ele. Em contraste, sua esposa *só* possui bolsas de grife. Gucci. Ferragamo. Chanel. Vuitton. E uma Tory Burch mais barata, bem usada e evidentemente muito estimada.

Kenzie tira o celular, incapaz de resistir a tirar uma foto de si mesma no closet mais espetacular em que já esteve. Ela fotografa de vários ângulos, imaginando o que aconteceria se postasse as fotos no Instagram. Será que um deles saberia disso? O closet é exatamente o tipo de coisa que ela costumava ver num *reality show* de milionários em que ela e Tyler eram viciados no último verão.

— Por que diabos a gente assiste a isso? — perguntou ela ao colega, enchendo a boca de pipoca de micro-ondas, enquanto um casal rico com menos de trinta anos de idade anunciava para as câmeras que seu apartamento de duzentos metros quadrados, em Manhattan, era um pouco pequeno para eles e seu bichon frisé. — Só faz com que eu ache a minha vida uma merda.

— Porque é *aspiracional* — respondeu Ty, e ele estava certo. — A gente assiste porque essas pessoas são tudo o que a gente quer ser.

Um par de sapatos com solas vermelhas atrai o olhar de Kenzie. Christian Louboutin. Eles são obras de arte, em cetim preto com um arco de cristal nos dedos, salto de dez centímetros. Tamanho trinta e seis. Kenzie usa tamanho trinta e sete. Bem perto. Tirando as meias, ela enfia os pés nos sapatos. Ficam um pouco apertados, mas de qualquer modo ela tira uma foto com eles. Coloca-os de volta na prateleira, depois decide que ficam mais glamorosos diante da coleção de bolsas. Ela arruma artisticamente o par e tira mais algumas fotos. Por quê? *Porque é aspiracional.*

Ela volta para a área principal da suíte, os pés sem fazer nenhum ruído no carpete grosso. Ela imagina Marin lendo na cama e Derek deslizando ao lado dela, lá nos seus melhores tempos, quando o filho deles dormia no outro lado do corredor e finalmente tinham algum tempo para eles mesmos. Marin usando pijamas, ou talvez uma camiseta de Derek dos tempos da universidade. Ele veste velhos calções de beisebol, sem camisa, talvez refrescado por um banho depois de um longo dia. Talvez façam amor. Talvez simplesmente se aconcheguem. Talvez conversem sobre o dia que tiveram, em voz baixa e com calma, até que um deles adormeça. Derek seria o primeiro a fechar os olhos, e quando faz isso, o sono chega rápido. Marin demoraria mais, porque as mulheres sempre são assim, o cérebro fervilhando por mais alguns minutos sobre as centenas de coisas diferentes que aconteceram no decorrer do dia, e as duzentas coisas que acontecerão no seguinte.

Kenzie não faz parte disso. É hora de ir embora.

20

SEM SABER COMO RESTABELECER O ALARME, Kenzie deixa isso de lado. Sai da casa do mesmo modo como entrou, silenciosa e cuidadosa. O que ela tinha feito foi estúpido e imprudente, e ela jamais pode se permitir perder o controle assim outra vez.

O ar está fresco depois da chuva e ela decide caminhar por algum tempo para arejar a cabeça. Seu último namorado, Paul, vivia em uma vizinhança semelhante a esta em Boise — silenciosa, pretensiosa, suburbana, branca. A última vez que Kenzie o viu foi três semanas depois que sua mulher tentou entrar à força no apartamento, bêbada. Paul já havia tentado terminar com ela — por telefone, apenas — e quando ela protestou, ele ofereceu dez mil dólares como "presente de despedida".

Até parece.

Kenzie apareceu na casa de Paul algumas noites depois, chorando, implorando a ele que ficasse com ela, fingindo estar bêbada e de coração partido. Sua mulher e suas filhas estavam em casa, e quando ele atendeu a porta e a viu, ficou pálido. Fechou a porta atrás de si e a arrastou para a lateral da casa, onde estava escuro e cheio de arbustos, e ninguém podia vê-los.

— Que diabos você está fazendo aqui? — silvou Paul.

A mão dele agarrou seu braço e, mais tarde, ela viu hematomas formados onde os dedos dele haviam pressionado sua pele. Ela nunca o havia visto com tanta raiva. Sempre tinha sido gentil com ela… até mesmo delicado. Era espantosa a força que alguém conseguia ter quando se sentia ameaçado.

— Você está me machucando — choramingou ela, e ele a soltou.

— Você não pode vir aqui. — Paul a encarava com uma expressão tão feroz que poderia explodir uma pedra. — Eu tenho uma família, McKenzie.

— Quero que nós dois fiquemos juntos. Eu amo você. — Ela procurou a mão dele. — E você me ama.

— Nunca foi amor — disse ele, afastando-se dela. — Agora percebo. Eu estava infeliz e precisava de alguém que… que fizesse me sentir desejado de novo. Leah e eu estamos começando uma terapia e vamos tentar fazer com que isso funcione. Sinto muito, tá bom? Agora, por favor, vá embora. Minhas filhas estão lá dentro.

— Então é assim? — Ela o encarou. — Você acabou comigo, e quer simplesmente me jogar fora? Como se eu fosse lixo?

A expressão dele se suavizou, e por um instante Kenzie se preocupou achando que havia exagerado sua aposta. Tinha zero vontade de continuar o relacionamento e, na verdade, não tinha a menor intenção de reconquistar Paul. Fosse qual fosse a atração que sentiu por ele secou no momento em que a saliva de sua esposa bêbada borrifou seu rosto. O que ela queria é que o caso terminasse em seus termos.

O que ela queria era receber o que achava que merecia.

Paul se empertigou, sua expressão voltando a endurecer.

— Seja lá o que eu precisava de você, Kenzie, não preciso mais. Não quero te magoar, mas não há nada que eu possa dar a você. Agora, por favor. Você tem que ir embora.

Ela olhou para o lado da casa enorme, e depois para o espaço onde os carros dele, um Jaguar e uma BMW, estavam estacionados.

— Deve ser ótimo, dormir com garotas com metade da sua idade e depois jogá-las fora quando a sua esposa descobre — disse ela. — Esfregando o seu dinheiro na cara delas, mantendo-as interessadas, tratando-as como putas.

— Que *elas*? — Paul franziu a cara. — Não existem *elas*. Houve só você, e eu jamais deveria...

— Você me ofereceu dez mil dólares para dar o fora. Como você acha que isso me fez sentir?

Ele parecia mortificado.

— Eu sei, não deveria ter dito isso...

— Aceito cinquenta.

Ele ficou atônito.

— O quê?

— Cinquenta mil — disse Kenzie. — E você nunca mais vai ouvir falar de mim. Depois de tudo que você me fez passar, acho que é o mínimo que você pode fazer. Sem mencionar o que sua *esposa* me fez passar, gritando comigo e a minha colega de quarto no nosso corredor como a porra de uma lunática, como se *eu* fosse a vilã. Foi você quem começou isso, Paul. Você é quem tem uma família. Essa traição é sua, não minha, e você foi pego. Se a sua mulher não tivesse descoberto, você sabe o que a gente estaria fazendo agora? A gente estaria fazendo sexo, Paul, é isso aí. Então enquanto está tudo bem e vocês dois estão tentando ajeitar as coisas, você não vai escapar do nosso relacionamento assim tão fácil.

Paul parecia completamente perplexo, mas depois de um momento sua confusão se transformou em presunção.

— Você só pode estar brincando, não é? Não vou pagar cinquenta...

Kenzie se afastou dele, avançando pela grama molhada e de volta à porta da frente. Ele a alcançou bem na hora — a mão dela estava preparada para apertar a campainha — e puxou o braço dela para trás.

— Está bem, vou pagar você — sibilou. — Mas dê o fora daqui de uma vez.

— Dinheiro. Amanhã. Qual o seu banco?

Quando ele respondeu, ela disse:

— Encontro você na porta, na esquina, exatamente às nove e meia. Se você não aparecer, volto aqui. E espero aqui até a sua mulher chegar. E caso seus vizinhos perguntem quem eu sou, conto tudo para eles. Droga, mostro as fotos para eles. Tenho uma tonelada de fotos, Paul, sabia disso? Sou uma dessas cabeças-ocas que fotografam tudo, e tenho um monte de fotos suas dormindo ao meu lado, pelado. Você nem notou isso. Não é? E vou postar uma foto por dia no meu Facebook e no meu Instagram até arruinar a sua vida assim como você arruinou a minha. Você partiu o meu coração, seu babaca.

Ela se virou e foi embora, sabendo muito bem que nada do que disse era verdade. Ela jamais planejou voltar ali. Não havia fotos. Ele não tinha partido o coração dela. Isso talvez funcionasse ou não, e tudo o que restava era esperar e ver se ele caía no blefe dela.

Na manhã seguinte, Paul se encontrou com ela exatamente às nove e meia do lado de fora do banco. Enfiou um envelope pardo em suas mãos sem nem dizer oi, recusando-se a fazer contato visual.

— Agora me deixe em paz, McKenzie. — E foi embora.

Kenzie foi direto para casa, o coração disparado de euforia. Quando voltou ao apartamento, jogou o dinheiro na cama. Contou rápido da primeira vez, depois uma segunda vez mais devagar, saboreando a sensação das notas estalando em suas mãos. Cinquenta mil dólares. Ela jamais havia visto tanto dinheiro assim, e era maravilhoso.

Então ligou para J.R.

— Ele pagou — disse ela sem preâmbulos quando ele atendeu.

Ela podia até ver o sorriso na cara dele.

— Essa é a minha garota! — exclamou J.R. — Não vá gastar tudo de uma vez.

Ela tirou quinze mil dólares para despesas correntes e o pagamento do próximo semestre na universidade, e o resto cobriu o primeiro ano de sua mãe na Residência Assistida Oak Meadows.

Três meses mais tarde, ela topou com Paul no Seattle Food Festival, onde trabalhava no caminhão de tacos. Os pais dele moravam em Seattle, razão pela qual ele devia estar na cidade. Ele empalideceu quando avançou para fazer o pedido, mas pagou por seis tacos e fingiu que não a conhecia. Ela observou, enquanto ele caminhava para sua família, distribuindo a comida.

Ele nem olhou para trás.

Kenzie solta um longo suspiro, deixando a lembrança de Paul esvanecer. Agora ela tem que focar em Derek, que é mais rico que Paul, e que também está fazendo as coisas funcionarem com a mulher, pelo visto, e que nem teve colhões para lhe dizer pessoalmente que o relacionamento dos dois havia terminado.

Se terminou, que seja. Mas as negociações estão só começando.

Ela já caminhou por algum tempo. Planeja pegar um táxi na Broadway, e quanto mais perto está da rua movimentada, menores vão ficando as casas. A sensação arrepiante de estar sendo vigiada está de volta. Ela pega o celular e o conserva na mão, então escuta alguma coisa farfalhando atrás dela. Bem alerta, para e se vira, mas, novamente, não há ninguém ali.

Mas que droga, a *sensação* é a de que há alguém. Ela sente como se sua pele comichasse diante da atenção indesejada. Volta a caminhar, desta vez mais depressa.

Uma voz sai flutuando da escuridão.

— Ei.

— Quem está aí? — indaga Kenzie. Ela detesta o modo como sua voz sai, aguda, assustada. — Oi?

Algo se move em sua direção, uma sombra enorme, alongada, que se transforma em uma pessoa. Todo seu corpo está rígido, mas então a luz fraca de um poste ilumina o rosto, e ela percebe que é alguém que conhece.

— Julian! — exclama, surpresa, quando o rosto dele entra em foco. Seu alívio é tão palpável que seus joelhos quase cedem. — Meu Deus, você me assustou pra valer. O que está fazendo aqui?

— Procurando você — diz ele.

Ela não consegue se lembrar da última vez que viu Julian — um ano, talvez mais. Ele caminha na direção dela, os braços estendidos como se quisesse um abraço. É estranho, e por instinto, ela recua. *O que ele está fazendo?* Eles nunca se abraçaram antes — o cara não gosta nem de apertar as mãos.

O sujeito é algum tipo de germofóbico, e ela lembra que ele sempre leva um pacote desses lenços antibacterianos no bolso.

Esta noite, entretanto, ele usa luvas. Só que não está tão frio.

— O J.R. está com você? — pergunta Kenzie.

Julian não responde. Sorri, em vez disso.

A última coisa que ela lembra é o punho enluvado se conectando com seu queixo, um estalo intenso antes que seus joelhos se dobrem de verdade e tudo fique escuro.

PARTE TRÊS

No fundo do poço e não sei se posso ser salvo.
— Alice in Chains

21

A MÃO ESQUERDA DE DEREK SEGURA o volante, e a direita está sobre o joelho de Marin. É algo tão pequeno, um gesto minúsculo, mas a mão em sua perna diz tudo sobre como estão hoje.

Ele estava certo — precisavam desse tempo fora. Whistler foi ideia de Derek, e ele planejou tudo sem que ela soubesse. Na noite seguinte àquela em que Marin transferiu duzentos e cinquenta mil dólares para um homem chamado Julian assassinar a amante de Derek, seu esposo chegou em casa, entregou a ela um cartão de aniversário e perguntou se podiam recomeçar.

Ela não sabia o que havia mudado. No dia anterior, ele tinha rompido com McKenzie e quase no mesmo instante a quis de volta. Mas algo mudou no pouco tempo desde então. Ele parecia diferente. Quando pegou sua mão, era mais uma vez o Derek que ela lembrava, o Derek com quem ela se casou.

— São vinte anos, Marin — disse ele, com o rosto angustiado. — Se tivesse que fazer tudo de novo, você faria?

Ela faria? É claro que sim. Eles tiveram duas décadas juntos, a maior parte das quais foi boa, tirando aquele único erro que Derek fez no começo de sua gravidez. Até os últimos terríveis dezesseis meses — que foram totalmente culpa sua —, o casal tinha sido sólido. Uma viagem para longe para comemorar pode até ser repentina, mas em algum momento é preciso escolher uma direção. E não era isso que ela queria? Não era essa a *questão*?

— Eu faria tudo de novo — disse ela, e era verdade.

Uma hora depois as malas estavam feitas, os esquis estavam no teto, Sadie foi avisada, e eles estavam a caminho das montanhas.

Nenhum dos dois é perfeito. Nenhum dos dois é inocente. Nada foi consertado. Mas, finalmente, parece que haviam virado a página. Está no modo como o marido toca seu joelho, cantando a música do Nirvana que toca no rádio. Está no fato de Marin não se encolher porque ele a toca. Parecem estar como sempre foram. Ela se sente ela mesma novamente. Parece ser a oportunidade de um novo começo.

A luta para sair do desespero não é linear. Não é como se acontecesse uma coisa boa e de repente tudo está melhor e, aleluia, seus dias de merda ficaram para trás. Pelo menos para Marin não é assim. Mas hoje é um bom dia, e depois de meses e meses vivendo em um buraco negro, ela o aceita.

Derek estaciona na calçada para poder trocar de carro. Ele já havia lhe dito que não iria nem entrar, que tem trabalho para terminar no escritório antes de uma grande reunião marcada para amanhã. Tudo bem; ela sabe que o trabalho é uma grande parte de quem ele é. Ela compreende e o ajuda a lidar com isso.

Os salões fecham às segundas-feiras, o que significa que nenhum lugar exige a presença de Marin. Todos os pontos de seu corpo fora de forma estão doloridos por conta de quatro dias nas montanhas, e ela está ansiosa por um bom banho quente e um bom livro.

— Estou de volta lá pelas oito. — Derek abaixa o volume do som do carro. — Posso pegar comida grega para o jantar. *Souvlaki* de frango? Ou prefere algo indiano? *Tikka masala*, *naan* com alho?

— Acho que você está faminto — diz ela, e ele ri.

Ele acaricia sua coxa e seu corpo formiga.

— O que posso fazer se queimei muitas calorias no fim de semana?

Ele poderia estar se referindo a todos os passeios de esqui, mas não é isso. Ela e seu marido se reconectaram nos últimos dias. De todos os modos.

— Vamos cozinhar — diz ela, sentindo-se ambiciosa. — Vou temperar alguns filés de lombo, e tudo estará pronto para grelhar quando você chegar em casa.

— Tem certeza?

— Tenho. Posso preparar couves-de-bruxelas para acompanhar, a menos que você queira algo mais fibroso. Faz um tempo desde a última vez que fiz bagunça na cozinha.

O que ela quer dizer é que faz muito tempo que não sentia vontade de cozinhar. Couves-de-bruxelas cozidas com bacon e cobertas de parmesão é um acompanhamento perfeito para um bife. Não é um jeito saudável de prepará-los, mas são tão deliciosos que até Sebastian gostava...

Ela interrompe o pensamento, e depois se prepara para a inevitável dor no estômago que acontece sempre que ela se lembra do filho. Mas nada acontece. O pensamento vem e vai, e ela percebe que se sente... bem.

Derek a observa de perto, seus olhos cheios de compaixão. É como se ele soubesse exatamente qual caminho seu pensamento percorreu, provavelmente porque o mesmo aconteceu com ele.

Os dois saem do carro. Ele leva os pares de esquis até a garagem e as malas para casa.

— Eu te amo. — Ele pega a mão dela e beija a palma. É um gesto íntimo, e ela nem consegue se lembrar da última vez que ele fez isso.

— Eu também te amo — responde ela.

Ele dá um passo para fora de casa, mas antes que ela possa fechar a porta, ele entra novamente, empurrando-a contra a parede, os lábios dele explorando os seus, os dedos dele em seu cabelo, e tudo nisso é natural, romântico e certo.

Ela espera até que ele saia dirigindo antes de fechar e trancar a porta, depois vai fazendo o que costuma fazer quando volta para casa depois de viajar por alguns dias. Verifica a correspondência. Rega as poucas plantas espalhadas pelo andar principal da casa. Verifica a orquídea colocada no meio da mesa da cozinha.

A orquídea está no mesmo lugar há um ano e meio, e ela lembra o dia em que a ganhou. Derek levou Sebastian para a natação em uma piscina coberta em novembro, o último sábado antes do Dia de Ação de Graças, e os dois pararam no mercado para pegar um pouco do bacon em fatias grossas, esmaltado com bordo, de que todos gostavam. Sebastian adorava ir às compras de mercado, porque eles raramente negavam a compra da comida que ele pedia, desde que não fosse porcaria. Marin estava terminando seu café quando escutou a porta da garagem se abrir, e um momento depois, Sebastian entrava batendo os pés pelo vestíbulo da garagem e indo direto para a cozinha com uma gigantesca orquídea cor-de-rosa em um vaso de cerâmica cinzenta.

— Mamãe, olhe só! — Cada centímetro daquele corpinho de um metro de altura estourava de orgulho. — O papai disse que a gente podia comprar uma flor para você! É a sua cor favorita! Eu que escolhi.

— Ah, Bash, que linda. — Ela tirou a flor da mão dele antes que a deixasse cair. — Adorei. É um presente para mim?

— O papai disse que você é linda e que a gente tinha que escolher uma flor linda, então escolhi esta porque cor-de-rosa é a sua cor favorita. — Sebastian estava radiante.

Marin se abaixou e o beijou na ponta do nariz.

— Você está certo, cor-de-rosa é a minha cor favorita. Obrigada, meu amor. Onde vamos colocar?

— Aqui na mesa da cozinha, e você tem que regar todos os dias, senão o papai disse que ela morre. — Ele tirou o casaco sacudindo os ombros, deixando-o cair no chão.

— Nem todo dia — disse Marin, rindo. — Se eu regar todos os dias, aí que ela vai morrer. Ei, com licença, rapazinho, onde é mesmo que deve ficar o seu casaco?

Ele voltou correndo ao vestíbulo para pendurar o casaco, enquanto Derek entrava, carregado de compras. Derek deixou as sacolas no balcão, e ela viu bifes, abacates, bananas, bagels asiago recém-assados, cookies de aveia com passas, e croissants de chocolate escorregando para fora. Ela levantou uma sobrancelha e ele riu, acanhado.

— Você sabe que eu não consigo comprar uma coisa só — disse enquanto ela o beijava. — A gente exagerou um pouco.

— Dei as flores para a mamãe, papai — disse Sebastian.

— Deu mesmo. — Marin levantou o filho no colo. Ele logo enrolou as pernas em sua cintura e os braços em volta do pescoço. Ela enchei seu rosto de beijinhos, agradecida por ele ainda estar na idade em que beijos da mamãe são bem-vindos. — Vou cuidar bem dela, Bash, prometo.

E foi isso que Marin fez, na maior parte do tempo. Orquídeas são resistentes, mas sensíveis, e nas semanas após o desaparecimento de Sebastian ela se esqueceu de regar, e todas as pétalas caíram. Derek quase a jogou fora, mas ela gritou com ele.

— Nem pense nisso! — esbravejou ela no momento em que ele estava colocando o vaso no lixo. — Nem pense em jogar isso fora!

— Eu estava...

— Dê-me aqui! — Ela agarrou o vaso e ele recuou, deixando que ela o pegasse. Ela estava com os olhos arregalados, os fios do cabelo se soltando do coque frouxo. Mal havia dormido e não tomava banho havia dias. — Olhe os talos. Ainda estão verdes. Podem florir de novo. Só tenho que me lembrar de regar. Quando fizer isso, vão florir, sei que vão voltar...

Ela caiu no chão, ainda segurando a orquídea, e chorou, e soluçou sem parar. Derek a olhava, paralisado, sem saber o que dizer. Finalmente deu a volta e saiu, desaparecendo pelo vestíbulo da garagem, desaparecendo com o carro. Desaparecendo, tal como tudo o que era bom.

Eles não estão mais naquele estado. Marin já não está histérica e inconsolável, e Derek não está mais paralisado e inútil. Ela não sabe exatamente como definir esse novo lugar, que não é bem o antigo, mas é melhor do que onde estavam. Como diria o dr. Chen: "Mesmo um milímetro para a frente já é um progresso".

A orquídea também está progredindo. Quando saíram para Whistler, os talos estavam fortes e verdes, mas ainda despidos, tal como estiveram todo o ano que passou. Mas agora...

Marin vislumbra alguma coisa e se inclina, examinando o talo para ter certeza de que vê o que pensa estar vendo. Sim. Ali está. Uma petalazinha rosa brotando. A orquídea que Sebastian lhe deu está brotando novamente. E de repente ela sente uma ponta de esperança tão penetrante e forte que suas entranhas reviram.

Eu que escolhi, mamãe.

Uma mensagem chega. E ela pega o celular na ilha da cozinha. É de Sal.

Está viva?

Marin poderia responder de centenas de modos, porque naquele dia a pergunta é muito carregada. Ela e Sal dormiram juntos e, em algum momento, terão que conversar sobre isso. Sal sabe que ela foi a Whistler com Derek, e deve estar imaginando o que isso significa para eles. E por "eles", não se refere a Marin e Derek. E sim a Marin e *Sal*.

Por enquanto, porém, ela escolhe uma saída. Responde de uma maneira que uma pessoa mais jovem responderia, sem palavras. Ela simplesmente manda um *emoji* de volta.

Um coração.

As pessoas do grupo de apoio usam mensagens para se comunicar entre as reuniões, se houver qualquer necessidade. Grupos funcionam melhor quando são compartimentalizados. Os sentimentos são expressos apenas no local seguro da loja de donuts de Frances, e são deixados lá para que evaporem quando todos regressarem à vida normal. Ninguém do grupo sai para coquetéis depois da reunião, ninguém vai jantar e ninguém manda um e-mail duas semanas depois "só para checar".

Mas agora Simon, do grupo, está ligando. Não mandando mensagem. Ligando. Marin não ouviu o celular tocar, porque a torneira da banheira está completamente aberta, mas vê o nome dele iluminar a tela quando vai pegar uma toalha.

Olha o celular, pensando se atende ou não. Seja lá o que for que Simon queira falar, não pode ser bom, e ela não sabe se está a fim de ouvir. Pela primeira vez há muito tempo, Marin se sente… normal. *Mesmo.* E ela quer que essa sensação dure, pelo menos hoje.

Mas então ela lembra. A filha de Simon está *desaparecida*. Há poucas pessoas no mundo com as quais ele pode falar sobre isso, e Marin é uma delas. Ela pega o celular, e enquanto caminha para o quarto, aperta o botão verde para atender a ligação.

— Marin, graças a Deus você atendeu — Simon diz. — Tentei alguns minutos atrás, mas você não atendeu.

A voz dele está diferente. Ele não parece estar triste, não soa como deprimido, parece... tenso. Quase frenético.

— Simon, oi. O que foi? — Ela se senta na beira da cama para tirar as meias. As portas duplas do banheiro estão abertas, e ela tem uma visão clara da banheira de onde está sentada. Ainda não está cheia, e como é muito grande, ela ainda tem alguns minutos antes de ter que fechar a torneira. — Você está bem?

— Acabei de receber uma ligação da Frances. Marin... acharam o Thomas.

Ela escuta as palavras, mas seu cérebro não compreende tudo. Está paralisada, uma meia pendurada no pé, tirada só pela metade.

— O que você disse? — pergunta ela, e as palavras saem como se fossem um sussurro estrangulado.

— A Frances recebeu uma ligação da polícia hoje de manhã dizendo que haviam encontrado o Thomas. — A voz de Simon muda de tom no meio da frase. Fica mais baixa.

Então ela compreende. A notícia a atinge como um murro na garganta, e de repente ela não consegue engolir.

— Ai, meu Deus. — Marin mal consegue dizer as palavras. — Ah, Simon. Ai, não.

— Acharam o corpo dele em um ponto de crack em Stockton.

— *Califórnia?*

— Não tenho todos os detalhes, mas... ele teve uma overdose. E estava lá fazia alguns dias depois de... Acho que os outros pensaram que ele estava dormindo. Não acharam nenhuma identidade, mas ele tinha uma tatuagem no pulso escrita "Frances" e alguns dos outros viciados confirmaram que ele se identificava como Tommy.

— Quando ele... — Ela não consegue terminar a frase.

— Duas semanas atrás — Simon diz. — Levaram todo esse tempo para levantar a identidade. Acho que não era prioridade para eles.

Ela sente que desliza da cama para o chão. Suas nádegas atingem silenciosamente o carpete. Mal segura o celular no ouvido, é como se todo o seu corpo virasse geleia. *Ai, meu Deus. Ah, Frances. Pobre Frances.*

— Por que o Thomas não ligou para ela? Por que ele simplesmente não voltou para casa? — diz ela ao celular, mas tanto ela como Simon sabem que Marin não pergunta isso, porque espera uma resposta. Não existem respostas. Só existem mais perguntas. E mais dor.

— Não sei. — A voz de Simon falha. — Não sei, Marin.
— Onde a Frances está?
— Ela me ligou do aeroporto — responde ele. — Está a caminho de Stockton. Tem que ir ao necrotério para o reconhecimento oficial, e está... — A voz dele falha. — Ela vai trazer o corpo para casa.

Ai, Jesus Cristo.

— Tenho que ligar para ela.
— Ela já estava embarcando quando ligou para mim, mas ligue, sim, por desencargo. Tenho certeza de que ela vai gostar de ouvir você.
— A Lila sabe?
— Agora já sabe. Liguei para ela entre as chamadas para você.
— Precisamos estar juntos quando a Frances voltar. — O cérebro de Marin gira em centenas de direções diferentes. — Vamos planejar um encontro. Ela pode precisar de ajuda para planejar o funeral...

Ela para de falar, e suspira quando o horror de suas palavras a atinge em cheio. Seus pensamentos dispersos se cristalizam em um. Apenas um. E então as comportas se abrem.

Os soluços que ela solta são tão rápidos e furiosos que ela mal consegue respirar, e seu estômago parece estar se revirando. O celular escorrega de sua mão e cai a seu lado no carpete. Seu choro é o mais desesperado que ela teve na vida, porque as terríveis notícias de Frances parecem ser suas próprias notícias terríveis, e notícias terríveis de Simon e de Lila, porque é algo que todos eles temem receber desde que compreenderam que seus filhos desapareceram. A dor é tão intensa que parece que ela está se partindo em pedaços.

Do outro lado da linha, Simon chora tanto quanto ela. Porque a única coisa pior que não saber é... saber.

— Marin? Você está aí? — Ela escuta Simon dizer, mas não consegue falar com ele. Não consegue fazer isso, não consegue processar, não consegue lidar. É tudo demais.

Ela desliga a chamada sem se despedir. Simon compreenderá. Hoje ele não liga mais.

Ela se esforça para se levantar e corre para o banheiro, onde a torneira ainda está aberta, o vapor saindo da banheira como uma fonte termal. Consegue chegar bem a tempo no vaso para vomitar seu café da manhã do Four Seasons.

Ela se despe e mergulha na água quase escaldante. O calor ataca sua pele como um milhão de agulhinhas, mas ela agradece por isso, agradece a dor. Ela quer que sua pele queime, quer jogar fora tudo que dói, quer ser outra pessoa, qualquer outra, porque qualquer coisa é melhor que ser isso, que sentir isso.

Lamenta por Frances. Thomas tinha apenas vinte e quatro anos. Um adulto, sim, mas jovem, e exatamente da mesma idade da amante de Derek.

De repente, ela se senta com as costas retas e depois pula para fora da banheira, sem se importar em enrolar uma toalha no corpo. A água desliza dela para o azulejo, e depois para o carpete, enquanto ela pega o celular para mandar uma mensagem para Sal.

Suspenda tudo. Com o J.

Sal responde imediatamente: *Tem certeza? Não vai ser reembolsada.*

Suspenda tudo, ela manda outra mensagem. *Agora mesmo. Estou falando sério.*

Vou falar com ele, Sal diz e, apesar de Marin não poder ouvir a voz dele ou ver seu rosto, ela sente um alívio nessas palavras.

Jamais deveria ter ido tão longe. Isso só confirma a razão pela qual ela e Sal jamais poderão ficar juntos. Não fazem bem um ao outro. Ele é a personificação do ego dela, o demônio diante do anjo dela, a força magnética que dirige sua bússola moral na direção errada.

Ela pode odiar McKenzie Li, mas McKenzie Li é a filha de alguém. Alguém a ama. Alguém irá chorar quando ela morrer. E Marin não pode fazer a alguém o que acabou de ser feito a Frances, e o que poderia algum dia ser feito a ela.

Ela volta para o banheiro e afunda novamente na banheira. Está completamente cheia, o que significa que há água mais que suficiente para ela se afogar.

22

CLARO QUE MARIN NÃO FARÁ ISSO.

Mas pensa nisso. Pensa nisso o tempo todo. Só não diz em voz alta, porque da última vez que ela deixou escapar, Derek entrou em pânico e a internou novamente no hospital, onde ela ficou enfiada por dois dias, até que eles tivessem certeza de que ela não iria se machucar.

Ela não culpa Derek, nem os médicos. Afinal de contas, já havia tentado se suicidar antes. Um mês depois que Sebastian desapareceu, quando o FBI os informou que a busca não estava levando a lugar algum, ela engoliu um frasco de benzodiazepina com uma garrafa de vinho. Ela não se lembra de Derek a encontrando, tentando ressuscitá-la, os paramédicos, a viagem de ambulância, a lavagem estomacal. Só se lembra de despertar cedo no dia seguinte em um quarto de hospital, Derek desabado em uma cadeira no canto, fiapos de luz passando pelas persianas na janela. Seu primeiro pensamento coerente foi: *Merda, não funcionou.*

Alguns meses atrás, foi noticiado que encontraram o corpo de uma criança ao lado dos restos desmembrados de uma jovem que não era sua mãe. Marin estava no trabalho quando leu o artigo, mas quando chegou em casa começou imediatamente a beber e esperou que o telefone tocasse. Tinha certeza de que o FBI ligaria para confirmar que era Sebastian. Não era, graças a Deus. Mas quando a identidade dos mortos foi divulgada, ela já tinha terminado uma garrafa de vinho e estava remexendo no armário do banheiro, do lado de Derek. Encontrou o que queria — um pacote fechado de lâminas de barbear escondido no meio de uma pilha de trapos velhos —, e estava prestes a abrir o pacote quando Derek chegou em casa.

Ele entrou no banheiro bem no momento em que ela jogava o pacote de lâminas de volta no armário. Se ele notou que ela estava bêbada, não comentou; só perguntou se ela estava bem. Ele havia visto as mesmas reportagens que ela. O dia dele também tinha sido difícil. Os dois conversaram por alguns minutos, o horror compartilhado dos dois diante das notícias unindo-os por um instante, depois de meses de falta de conexão.

Derek salvou Marin pela segunda vez naquela noite. Só não sabia disso.

Esta é a sua vida agora. É feita de bons momentos, momentos horríveis e o torpor entre os dois.

Sua pele está rosada como a de um bebê recém-nascido quando ela sai do banheiro, trinta minutos depois. Envolve-se em um robe felpudo, e faz a ligação que estava temendo; prefere fazer qualquer outra coisa a essa chamada.

Solta a respiração quando a ligação cai direto no correio de voz. Como ela havia previsto. Ela não tem certeza se vai conseguir se manter forte se falar agora com Frances. Marin deixa uma mensagem, pedindo que ela ligue de volta a qualquer hora que precisar.

— Eu amo você — diz Marin para o vazio do correio de voz de Frances. — Estou aqui para qualquer coisa que você precisar, dia e noite. E lamento muito, Frances. Lamento muito, muito mesmo.

Ela desliga, sentindo-se tão desamparada quanto nunca antes. Mas oferecer apoio é tudo que pode fazer. É tudo que alguém pode fazer. Talvez ninguém possa sentir a mistura única de emoções que Frances está sentindo, e que deve mudar a cada minuto. Ninguém sabe do que ela precisa de verdade. Não há manual de instruções para essa merda.

Marin joga o celular na cama. As lâminas de barbear ainda estão enterradas no meio dos trapos dentro do armário. Ela poderia voltar para a banheira. Ela poderia.

Mas não fará isso. Há outras maneiras com as quais ela pode se ferir.

Ainda de robe, ela desliga o laptop do carregador e se senta na cama, logando em um site em que há algum tempo ela não entra. E não deveria. Prometeu que não faria isso ao dr. Chen. Ela poderia ser presa. A *dark web* é ilegal, e há razões pelas quais precisa de um monte de redirecionamentos e senhas, e mais redirecionamentos e mais senhas, até chegar aos sites onde estão as crianças.

Sebastian tem uma pequena marca de nascença, com a forma de uma meia-lua no interior de sua coxa direita. Nos meses após seu desaparecimento, Marin ficou obcecada com a busca *on-line* por ele, deslizando de uma terrível foto para outra, procurando alguma evidência de que seu filho pudesse ser uma dessas crianças. Jamais descobriu nada, mas no processo de busca, destruía pedaços de si mesma. Nenhum ser humano pode olhar aquelas fotografias sem que partes de si mesmo morram.

É um lugar destinado apenas para monstros.

Mas ela precisava olhar. Se sentia *compelida* a olhar. Se seu filho fosse uma dessas crianças horrendamente abusadas, o mínimo que ela poderia fazer era *ver*.

Quanto mais olhava, mais bebia. E quanto mais bebia, mais tomava pílulas. Isso continuou por meses, até sua última consulta com o terapeuta, quando ela finalmente confessou seu segredo para o dr. Chen. Ele reagiu fortemente a essa confissão sobre suas atividades na *dark web*.

— Se você alguma vez sentir necessidade de olhar, pare um instante e se pergunte o que faz você se sentir assim — disse o terapeuta. — E aceite que é a sua ansiedade mentindo para você. Dizendo que você precisa fazer isso para sentir ter algum controle sobre uma situação que está totalmente *fora* do seu controle. A ansiedade pode ser muito convincente. Não acredite no que ela diz. Porque olhar para essas imagens não ajudarão a sua ansiedade, Marin. Só a tornarão muito, muito pior. O que você anda fazendo é um ato de automutilação. E fico muito, muito preocupado.

O dr. Chen está meio certo. A ansiedade mente mesmo. Mas a situação não está fora do controle de Marin e, enquanto seu computador acha o caminho, ela examina suas mãos. Mãos que parecem normais, mãos fortes; mãos que podem manejar tesouras afiadas, transformando cabelos em algo bonito; mãos que podem cozinhar, limpar, segurar, acariciar e mostrar amor; mãos que gesticulam quando ela se emociona; mãos que protegem.

Mãos que soltaram seu belo garotinho dentro de um mercado movimentado, lotado, no sábado antes do Natal.

Ela pensou nos horrores que devem ter atingido Sebastian nas horas seguintes à que ele foi levado pelo Papai Noel. Ela leu as estatísticas e sabe que crianças daquela idade — se não são encontradas dentro de vinte e quatro horas — provavelmente estarão mortas. E, se não estiverem, com certeza mais horrores lhes esperam.

A culpa é de Marin. Inteiramente. Inclusive tudo que aconteceu depois. *Essas malditas mãos.* Ela ficou tentada a cortá-las algumas noites atrás, mas então Derek chegou em casa com um cartão de aniversário e perguntou se poderiam tentar novamente.

— Você voltou para casa — foi tudo que conseguiu dizer.

— Sempre volto para casa — disse seu marido. — E sempre *voltarei* para casa.

Derek nunca a puniu pelo luto da maneira como ela o sofre. Talvez ela não deva puni-lo pelo modo como *ele* vive seu luto.

Entretanto, os pensamentos nunca a abandonam. Mas são só pensamentos, e é melhor guardá-los consigo; de outro modo, as pessoas começam a se *preocupar* e sentem necessidade de *intervir*, temendo que ela se *automutile* devido a sua *saúde emocional* frágil.

Depois do período de hospitalização, ela prometeu a Derek que jamais tentaria fazer aquilo novamente. E na sua última consulta com o dr. Chen, ela prometeu ao terapeuta que não iria mais visitar esses sites.

Agora ela vai quebrar uma dessas promessas.

Começa a rolar pelas fotos, procurando a marca de nascença, a meia-lua. Procurando por seu filho. Ela não conhece essas crianças, mas chora por elas, chora por suas mães e, mais tarde, chora por si mesma até cair no sono.

Às vezes, em seus sonhos, Sebastian está com uma nova família. Alguma pobre mulher que estava desesperada para ter filhos o sequestra no mercado e o está criando com todo o amor que Marin e Derek teriam lhe dado. E a cada dia que passa, Sebastian se esquece deles, de Marin, e aumenta seu amor pela nova mãe. Ele está bem, está seguro, está inteiro.

E às vezes, em seus sonhos, Sebastian grita por ela. E seja lá o que Marin faça, nunca consegue chegar até ele a tempo. Seu garotinho simplesmente se esvanece, como uma bolha de ar, que está ali em um momento e no seguinte não está mais, arrancado por um rosto que ela não pode ver e levado até um lugar escuro onde se escondem os monstros.

— Viu? Não existem monstros na casa da mamãe — uma vez ela lhe disse, tranquilizadora, depois de ler para ele *The Monsters at the End of this Book*. Era um dos seus favoritos quando criança, em que o amável personagem Grover, de *Vila Sésamo*, é aterrorizado por um monstro que ele tem certeza de que irá aparecer no final do livro, só para descobrir que esse monstro, na verdade, é ele mesmo. — Só porque parece um monstro não quer dizer que seja um monstro.

E só porque alguém não pareça, não quer dizer que não seja.

Se Marin algum dia receber uma ligação como a de Frances, ela se matará. Ela fez um monte de promessas para um monte de pessoas.

Essa ela fez para si mesma.

23

QUANDO ELA CHEGA AO trabalho na manhã seguinte, seu celular notifica uma mensagem de voz de Vanessa Castro.

O primeiro instinto de Marin é deixar tudo de lado e ligar para Derek no trabalho, para que possam ouvir juntos as notícias horríveis, mas depois se lembra de que Derek ainda não sabe sobre a detetive particular. Em retrospectiva, a distância do casamento dos dois pode não ter vindo totalmente dele. Marin também está cheia de segredos.

Ela precisa de um minuto para se recompor antes de ligar de volta para a detetive, e fecha a porta do seu escritório para que ninguém a perturbe. Ela pensa sobre o jantar na noite anterior. Quando Derek chegou em casa depois do trabalho, não havia bifes no balcão, prontos para serem grelhados, nem couves-de-bruxelas assando no forno. Ele subiu e a descobriu sentada na cama, olhando para seu laptop, e observou sem comentar quando ela o fechou abruptamente. Ele não perguntou o que ela estava vendo. Observou seu rosto vazio e manchado de lágrimas e parecia ter compreendido no mesmo instante que sua esposa teve um começo de noite difícil. Não perguntou a razão, porque sabia qual era, mesmo que não soubesse dos detalhes.

Em vez disso, beijou-a no rosto.

— Indiana, grega ou tailandesa?

— Você escolhe — respondeu ela. Estava prestes a se desculpar por haver se esquecido da comida, mas ele já estava no celular pedindo para entregar o jantar antes que ela tivesse oportunidade de fazer isso.

Vanessa Castro nunca apenas liga. A detetive sempre manda um e-mail antes para poder marcar uma hora para conversar. Hoje em dia, ninguém gosta que o celular toque de repente; parece intrusivo, e é por isso que ninguém mais tem uma linha fixa. A linha fixa só pode fazer uma coisa — tocar.

O recado da detetive foi de apenas seis palavras.

— É a Vanessa. Me ligue. Obrigada.

Ela pensa em Frances. *Meu Deus*. Respirando fundo, ela liga.

— É a Marin — diz ela quando a detetive atende.

— Oi — responde Castro. — Desculpe por ligar assim de repente.

— Só me diga.

— Não é sobre o Sebastian — a outra mulher responde, e todo o corpo de Marin relaxa com essas palavras. — Ah, merda. Deveria ter explicado isso na mensagem. Desculpa, Marin. Estava distraída. Não queria assustar você.

— Tudo bem. — Só que não, mas ficará logo que o coração de Marin voltar a seu ritmo normal e ela puder voltar a respirar. — O que houve?

— McKenzie Li — Castro diz. Ouvir o nome faz com que Marin fique ereta. — Você sabia que ela está desaparecida?

Desaparecida? Ela inspira fundo. A pulsação cardíaca torna a subir.

— Desaparecida? — Marin repete, tentando injetar o tom certo de confusão em sua voz, como se potencialmente não tivesse nada a ver com isso. Mas não poderia ter, ela mudou sua instrução a Julian, então por que diabos aquela jovem estaria *desaparecida*? — O que... o que você quer dizer?

— Tenho mantido certa vigilância sobre ela... — Castro soa mesmo distraída, como se estivesse seguindo uma linha de raciocínio que vai muito além do que estão conversando, e talvez estivesse lendo alguma coisa ao mesmo tempo em seu computador. — Sei que você me disse que iria lidar com isso, mas eu já havia começado a investigar e simplesmente quis ir um pouco mais adiante...

Marin fecha os olhos. *Merda, merda, merda.*

— Certo...

— ... e faz algumas horas que o colega de apartamento dela postou alguma coisa no Facebook sobre ela estar desaparecida.

Marin percebe que mais uma vez está prendendo a respiração e se obriga a soltar o ar. Tem que dizer algo, mas não sabe como responder. O coração bate disparado em seu peito, e ela agradece a Deus por Castro não estar lhe contando isso pessoalmente, porque com certeza ela tem "culpada" estampado por todo o seu rosto.

— Quando... quando isso aconteceu?

— Parece que ela desapareceu há duas noites — diz a detetive. — O que é tempo suficiente para preocupar o colega dela, porque parece que tinham planos para jantar ontem.

— Nós... Derek e eu voltamos de Whistler ontem. Estávamos fora da cidade durante o fim de semana.

— Sim, vi no seu Instagram — Castro diz, distraída. Essas palavras dão um novo susto em Marin. A detetive particular que ela contratou verifica seu Instagram? — Não estava verificando você — acrescenta ela, como se lesse a mente de Marin. — Acontece que verifiquei hoje de manhã, porque vi no Facebook o post do colega da McKenzie, e queria um modo rápido para ver onde o Derek estava, se por acaso eles estivessem juntos. Mas não estavam, porque ele estava com você.

— Sim, é verdade. — Marin está hesitante. Não consegue imaginar em que direção vai a detetive e ainda está tentando processar que a detetive acha que a amante de Derek — *ex-amante* — está desaparecida.

E o que exatamente ela quer dizer com *desaparecida*? Desaparecida como se McKenzie tivesse dado no pé, sem achar que deveria contar a alguém, e ninguém consegue verificar onde ela está? Ou desaparecida como se ela tivesse morrido e estivesse descartada em algum lugar, porque Julian a pegou antes que Sal conseguisse falar com ele?

— Derek estava comigo — diz Marin. — Estivemos... nos acertando. — Ela respira mais uma vez. — Você acha que ele teve algo a ver com...

— Não, não — diz Castro, e a voz dela se torna mais afirmativa. — De modo algum. Mas com a McKenzie desaparecida, isso faz com que *duas* pessoas na vida de seu marido estejam desaparecidas. O que faz dele um denominador comum.

— Ah... — Marin não havia pensado sobre isso desse modo. — Certo. Mas o que *isso* significa?

— Não sei, mas não gosto disso. Uma pessoa da vida de Derek desaparecer de repente é uma coisa, duas é... — A voz de Castro mais uma vez vai sumindo, e Marin se pergunta se ela está no escritório, ou em casa, ou no carro. — Por acaso você baixou o Shadow no seu celular? Tenho certeza de que coloquei uma anotação no arquivo sobre isso.

— Baixei, sim. — Marin se força a falar normalmente.

— Você acompanhou a comunicação de mensagem entre eles? — Castro pergunta, o que é uma maneira educada de dizer: *Você estava espionando o seu marido e a amante dele?*

Marin está agarrando o celular com tanta força que os nós dos seus dedos estão ficando brancos. Tudo nessa conversa a assusta. Ela foi clara com Sal sobre abortar o acordo, e seu melhor amigo assegurou que isso seria feito. Então que diabos aconteceu? Será que ela falou tarde demais? No jantar, Julian disse que nada aconteceria tão rápido, que iria esperar algumas semanas para criar distância entre a conversa dos dois e o acontecimento. E isso faz menos de uma semana. Ele não pode ter feito algo com McKenzie tão cedo.

A menos que... Julian tenha visto uma oportunidade. A menos que tenha visto que ela e Derek estavam fora, dando a Marin — e por consequência, a

Derek — o álibi perfeito. E é mesmo perfeito. Ninguém jamais suspeitaria deles. Os Machado passaram o final de semana em Whistler, a mais de trezentos quilômetros de distância, com dezenas de testemunhas e uma conta do Instagram documentando — e marcando os lugares — todos os destaques da viagem deles.

— As mensagens faziam alguma menção a McKenzie indo embora?

— Não que eu me lembre. — A mente de Marin vai em sete direções diferentes. Ela tenta se lembrar das especificidades do que as mensagens diziam, ao mesmo tempo em que tenta se lembrar do que havia dito a Sal e o que ele lhe disse, ao mesmo tempo em que tenta imaginar o que Vanessa Castro faria com tudo isso. Ela precisa ficar sempre um passo adiante, porque é verdade que Derek é um denominador comum. Existem duas pessoas importantes na vida dele que desapareceram. Uma é seu filho. A outra, sua amante.

Mas Castro parece esquecer que Marin é o outro denominador comum. Sebastian também é seu filho, e ela recentemente soube que McKenzie tinha um caso com seu marido.

Meu Deus. E se Sal *não* cancelou a tempo? E se ele entrou em contato com Julian, mas a coisa já estava feita? E se McKenzie Li está morta por uma questão de... cronometragem.

E se ela estiver morta por causa de Marin?

Que diabos ela fez?

Claro que ela não pode contar nada disso a Castro. A detetive é ex-policial e, ao mesmo tempo que parece pisar na linha entre o que é legal e o que não é, ela com certeza faria Marin ser presa.

McKenzie não pode estar morta. Tem que ser uma coincidência. Ela é jovem, volúvel, impulsiva. Deve ter viajado e se esqueceu de avisar as pessoas. Não é?

— Marin? — Castro diz e Marin percebe que a mulher lhe fez uma pergunta e espera a resposta.

— A última mensagem que vi foi antes de sairmos para Whistler. — Engole em seco, agradecida por não estarem cara a cara e a detetive não poder vê-la tentando se recompor.

— Você se importaria em me mandar essas mensagens? — Ela pode ouvir a caneta de Castro arranhando. Deve estar tomando nota. — Tire prints da tela e me manda como mensagem.

— Não posso. Desinstalei o aplicativo e, quando fiz isso, todos os dados foram apagados.

— Isso é péssimo. — A caneta de Castro para. — Compreendo, é claro, mas essas mensagens seriam úteis.

Um pensamento ocorre a Marin.

— Elas podem ter sido salvas na nuvem no meu computador. Todos os aparelhos estão ligados ao mesmo backup. Quer que eu verifique?

— Sim, por favor, isso seria ótimo. Se as mensagens estiverem lá, me manda tudo. Acho que não há muita coisa. Você só teve uma semana de uso do aplicativo.

Nem sequer uma semana.

— Sem problema — Marin diz.

Mais uma vez, a detetive se equivoca sobre seu tom de voz.

— Não se preocupe. Isso não deve ter nada a ver com o Sebastian, mas é melhor eu verificar tudo. Suponho que você não pode perguntar para o Derek o que ele sabe sobre onde anda a McKenzie...

— Ele não sabe que eu sei qualquer coisa sobre ela — diz Marin, antes que a investigadora termine. — Nós dois não discutimos o caso, e não penso em fazer isso.

Uma breve pausa.

— Você e o Derek... Você acha que o relacionamento dele com ela terminou?

— Sinto isso. — É a resposta mais honesta que Marin pode dar. — É claro que não tenho certeza, mas tivemos juntos uma maravilhosa viagem. Ele planejou tudo, e me pareceu... um recomeço.

Castro não responde a isso. Marin só pode imaginar o que a outra mulher está pensando. Pode ouvir o julgamento dela escorrendo pela linha, porque é isso que as mulheres fazem umas com as outras. E ela aposta que Castro pensa que Marin deixou Derek se safar com muita facilidade. Isso é o que Marin pensaria se a situação das duas fosse o inverso.

Ela é compelida a quebrar o silêncio constrangedor.

— Me avisa sobre o que descobrir.

— Claro — responde a detetive.

As duas se despedem e desligam. Marin agarra seu MacBook da mesa. Não consegue se lembrar do nome do colega de apartamento de McKenzie, mas sabe que o viu em algum lugar nas anotações de Castro. Ela descobre em apenas um minuto, e depois abre o Safari e clica no Facebook. Digita *Tyler Jansen* na caixa de buscas e o Facebook responde com uma lista de Tyler Jansens. O que ela procura é o primeiro da lista, já que o algoritmo arrepiante do Facebook sabe que ela clicou no perfil de McKenzie um monte de vezes e, sendo seu colega de apartamento, Tyler está ligado a McKenzie no Facebook.

Ela não havia percebido que Tyler era filipino, o que serve para mostrar que não se pode dizer nada sobre uma pessoa a partir do nome. Ele é bonito, tem vinte e poucos anos, e é musculoso, pelo que mostra a foto do perfil. Parece que trabalha em um bar e se diverte bastante com isso. Suas informações são públicas, e quando Marin clica em seu perfil, seu *post* sobre a colega de quarto está bem no alto.

Ele postou uma foto dos dois sentados no sofá com o gato dela entre eles. Embaixo da foto escreveu: *Se alguém falou com a McKenzie Li, peça para ela mandar mensagem para o seu colega de apartamento, porque essa merda não tem graça.*

Tyler havia postado pela manhã. Há mais de duas dúzias de comentários, e Marin passa por todos eles, pensando que isso é o que Vanessa Castro deve ter feito, logo antes de ligar. Com base nas perguntas de vários amigos e as respostas de Tyler, o colega de McKenzie não a vê há dois dias. Parece que não era fora do comum ela ficar uma ou duas noites sem dar notícias, mas, mesmo que tivesse se esquecido de avisá-lo com antecedência — o que ele diz que ela faz muito —, McKenzie sempre responde as suas mensagens. Ela faltou ao compromisso de jantar na noite passada, e pela manhã, apesar de várias mensagens, ainda não tinha dado notícias. E ela sempre dá, mesmo quando sabe que ele está chateado.

Marin não compreende nada disso. Se ela não responde a seu amigo, então está mesmo desaparecida. Ela sumiu de verdade.

Ah, Deus.

Ela verifica o Instagram. O último post de McKenzie foi na noite de sábado, e era uma selfie tirada em casa com o gato e uma lata de algo que parece uma cerveja, mas inspecionando mais de perto, ela vê que é uma sidra. Nada desde então, o que, pelo que Marin observou, também seria razão para ficar alarmado, já que McKenzie posta alguma coisa todo santo dia.

Ela faz um *login* na nuvem e, depois de alguns minutos, localiza onde os dados do Shadow estão guardados. Por conveniência, está em apenas um arquivo, e ela o envia por e-mail para Castro. Seja lá o que a detetive esteja pensando sobre Derek, ele não tinha nada a ver com isso. Tudo é com Marin.

Ela precisa descobrir o que Julian fez. E a única pessoa que pode ajudá-la é Sal. Ela manda uma mensagem.

Está vivo?

Rá-rá, responde ele. *Tanto quanto é possível em Prosser.*

Você está aí outra vez? Marin fica surpresa. *Tudo bem com a sua mãe?*

Estamos no hospital, responde ele. *Ela está fazendo exames. Para o problema no cérebro.*

Droga. Ela não quer perguntar sobre Julian enquanto ele está no hospital.

Diga para ela que eu a amo, Marin responde à mensagem. *Quando você vai estar em casa?*

Hoje à noite. Estarei no bar.

Passo por lá, digita ela. *Precisamos conversar.*

Os três pontinhos piscam, desaparecem, depois piscam de novo. Parece que Sal não sabe o que dizer. Finalmente, ele responde: *OK.*

Seja lá o que Sal souber sobre Julian e McKenzie — se é que sabe alguma coisa —, ela vai ter que esperar.

O resto do dia passa rápido, graças à agenda lotada no salão. Ela termina com a última cliente VIP às oito da noite, mas sem querer derramou tintura de cabelo no vestido, então vai ter que passar em casa antes de ir ver Sal.

Jeans são convenientes para o Bar do Sal, e ela se veste depressa no closet, deslizando em sua calça mais confortável e usada. Procura um par de botas, e então nota algo estranho, algo que ela não havia notado de manhã, quando se vestia para ir trabalhar.

Seus Louboutin mais valiosos foram movidos de lugar.

Aqueles sapatos de grife foram uma extravagância total, destinados apenas às ocasiões mais especiais, graças aos arcos de cristal na ponta dos dedos. Eles haviam sido retirados do lugar onde costumam ficar, que é perto do fundo da sapateira, e arrumados ao nível dos olhos diante de sua coleção de bolsas, um dos pés colocados de lado para mostrar a distinta sola vermelha. Como se houvessem sido arrumados para uma foto.

Será que Derek fez isso? Ou Daniela? Ela faz uma pausa, pensando. Derek não tem o menor interesse em seus sapatos, e Daniela, nos dez anos que faz a limpeza para ela, jamais tocou nos objetos pessoais de Marin. A última vez que esses sapatos estiveram em seus pés foi no Holliday Ball, bem antes de Sebastian ter sido levado, há mais de dois anos.

Quando ela recoloca os Louboutin em seu lugar correto, um pedaço de papel perto da sapateira chama sua atenção. Está parcialmente amassado, como se houvesse caído de um bolso, e ela o pega.

É o recibo de um táxi, da Sunshine. Deve ser um dos de Derek. Ele usa táxis com frequência, dizendo que os prefere ao Uber, o que é hilário já que jamais usou um Uber antes. Mas então ela nota a data e o horário, impressos no recibo.

É de duas noites atrás, quando ela e Derek estavam em Whistler. Marin olha o pedacinho de papel, tão insignificante que ela quase o jogou fora sem olhar. Leva um momento para que processe o significado daquilo.

Alguém esteve em sua casa enquanto eles estavam fora.

24

O BAR DO SAL ESTÁ MOVIMENTADO para uma segunda-feira. Os Mariners estão jogando em seu estádio, o que explica por que todos estão usando camisetas do time.

Marin raramente vai ali à noite. Não está acostumada a abrir caminho por entre clientes gritando para as telas de TV e grupos de homens olhando duas vezes para ela ao passar. Ela sente a estranheza de estar sozinha em um bar lotado, mas dispensou a oferta de Derek de vir com ela.

Estava saindo de casa quando seu marido chegou, e quando ela lhe disse aonde ia, ele a surpreendeu com sua resposta.

— Vou com você — disse, e isso era outro sinal de que agora as coisas estão diferentes entre os dois. Há uma semana ele não teria dito nada.

— Vou só ao Bar do Sal para uma cerveja — ela disse, prendendo a respiração. — Disse para ele que passaria lá. A mãe dele não está passando bem.

Ela sabe que Derek não gosta de Sal, apesar de nunca ter dito isso em voz alta. Sal pode ser cáustico e mal-educado, e isso confunde Derek, porque ele acha que Sal foi criado de modo privilegiado. O vinhedo tinha uma reputação sólida, e a família de Sal tinha dinheiro e herança. Sal não queria saber de nada disso, e é isso que Derek não entende, porque sua família nunca lhe deu nada.

— Você é uma boa amiga para ele — Derek disse. — Vá em frente. De qualquer forma, ainda tenho trabalho a fazer.

— Não vou demorar — disse ela, aliviada. Ela se ergueu na ponta dos pés e o beijou nos lábios.

Ele a puxou de volta para mais um.

— Vou esperar acordado.

Derek está tentando, isso está claro, e é maravilhoso e confuso ao mesmo tempo. A fenda que se abriu entre os dois depois que Sebastian desapareceu ainda existe, embora talvez não esteja mais tão vasta. Há amor e afeição, ainda que misturado com raiva e ressentimento, e levará tempo para desfazer todos os meses de desconexão com o marido, para trazê-los de volta à terra firme. Mas pela primeira vez em muito tempo, ela gostaria de chegar lá. Pela primeira vez desde que o filho desapareceu, ela sente o casamento como prioridade.

Por hoje, pelo menos. Não há como prever como ela se sentirá quando souber o que aconteceu com McKenzie.

Ao abrir caminho pelo bar, ela vê Ginny, a garçonete com quem Sal anda dormindo. Mesmo que o pensamento não a entusiasme, seu amigo tem o direito de fazer o que quiser, seja lá com quem ele queira. Ginny está equilibrando uma bandeja cheia de cerveja em um braço, e seu semblante se fecha quando vê Marin. Elas estão a menos de meio metro de distância, e de perto ela percebe que a garçonete é muito mais jovem do que ela pensava. Marin havia calculado que ela tivesse lá pelos trinta e poucos anos, mas agora acha que ela está mais perto dos vinte e cinco anos. *Ugh. Sério, Sal?*

Ela se obriga a sorrir.

— O Sal está por aí?

— No escritório. Ele disse para mandar você para lá quando chegasse. — Ginny aponta com a cabeça para o fundo do salão e continua seu caminho.

Seja lá o que acabou de acontecer no jogo de beisebol, a multidão no bar aplaude. Marin passa por um homem que oferece a palma da mão para um "toca aqui". Ela retribui e segue em frente.

Marin avança para o fundo do bar, onde uma porta se abre para um corredor comprido. Os banheiros estão à esquerda, e a cozinha e o pequeno escritório de Sal, à direita. Se é que pode ser chamado de escritório. Ali mal cabem uma mesa e duas cadeiras.

Sal levanta a cabeça quando ela bate à porta.

— Oi — pede ele. — Feche a porta. Não consigo nem ouvir os meus pensamentos com esse barulho.

Quando ela o faz, o volume do salão fica bem mais abafado. Ele faz um gesto para que ela se sente, passando os olhos por ela, enquanto Marin afunda na cadeira diante dele.

— Já está com saudades, é? Não é comum ver você duas vezes na mesma semana. Porra, hoje em dia não chego a ver você nem duas vezes por mês.

Ele parece inquieto, e ela leva alguns segundos para perceber que está nervoso. E depois leva mais alguns segundos para se lembrar da razão. Ele não sabe que ela está ali para falar sobre McKenzie e Julian. Ela e seu melhor amigo dormiram juntos alguns dias atrás, e ele sem dúvida está se preparando para ouvir Marin dizer que foi um erro gigantesco, e que isso jamais pode se repetir. Ele vai estar só meio certo.

— Antes de eu dizer qualquer outra coisa, quero que você saiba que não me arrependo — fala ela gentilmente, e os olhos de Sal se arregalam de surpresa.

— Nem eu — diz ele.

— Mas isso não pode acontecer de novo. — Ela sorri para amaciar suas palavras. — Estou casada com outra pessoa, Sal. Você é o meu melhor amigo. E, neste momento, não quero que nenhuma das duas coisas mude.

— Então você e o Derek estão se ajeitando? — A voz de Sal sai tensa.

— Por enquanto — responde ela.

A expressão dele muda. Ela odeia ser a pessoa que faz o rosto dele ficar assim, o que sempre acontece quando ele escuta algo que lhe dói. Ele tenta esconder, mas seu corpo está rígido, suas mãos pressionam a mesa, como se ele fizesse o melhor que consegue para não esmurrar alguma coisa.

— Derek e eu estamos juntos há vinte anos — diz ela, como se Sal não soubesse disso. — Cometemos erros enormes.

— E eu conheço você há mais tempo — responde Sal. — Mas se é isso que você quer, compreendo. Não esperava outra coisa.

— Você *queria* alguma outra coisa?

— E isso importa? — Um breve silêncio toma conta do escritório. Depois de alguns segundos, ele balança a mão. — Não se preocupe com isso. Já saquei. Tudo bem, Mar. Ainda que não seja legal ser trocado pelo mesmo cara. Duas vezes.

Ambos sabem que ele não foi trocado. Nem na universidade, nem agora. Mas ela o deixa ter a palavra final no caso, porque é o mínimo que pode fazer.

— Então é isso? — Ele inclina a cabeça para um lado. — Você poderia ter me dito isso pelo telefone, então. Eu não ficaria ofendido.

— Na verdade, essa não é a única razão que me fez vir aqui. — Marin se inclina, abaixando a voz, mesmo que os dois estejam dentro do escritório e não tenha como qualquer pessoa ouvir alguma coisa com todo o barulho do bar. — Preciso que você confirme o que você fez para segurar o Julian quando te mandei a mensagem ontem.

— O Julian? É, falei com ele. — Os olhos escuros de Sal se estreitam. — Por quê?

— A McKenzie sumiu.

Ele fica confuso.

— Quem?

— A outra mulher com quem o Derek... estava saindo. — Passa pela sua cabeça que talvez ela não tenha dito a Sal o nome da mulher. Apenas mostrou a ele a foto de McKenzie, a selfie nua, que foi o papel de parede do seu iPhone. Ela já a trocou por uma foto sua e Derek em Whistler. — Ela desapareceu.

É a vez de Sal se inclinar.

— O que você quer dizer com desapareceu?

— Ela não apareceu em casa desde ontem. O colega com quem ela divide o apartamento postou algo sobre isso no Facebook. — Ela pega o celular e mostra a ele a postagem de Tyler.

— Então agora você está perseguindo o colega dela? — Sal esrteita os olhos diante da tela. Ele precisa de óculos para perto, tal como ela, mas como Marin, ele se recusa a usá-los.

— Claro. — Ela balança a cabeça. — Pedi para a detetive acompanhar o caso, mas, pensando bem, não deveria ter feito isso, já que eu quase contratei o Julian para... — Sua voz vai diminuindo, e ela pigarreia. — Ela me alertou que agora existem duas pessoas na vida de Derek que estão desaparecidas. Ela disse que o Derek é o denominador comum.

Sal fica imóvel.

— Então ela ainda está investigando a namorada do Derek?

— Ela não é mais a namorada dele — esbraveja Marin.

— Namorada, amante, tanto faz. — Sal solta o ar. — Minha nossa, Mar. Você deveria ter dito para a sua detetive para se afastar do caso. A última porra de que você precisa agora é ela xeretando os negócios do Julian. — Ele faz uma careta. — Isso nunca termina bem, acredite em mim.

— Eu disse para ela. Mas ela argumentou que já estava investigando.

— Ela trabalha com a teoria que talvez a mesma pessoa colocou os dois como alvo? Por conta de alguma coisa que tenha a ver com o Derek?

— Bem, o que mais ela poderia pensar? — Marin está preocupada, e sua voz sai mais ríspida do que pretendia. Respira fundo e suaviza o tom. — Mas tudo bem. Para o Julian, quero dizer. Não é como se a detetive soubesse de alguma coisa sobre ele. Ela não sabe o que eu tentei fazer.

— Você não *tentou* fazer nada. — Sal fala isso, enfático. — Ouviu bem? Encontrou um amigo num jantar. Você comeu um pouco. Na manhã seguinte, em um ato de generosidade sem nenhuma relação com isso, você doou um monte de grana para uma instituição de caridade. Foi só isso que você fez, entendeu? Pelo menos, é só isso que qualquer um sabe que você fez.

— E o que o Julian sabe?

— Esse cara não fala porra nenhuma para ninguém — diz Sal. — Se eu te contasse para quantas pessoas ele lavou grana, você teria um troço. Até nomes que você reconheceria. Ele jamais falará. É um código de honra entre esses caras.

— "Esses caras"? Quantos caras desses você conhece?

— Alguns.

— Puta merda, Sal.

Ele se inclina sobre a mesa e pega a mão dela.

— Marin. Você não fez nada, está ouvindo? Seja lá o que tiver acontecido com a namorada do Derek, não é da sua conta. — Ele pensa um instante. — Naquele dia que você a espionou na cafeteria. Você pagou com cartão de crédito ou dinheiro?

— Hum... — Marin tenta lembrar antes de responder: — Dinheiro. Joguei o troco no jarro de gorjetas. Por quê? Você acha que a polícia vai me interrogar?

— Só se souberem que você esteve lá — diz Sal. — Mas não vão saber. Além do colega, quem mais anda procurando por ela?

A mente de Marin está acelerada.

— Você tem certeza de que disse para o Julian que eu havia mudado de ideia?

— Tenho certeza.

— E você está completamente seguro de que ele recebeu a mensagem?

— Mar, não houve mensagem nenhuma. Eu *falei* com ele. — Sal revira os olhos, claramente chateado por ter que explicar a ela. — Disse para ele, em termos bem claros, que você não queria avançar. Não vou mentir, ele ficou irritado, disse que já tinha colocado um monte de coisas em andamento. E respondi que ele desfizesse o que havia feito. Ele respondeu que tudo bem, mas que você não ia receber o dinheiro de volta. E eu disse que você estava esperando o recibo da doação para a caridade.

Ela deixa escapar um longo suspiro, sentindo um peso sair de seus ombros.

— Então o que é tudo isso? Como pode ser coincidência ela ter desaparecido?

— Sei lá. — Sal dá de ombros. — E, falando sério, estou cagando pra isso. E fico surpreso por você não estar. Ela é jovem e deve ser volúvel pra caramba. Talvez já tenha se envolvido com outro cara, não voltou para casa, se esqueceu de avisar ao colega. Nada disso leva até você, então para que se preocupar? Você queria que ela sumisse. Ela sumiu. Agora você está de volta com o Derek, então é como se não houvesse acontecido nada, de qualquer modo. — Ele faz uma pausa, mordendo o lábio inferior. — É como se nunca tivesse acontecido.

— Você está falando sobre eles, ou nós dois?

Sal não responde. Está zangado. Ela percebe isso agora.

— Sal, você está com raiva de mim?

— Não estou com raiva de você. — Ele desvia o olhar por alguns segundos, encarando a parede, e depois suspira. — Está bem. Talvez um pouco. Ou talvez seja mais porque estou magoado. Acho que me sinto um tanto usado.

— Sal! — Ela meio que ri. É a última coisa que ela esperaria ouvir dele. — Usado? Sério?

— Um pouco, sim. — Ele ergue uma sobrancelha. — O quê? É tão difícil assim acreditar nisso? Como se um cara não pudesse se sentir usado e jogado fora como um jornal de ontem?

— Com todas essas relações casuais que você tem...? — Ela também ergue a sobrancelha, tentando aliviar a tensão.

— Jamais seria casual com você — diz Sal, baixinho. — E sei que você sabe disso, e é por isso que você fez tudo. Porque sabia que eu jamais negaria alguma coisa a você. Marin, você é o contrário do casual para mim. E você se aproveitou disso. De mim. Mas já saquei. O que foi que me disse uma vez? Depois que o meu pai morreu? Você disse machucar pessoas... machuca as pessoas.

Os dois olham um para o outro, e, por alguns segundos, o tempo que Sal permite transparecer, seu coração partido se reflete em seu rosto.

— Pois é, tenho certeza de que já vi isso na *Oprah* — diz ela, e os dois caem na risada. A risada quebra a tensão, e os dois relaxam. — Você está certo — continua ela. — Sobre tudo que disse. Sei disso. Eu queria sentir que tinha alguém perto de mim. Queria me sentir desejada, e bonita, e vista. E você sempre me faz sentir assim. E sempre vou amar você por isso.

— Como amigo — esclarece ele.

— Mais do que um amigo. — Marin quer que ele saiba que é verdade, porque é. — Muito mais que um amigo. Mas só que... não como marido.

— É. Tudo bem. Já saquei.

— Sempre vou querer você na minha vida. Não me abandone, Sal. Fique chateado comigo o quanto quiser, mas, por favor. Não me abandone. Eu não sobreviveria se você fizesse isso.

— Nunca. — Ele não olha em seus olhos, mas aperta sua mão.

— Estamos bem?

Ele finalmente olha para ela, oferecendo um sorrisinho que nem chega a ser sincero.

— Ah, cara. Qual é? Nunca não ficamos bem.

— Então pode me fazer um favor? — pergunta ela. — Pode verificar com o Julian mais uma vez, depois que eu sair, e ter certeza de que ele *realmente* não fez nada com ela? Me faça esse favor.

— Eu já te disse... — Sal começa, mas então para. — Sabe de uma coisa, posso fazer isso. Se for isso que vai fazer você dormir bem. — Ele faz uma pausa. — O que mais a detetive disse? Alguma novidade sobre o Sebastian?

— Absolutamente nada. — É a vez de Marin suspirar, frustrada. — Nem falamos sobre ele. Mas quando ela ligou, eu quase desmaiei. Ela costuma enviar e-mails. Eu tinha certeza de que seriam más notícias.

Os dois refletem um momento sobre isso, e então o celular dela traz uma notificação. É uma mensagem de Derek.

Você já está vindo? Estou fazendo pipoca e não quero ver Stranger Things *sem você.*

A mensagem a faz sorrir.

— Tenho que ir — diz ela para Sal.

Ele dá a volta na mesa para abraçá-la. Ela o aperta mais que ele a aperta, e parece que ela partiu o coração dele pela segunda vez em vinte anos. Ela retira o que disse para ele quando chegou. Ela se arrepende de tudo. Não por causa do que fizeram. Mas pela maneira como isso o afetou.

Marin fecha a porta do escritório quando sai e encontra Ginny no corredor. Ela está saindo do banheiro feminino, e o batom parece retocado, o cabelo, um pouco mais brilhante. Deve ter borrifado algum perfume, porque Marin pode sentir o cheiro de longe.

— Ei. — Ginny fecha a cara quando a vê. — O Sal ainda está no escritório?

— Sim, ainda está lá. — Marin passa por ela no corredor estreito. Estão tão perto uma da outra que seus ombros se esbarram. — Ele é todo seu.

— Você é hilária — diz a mulher mais jovem, e Marin para e olha para atrás. A voz de Ginny é cortante, seus olhos faíscam. — O Sal jamais será de ninguém, graças a você.

25

O VELÓRIO DE THOMAS PAYNE é na igreja de Santo Agostinho, o mesmo lugar onde Marin conheceu Frances, Simon e Lila. A capela tem um bom tamanho e pode abrigar facilmente até quatrocentos congregantes. Naquela chuvosa manhã de terça-feira, entretanto, são apenas trinta e poucas pessoas ocupando as três primeiras fileiras.

É difícil saber o que dizer a Frances. A líder não oficial do seu grupo recebe Marin, Lila e Simon, que entram juntos — os três se encontraram mais cedo para conseguirem enfrentar o dia como uma equipe. Frances está pálida, mas seus olhos estão secos. Ela usa um vestido preto folgado, um xale preto e sapatos pretos, e seu cabelo comprido e grisalho está cacheado e selvagem. Marin nota que ela está de batom pela primeira vez desde que a conhece, um tom rosa brilhante que dá cor ao seu rosto. Frances abraça cada um deles por um minuto inteiro, permitindo que eles digam o que precisam dizer, aceitando as condolências com um sorriso que deixa cada um saber que ela está contente por tê-los ali.

Marin segue Simon e Lila para os assentos na segunda fileira. É difícil não fixar o olhar no caixão de madeira castanha e envernizada que está no altar, envolto por flores brancas e fotos ampliadas de Thomas em cada lado.

— Frances está lidando com tudo de maneira muito firme — Lila sussurra, roendo a unha do polegar. — Achei que ela estaria péssima.

— Nem me fale. — Era exatamente o que Marin estava pensando. Ela esperava ver Frances ainda em estado de choque, mal conseguindo se manter de pé, mas a mulher parece estar o exato oposto disso.

Os três olham fixo para o caixão fechado. As fotos emolduradas que flanqueiam o esquife mostram duas versões bem diferentes de Thomas Payne. A foto à esquerda é uma que Marin já havia visto. É a foto que Frances sempre mostra às pessoas quando fala sobre seu filho, a mesma que ela posta no Facebook todos os anos no dia do aniversário dele. Nela, ele tem quinze anos, transitando desajeitadamente no precipício da idade adulta, com dentes bonitos e algumas espinhas ao longo de sua mandíbula. Seu cabelo ruivo — o mesmo tom que sua mãe tinha — está escondido em um boné de baseball bem desgastado dos Mariners, a aba enquadrando perfeitamente o contorno de seu rosto.

Na foto à direita, Thomas é um homem. Marin nunca tinha visto essa foto e nem imagina como Frances a conseguiu ou o quão recentemente foi tirada. Thomas já está crescido, o rosto cinzelado, mas vazio, o cabelo totalmente raspado. Está encostado ao lado de um edifício de tijolos, vestindo uma calça jeans suja e uma camiseta preta, dolorosamente magro, pele maltratada, um cigarro pendurado em seus lábios secos. Seus olhos estão assombrados. Ele passaria facilmente por alguém de mais de trinta anos em vez dos vinte e quatro, embora haja indícios do belo homem que poderia ter sido se não houvesse passado seus últimos nove anos como um sem-teto, viciado em drogas. É difícil ver essa fotografia. Talvez seja por isso que Frances resolveu exibi-la. Marin nunca conheceu alguém tão incapaz de enganações, e pode compreender que Frances não quer fingir que seu filho morreu parecendo o adolescente que era quando desapareceu.

— Pessoal, posso me sentar com vocês?

A voz sacode Marin para fora de seu devaneio. Jamie, a mais nova integrante do grupo, está parada na ponta da fileira. Marin quase não a reconhece. Está com um vestido preto ajustado e sapatos com salto de sete centímetros, fez uma escova para manter o cabelo liso e alinhado, muito diferente da bagunça úmida que estava quando se conheceram. Ela não havia tentado contatar Jamie para falar sobre o velório — para ser sincera, tinha se esquecido completamente dela —, portanto, ou Frances havia ligado para ela, ou Jamie leu alguma coisa sobre isso na página do Facebook do grupo.

— É claro. — Marin engole a surpresa, voltando-se para Lila e Simon. — Jamie está aqui. Abram um espaço.

Todos se movem um assento. E Jamie se enfia entre Marin e o apoio de braço.

— Como você está? — pergunta Marin.

— Nunca sei como responder a isso, sabe — Jamie fala baixinho, olhando para além de Marin, para acenar para Lila e Simon. — Acho que quando eu repondo "bem", as pessoas vão pensar, por que você está bem? Você tem um filho desaparecido. Se eu disser "péssimo", isso só faz com que todos se sintam mal e constrangidos, desejando nunca terem perguntado.

— Gosto de responder "estou levando" — diz Marin, com um sorrisinho. Ela sabe exatamente como se sente a outra mulher. — Isso faz com que lembrem que estou passando por algo difícil, mas não implica se estou bem, ou mal.

— "Estou levando." — Jamie escuta as próprias palavras. — Gostei. — Elas ficam em silêncio por um momento, e depois ela acrescenta: — Quase não vim.

— Frances compreenderia.

— Mas acho que tinha que ver por mim mesma. — Jamie parece falar mais para si mesma do que para Marin. — Existem apenas três resultados possíveis para os nossos filhos: ficam desaparecidos para sempre, são encontrados a salvo ou são achados mortos. Eu precisava ver como um dos resultados seria. Para... me preparar.

O pianista da igreja começa a tocar os primeiros acordes de *Amazing Grace* e o silêncio se instala entre os participantes do cortejo. Todos são convidados a abrir os hinários e acompanhar, mas Marin não precisa disso. Ela conhece a letra.

— Odeio isso — Lila sussurra a Marin quando o padre sobe ao púlpito. — Sei que é egoísta, mas este é literalmente o último lugar que eu ia querer estar. Não quero estar aqui.

— Eu sei — Marin sussurra de volta. — Mas é pela Frances. É o mínimo que podemos fazer.

A recepção é no Big Holes e, quando a porta da frente é aberta, um aviso informa aos clientes que a loja de donuts está fechada para um evento familiar privado. Frances encomendou sanduíches e pratos veganos que não são nem de longe tão gostosos como os donuts e o café, mas quase todos comem. Há algumas pessoas que Marin reconhece de quando se uniu ao grupo, mas além de um cumprimento e uma breve conversa sobre assuntos aleatórios, os integrantes antigos não interagem com os participantes atuais. Não importa a razão pela qual deixaram de comparecer, eles *escolheram* deixar o grupo, e nenhum deles se sente confortável por estar ali. Sentam-se em lados opostos da sala.

O ex-marido de Frances, que Marin viu apenas em fotos de quando ele era muito mais jovem e magro, agora está careca, barbudo e gorducho. Está em um canto com a segunda mulher e o filho deles, um garoto calado de cerca de doze anos que estranhamente se parece com Thomas aos quinze, exceto pelo cabelo ruivo. O ex-marido chorou bastante na maior parte da manhã, seus soluços ásperos e comoventes, e a esposa parece não ter ideia de como consolá-lo.

Marin se senta em um canto com Lila, Simon e Jamie. Ela mandou mensagem para Sadie, informando onde está hoje, mas não disse nada para

Derek. Ele sabe quem é Frances, mas nunca se conheceram. Derek nunca participou do grupo, e parece que não havia sentido em compartilhar essa notícia terrível com ele.

Eles estão na recepção há apenas meia hora, e Marin já perdeu a conta de quantos donuts Simon havia comido. Jamie está pedindo conselhos sobre carros a ele — ela pensa em comprar um Highlander —, e Lila está agora no Facebook, vigiando a mulher com quem seu marido supostamente esteja dormindo. Marin ainda não conhece a história de Jamie, mas talvez ela a compartilhe na próxima reunião.

Supondo que *haja* uma próxima reunião, considerando o motivo de estarem ali.

— Tipo, ela nem mesmo é bonita. — É a terceira vez que Lila diz isso, e mostra a Marin mais uma foto da suposta amante do marido. Marin concorda, não que fosse dizer o contrário mesmo se não concordasse. A outra mulher não é uma supermodelo, mas, para ser justa, ela não precisa ser. Só é uma pessoa comum que fez uma escolha horrível. — Quero dizer, olhe só. O que o Kyle pode ter visto nela?

Ele vê que ela não é você, pensa Marin, mas, de novo, não diz isso. Não é isso que Lila quer escutar.

— Você é muito mais bonita.

— Vocês acreditam que ele ainda está negando? — Lila continua de olho no celular. — "Somos só amigos, querida, relaxe." Mas ninguém sai para beber e dançar até de madrugada com uma mulher que é só uma amiga. Eu *sei* que ele anda transando com ela. Eu sei disso. Eu sinto isso.

— Confronte-a — diz Simon com a boca cheia de xarope de bordo. — Se ele não admite, talvez ela admita.

— É uma péssima ideia. O que você conseguiria com isso? — Marin olha de esguelha para Simon, e ele dá de ombros, como se dissesse *E daí?* Ela se volta para Lila. — Você não precisa que o Kyle reconheça isso. Seus instintos não mentem, e ninguém o conhece melhor que você. Mas lembre-se de que seja lá o que ele esteja fazendo, não tem a ver com você. Se trata dele. Seja lá o que você precisa resolver, é algo entre vocês dois. Ela poderia ser qualquer uma. Ela não importa.

Ela deveria ter seguido o próprio conselho. Como é hipócrita; ela sabe exatamente como Lila se sente. Ela foi espiar a amante de Derek no lugar onde ela trabalha, pelo amor de Deus, e terminou em um restaurante à meia-noite com um estranho, conversando sobre assassinato. Alguém que está se afogando faz coisas completamente malucas. Quando se está debaixo d'água, se agarra a qualquer coisa que esteja perto, se isso lhe permitir que respire mais um pouco. Independentemente do caso de Derek, a quantidade de péssimas decisões que Marin tomou desde o momento em que perdeu o filho a enche de horror e vergonha. McKenzie Li tem a idade de Thomas. Poderia ser Mackenzie deitada naquele caixão, se Marin não tivesse recuperado a razão.

A loja de donuts de repente parece quente, e ela percebe que está suando. Levanta-se tão abruptamente que quase derruba sua cadeira.

— Aonde você vai? — pergunta Lila, tirando os olhos do celular. — Tudo bem?

— Só preciso tomar um pouco de ar. — Marin se esforça para soar normal, mas sua temperatura está subindo. Parece que as paredes se fecham em torno dela. Se não sair agora mesmo, vai desmaiar. Thomas está morto, Sebastian continua desaparecido. McKenzie está desaparecida, e ela está com dois amigos — e talvez uma nova amiga — cujos filhos também se foram. É demais. — Volto já.

Marin abre caminho pela lojinha de donuts até os fundos e empurra a porta com ambas as mãos. Uma rajada do ar frio da manhã é dolorosamente revitalizante, como se fosse um tapa muito necessário no rosto.

Frances está sentada em uma mesa de piquenique ao lado da porta dos fundos, fumando. O olhar das duas se encontra, e Marin percebe que o que está entre os lábios da outra mulher não é um cigarro. O fedor adocicado da maconha flutua e invade as narinas de Marin.

— Desculpe — diz ela a Frances, e a palavra sai estrangulada. Ela tenta focar em sua saída abrupta, tentando escapar da loja claustrofóbica, mas sente-se mal por interromper o momento de silêncio de uma mãe de luto. — Não percebi que você estava aqui. Posso voltar lá para dentro.

— Não se desculpe. — A voz de Frances soa um pouco mais rouca que o comum. Ela se afasta alguns centímetros. — Quer se sentar?

— É sério. Não quero interromper....

— Marin, você não está interrompendo nada. — Frances dá um tapinha no banco ao seu lado para enfatizar. Ela traga novamente o baseado. — Sente-se perto de mim. Ter o calor de um amigo seria útil agora. Está ficando frio aqui fora.

Marin se senta à mesa ao lado da amiga. A madeira está fria embaixo do seu traseiro, e ela estremece um pouco até que sua bunda começa a se aquecer. Avalia se vale a pena entrar para buscar seu casaco, mas a energia dentro da loja de donuts está sufocante demais.

— Como você está? — pergunta ela gentilmente a Frances.

A outra mulher não responde, e Marin se lembra da breve conversa que teve com Jamie na igreja. *Como você está?* já é uma questão difícil de se responder em um dia normal, que dirá no dia do funeral de um filho, o que ela espera que Frances diga? Quando se viram no grupo há uma semana, as duas estavam no mesmo lugar. Ambas tinham filhos desaparecidos.

Naquele dia, tudo está diferente. Thomas já não está mais desaparecido.

— Acredite ou não, a verdade é que dormi na noite passada — diz Frances. — Tipo, dormi mesmo. Capotei por volta das onze e acordei hoje de manhã exatamente na mesma posição em que adormeci.

— Acho que isso é bom — responde Marin. — É um momento estressante para você. Precisava do descanso.

— Não sonhei com nada. — Ela solta uma longa baforada pelo canto da boca, que se curva antes de desaparecer no ar frio. Ela oferece uma tragada a Marin, mas Marin sacode a cabeça e sorri. Desde a faculdade que não fuma maconha. — Ou, se sonhei, não me lembro. Só sei que abri os olhos e já eram sete da manhã, e eu estava faminta. Então desci, peguei a minha frigideira de ferro e fiz uma omelete de quatro ovos para mim, recheada com cogumelos, presunto e queijo. E devorei tudo.

— Quatro ovos? Pensei que você não tomava café da manhã.

— Não costumo tomar mesmo — retruca Frances. — Mas eu estava com tanta fome. E depois só subi de volta, tomei um longo banho e chorei como um bebê. Chorei muito mesmo, e vocês sabem que não sou de chorar. Fiquei tanto tempo no chuveiro que a água começou a sair fria.

— Ah, Frances... — diz Marin, mas a amiga não está olhando para ela. Está de olhar fixo no baseado enrolado à mão, que fumou quase até o final. — Você perdeu o seu filho. O que mais poderia fazer? Como é que você deveria se sentir?

Frances levanta a cabeça.

— O negócio, Marin, é que eu comecei a chorar não porque estava triste. Não é que eu não esteja triste — acrescenta ela, percorrendo o rosto de Marin por algum sinal de julgamento. Mas não descobriu nenhum. — Claro que estou triste. Estou devastada. Mas chorei porque me senti... culpada.

— De quê?

— Por me sentir tão terrivelmente aliviada. — Ela torna a abaixar os olhos. — Porque acabou. Finalmente sei onde o meu filho está. Isso não é horrível? Não é a coisa mais horrível que você pode ouvir uma mãe dizer? Meu filho está em um caixão, e eu estou *aliviada* por saber que ele está lá.

Tipo, caralho, Marin. Isso é horrível, não é? Estou enterrando o meu filho amanhã. Colocando o meu filho embaixo do solo. Como posso estar sentindo outra coisa além do luto?

Marin pega a mão de Frances. Está tão fria quanto a dela, a pele parece fina como papel por cima das juntas nodosas da mulher.

— Mas acabou — diz Frances. — Posso não ter resposta para todas as perguntas, mas pelo menos não tenho mais que esperar que ele volte para casa. Desenvolvi um problema na coluna lombar na última década...

— Eu sei, você tem ido até um quiroprata.

— ...mas hoje de manhã, quando acordei, não precisei de analgésico. Precisei de comida. Minhas costas estão melhores do que estiveram em anos. É como se não houvesse mais nada que temer. Desde que o Thomas desapareceu, fiquei esperando aquela ligação, aquela batida na porta, de alguém que vinha me dizer que o meu filho está morto. Sonhei com isso e estava aterrorizada com isso, como se as notícias fossem um bicho-papão que iria pular e me pegar a qualquer momento. Mas naquele medo, havia esperança.

Marin compreende perfeitamente.

— E é essa esperança que não deixa você fugir disso. A esperança é o que mantém você enfiada no nada emocional da espera, e aí você não consegue ir adiante nem voltar atrás. Tudo que dá para fazer é girar no mesmo lugar porque não há sentido, não há direção, porque você não *sabe*...

Ela para, engasgando nas próprias palavras, e Marin percebe que os olhos da amiga estão úmidos. A visão de Frances derramando lágrimas de verdade é chocante.

— E agora acabou — continua Frances. — Não é a resposta que eu queria, mas sempre foi a resposta que eu sabia que iria receber.

As palavras são cortantes, e Marin estremece.

— Sinto muito, Marin. — A voz de Frances está rouca. Ela joga fora a ponta que sobrou do baseado no chão e pega a outra mão de Marin. — Sei que isso é incrivelmente insensível de se dizer. Ainda mais para você. De modo algum estou sugerindo que é isso que você pode esperar que aconteça com o Sebastian, é só... é como eu me sinto agora.

— Nem pense em se desculpar — diz Marin, não desejando aumentar a dor da amiga admitindo a sua própria. — Você sente o que sente, e deve ser capaz de expressar isso. Deus sabe tudo o que você passou.

Frances aperta ambas as mãos dela.

— Não desejo isso para você, entende? — Sua voz é urgente, obrigando Marin a encará-la. — Não desejo isso para você, nem para o Simon, nem para a Lila, nem para ninguém dentro daquela sala — ela aponta com a cabeça na direção da porta — com um filho que ainda está por aí. Não é o resultado pelo qual rezei.

— Eu sei disso. De verdade.

— Mas, Marin, estou agradecida. — Frances respira longa e profundamente. — Sou grata por esse pesadelo de não saber ter terminado. E agora me sinto... me sinto...

Frances começa a soluçar novamente, desabando sobre ela, e Marin a abraça e começa a soluçar também, chorando pela perda de sua amiga e a culpa dela, e por sua própria perda, e dor, e culpa, porque ela ama Frances, e a entende e sente *por ela*.

— Como você se sente? — sussurra Marin, abraçando forte a outra mulher, acariciando seu cabelo. — Me diga.

— Livre. — Frances solta a palavra em um arquejo, e depois soluça novamente. — Eu me sinto *livre*.

Marin a segura por mais algum tempo, até Simon chegar procurando as duas e é hora de entrar novamente. E tudo que Marin consegue pensar enquanto observa a amiga de luto circular pela lojinha de donuts, se certificando de que seus convidados tenham sanduíches, legumes, donuts e café, é que ela está ressentida com Frances por ter dito o que disse, por ter confessado, e por ser verdade.

Frances está livre.

Marin está com inveja e odeia a si mesma por isso.

26

POR CERCA DE QUATRO OU CINCO SEGUNDOS, logo de manhã, Marin não se lembra de nada. Tudo parece normal, como seria para qualquer outra pessoa despertando do sono.

E depois tudo a atinge. E é como se o perdesse mais uma vez. A dor é intensa, paralisante, a pressão apertando seu peito, ameaçando quebrar os ossos e pulverizar os músculos, extinguindo sua vida, porque ela ousou fazer algo tão simples e natural como acordar.

Marin abre os olhos e fixa o olhar em um ponto do teto. Inale, exale. Inale, exale. Depois de uma dúzia ou mais de respirações, a dor em seu peito diminui.

São quatrocentos e noventa e três dias.

Rolando na cama, ela alcança o celular para verificar a mensagem que a despertou. *Está viva?*

Ela responde a Sal com dedos ainda meio dormentes pelo sono — *Bom dia* — e depois coloca o celular de volta na mesa de cabeceira.

Jamais compreenderá como Sal pode gerenciar um bar e acordar mais cedo que ela, mas ele nunca precisou de muito sono. Na faculdade, com frequência os dois se enfiavam na cama às duas da madrugada. Excitados e bêbados, o álcool no organismo dele não causando nenhum dano ao seu desempenho sexual. Pela manhã, ela acordaria com o cheiro de bacon frito com ovos que ele fazia para o café da manhã para dois. Era o oposto de Marin, que funciona melhor depois de oito — melhor ainda se forem nove — horas de sono, e que não teve uma noite que não tenha se medicado para conseguir dormir nesses quatrocentos e noventa e três dias.

Depois do funeral de Thomas, ela e Jamie saíram do Big Holes juntas. Ficaram conversando um pouco perto dos carros, mais uma vez estacionados lado a lado. Talvez fosse o efeito catártico do funeral, que permitiu a todos chorar à vontade em vários momentos do dia, mas Jamie finalmente revelou sua história para Marin. Sua filha desapareceu há pouco mais de dois meses, raptada por seu ex-marido, que Jamie descrevia como um narcisista. Marin conhecia a palavra, mas não no sentido clínico, e Jamie lhe explicou.

— Aaron tem um sentido inflado de si mesmo, e odeia tudo que não reflita o quão maravilhoso ele pensa que é. Tudo sempre tinha que ser perfeito. Queria a casa perfeita, o trabalho perfeito, a esposa perfeita e a filha perfeita. Era supercrítico em relação a mim, ao que eu comia, ao que eu vestia, como penteava meu cabelo. Ele entrava em todas as conversas, desprezando quem não concordasse com ele. Perdíamos amigos, porque ele era desagradável demais. Mas sua arma secreta era a manipulação. Ele era ótimo em fazer com que eu me sentisse louca, e durante anos pensei que eu era supersensível às coisas, mas agora sei que ele estava só sendo babaca. Por fim, ele me traiu — concluiu Jamie, dando de ombros. — E teve a audácia de dizer que a culpa era minha, que se eu cuidasse melhor de mim mesma, e cuidasse melhor dele, ele não sentiria a necessidade.

— Filho da puta — disse Marin, e quis dizer isso mesmo.

— Verdade seja dita, fiquei aliviada quando descobri. Finalmente eu tinha uma razão concreta para me separar, algo que eu poderia explicar em uma frase para quem perguntasse. Dizer que você terminou com alguém por ele ser exaustivo, cruel, manipulador e mentiroso pode ser um pouco demais. — Jamie abriu um sorriso amargo. — A batalha pela guarda ficou feia. Eu queria a guarda completa da Olívia, e ele também. Ele me arrastou pela lama, mas no fim das contas, o juiz ficou do meu lado. Algumas semanas depois, ele a levou. Esperou por ela do lado de fora da casa de uma amiga dela, duas horas antes da que eu combinei em ir buscá-la. A mãe da amiga, que sabia da nossa situação, não estava em casa. Estava apenas a avó, que viu a minha filha correr até o pai e nem pensou em questionar se o pai bonito e charmoso deveria estar ali. Eu não soube que a Olívia tinha sido levada até a hora em que cheguei, duas horas depois. *Duas horas* — repetiu ela, a voz trêmula.

— Que idade tem a sua filha?

— Está com onze.

— Não emitiram um alerta?

— Sim, emitiram. Com base nas coisas que ele disse durante a disputa pela guarda, eu tinha razões para acreditar que ele iria levá-la para algum lugar distante e jamais trazê-la de volta. Acharam o carro dele a pouco mais de um quilômetro dali, no estacionamento de um shopping. Não havia como saber o que ele estava dirigindo depois disso, e nem como saber para onde foram.

— Sinto muito— disse Marin.

Jamie olhou para ela.

— Eu também sinto muito — replicou ela. — Sei que a história de cada um de nós é única, mas acho que disse algo errado quando a vi no grupo semana passada. Disse a você que, no final das contas, eu me sentia melhor, e isso não era justo.

— Tudo bem...

— Não, não está tudo bem — afirmou ela. — Não é justo para você. Não importa os problemas que o meu marido tem, e, acredite em mim, são muitos, ele adora a Olívia. Seja lá onde estejam, onde eles foram parar, ele não vai machucá-la. Isso eu sei. Ao contrário de você, do Simon, da Lila e da Frances, até o momento em que ela descobriu sobre o Thomas, eu não vivo com o constante medo de que a Olívia não vai sobreviver. O único medo que tenho é o de jamais vê-la de novo. Não porque ela estará morta, mas sim porque ele vai fazê-la se voltar contra mim. É exatamente o que ele faria, me pintar como a vilã da história, aí ela jamais vai querer voltar para casa. — Ela dá uma olhada na placa espalhafatosa do Big Holes e depois para seus sapatos. — É por isso que me senti melhor depois da reunião do grupo. O que faz de mim uma idiota. Sinto muito.

— Isso não faz de você uma idiota. Faz de você uma mãe. — Marin tocou no braço de Jamie. — Aprendi a não fazer comparações. O inferno é sempre o inferno, em todas as suas versões.

Ao contrário da filha de Jamie, nenhum alerta foi emitido para Sebastian. Seu rapto não preenchia os critérios. Foi ridículo quando a polícia explicou isso para Marin e Derek. Esses alertas eram usados nos casos de rapto de crianças, e ninguém discutia se *foi* um caso de rapto de crianças. O vídeo deixava isso claro.

Entretanto, não havia nenhum veículo dentro do qual as testemunhas pudessem ter visto Sebastian. Não havia identidade, nenhuma descrição do sequestrador além da fantasia de Papai Noel. As autoridades devem acreditar que há informações suficientes sobre o desaparecimento da criança para poder emitir o alerta, de modo que o alerta seja capaz de ajudar na descoberta do paradeiro da criança. É decidido sempre caso a caso, e o de Sebastian não atendia aos requisitos.

Porém, houve outras coisas que puderam ser feitas. A filmagem de segurança do mercado Pike Place circulou por todo o país. Qualquer um que assistisse à TV teria visto a fotografia de Sebastian nos dias que se seguiram ao rapto. O cartaz de Criança Desaparecida teve reproduções no Twitter e no Facebook, quase um milhão de vezes no total. A ideia que o "Papai Noel" havia raptado uma criança três dias antes do Natal captava o interesse, e isso fez a história viralizar em questão de horas. Na noite do sequestro, Derek e Marin foram filmados do lado de fora de sua casa pelas estações locais de televisão, implorando ao público por qualquer informação sobre o filho. No final da semana, eles estiveram na CNN, suplicando pelo seu retorno a salvo.

A falta de informações sobre o desaparecimento do filho deles era ao mesmo tempo incompreensível e frustrante. Logo no começo, Marin ouviu um policial dizer a outro: "Ou o sequestrador planejou com todo cuidado, ou o filho da mãe teve uma sorte absurda... Não há como saber".

Era fácil supor que Sebastian e seu sequestrador haviam entrado no estacionamento subterrâneo, baseado na saída escolhida por ele. Mas não havia evidência específica para confirmar isso. Eles poderiam ter caminhado por uma rua lateral e entrado em um carro, uma caminhonete ou uma van. Alguém poderia tê-los buscado. Ou poderiam ter ido pelo estacionamento e estar em um dos cinquenta e quatro carros que saíram do subterrâneo dentro da hora seguinte. O ângulo da única câmera de segurança que funcionava, do outro lado da rua, tornava impossível captar a placa desses veículos.

Derek usou suas conexões para conseguir a máxima cobertura possível. Marin fez o mesmo. Um casal proeminente e abastado de Seattle cujo filho havia sido raptado em plena luz do dia? A polícia supôs que haveria pedido de resgate. Mas a demanda de resgate geralmente acontece nas primeiras vinte e quatro horas, quarenta e oito, no máximo. Nem Derek nem Marin foram contatados. Não houve notas deixadas por baixo da porta, nenhuma mensagem, nenhuma chamada telefônica estranha vinda de números desconhecidos.

O pirulito de cinco dólares foi o que convenceu Marin de que o sequestrador conhecia Sebastian. Na hora, isso parecia ter sido uma coisa específica para dar a ele, e apenas sete pirulitos foram vendidos no La Douceur Parisienne naquele dia. Mas cinco dos sete foram pagos por cartões de débito ou crédito, e esses clientes foram identificados. Todos foram investigados. Os dois últimos foram pagos em dinheiro, e as mulheres que trabalhavam na loja de doces disseram que se lembravam claramente da cliente, uma avó que havia comprado dois pirulitos iguais para suas netas gêmeas.

De qualquer modo, os pirulitos do La Douceur Parisienne eram muito grandes, coloridos e provavelmente atraentes para qualquer criança com menos de dez anos. O pirulito podia ter sido comprado a qualquer momento antes e sido enfiado no bolso de um casaco ou bolsa de compras, pronto para ser usado como isca quando chegasse o momento perfeito. Como parte da investigação, cada uma das pessoas na vida de Derek e de Marin e que conheciam

Sebastian foram entrevistadas. Todos os vendedores que estavam no mercado naquele dia foram interrogados. Ninguém parecia saber de nada.

Sebastian simplesmente desapareceu. Sem deixar rastros. E, dezesseis meses depois, Marin ainda não tem respostas.

Muito tempo atrás, ela assistiu a um filme que a assustou pra caramba. Ainda estava no ensino médio, e vários colegas se reuniram em uma noite de sábado. Alguém havia trazido uma fita VHS do filme *O Silêncio do Lago*, um *thriller* estrelando Jeff Bridges e Kiefer Sutherland. Em uma breve parada em um posto de gasolina durante uma viagem, Barney (interpretado por Jeff Bridges) sequestra a namorada de Jeff (personagem de Kiefer Sutherland), Diane (interpretada por uma Sandra Bullock bem jovem).

Passam-se alguns anos, e Jeff ainda não sabe o que aconteceu com a namorada desaparecida. Ele ficou tão obcecado em saber o que havia acontecido que quase enlouqueceu. Nancy Travis interpreta sua nova namorada, Rita, e os dois conseguem descobrir que esse sujeito, Barney, estava no posto de gasolina no dia do desaparecimento de Diane, e com certeza sabia de alguma coisa. Eles o confrontam, e finalmente Barney diz a Jeff: "Se você quer saber o que aconteceu com ela, terá que passar pelas mesmas coisas...".

Jeff concorda, e voluntariamente bebe algo que o faz desmaiar, do mesmo modo que aconteceu com Diane. Acorda dentro de um caixão enterrado em um bosque. Leva alguns segundos para compreender que caiu em uma armadilha, e vai morrer do mesmo modo como Diane, sufocado até a morte naquele estreito caixão no escuro, sem ninguém que escute seus gritos ou saiba o que aconteceu com ele.

Era um filme arrepiante e interessante que causou pesadelos a Marin por mais de uma semana depois de assistir a ele.

Agora ela é Jeff. E se o Papai Noel aparecesse na sua porta, lhe oferecendo a resposta definitiva sobre seu filho, junto com uma xícara de chá incrementada que provocaria seu desmaio, ela engoliria o que esse aproveitador lhe ofereceria em um piscar de olhos. Beberia até a última gota.

Porque qualquer coisa é melhor do que isso.

Um filho desaparecido é uma ferida aberta e infeccionada. Alguns dias você pode tomar um analgésico e colar um band-aid e talvez consiga levar seu dia, mas a ferida nunca deixa de estar lá, jamais para de apodrecer, e o mais leve roçar pode provocar novamente a inundação da dor.

Marin ainda está deitada, precisa se levantar e começar a se movimentar. Olha para o lado de Derek na cama. Está vazio, mas a marca no travesseiro onde ele colocou a cabeça na noite anterior ainda está lá, lembrando-a de que ele saiu para Portland de manhã mais cedo. Foi uma decisão de última hora tomada antes de os dois se deitarem, para acalmar alguns investidores inquietos.

— É apenas durante o dia — ele havia lhe dito, e ela logo pensou, *McKenzie*. — Há um voo às oito da manhã, aí vou sair de casa antes das seis. E vou estar de volta para o jantar. Quer vir comigo? Estarei enfiado em reuniões o dia inteiro, e tenho que levar os investidores para almoçar, mas você pode se reunir com a gente, e depois fazer algumas compras. No Oregon não há impostos sobre as vendas, lembra?

Ela deu uma risadinha.

— Mas aí eu teria que acordar às cinco e meia da manhã. Prefiro dormir e pagar os impostos.

Mas esse convite rápido fez Marin se sentir melhor. Quanto tempo iria demorar até ela parar de imaginar o que Derek realmente fazia quando não estava com ela? Quanto tempo até que McKenzie Li desapareça por completo do casamento deles?

Ela está prestes a se sentar na cama quando seu celular toca. Ela verifica o número e atende.

— Ainda está na cama? — pergunta Sal.

— Sim.

— O que está vestindo?

— Cale a boca, seu tarado.

Uma risada.

— Como foi o funeral?

Ela supõe que deveria ter se perguntado por que contou para seu amigo, e não para seu marido, sobre o filho de Frances, mas é cedo demais para esse nível de mergulho emocional.

— Foi triste, é claro — diz ela, saindo da cama e se arrastando para o banheiro. — Mas a Frances parecia estar bem. Melhor, até.

— O que você quer dizer com melhor?

Marin olha seu reflexo no espelho do armário do banheiro, passando a mão pelo cabelo emaranhado.

— Aliviada, acho — responde ela. — Por ter respostas. Por poder fazer o luto por ele agora, enterrá-lo. E tentar seguir em frente. Ela finalmente teve uma conclusão.

Uma pequena pausa do outro lado da linha.

— Não sei o que dizer sobre isso — diz Sal, por fim. — Tipo, fico contente por ela, mas ao mesmo tempo é...

— Pois é.

Um silêncio confortável se instala entre eles. Ela percebe que Sal está no carro pelo ruído de fundo, mas antes que possa perguntar para onde ele vai, ele diz:

— Você acha que pode se sentir como ela? Se conseguir as respostas, como ela conseguiu?

— Não — Marin responde de imediato. — Posso imaginar como Frances se sente, mas não acho que me sentiria do mesmo modo. Talvez porque o Sebastian ainda é tão pequeno... — Ela para um instante, consciente de que ainda fala do seu filho no tempo presente. — E talvez porque saiba que foi culpa minha, que o que fiz naquele dia foi a razão pela qual ele não está comigo.

— Você tem que parar de se culpar, Mar. Às vezes eu queria...

— O quê? Diga.

— Às vezes eu queria que você soubesse, de algum modo. Aí você poderia seguir em frente. Como a Frances.

— Mas eu não sou a Frances — rebate ela. — Preciso saber o que aconteceu com o Bash, mas se em algum momento descobrir que o meu filho está morto, então também estarei morta.

— *Ainda?* — A voz de Sal é angustiada. — Você ainda se sente assim?

Marin não tem ideia de como chegaram a esse assunto, e até mesmo por que estão tendo esta conversa. Ela ainda nem tomou café. Mas se ele quiser saber de toda a verdade, ela lhe dirá.

— Jamais quero ver o meu filho em um caixão, Sal. Jamais quero ter que fazer um funeral para ele. Preciso saber o que aconteceu com ele, porque viver assim é um inferno. Mas se a resposta for que ele está morto, pulo da ponte no dia seguinte mesmo.

— Acho que eu já sabia disso. — Sal soa arrasado. — Pensei em perguntar. Não tinha certeza se ontem havia mudado algo em você.

— Para onde você está indo?

— Prosser.

— De novo? — Marin se senta no vaso para fazer xixi. Se Sal a escuta urinando, não diz nada. — Como assim, a terceira vez na semana? O que está acontecendo com a Lorna agora?

Ela faz um cálculo mental, enquanto Sal recita os problemas atuais de sua mãe. Prosser fica a três horas de viagem de Seattle. São muitos quilômetros e é um grande desgaste para o carro dele.

— Ela anda se queixando sobre o outro quadril. Você se lembra de como foi brutal a recuperação depois da primeira cirurgia, né?

— Sim, lembro bem. — Ela dá a descarga. — Ela colocou a prótese pouco antes do Sebastian...

— Pois é.

— Eu deveria ir visitá-la. Me sinto mal por não ter ido lá desde que ele... desde que tudo aconteceu.

Há uma longa pausa.

— Ela compreende. Mas, acredite em mim, não acho bom você vir visitá-la. É deprimente. Ela fica sentada o dia inteiro, assistindo às suas novelas.

— Quer saber, vou visitá-la, sim — afirma Marin. — Quando é um bom momento? Quanto tempo você vai ficar lá?

— Até amanhã, provavelmente. Sério, Mar, não é...

— Sal, não seja teimoso, droga. Quero ajudar. Desta vez vou poder ficar mais tempo. A mudança de cenário pode ser boa para mim. Não me importo em sair da cidade.

Marin está ficando animada com a ideia, pensando em todos esses vinhedos que se estendem por quilômetros em todas as direções. Enquanto ela estiver lá, talvez possam fazer uma degustação de vinhos, algo que ela adorava, e há quase três dúzias de vinhedos de onde escolher. Ela nunca teve que pagar pelas degustações quando foi com Sal. Ser o herdeiro da antiga Vinícola Palermo tem suas vantagens. O pai de Sal pode ter sido um tirano, mas o nome da família ainda é altamente respeitado em Prosser.

— Eu aviso a você, tá bem? — torna Sal. — Não sei quando será um bom momento...

— Talvez eu ligue para a Lorna e pergunte direto para ela. — Marin está brincando, mas nem tanto. Sal não é muito bom em fazer planos, e se ela esperar que ele lhe dê um retorno sobre datas, pode esperar para sempre. — Ela adorou quando eu fui lá da última vez. Vou levar alguns desses romances bobos que ela adora...

— Ela já tem um Kindle.

— E levá-la a Yakima para assistir a um filme...

— Ela não pode ficar sentada em uma sala de cinema por tanto tempo. O quadril dela...

— E vou levar alguns DVDs. Preciso que alguém assista a comédias românticas bobas comigo. Será que ela já viu *Diário de uma Paixão*? Posso...

— Porra, Marin, já disse que não! — Sal grita, e Marin para de falar. — Ela não quer ver você, tá bom? Além do meu pai, você é a porra da grande decepção da minha mãe. Você é a garota com quem eu deveria ter casado, e nunca fiz isso. Ela fica chateada em ver você e perceber que nunca vou conseguir superar você. Ela acha que você está me sacaneando, e não entende por que ainda somos amigos depois de todos esses anos. Toda vez que ela vê você, a esperança dela aumenta, e não posso continuar a decepcioná-la.

A respiração dele está cada vez mais acelerada. Marin só pode esperar que ele mantenha as duas mãos no volante e fique focado na estrada. Mal pode acreditar no que ouviu. Ele jamais disse nada disso antes, e com certeza não deveria ter *gritado* assim. Marin sempre foi gentil com Lorna, e Lorna com ela. Não tinha a menor ideia de como a mulher se sentia de verdade... ou como Sal se sentia de verdade.

— Deixe a minha mãe em paz, está bem, Marin?

— *Tudo bem* — devolve ela, sem saber se está mais zangada ou magoada. — Não precisa agir que nem um babaca. Eu só quis ajudar.

— Ajudar quem? — A voz de Sal voltou ao tom normal, mas o gelo por trás dela é evidente. — Você sempre quer tudo nos seus termos, Marin, e, porra, isso não é justo. Você quer continuar com o seu marido, mas vive o repelindo. Você quer que eu seja o seu melhor amigo, mas faz sexo comigo quando se sente uma merda. Você quer ser conhecida como uma mulher de negócios bem-sucedida, mas ainda age como se fosse a porra de uma esposa-troféu. Você diz que não consegue viver sem saber o que aconteceu com o Sebastian, mas se algum dia descobrir que ele morreu, vai se jogar da porra de uma ponte.

— Como se atreve a...

— É tudo *egoísta* pra caralho. — A voz de Sal falha. Meu Deus, ele está chorando. — Porque você não está sozinha nessa zona morta. Você suga todos que te amam com você, e nos torna reféns, ameaçando se suicidar se em algum momento ouvir notícias que não quer ouvir. Então, quer saber, Marin? Foda-se. Estou de saco cheio.

Marin está boquiaberta. Não tem a menor ideia de como reagir a isso, e enquanto pensa, o celular desliga, deixando-a sem chance de responder, de se defender.

Lorna uma vez lhe disse que o pai de Sal costumava desligar muito na cara das pessoas. Era importante para ele sempre ter a última palavra, e era bem conhecido em Prosser por bater o telefone na cara dos outros, sair batendo as portas. O Sal Palermo pai era um babaca, e às vezes filho de peixe, peixinho é. Sal Palermo Júnior se comporta exatamente da mesma maneira quando está irritado.

— O pai dele tinha um péssimo temperamento — disse Lorna na última visita de Marin. Ela estava sorrindo, como se as lembranças fossem engraçadas, como se as palavras *péssimo temperamento* não significassem que ele passou a maltratá-la o tempo todo em que estiveram casados, assediando todos ao redor. — E o J.R. é igualzinho, tal como o pai, quando não consegue o que quer.

— J.R.? — perguntou Marin, confusa.

Mas logo se lembrou.

Quando começou a faculdade, Sal passou a usar seu primeiro nome. Mas em Prosser, sua cidade natal, ele cresceu com a mãe — e todo mundo — o chamando de J.R. Era mais fácil para Lorna e para os empregados do vinhedo, para que não confundissem o nome do marido e do filho.

J.R. era abreviatura de "Júnior".

27

AINDA NÃO HÁ NOTÍCIA DE MCKENZIE LI, e pelo que parece, seu colega de apartamento está entrando em pânico.

Marin está sentada em seu escritório no salão, mastigando um dos bagels que trouxe da reunião da equipe mais cedo naquela manhã. Pela primeira vez em meses, ela não recebeu uma mensagem de bom-dia de Sal, perguntando se estava viva. Ela se sente péssima. É difícil imaginar que a amizade entre eles acabou, mas não sabe o que fazer para consertá-la... ou mesmo se tem energia para isso.

Ela recarrega pela terceira vez a página de Tyler Jansen no Facebook. Ele colocou uma atualização sobre a colega de manhã, e os comentários chegam sem parar nas últimas duas horas. O novo *post* inclui uma foto de McKenzie na Grão Verde, cabelo recém-pintado de rosa, avental atado na cintura, usando uma camiseta que diz: *Pergunte sobre a minha pauta feminista*. O *post* no Facebook inclui um link.

> Pedi uma investigação de pessoa desaparecida sobre a McKenzie. Aqui está o link oficial. Se alguém tiver informação, por favor, ligue imediatamente para esse número. Depois, por favor, ligue para mim. Já faz quatro dias que ela desapareceu, e dada a condição de sua mãe, sou o único procurando por ela.

A condição da mãe dela? Marin rola a tela, lendo todos os comentários, mastigando o bagel, mas sem sentir o gosto. A publicação já foi compartilhada dezenas de vezes, já tem mais de cem comentários, e continua crescendo. Dois comentários em particular atraem sua atenção, ambos escritos por uma mulher chamada Pearl Watts, que parece ser uma antiga vizinha da família Li.

A primeira é uma resposta de Pearl a uma pergunta se a mãe de McKenzie havia sido avisada do desaparecimento da filha. Pearl escreveu: *Infelizmente, mesmo se tivessem contado para ela, duvido que a Sharon se lembre.* O

Alzheimer dela está muito avançado. Eu a visito em Yakima a cada duas semanas na casa de repouso e às vezes ela me reconhece, às vezes, não. É muito triste.

Yakima? Área oeste de Washington? Não é tão longe dos vinhedos.

O segundo comentário é dela também. Pearl escreveu: *Kenzie é uma jovem adorável e todos aqui em Prosser rezam para que ela seja encontrada bem.*

Prosser. Ela é da cidade natal do Sal? Quais as chances?

Marin se mexe na cadeira, subitamente desconfortável. Alguma coisa nisso não parece estar bem. Marin havia mostrado a Sal uma foto de McKenzie, e ele não pareceu reconhecê-la. Mas, pensando bem, ela havia bebido muito durante a conversa, de modo que sua lembrança pode ser confusa, mas com certeza seu melhor amigo logo teria dito alguma coisa se reconhecesse a garota de sua cidade natal. Ele é dezenove anos mais velho que McKenzie, e deve ter saído de Prosser para a universidade antes que ela nascesse, mas a cidade é tão pequena.

Marin pondera um pouco mais sobre isso, sentindo a conexão de alguma coisa prestes a se formar... mas o pensamento se perde antes que ela una as pontas.

E o que Derek sabe? Será que tem conhecimento de que sua amante de seis meses desapareceu, e que foi feito um relatório de pessoa desaparecida? Parece que as coisas haviam oficialmente terminado entre ele e McKenzie, mas ainda assim, como ele pode não saber? Ela se lembra das palavras de Vanessa Castro... *isso faz com que duas pessoas na vida de seu marido estejam desaparecidas. O que faz dele um denominador comum.*

Agora que a polícia está envolvida, é apenas uma questão de tempo até interrogarem Derek. Na verdade, talvez ela devesse avisá-lo que eles podem bater à sua porta a qualquer momento. Mas isso significaria admitir ao marido que ela sabe do caso.

Marin queria não saber. Deseja jamais ter descoberto. Deseja jamais ter começado isso tudo.

Ela vai até a loja de aplicativos, acha o Shadow, e o reinstala em seu celular. Tudo o que tem que fazer é reentrar com seu login e senha quando solicitados e confirmar o número de Derek. Dessa vez, entretanto, quando o aplicativo pergunta se ela quer cobrir todos os contatos de Derek ou apenas números específicos, ela seleciona "Todos". Seu marido é um homem ocupado, e o celular de Marin pode muito bem explodir com notificações, mas é possível que McKenzie tenha outro celular que usa para entrar em contato com Derek. Ou talvez alguém mais tente entrar em contato com ele a respeito de McKenzie.

Marin precisa saber o que seu marido sabe. E, em algum momento, ela vai ter que descobrir o que Sal sabe.

Um minuto depois, a instalação está completa. Como da primeira vez, ela espera uma inundação de mensagens do celular de Derek, ainda que o aplicativo possa acompanhar apenas em tempo real.

Nada.

Uma batidinha em seu braço assusta Marin, e ela deixa o celular cair no prato, retinindo bem ao lado do bagel inacabado.

— Desculpe, Marin — Veronique diz com uma risada. — Não queria assustar você. Só para avisar que a sua cliente da uma e meia já chegou.

Marin verifica a hora. É exatamente uma e meia. *Merda*. Ela não gosta de deixar clientes esperando, mas bem que poderia usar mais dez minutos para revisar mentalmente tudo o que acabou de saber sobre McKenzie. Não há como Sal não a conhecer, ou pelo menos *saber* sobre ela. Prosser tem uma população de menos de sete mil pessoas. Ela poderia ligar para ele agora mesmo.

Ou... talvez possa mandar uma mensagem para Pearl Watts pelo Facebook, já que ela claramente conhece McKenzie e sua mãe. A mulher *com certeza* conhece Sal e sua família, pois continua morando em Prosser. Sal anda o tempo todo por lá.

Ela percebe que Veronique está esperando que ela diga alguma coisa.

— Quem é mesmo a minha cliente da uma e meia?

— Stephanie Rogers. — O tom alegre da recepcionista muda para um disfarçadamente zombeteiro, e ela levanta de leve uma sobrancelha.

Merda, de novo. Stephanie não gosta de esperar. Nenhuma cliente gosta, mas algumas expressam isso mais que outras.

Resignada, Marin sai do Facebook e empurra a cadeira.

— Estou indo.

Ela se força a conversar bobagens depois de cumprimentar sua antiga cliente, mas felizmente Stephanie é do tipo faladora que leva a conversa por conta própria. Ela veio de Nova Jersey (embora diga a todos que é de Nova York), e recentemente se divorciou de um homem vinte anos mais velho. O casamento durou menos de cinco anos. Ela e Marin navegam pelos mesmos círculos sociais e se dão bem, ainda que não se encontrem para nada além de eventos de caridade e as sessões no salão.

O adorado chihuahua de Stephanie esteve doente, e ela não consegue parar de falar sobre as contas do veterinário, que o ex-marido se recusa a pagar. Tudo bem, para Marin, que se contenta em quase nem prestar atenção a ela enquanto pensa em outras coisas.

— O cachorro é dele também, sabe, Mar? Nós concordamos em compartilhar as despesas do veterinário, está até *por escrito* no documento de divórcio. Ele está bancando a porra de um palhaço, me desculpe o linguajar. O cara ganhou oito milhões no ano passado e diz que não pode pagar a metade da conta de sete mil para tirar a porra do cisto da porra do cachorro? — A palavra *cachorro* sai como *cachou-ro*. — Desculpa por tanto "porra" no meio da frase. Às vezes nem posso acreditar que já fui casada com esse sujeito. E aí, como o Derek está? Agradeça a sua boa estrela por ter achado um dos bons.

— Sinto muito, Steph, isso tudo é mesmo complicado — murmura Marin, e um segundo depois seu celular notifica o recebimento de uma mensagem em seu bolso.

Por reflexo, todo seu corpo fica tenso. É o Shadow. Ela para de cortar e verifica rapidamente o celular com a mão livre. Um dos investidores em Portland está atrasado para uma reunião. *Desculpe, Derek, chego aí em cinco minutos.* Enquanto ela segura o celular, chega a resposta de seu marido. *Sem pressa, George. Acabamos de nos sentar.*

— Então, como o Salty está agora? — pergunta Marin, retomando o corte. Ela reprime um suspiro de alívio. É uma loucura como espionar alguém pode ser estressante.

— Ah, está ótimo. — Sua cliente nem notou que Marin fez uma pequena pausa. O rosto de Stephanie está enterrado em seu próprio celular. — Voltou a ser um merdinha mal-humorado. É um chihuahua mimado. Outro dia escapou pela porta dos fundos e pensei que o havia perdido. Deve ter sido uma boa coisa não termos tido um filho, sabe?

Stephanie congela, ergue o rosto e encontra o olhar de Marin no espelho.

— Ai, meu Deus, Mar, não acredito que disse isso. Eu e a porra da minha boca grande. Isso foi uma insensibilidade tremenda. Desculpe, de verdade. Ai, meu Deus.

Marin não se importa. Pessoas já disseram coisas piores para mães de luto, e de propósito. Isso ela mal registrou, mas antes que possa responder para assegurar a Stephanie que está tudo bem, o celular emite um novo aviso. Talvez ter selecionado "tudo" quando ela reinstalou o aplicativo não tenha sido uma boa ideia.

Pelo menos o corte está terminado. É evidente que Stephanie se sente péssima, e Marin aproveita a oportunidade de se valer da mancada da outra mulher.

— Não se preocupe, Steph. Olhe, você se importa se a Jackie finalizar com o secador? Preciso sair um pouco mais cedo. Temos um novo *crème* protetor. Acho que você vai adorar. Vai deixar o seu cabelo mais macio.

— Claro — a cliente responde de imediato. Normalmente Stephanie, ou qualquer uma das clientes VIP de Marin, jamais permitiria ser transferida para outra cabeleireira para a finalização, mas ela meteu os pés pelas mãos e não tinha como argumentar. — Vá, cuide das suas coisas.

Marin faz um gesto para Jackie assumir, depois se inclina e dá um abraço rápido em Stephanie antes que a outra assuma.

— Vejo você daqui a dois meses.

— Antes disso — comenta Stephanie. — Vou ver vocês todos no baile de gala da primavera.

De volta ao escritório, ela fecha a porta e verifica o Shadow. Desta vez, é uma mensagem de McKenzie. Nenhuma palavra, apenas uma foto. O ícone é pequeno, e sem óculos de leitura, Marin não consegue distingui-la sem ampliar, mas uma coisa é óbvia.

Se ela manda mensagens com fotos, então Derek e sua amante ainda se falam. O caso entre os dois não terminou. O coração de Marin afunda.

Como ela pode ter sido tão estúpida? Como pode ter confiado nele? Ele logo a levou para as montanhas, disse que queria recomeçar, mas era óbvio que isso não queria dizer nada. Mentir é como respirar para seu marido. Uma vez ela viu um meme no Instagram: *Como você sabe que um traidor está mentindo? Ao abrir a boca.*

Encostando na parede de seu escritório, Marin aperta o dedo no ícone e se prepara para o murro no estômago. O aplicativo é um tanto lento, e a foto demora alguns segundos para ser ampliada. Quando completa, Marin demora um instante para processar o que vê.

É mesmo uma foto da amante de Derek. Mas não é uma selfie. Ela não está nua. Ela não está sorrindo. Ela está deitada de lado em uma cama, em cima de uma colcha de retalhos, em um quarto que parece antiquado e vazio. Está vestida com uma camiseta e jeans, e os punhos estão amarrados nas costas, e os pés amarrados nos tornozelos. Seu rosto está estranhamente virado para a câmera, como se quem tirou a foto tivesse lhe dito para olhar.

Que *porra* é essa? Alguma tara masoquista? Será que ela e Derek entraram em algo bizarro? Será que esse tipo de merda o deixa excitado?

Então Marin nota que o cabelo da jovem está pegajoso. As ondas rosas estão ralas e oleosas, não úmidas. Algo também não parece certo no rosto dela. Ela amplia o zoom na foto para olhar mais de perto, e se sobressalta quando os traços de McKenzie entram em foco.

A amante de Derek foi espancada. Não é maquiagem. O inchaço é evidente. Um dos olhos está púrpura e quase fechado de inchaço. O lábio inferior está cortado, e há sangue seco no queixo. Há um corte acima de sua sobrancelha. Abrindo ainda mais a foto, Marin pode ver a linha molhada que desliza do canto do olho inchado até a bochecha.

Lágrimas. Ela está chorando.

Então o Shadow recebe outra mensagem. Desta vez, são apenas palavras.

Estamos com a sua garota. Duzentos e cinquenta mil dólares em dinheiro, notas de valor baixo, hoje à noite. Se você não pagar, vai acontecer com ela a mesma coisa que aconteceu com o seu filho. Você não quer que isso aconteça de novo, não é, Derek? Entraremos em contato mais tarde com o endereço.

Os joelhos de Marin cedem. Ela se agarra na mesa e sua cabeça gira, milhares de sentimentos se irradiando de uma vez enquanto tenta entender o que acabou de ler. Esforça-se para respirar, manter a calma, porque ter um ataque de pânico não vai ajudar.

— Ai, meu Deus, Derek — sussurra ela no escritório silencioso. — Ai, meu Deus. O que você fez?

O celular emite mais um aviso. Marin está quase apavorada demais para olhar.

Mas ela faz isso, de qualquer forma, e descobre que seu marido respondeu ao pedido de resgate. Apenas quatro palavras.

Vou conseguir o dinheiro.

28

SE FOSSE COM QUALQUER OUTRA PESSOA, Marin chamaria a polícia por si mesma. É um pedido de resgate. Uma vida está em jogo.

Só que o pedido de resgate não foi enviado a Marin. Foi enviado a seu marido e a vida em risco é a de McKenzie Li. A mulher cuja morte valia — em um momento de fraqueza, na hora mais sombria de Marin — duzentos e cinquenta mil dólares. A quantia que custaria a Marin acabar com a vida dela, por coincidência, é exatamente a mesma quantia que custará a Derek para salvá-la.

Marin não tem ideia se o marido ama essa mulher, ou se a amou em algum momento. Quando Sebastian desapareceu, ele e Marin foram instruídos pelo FBI sobre o que exatamente dizer se em algum momento recebessem um pedido de resgate. E não dizer ou fazer algo que antagonizasse os sequestradores foi o primeiro ponto dessa lista. Só porque Derek disse que conseguiria o dinheiro não quer dizer que fará isso.

De qualquer modo, essa não é a preocupação imediata de Marin. Ela quer saber o que diabos a mensagem quis dizer com: *Você não quer que isso aconteça de novo.*

De novo? Será que Derek recebeu um pedido de resgate para o filho deles, e não avisou a ela, ou ao FBI? Será que esta é a mesma pessoa que levou Sebastian? Ou se trata de alguém que não tem absolutamente nada a ver com o caso, se aproveitando do trauma de Derek com relação ao sequestro do filho deles e apostando que ele pagaria para evitar outra tragédia?

Ela volta aos dias que se seguiram ao desaparecimento de Sebastian. Os celulares jamais estavam fora de vista, e estavam sempre com a bateria completamente carregada. Tudo que fizeram foi esperar a ligação, e esta ligação jamais foi feita. Só que pode ter sido feita. A formulação do pedido de resgate podia ser interpretada de dois modos bem diferentes, e já que a resposta de Derek foi imediata e decisiva, é evidente que o marido sabia como responder.

Derek sabe exatamente qual é o significado disso.

No esquema geral das coisas, duzentos e cinquenta mil dólares para eles é uma gota d'água num balde. É uma ligação, alguns números digitados em um computador, uma transferência eletrônica e um e-mail de confirmação. Mal afeta as finanças deles, e essa deve ser a razão pela qual os sequestradores pediram uma quantia tão baixa. É uma quantia acessível, que resolve o assunto e com rapidez.

Chega de ignorar as coisas. Chega de fingimentos. Chega de segredos. Chega de mentiras. Chegou a hora de resolver tudo com a única pessoa que tem todas as respostas. *O denominador comum.*

Marin está sentada na cozinha, tomando café, esperando Derek. Sua reunião terminou antes do que ele esperava, e ele conseguiu embarcar em um voo mais cedo de volta para Seattle. Há trinta minutos ele lhe enviou uma mensagem para avisar que havia aterrissado, tal como costumava fazer quando os dois eram felizes, antes que tudo isso acontecesse. Ele não tinha despachado bagagem e também não havia estacionado um carro. Simplesmente vai desembarcar e pegar um táxi direto para casa. Com o trânsito a esta hora do dia, ela talvez tenha mais trinta minutos antes que ele entre pela porta.

Ela pega o papelzinho branco que achou no chão do closet há três dias e finalmente liga para o número que está na frente.

— Sunshine — responde o despachante, quase de imediato. Uma voz masculina e precisa. — Qual o seu destino?

— Oi, usei um de seus táxis outro dia e acho que deixei a minha carteira dentro dele. — Marin fala suavemente, contando a mentira com facilidade.

— Me informe o número do recibo.

Marin recita o número de oito dígitos impresso no alto do canto direito. Ela escuta a digitação no fundo.

— Trata-se do táxi quatro-zero-dois — diz o despachante, mais para si mesmo que para ela. — Um segundo, vou verificar se houve registro de algum artigo naquela noite. — Mais digitação. — Não, nada.

— Tenho quase certeza de que ainda está no táxi — retruca Marin. — Você pode me colocar em contato com o motorista?

— O protocolo não é esse — responde o homem. — Posso ligar para ele e perguntar sobre o seu objeto perdido enquanto você espera na linha. Qual o seu primeiro nome? E como é a carteira?

— É, hã, Sadie. — Marin cospe o primeiro nome que lhe vem à mente.

— E a carteira é vermelha com, hã... fecho de ouro. — Não importa, não há carteira, e mesmo que houvesse, não é de Sadie.

— Um momento. — A linha faz um clique, e um rock suave toca durante a chamada em espera até que o despachante volta. — Senhora? O motorista não atendeu. O GPS mostra que ele está dirigindo. Posso enviar uma mensagem para ele com o seu número, e pedir que ligue quando terminar a viagem?

— Sim, por favor. — Marin segura um suspiro de frustração. Por que eles não fazem isso logo de uma vez? — Você tem uma caneta?

Ela passa seu número e desliga. Não sabe exatamente o que está buscando, mas alguém esteve em sua casa por volta das nove da noite de sábado. Ela tem um bom palpite de quem era, e se sua teoria for correta, a amante de Derek desapareceu pouco depois que entrou ali. McKenzie não estava em casa quando o rapaz com quem divide o apartamento terminou seu turno por volta das duas da madrugada, o que significa que a jovem deve ter desaparecido naquele intervalo de cinco horas.

A questão era, por que ela estava na casa deles? E o que aconteceu com ela depois disso?

A campainha toca.

Franzindo a testa, Marin termina o café e vai até a porta da frente. Espia pelo visor, soltando um gemido quando vê a imagem distorcida da pessoa de pé do outro lado. Abre lentamente a porta, o sangue desaparecendo de seu rosto, e se sente vacilar.

Vanessa Castro segura seu braço antes que ela caia.

— Não encontrei o Sebastian — diz a detetive. — Está tudo bem. Respire.

Marin se endireita, tremendo, e leva alguns segundos para se recuperar. Ligações já são ruins o bastante — o nome de Vanessa Castro no seu mostrador é sempre aterrorizante —, mas ver a detetive em pessoa, agora ela sabe, é centenas de vezes pior. Jesus Cristo, ela sente a falta dos dias quando Castro usava apenas o e-mail.

— O que você faz aqui?

— Tenho novas informações. Achei que deveríamos falar pessoalmente. Não podia esperar. — Ela olha para além de Marin. — Está sozinha?

— Por enquanto. Entre.

Marin fica de lado, enquanto Castro entra. Ela massageia o estômago, fazendo uma careta com o gosto ácido no fundo da garganta. Deve ser um superpoder estranho, provocar indigestão nas pessoas com sua mera visão. Dando uma olhada na perfeição intocada da casa e notando que Marin está descalça, a outra mulher tira os sapatos, deixando-os arrumados perto da porta.

Marin a leva até a cozinha.

— Quer beber alguma coisa? — pergunta.

O olhar de Castro pisca na direção da cafeteira.

— Ah, nossa. Sempre quis ter uma dessas no escritório, mas teria que vender um rim.

Marin consegue abrir um sorrisinho.

— Faça o que você preferir.

Alguns minutos depois, as duas se sentam nas banquetas. Castro dá um golinho em seu mochaccino, balança a cabeça em aprovação, e começa a falar.

— Logo que soube que a McKenzie Li estava desaparecida, algo começou a me incomodar — começa Castro—, mas não sei bem o quê. Sentia como se houvesse uma conexão perdida que eu não estava vendo.

— Conheço a sensação.

— Então comecei a procurar mais fundo no passado dela. Você está ciente de que ela e Sal Palermo tiveram um relacionamento sexual quando ela estava com dezessete anos?

Marin encara a outra mulher, a boca aberta. A conexão que ela não conseguia fazer antes... aí está. Ela fecha a boca, engole.

— Não, não sabia. Tem certeza?

Castro puxa seu celular. Toca na tela algumas vezes, depois o entrega a Marin. Ela mostra a foto de um Sal mais jovem com uma Kenzie muito mais nova. Estão sentados lado a lado na margem de um rio, a água correndo atrás deles, rosto colado um no outro, o sol refletido nos olhos dos dois. Uma selfie. Não da melhor qualidade; provavelmente foi tirada com um BlackBerry Curve ou qualquer outro celular popular entre os estudantes sete anos atrás. O cabelo de McKenzie era castanho-escuro, descendo em ondas sedosas até a cintura. As sobrancelhas também pareciam diferentes — eram mais finas na época, depenadas —, ela parecia uma adolescente, o que de fato era quando a foto foi tirada.

Sem dúvida é ela.

— Puta merda. — Marin encara a foto, espantada. — Eu não... não entendo.

Ela se esforça para absorver essa revelação. Sabia que Sal era um namorador em série, e continua assim desde que os dois se separaram, e que sempre sai com mulheres muito mais novas do que ele. A Ginny, do bar, era um exemplo clássico.

Mas lá no bar, naquela tarde em que ela se embebedou com amaretto sours, Marin havia mostrado a ele a foto de McKenzie, e Sal deu uma boa olhada, bem demorada, no corpo da garota. E depois riu. *Riu*. E depois se simpatizou com ela sobre o ridículo da juventude de McKenzie, o cabelo rosa, suas tatuagens, todas as coisas que faziam dela o exato oposto de Marin. Não disse uma palavra sobre conhecê-la, nem mesmo de reconhecê-la. E todo esse tempo ele a *conhecia*. Intimamente. Porque haviam sido amantes.

Marin está rodeada de mentirosos.

Castro ainda está falando, e ela se esforça para se concentrar.

— Parece que Sal e McKenzie são da mesma cidadezinha do leste de Washington chamada...

— Prosser. — A mente de Marin está turbulenta.

— Isso. Prosser. Fiz uma ligação para uma antiga vizinha dela, uma mulher chamada...

— Pearl Watts? — diz Marin. — Li o mesmo comentário no Facebook que você.

Ela quis enviar uma mensagem para a mulher, mas o Shadow havia notificado o pedido de resgate, e ela se esqueceu completamente disso. Será que a detetive sabia do pedido de resgate? Era por isso que estava ali?

— Bom trabalho de investigação. — A detetive abre um sorrisinho para ela. — Isso, Pearl Watts. Ela confirmou que morava na casa ao lado da que a família Li tinha quando McKenzie era pequena. A mãe de McKenzie trabalhava como faxineira para várias empresas locais, e muitas vezes trabalhava até tarde, aí quem cuidava da McKenzie era a avó. Uma das empresas para as quais a mãe dela fazia limpeza era a Adega Palermo.

— A loja e a sala de degustação da Vinícola Palermo. — Marin solta a respiração. — O negócio da família do Sal.

— Pearl foi muito prestativa ao me passar essa informação privilegiada sobre a McKenzie. Parece que ela sempre foi uma boa garota, mas um tanto selvagem. Ansiosa para sair de Prosser e se tornar artista. Quando começou a sair com o Sal, não se importou com o fato de ele ter mais que o dobro da idade dela, e nem ligava se alguém sabia. Foi mesmo o espetáculo da cidade. Então a Pearl me contou sobre os boatos, as coisas que ela ouvia das pessoas que conheciam a McKenzie da faculdade, que ela desenvolveu um gosto por homens mais velhos em geral. Particularmente homens mais velhos e ricos.

— Nenhuma surpresa aí.

— Então continuei investigando e consegui entrar em contato com uma antiga colega de quarto dela, de Idaho. Essa colega, Isabel, me disse que a McKenzie tinha um caso com um homem casado, quando as duas estavam no último ano, cuja esposa foi até o apartamento, bêbada e histérica, porque soube do caso dos dois. Foi uma confusão, chamaram o zelador, a esposa teve que ser escoltada para fora, e a coisa toda assustou a Isabel. Mas ela me disse que a McKenzie nem ligou para isso. Não se importou que a esposa estivesse transtornada. Segundo Isabel, McKenzie se importou mais com o fato de o relacionamento dela com Paul, o sujeito casado, pudesse terminar antes que ela recebesse um grande pagamento.

— Que pagamento?

— Pelo visto, esse era o negócio delas. A colega tinha até um termo para isso. *Namorada profissional.* Elas marcavam encontros com homens ricos, e quando os relacionamentos terminavam, pediam um "pagamento pela separação". — Castro faz o gesto de aspas com os dedos no ar.

— A colega de quarto contou tudo isso para você? — Marin fica boquiaberta.

— Isabel havia virado a página, pelo que posso dizer. Hoje está casada com um cara de classe média, da mesma faixa de idade, e os dois têm um filho. — Castro faz mais uma pausa. — McKenzie liberou Paul por cinquenta mil dólares. Sei porque o procurei, e isso foi o que ele me contou.

Marin enterra o rosto nas mãos. É demais.

— Marin... — Castro toca no seu braço, e ela volta a erguer o olhar. O tom de voz da outra mulher a está deixando inquieta. — O quanto você sabe sobre o passado do Sal?

A pergunta pega Marin desprevenida, e seu coração começa a palpitar. *Julian. Ela vai me perguntar sobre o Julian.* A palma de suas mãos está suada, e ela as coloca no colo para evitar que tremam.

— Bem, conheço o Sal desde a universidade — responde ela. — Nós namoramos por um ano. Somos melhores amigos. Gosto de pensar que ele foi sincero comigo sobre a maior parte das coisas.

Exceto McKenzie, seu cérebro sussurra, e isso é algo importante demais para ele não ter lhe contado.

Quando Castro não responde de imediato, Marin acrescenta:

— Seja lá o que estiver pensando sobre o Sal, ele não teve nada a ver com o Sebastian. Sei com certeza que ele estava em Prosser, cuidando da mãe, quando tudo aconteceu. — Ela prende a respiração.

— Sim. A investigação policial verificou que Sal realmente estava em Washington, e eu mesma confirmei isso — diz Castro, e Marin exala. — Segundo Pearl Watts, Sal vai a Prosser com muita frequência, ajudar a mãe. Mas isso acontece também com a McKenzie. A mãe dela está em uma casa de repouso em Yakima, e sempre que está na área, ela e Sal passam um tempo juntos. Ninguém se importa mais com isso, já que a McKenzie agora é adulta, mas parece que o pai de Sal também era mulherengo. O que se comenta na cidade é que...

— Filho de peixe, peixinho é — Marin termina a sentença por ela, depois fecha os olhos.

Que mentiroso filho da puta. Então não só Sal *teve* um relacionamento com McKenzie, como *ainda tem* um relacionamento com McKenzie. Que tipo de jogo doentio é esse? Será que Sal disse a ela para ir atrás de Derek? *Será que Sal armou contra seu marido para que ele a traísse?*

— Você acha que o Sal ajuda nos esquemas de extorsão da McKenzie? — pergunta Marin quando consegue falar novamente. — De seus namorados ricos? E também do Derek?

— É muito provável.

— Mas *por quê*? — A voz sai quase como um lamento, ela simplesmente não compreende. Tudo que Castro está contando a ela sobre McKenzie soa plausível, mas Sal? Ela *conhece* Sal, o conhece de verdade, e nada do que a detetive diz faz sentido. Sal é seu melhor amigo. Ele a ama. Não faria nada que pudesse feri-la, pelo menos não de propósito. — Sei que o Sal tem algumas questões escusas, mas jamais se importou com dinheiro. Ele abandonou o negócio da família e comprou um bar, pelo amor de Deus. Isso não faz sentido.

— Concordo que pode ter havido um tempo em que ele não se importava com dinheiro. — Há uma nota de cautela na voz de Castro. — Mas isso deve ter sido quando ele realmente *tinha* dinheiro. Agora não tem mais. Analisei mais a fundo as finanças dele. À primeira vista, o bar é lucrativo. Mas o vinhedo estava atolado em dívidas quando foi vendido há dez anos. Durante o tempo em que o pai de Sal o administrou, os negócios iam bem, mas, depois que ele morreu e a mãe de Sal assumiu, ela não administrava bem. Quando conseguiram vendê-lo, as dívidas eram maiores do que o valor do empreendimento. Ela teve sorte em manter a casa fora do negócio. Sal sustenta os dois. Esse tipo de dificuldade financeira pode levar uma pessoa a fazer loucuras.

E aqui estão. Está vindo. Marin pode sentir. Está no modo como a voz de Castro soa, suavizando a cada palavra. As respostas que Marin esteve procurando estão prestes a ser reveladas.

— Vanessa, me diga. Seja lá o que você tenta me dizer desde que chegou aqui, só diga logo.

— Você já sabe. — O tom de Castro é gentil. — Posso ouvir isso na sua voz.

— Você acha que o Sal pegou o Sebastian. Por um resgate.

— Acredito nisso, sim.

Marin fecha os olhos, inspirando e exalando devagar. A dor virá mais tarde. Nesse instante, ela precisa se manter focada. Presente.

— E então o que fez com ele?

— Isso, eu não sei — responde Castro. — Mas já faz quase um ano e meio.

— Ele ainda pode estar vivo.

— Talvez. — A voz da detetive é neutra. No negócio dela, neutro significa não. — Teríamos que falar com o Sal.

— E a McKenzie é parte disso? Do sequestro do Sebastian? E o dela mesma? Ela encenou o próprio pedido de resgate?

— Que pedido de resgate? — Castro coloca o café na mesa. — Marin, se você sabe de alguma coisa, esta é a hora de falar.

Com as mãos tremendo, Marin pega seu celular, que estava virado para baixo na mesa entre elas. Clica no Shadow, depois na foto de McKenzie, espancada, amarrada na cama. Passa o celular para a outra mulher.

— Pensei que você havia deletado o aplicativo.

— Reinstalei hoje mais cedo. — Marin aponta com a cabeça para o celular. — Leia isso. Achei que parecia real.

Castro amplia a foto e franze o rosto.

— Bem, pode ser. Agora tudo é possível. Derek recebeu isso hoje?

— Sim.

— Você deveria ter me enviado isso no momento em que viu. — Castro olha para Marin. Ela parece estupefata. — Por que não fez isso?

— Queria primeiro perguntar para o Derek. — Os olhos de Marin estão cheios de lágrimas. — Porque a mensagem poderia significar que ele teve um pedido de resgate antes. Eu queria saber o que o Derek sabia. — Ela engole em seco. — Ele vai chegar em casa a qualquer minuto.

— E o que *você* sabe? — Lá se vai o tom gentil. A voz de Castro é dura, e Marin pode imaginá-la no seu tempo como policial, incansavelmente interrogando suspeitos até chegar à verdade. — O que mais você sabe, Marin?

Conte para ela. Conte o que você fez. Conte a ela sobre Julian.

Mas ela não consegue se obrigar a dizer uma palavra. É uma conspiração para cometer um assassinato. Ela será presa.

— Isso é tudo, é tudo que eu sei — diz Marin. — Você vai chamar a polícia? Fazer com que prendam Sal?

— Já fiz isso. — A voz de Castro retoma o tom normal. — Estou esperando um contato da polícia de Prosser me informar que ele está sob custódia. Não há mais nada a fazer agora exceto esperar e ver o que descobrem.

— *Descobrem*? — Marin pisca, sem compreender muito bem o que a outra mulher quer dizer. — Você está falando do Sebastian?

— Marin, são dezesseis meses desde que o seu filho foi sequestrado. — replica Castro. — É tempo demais para manter alguém cativo. Não estou dizendo que tenho as respostas. Temos que esperar e ver o que o Sal diz. Mas quero que você se prepare, está bem? Agora falando com você, de mulher para mulher, de mãe para mãe. Não quero alimentar suas esperanças. Você precisa se preparar. Por isso vim até aqui. Pensei em estar aqui com você...

Marin sacode rapidamente a cabeça.

— Não. Sal não o teria machucado.

— Talvez não de propósito. Não intencionalmente. Mas o Sal cresceu em um lar abusivo.

— E é exatamente por isso que ele jamais machucaria uma criança. — Ela está sendo teimosa, porque quer que isso seja verdade. Ela precisa acreditar. — Ele não teria machucado o *meu* filho.

— Que tipo de relacionamento ele tinha com o seu filho?

— Ele... — Marin para. Pensa. Sal, na verdade, não tinha um relacionamento com Sebastian. Ele não desgostava da criança, só... não parecia muito interessado. — Os dois não tinham bem um vínculo. Mas seja lá qual for o jogo doentio que ele vem fazendo, Sal não é capaz de matar alguém.

— Não? — Castro diz. — Você tem certeza de que ele não matou o pai?

Marin abre a boca para responder, mas a fecha em seguida. Não deveria se surpreender que Castro saiba da morte inesperada do pai de Sal, mas ela tem que ser bem cuidadosa sobre como responder.

— Isso foi há muito tempo.

Castro levanta uma sobrancelha.

— Foi um acidente — Marin acrescenta às pressas. — O pai do Sal era um bêbado. Ele...

— Segundo o relatório da polícia, você estava lá naquele dia. Você chegou a ver o que aconteceu?

— Não.

Marin não havia visto nada. Quando ela foi até a sacada já era tarde demais.

Mas quase no mesmo instante ela disse a Sal que ele deveria mentir. Disse a ele exatamente o que deveria ser dito para não ser levado pela polícia, para que não fosse para a prisão. Por que ela teria dito isso se, em algum nível, bem no fundo, acreditasse que ele poderia ter matado o pai de propósito? Sal pai era um ser humano horrível, e era culpa dela os dois estarem na festa. Ela não queria que o namorado passasse o resto de seus dias atrás das grades por ter assassinado o homem que quase havia matado sua mãe, e que também poderia facilmente tê-lo matado.

— E as pessoas associadas a ele não são boas pessoas — continuou Castro. — Você alguma vez conheceu o amigo dele chamado Julian Black?

Marin congela.

— Os dois foram companheiros de cela por um tempo, vinte anos atrás, quando o Sal estava em cana por ter vendido drogas. Quando fiz a investigação de antecedentes de todas as pessoas próximas a você e Derek, o nome de Julian não apareceu de imediato. Admito que não fui a fundo ao examinar a vida de Sal naquele momento, porque já o havia eliminado como suspeito. Mas quando descobri a conexão entre McKenzie e Sal, investiguei a fundo as pessoas reconhecidamente ligadas a Sal. Julian Black parece ter uma carreira criminosa bem extensa. Você não se lembra de tê-lo conhecido em algum momento? Sal nunca o apresentou a você?

Por que Castro está perguntando isso? É porque já sabe a resposta e tenta pegar Marin em uma mentira?

— Eu me encontrei com ele. — Marin engole em seco. Uma meia-verdade é melhor que nada. — Sal arranjou o encontro. Ele disse que Julian estava solicitando doações para caridade, um abrigo para mulheres vítimas de abusos. Pensando agora, o cara parecia um pouco suspeito, mas a caridade é autêntica, e é uma para as quais eu já havia feito doações antes. Não parecia certo dizer não, então fiz a doação.

Por um instante, Castro não diz nada. Seu silêncio é ensurdecedor. Ela deve saber que há nisso mais do que Marin disse. Não há como os sentidos de aranha da investigadora não estarem vibrando.

— Julian Black é conhecido em certos círculos subterrâneos como um solucionador de problemas — Castro fala com calma, sem tirar os olhos do rosto de Martin. — Ele lava dinheiro. Corrompe. Faz chantagens. Se Sal quisesse sequestrar o seu filho, eu não descartaria a possibilidade de Julian ter planejado tudo. Diabos, ele poderia até ser o tal homem fantasiado de Papai Noel. — Ela se inclina um pouco para a frente. — Minhas fontes informaram que, para ele, assassinato por encomenda não é algo fora de questão. Mas o boato que circula é que ele é muito caro.

Ah, meu Deus. A qualquer segundo agora, Castro lhe dirá que sabe que Marin pagou a Julian para assassinar McKenzie. O fato de Marin ter tentado anular o trato não significa nada. Tudo foi planejado. O serviço foi pago. Ela não é nenhuma especialista em leis, mas isso deve resultar em uma sentença de prisão.

Tudo está prestes a ser revelado. Tudo que ela fez, tudo que Derek fez, tudo que Sal fez. Todos os segredos. Todas as mentiras. Marin não é melhor que nenhum deles.

E Vanessa Castro sabe disso. A julgar pelo olhar, ela sabe exatamente o que Marin fez.

— Você vai me prender? — deixa escapar Marin. Ela sente alguma coisa irritando seu rosto. Passa a mão e percebe que é uma lágrima.

— Claro que não — responde Castro. — Por um lado, não sou mais policial. Há uma razão para eu ter deixado essa vida para trás. E no que diz respeito ao seu encontro com o Julian...

As duas mulheres se olham fixamente. Marin nem ousa desviar o olhar.

— Então talvez você tenha feito uma ... *doação*. — Mais uma vez, faz o gesto de aspas no ar. — Não estou julgando você sobre qualquer coisa que pensou em fazer naquele momento. Não foi para isso que me contratou. Você perdeu o seu filho, Marin. Isso leva qualquer mãe a um lugar sombrio. Seja lá no que McKenzie se envolveu, ela deve isso a seu relacionamento com Sal, não com você.

Marin abafa um soluço, sentindo o alívio percorrer todo seu corpo. Tudo que ela vê agora no rosto da outra mulher é compaixão.

— Você acha que McKenzie estava envolvida no sequestro do Sebastian? — pergunta ela.

— É possível — cogita Castro. — Mas esse seria um nível absurdo de manipulação e psicopatia da parte dela, raptar o filho de um homem e meses depois começar um caso com ele. Mas, sinceramente, quem sabe? Se ela está envolvida com Sal desde que era adolescente, e Sal conhecia Julian fazia anos, é possível que os três estivessem juntos e estivessem planejando isso há muito tempo. — Ela pensa por um momento. — Mas o meu palpite é que Sal é o cérebro. Acho que ele usou McKenzie para chegar até Derek, e acho que Julian faz o trabalho sujo para ele.

Uma lembrança surge de repente, e Marin se endireita na banqueta.

— Eu estava falando com o Sal pelo telefone naquele dia, lembra? No mercado. Ele me ligou de Prosser. Eu não podia falar com ele por mais de dez segundos, porque o Sebastian ficava puxando a minha manga e pedindo o pirulito... Ai, meu Deus. Ele provavelmente me ligou para confirmar a minha localização exata. Pode ter escutado o Sebastian ao fundo.

— E Julian já estaria por ali, em algum lugar do mercado, talvez já usando a fantasia de Papai Noel. — A expressão de Castro é sombria. — Foi assim que eles souberam que era o momento. Sal deve ter dito a ele o instante exato para fazer isso.

— Como pude não perceber que foi o Sal? — A angústia e a culpa são enormes, o peito de Marin parece esmagado.

— Como você *poderia* saber? — Castro balança a cabeça. — Você conhece Sal há mais tempo que o seu marido. Ele seria a pessoa mais distante do seu radar.

— Eles vão prender o Julian também?

— Sim, se conseguirem encontrá-lo, o que é improvável, com Sal sob custódia. Mas mesmo se o pegarem, Julian não dirá nada.

Marin não pode manter o segredo por mais tempo. Isso a está despedaçando.

— Vanessa, eu tentei... eu tentei contratar Julian para... — Ela se engasga com as palavras, e a outra mulher se inclina e pega suas mãos.

— Ele nunca faria isso, Marin — diz Castro. — Você não entende? Sal está envolvido com McKenzie, e só fez você *pensar* que estava contratando o Julian. Eles queriam o seu dinheiro. Foi uma armação.

— Ainda assim foi um erro.

— Talvez sim. Talvez tenha perdido a cabeça, e seu bom senso foi para o espaço. Mas eu estou do seu lado — diz Castro. — Ainda não percebeu isso? Estive desde o começo. E posso dizer, com absoluta certeza, considerando tudo pelo que você passou, que você vai conseguir um passe livre nesse caso.

Os soluços sobem do peito de Marin e, pela primeira vez desde que se conheceram, ela chora livremente diante da mulher, até que o ruído da garagem se abrindo sobressalta as duas.

Derek está em casa.

29

O ROSTO DE MCKENZIE ESTÁ DOLORIDO pra cacete onde Julian a espancou. Seu olho e seu queixo parecem pulsar com vida própria, e dói quando ela faz qualquer expressão facial. Ela olha o espelho, passando os dedos pelo inchaço, e faz uma careta quando chega em um ponto particularmente sensível.

Em algum momento, tudo ficou completamente fodido.

Ela jamais gostou da casa de fazenda de J.R. Já era velha e desgastada quando a viu pela primeira vez, há anos, e está bem pior agora. Ela odeia o cheiro de musgo e mofo. Odeia a decoração antiquada, principalmente o papel de parede dos anos oitenta e o estofado floral. No antigo quarto de J.R., o colchão está tão desgastado que ela pode sentir cada mola pressionando suas costas. J.R. disse que a casa era adorável, mas isso com certeza foi muito antes de Kenzie nascer.

O terreno em volta não está muito melhor. O vinhedo de pouco mais de um hectare, do qual a mãe de J.R. ainda é a proprietária, está seco e inútil. O balanço da árvore dos fundos está começando a apodrecer. Até mesmo a adega com temperatura controlada, abaixo da antiga sala de degustação com uma coleção de vinhos ultrafinos, tanto do vinhedo da família como de todo o mundo, está quase vazia. Antes a adega era um lugar legal para fazer sexo. Agora é só deprimente.

Para piorar, Lorna jamais gostou dela. A mãe de J.R. acha que ela é uma vagabunda, pronta para levar seu filho para uma vida corrupta, o que é hilário e prova que a mãe não sabe coisa alguma sobre o homem que ele se tornou. Para ser justa, Kenzie também não gosta de Lorna, mas pelo menos a mulher tem sido hospitaleira. J.R. disse à mãe que Kenzie estava escondida de um namorado abusivo, o que suavizou um pouco a hostilidade de Lorna para com ela. Até mesmo deu uma bolsa de gelo para Kenzie e fez uma sopa para ela.

— Você não vai conseguir mastigar por algum tempo — disse Lorna. — Sopa é mais fácil.

Pelo que J.R. lhe contou, sua mãe sabe disso muito bem.

— Ainda está doendo? — uma voz pergunta da cama atrás dela.

Ela não percebeu que ele estava acordado. J.R. caiu no sono depois que fizeram sexo, mas agora está sentado, os lençóis da cama colocados de lado para expor seu torso nu. Ele pega um baseado meio fumado do cinzeiro e o reacende. Kenzie odeia quando ele fuma demais. A maconha o deixa paranoico.

— Está um pouco melhor, mas o babaca não precisava me bater tão forte. — Ela está consciente de que soa mal-humorada e infantil, mas tem esse direito. Ainda está com raiva.

— Você quer ser paga, não quer? — J.R. já perdeu o interesse na conversa. Ele desliza pelo conteúdo do seu celular, o baseado perigosamente pendurado no canto da boca. — A foto tinha que parecer realista.

— Sim, mas não precisava tanto. — Ela afasta o olhar do espelho para encará-lo, e percebe que franzir o rosto machuca, então o relaxa. — Quando você disse que encontraria outro modo de fechar o negócio, não pensei que fosse assim.

— Ei — diz ele, olhando algo na tela. — Venha cá.

Ele faz um sinal com o dedo, movendo-o para que ela se aproximasse. Kenzie se senta na cama, as molas balançando com seu peso, e ele vira o celular na direção dela. O Facebook de Tyler está aberto na tela.

— Desde quando você tem Facebook? — questiona ela.

Em vez de responder, J.R. aponta para a atualização de status de Tyler. Seu colega de apartamento postou alguma coisa sobre ela, e o post é popular, com mais de mil curtidas e mais de trezentos comentários.

— *Merda* — diz ela, lendo o post. — Ty acha que eu desapareci. E fez um registro da ocorrência.

— Você deveria ter mandado uma mensagem para ele e avisado que estava bem — J.R. diz.

— Esqueci totalmente. Eu até poderia ter lembrado quando cheguei aqui, mas ontem estava com muita dor. E Julian desligou o meu celular depois de mandar a mensagem para o Derek, para que não pudesse ser rastreado.

— Puta merda, será que eu tenho que pensar em tudo? — J.R. fica remoendo tudo aquilo por um instante, depois pega o celular dela, que está na mesinha de cabeceira, e o liga. — Poste alguma coisa no Instagram. Não do seu rosto. E nada que identifique onde você está.

Ela revira os olhos. É impressionante como ele pensa que ela é uma idiota.

— Só alguma coisa para que todo mundo saiba que você não está morta — acrescenta J.R. — E depois manda uma mensagem para a porra do seu amigo. Diga para ele que está viva e que quer que deixem você em paz.

Ela suspira e caminha até a janela. Ajusta o ângulo da câmera do celular para cima e tira uma foto de sua mão fazendo o sinal de paz contra o céu azul e as nuvens. Envia a foto para o Instagram, seleciona um filtro e coloca uma legenda. *Me sentindo em paz.* Coloca as hashtags #desligada e #umtempoparamim. Antes de postar, mostra para J.R.

Ele acena com a cabeça, aprovando, e ela aperta o botão de compartilhar.

Depois manda uma mensagem para Tyler. *Vi o seu post no FB. Desculpe por deixar você preocupado! Estou ótima, só precisava de um tempo para mim mesma. Logo estarei em casa. Cuida do Buford.*

Tyler leva menos de um minuto para responder. *Está falando sério??? PQP vc é mesmo uma puta, vadia. E eu estava preocupado com você. Pode procurar outro lugar para morar quando voltar. Babaca.*

Cinco segundos depois, uma mensagem final. *Porra, vc tem sorte que eu amo seu gato.*

— Bem, está feito — diz Kenzie, a voz mordaz. — Tyler está me chutando para fora de casa, o que significa que oficialmente queimei todas as conexões que tenho, graças a você. — Ela desliga o celular e resiste à vontade de jogá-lo bem na cara de J.R. — Você sabe que nada disso era necessário, não é?

— Relaxe. Você vai encontrar outra pessoa com quem possa dividir um apartamento. Vai ficar bem. — Ele não poderia soar mais despreocupado nem se quisesse. — Ah, que bom. Tyler acabou de postar outra atualização. Epa. Acho que vocês não vão mais ser amigos no Facebook. Quer ler?

Kenzie o encara. Ela aceita que ama J.R. e sempre amará — algumas pessoas descobrem um modo de entrar e jamais sair. Mas há momentos, como nesse instante, em que ela não consegue lembrar qual a *razão* de amá-lo.

— Você sabe que isto aqui não precisava mesmo acontecer, né? Eu poderia ter conseguido o dinheiro do Derek de outra maneira.

— Quantas vezes tenho que dizer? Derek não ia pagar nada a você. Não precisava. Ele já estava perdendo o interesse. E a Marin sabia sobre você, e ainda assim o perdoou, como faz a porra de todas as vezes. — J.R. larga o celular e cruza os braços sobre o peito. — Muito bem. Diga para mim. Qual seria o seu plano?

— Simples — responde ela. — Iria esperar até ele me oferecer o dinheiro.

— *Oferecer...?* Está brincando, né?

— Derek e eu ficamos juntos por seis meses. Eu já havia sacado a dele. Ele já tinha me dado cinco mil na semana passada por se sentir culpado por terminar comigo. Eu poderia conseguir cinquenta, talvez até cem mil dele se jogasse a carta da triste/eu te amo/por favor, não me deixe. Ele ia engolir essa merda. O sujeito tem um complexo de culpa enorme, gostava de cuidar de mim. O fato de ele estar de volta com a Marin criaria o momento perfeito para que ele me pagasse para cair fora.

Derek e Marin. O fato de saber que Derek voltou para a mulher não deveria fazê-la sofrer, mas faz. Ela agarra a garrafa de água em cima do armário e engole a mágoa.

— Sim, sim, mas agora são duzentos e cinquenta — retruca J.R. — Cem para você, cem para mim e cinquenta para o Julian.

— Não sabia que a gente era uma equipe — afirma ela. — Seria bom receber um aviso antes.

— Pare de agir como uma cadela.

— Sim, bem, *seu* cachorro espancou a minha cara. — Kenzie afaga o queixo, com cuidado para não pressionar muito.

— Pare de choramingar. Você desmaiou logo com o primeiro soco. Nem sentiu o segundo — diz J.R.

— Que bom que esse detalhe faz tudo ficar bem — retruca ela com sarcasmo. — E você está supondo que o Derek vai pagar.

— Vai pagar, sim. — Aquele olhar sombrio voltou ao rosto de J.R. — Ah, se vai.

— Isso não vale a pena. Pode até levar você à prisão. Isso é extorsão.

Ele solta uma risada.

— E o que você fez com o Paul, o Sam e o outro cara... como era mesmo a porra do nome dele...

— Erik.

— Erik. Você não acha que também foi extorsão?

— Não, porque eles *ofereceram*. Essa é a beleza da coisa. É uma simples transação comercial, e ninguém se machuca, ninguém recebe pedido de resgate, e com certeza ninguém é espancado. Você fez tudo isso por nada.

Ele lança um olhar severo para ela.

— Nunca é por nada.

— Derek tinha sentimentos em relação a mim. Sei que tinha. Eu o tinha na palma da mão, até que ele reatou com a Marin...

Ele se inclina e coloca a mão bem sobre o hematoma no queixo dela. Kenzie recua por reflexo, mas ele repete a ação, apertando mais, forçando-a a olhar para ele. Ela tenta não se mover, sabendo que se tentasse escapar, ele a machucaria mais.

— Pare com isso. — Ela arqueja. A dor pungente a leva às lágrimas. — Está me machucando.

— Você jamais o teve na palma da mão — diz J.R., e ela grita quando ele aperta mais uma vez sua mandíbula antes de soltá-la. — Ele jamais a deixará. E jamais seria seu.

Ela desliza para fora da cama antes que ele a agarre novamente. Pode escapar para o banheiro; pode ser que, com sorte, quando ela sair, ele esteja com o humor melhor. Um pensamento lhe ocorre enquanto pega a toalha atrás da porta do quarto.

— Ei. Como você sabe que a Marin sempre aceita o Derek de volta?

Ele está olhando novamente para o celular.

— De que porra você está falando?

— Você acabou de dizer que ela o aceita de volta todas as vezes. Como sabe disso?

Ele não responde.

— J.R. — Kenzie fala mais alto para que ele saiba que ela espera uma resposta, mas não tão alto que ele pense que ela está gritando com ele. — Sério. Como sabe disso?

Ele levanta a cabeça e suspira.

— Lembra que uma vez eu contei a você sobre a minha namorada na universidade? E como ainda somos amigos?

— Sim — responde ela, irritada pela súbita mudança de assunto. — Sim, contou que ela dispensou você por... — Ela para, arregalando os olhos. — Essa era a *Marin*?

— Pelo amor de Deus, se liga. — E fita novamente o celular.

Se fosse qualquer outra pessoa, Kenzie atravessaria o quarto e arrancaria a porra do celular da mão dele para que prestasse atenção na conversa.

— Como você não me contou isso? Você já sabia quem ele era quando falei sobre ele? Você... — Ela faz uma pausa. — Você armou isso tudo?

— Quando você disse que o nome dele era Derek, e que tinha um Maserati preto-metálico, eu soube. Não há muitos babacas em Seattle chamados Derek que dirigem um Maserati preto. Já fazia um mês que você estava com ele, como é que eu poderia ter armado isso? — J.R. sacode a cabeça com desgosto. — Use a cabeça, M.K.

— Ainda assim, você mentiu para mim — rebate ela, sem acreditar no que está escutando. Ela falava sobre Derek havia meses e meses, e nem uma palavra de J.R. de que seu namorado casado é o marido da ex-namorada que destroçou seu coração. Até Lorna havia dito que gostaria de que seu filho tivesse se casado com a namorada da universidade. Isso explica por que J.R. sempre foi tão interessado no relacionamento dela com Derek. Isso explica também por que se afastou. Ele queria que ela *ficasse* com Derek.

Para que ele pudesse ficar com Marin.

— Eu não menti — afirma J.R. — Só omiti. Mas agora você sabe.

— Então, na verdade, nada disso tem a ver com o dinheiro para você, né? — Kenzie sente um arrepio atravessar por ela. — Isso é pessoal. Algum tipo de jogo doentio para fazer os dois terminarem, é isso? Para quê, puni-la por ousar deixar você pelo cara com quem ela se casou e com quem teve um filho? — Outro pensamento lhe ocorre, e as palavras seguintes saem de sua boca antes que ela consiga parar. — *Puta merda, J.R., você pegou o filho deles?*

Ele se levanta da cama tão rápido que ela nem tem tempo de reagir. Ele a empurra, fazendo sua cabeça se chocar com força contra a parede. A mão dele está de volta ao seu queixo, apertando duas vezes mais forte do que antes, e seus olhos sombrios estão fixos nos dela. Kenzie não consegue se mexer. Não pode olhar para o lado. Só pode fechar os olhos, sentindo o hálito quente dele sobre seu rosto machucado.

— Se você alguma vez falar qualquer coisa sobre o garoto de novo — esbraveja ele —, juro que mato você. Está entendendo, McKenzie?

Ele jamais a chama pelo primeiro nome.

Kenzie acenaria se pudesse mover a cabeça, mas só consegue choramingar, mostrando que ela entende.

30

MARIN NÃO TEM A MENOR ideia de como iniciar essa conversa.

Ela não consegue decidir por onde começar. Há tantas coisas que os dois não disseram um para o outro nos últimos quatrocentos e noventa e quatro dias que simplesmente não parece correto apenas mencionar os fatos do nada. Mas é Derek quem fala primeiro.

— Havia alguém aqui? — Ele coloca a bolsa com seu laptop na ilha da cozinha e olha ao redor. — Vi um carro estacionado ao lado do meio-fio.

Ela pediu que Castro fosse embora antes que Derek entrasse, e a detetive saiu da casa pela porta da frente, por onde havia entrado. Derek entrou pela garagem. Os dois não se encontraram.

— Sim, havia.

Ele espera. Ela sustenta o olhar dele, desafiando que ele lhe peça para revelar mais detalhes. Então ela nota as suas profundas olheiras, seu rosto encovado, sua pele pálida. Já está assim há algum tempo? Ou só hoje?

— Você vai me dizer quem era?

— Era a detetive particular que eu contratei há um ano para achar o nosso filho.

Ele fica chocado.

— A mesma — continua Marin, calmamente — que me contou sobre o seu caso com McKenzie Li. Seis meses, Derek. Nossa.

Ele abre a boca para falar, mas a fecha em seguida. Parece não saber o que dizer, e ela só pode imaginar a torrente de emoções competindo pelo domínio dentro da cabeça dele enquanto decide o que deve dizer. Será que negará ou confirmará que é verdade? Se reconhecer que é verdade, vai contar a história toda, ou apenas parte dela? Se ele negar, como vai explicar?

É interessante observar um mentiroso quando se sabe que ele está mentindo. Os pequenos tremores faciais, o contato visual errático, as minúsculas vibrações de várias partes do corpo. Coisas que não seriam notadas caso não soubéssemos que estava mentindo. Detalhes que jamais pensaríamos em procurar, se confiássemos no enganador, por considerarmos que tudo o que fala é verdade. Supõe-se que alguém que ama não mente para o ser amado.

Marin e Derek estão de pé em lados opostos da grande ilha de granito, a um metro e meio de distância. Bem que poderiam ser três quilômetros. Um minuto inteiro transcorre e ele ainda não falou nada.

Finalmente, Derek sussurra:

— Me perdoe. — Sua voz está rouca, e ele abaixa a cabeça, apoiando as duas mãos na ilha. — Ela não significava nada para mim... Eu não a amo.

Marin pega o celular e toca no botão do Shadow. Ela o desliza pelo granito frio, de modo que Derek possa ver o rosto espancado de McKenzie exibido na tela. Ele quase desaba.

— E aí? — pergunta Marin. — Você vai pagar?

— Ah, meu Deus. — ele se engasga. — Ah, meu Deus, jamais quis que você soubesse, Marin, me desculpe. Por favor, me perdoe.

Ela o ignora, insensível diante de sua dor óbvia.

— Eles querem duzentos e cinquenta mil. Sei que temos esse dinheiro, então não é essa a questão. O que você vai fazer? Pagar? Ou você acha que a foto é forjada, e ela está te extorquindo, assim como fez com os outros namorados ricos? Ouvi dizer que o último deu cinquenta mil para ela. No seu caso, ela claramente aumentou a aposta.

Ele volta a encarar a foto, depois olha para Marin, sem entender.

— Do que você está falando? Que outros namorados?

— Ah — diz Marin e sorri pela primeira vez no dia. Mas não é um sorriso gentil. É perverso, exatamente como se sente agora. — Você não sabia. Permita-me o prazer de contar a você. Sua gatinha é uma profissional. Ela namora homens ricos e casados e exige pagamento quando eles tentam terminar. Ora, você realmente achou que ela te amava?

Derek não responde, o que provavelmente é o melhor a fazer.

— Mas os machucados, toda essa coisa de aparecer amarrada, o pedido de resgate, tudo isso é novo — continua Marin. — Então, o que você acha? É verdade ou encenação?

Seu marido está pálido e com um aspecto doentio que ela nunca viu.

— Eu disse a eles que pagaria. Estou com o dinheiro. Está em uma bolsa lá no carro. Estou esperando uma mensagem.

— É a mesma coisa que você fez quando eles procuraram você sobre o Sebastian?

Ele fica paralisado. E é nesse instante que ela tem a confirmação.

— *Seu maldito filho da puta! Como você não me contou?!* — A voz de Marin troveja pela enorme cozinha, ecoando nos armários.

Ao som da voz dela, Derek, com seu metro e noventa e três, se encolhe e parece uma pessoa ainda menor que ela.

— Me desculpe! — Ele chora, soluços sacudindo todo o seu corpo. — Me desculpe. Me perdoe. Eu sinto muito, muito.

Foi um mês depois do dia em que Sebastian foi levado. Exatamente um mês; trinta e um dias do pesadelo interminável em que mal podiam acreditar que a vida deles havia se transformado.

A investigação do desaparecimento de Sebastian — apesar da foto e do vídeo do mercado estarem no noticiário nacional — tinha parado. Não havia pistas, nem pedidos de resgate, nenhuma testemunha tinha se apresentado de repente e se lembrado de algum detalhe esquecido um mês antes, quando ele desapareceu. Quando Derek ligou para o FBI e exigiu saber o que mais poderia ser feito, o agente designado lhe disse que embora o caso de Sebastian sempre seria considerado "aberto e em andamento", eles tinham que redirecionar os recursos disponíveis para as centenas de casos de crianças desaparecidas que ocorriam todas as semanas por todo o país.

Isso fez Marin desmoronar. Ela já estava em uma situação terrível, sua mente cheia com os horrores de pedófilos e tráfico sexual e seja lá com que mais sua imaginação a torturava. Mas depois que Derek ligou e contou o que o FBI havia lhe dito, ela chegou ao fundo do poço.

Foi Derek quem a encontrou. Ao voltar para casa depois de uma reunião urgente no escritório, uma reunião que apenas ele e mais ninguém seria capaz de conduzir, lá estava sua esposa, na banheira, inconsciente. Ele havia saído por apenas três horas. Ligou para a emergência e fez massagem cardíaca e respiração boca a boca até a chegada dos paramédicos. Eles conseguiram ressuscitá-la e mantê-la consciente até que recebesse os cuidados adequados no hospital.

— Você quase morreu — diz Derek. Seu tom é monótono, mas lágrimas escorrem sem parar por seu rosto. — Pensei que estivesse morta quando abri a porta do banheiro e a vi.

Marin não diz nada. Ela já pediu desculpas centenas de vezes por tê-lo assustado, e a Sal, Sadie e todos os demais em sua vida e que se importavam com ela. Já não consegue mais pedir desculpas.

— Quando recebeu alta da ala psiquiátrica depois de cinco dias internada, eu fiquei com medo de deixar você sozinha. Cerca de uma semana depois disso, recebi um e-mail de um endereço que não reconheci. Não havia nada na linha de assunto. Quando cliquei no e-mail, havia uma foto do Sebastian. Ele parecia bem, assustado, mas bem. Segurava uma cópia do *New York Times* com a data aparecendo. A foto foi tirada *naquele mesmo* dia. O e-mail me avisava que eu não deveria chamar a polícia; dizia que se eu fizesse isso, jamais veria o meu filho de novo. Disseram que alguém ligaria para mim em exatos trinta minutos. Se eu não atendesse, ou se pensassem que a chamada estava sendo monitorada, eles o matariam.

Marin fecha os olhos. É a coisa mais dolorosa que já ouviu, e sua mente não pode evitar que ela conjure cem maneiras diferentes de como isso poderia ter sido conduzido.

— Eu deveria ter ligado para o FBI. Mas simplesmente... não conseguia. Eu estava com muita raiva. A investigação estava toda parada, e eu sentia que todos haviam nos abandonado. E você tinha acabado... — Ele sacode a cabeça. — Não liguei para eles. Tudo o que conseguia pensar era que fazia cinco semanas que eu não via o meu garoto. *Cinco semanas*. E se trinta minutos depois uma ligação telefônica pudesse me dizer se ele estava bem ou não, eu queria saber. Eu precisava saber.

Sim. Ela compreende. Mas não quer dar a Derek a satisfação de validar seus sentimentos, então não diz nada.

— Fui para a garagem e me sentei dentro do carro. O celular tocou exatamente na hora que disseram. Quando atendi, era o Bash.

— O quê? — Os joelhos de Marin cedem, e é a vez de ela agarrar a borda da ilha para evitar se afundar no chão. — Você *falou* com ele?

Derek confirma, seu rosto é uma máscara de angústia e dor.

— Ele disse: "Oi, papai, é o Bash. Sinto saudade de você e da mamãe. Quando vocês vêm me pegar?".

— Meu Deus. — Marin não consegue respirar. — Meu Deus.

— Eu respondi: "Logo, meu pequeno. Logo". E perguntei se ele estava bem, e ele respondeu: "Estou bem. Aqui tem TV, e muita pizza, e lanches". E depois perguntou de novo quando eu chegaria.

Marin chora tanto que não consegue falar.

— Então alguém pegou o celular. Um homem. Não reconheci a voz. Ele disse: "Se você quiser o seu filho, nós queremos aquele um milhão hoje à noite. Vamos mandar uma mensagem com o número da conta".

Marin olha para ele.

— Nós tínhamos acabado de aumentar o valor da recompensa para um milhão.

— Sim, tínhamos. E eu disse para ele que podia conseguir, mas que precisava de pelo menos de três dias. O dinheiro estava vinculado à recompensa e sendo monitorado, e eu não tinha a menor ideia de como mexer nisso sem alertar o FBI. Mas disse que tinha duzentos e cinquenta mil acessíveis de imediato, na minha conta pessoal, e que podia pegar esse dinheiro em uma questão de horas. Para minha surpresa, ele concordou.

— E por que você não ligou então para o FBI?

— Você teria feito isso? — Não é uma pergunta retórica. Ele realmente quer saber o que ela teria feito e parece apavorado com o que ela dirá.

Ela pensa na resposta.

— Não. — Logo depois de dizer a palavra, ela já sabe que é verdade. — Não, não teria. Não naquele momento, não depois de cinco semanas. Não se achasse que podia recuperar o meu filho.

Derek solta a respiração.

— Consegui reunir o dinheiro. Coloquei tudo em uma sacola e esperei. Finalmente chegou outro e-mail. Com um endereço. Uma casa em North Bend. Eles diziam que o Sebastian estaria esperando lá dentro, sozinho. Eu deveria entrar, deixar o dinheiro, pegá-lo e ir embora. Alguém estaria vigiando. Se eles vissem qualquer coisa errada, explodiriam a casa com nós dois dentro.

— Jesus Cristo, Derek.

— Fui até a casa. Havia uma placa de "Vende-se" na frente, e lá dentro estava tudo vazio, com poucas mobílias, apenas um sofá, uma TV e uma cama no quarto dos fundos. Mas havia um brinquedo no chão. Uma coisinha de plástico, do tipo que você ganha de brinde em um lanche. Um Pokémon. Não sei qual, aquele amarelo. Estava lá, como se dissesse: *Alguém esteve aqui. Uma criança esteve aqui.*

"Me sentei no sofá. Por volta da meia-noite o celular tocou. Ele disse para eu deixar o dinheiro e ir embora. Perguntei onde estava o meu filho, por que não o haviam trazido. Então ouvi o Bash chorando no fundo. Comecei a gritar, e ele gritou de volta, e então a ligação foi interrompida. Um minuto mais tarde, recebi um e-mail dizendo..."

— O quê? O que estava escrito?

— Dizia: "Tarde demais. Você fodeu tudo. Ele está morto".

Marin tampa a boca com as mãos, abafando um grito.

— Não sei o que eu fiz de errado, Marin, fiz tudo o que pediram, tinha o dinheiro, estava no lugar certo. Não entendo por que eles... por que eles...
— Ele não consegue terminar.
Ai, Deus, ai, Deus, ai, Deus...
— Não — diz ela. A palavra sai como um uivo. *Nãooooooo*. — Não, Deus, por favor, não.
— Tentei ligar de volta, mas o número tocava, e tocava, e tocava. Uma hora depois estava desconectado. Enviei e-mails para o endereço eletrônico, e todos foram devolvidos.

Derek está ofegante, em busca de ar, tremendo violentamente, e tudo que Marin pode fazer é olhá-lo, horrorizada. Metade dela quer confortá-lo e lhe dizer que ela poderia ter feito exatamente a mesma coisa; a outra metade quer colocar suas mãos em volta de sua garganta e apertar, e continuar apertando até que seu pomo de adão arrebentasse, até que ele perdesse sua última molécula de ar.

— Eu não sei o que fiz de errado, mas eu o matei, Marin — continua Derek, a voz estrangulada, como se os dedos dela realmente pressionassem seu pescoço. — Eu matei o nosso filhinho. E não consegui te dizer. Não consegui te dizer, porque sabia que se você descobrisse, eu estaria também matando você.

Ele volta a soluçar e está incapaz de ficar de pé, Marin o alcança.

Eles se agarram um ao outro, na ilha de granito feita sob medida, na cozinha projetada da casa de seus sonhos em sua vida perfeita, e choram.

— Há algo que preciso te contar — diz Marin, dez minutos depois, quando os soluços se acalmam, como acaba acontecendo em algum ponto, porque não se pode soluçar assim para sempre. É fisicamente impossível. Em algum momento, começamos a ficar dormentes. É como o corpo lida com isso.

Derek parece melhor do que ela, mas ele teve dezesseis meses menos cinco semanas para ficar de luto pelo filho deles; não é uma informação nova para ele como é para ela. Mais tarde — ela não sabe quando, porém, mais tarde —, ela vai pensar no próximo passo. Seu passo final. Mas, agora, há coisas que precisam ser ditas.

— O que é? — O corpo inteiro de Derek está flácido. É estranho ver. O físico de seu marido sempre foi uma parte enorme do que ele é. Sua altura, suas passadas largas, sua presença quando entra em uma sala, ele está sempre no comando, sempre cuidando de tudo.

— Foi o Sal que o raptou. Fez isso por dinheiro.

Ela conta tudo que Castro lhe informou, evitando mencionar qualquer coisa específica sobre Julian. Refere-se a ele apenas como "solucionador de problemas". Ela está bastante envergonhada do que fez com Julian e não aguenta contar sobre isso a Derek, não agora, e provavelmente nunca.

— Mas penso que o Sal fez isso também para nos ferir. Porque sabia que a gente ia se despedaçar. Como não se despedaçar quando algo assim acontece? Tenho certeza de que ele pensou que a gente ia se separar. Na verdade, acho que ele tentou fazer isso antes.

Derek está em silêncio, mas ela sente a raiva emanando dele em ondas. Tal como a dela.

— A primeira vez que você me traiu, foi ele quem me disse que viu você. — É uma loucura como isso agora é evidente para Marin, o que nunca lhe ocorreu na época. — Ele disse que estava sentado perto da janela em um restaurante quando você e a vendedora da Nordstrom passaram por lá. Não acreditei, e ele ficou com tanta raiva de mim, me acusando de ser deliberadamente ingênua. Mas então ela ligou, lembra? Deixou sem querer uma mensagem no meu celular. Eu não tinha outra escolha além de confrontar você. Pensando nisso agora, tenho certeza de que ele orquestrou para que eu descobrisse de algum modo. Queria criar problemas para você.

— Meu Deus.

— Mas nós continuamos juntos. Na época eu estava grávida, e o Sal não sabia. Semanas depois, quando contei para ele sobre o bebê, ele me pareceu... derrotado. Como se tivesse perdido uma partida que eu não fazia a menor ideia de que estávamos jogando.

— Vou matá-lo. — A voz de Derek é baixa, mas não há como esconder a fúria. — Vou arrancar a porra do coração dele.

Seu celular notifica. É Castro, com uma mensagem. *Tudo bem?*

A detetive já deveria saber que essa não é hora de perguntar se ela está bem. As coisas não estão bem há muito tempo. Marin não responde, mas sente uma onda de pesar subindo por dentro dela, sobrepujando o entorpecimento. Ela sente a si mesma balançando na beira do precipício, bem naquela linha tênue e aguda entre a sanidade e o abismo. Se não agir agora, vai perder a si mesma para sempre.

Ela não está bem. Não está nada bem.

Um último esforço para se manter firme e terminar tudo isso, antes de se libertar.

— Vou para Prosser — diz ela a Derek, se recompondo. — Preciso vê-lo. Onde quer que ele esteja, está em algum lugar daquela fazenda. Eu sei disso. Sinto isso.

— Marin, por favor. — Derek está horrorizado. — Não se obrigue a passar por isso. Já se passou muito tempo, e não sabemos o que o Sal...

— *Eu preciso. Ver. Meu filho.* — Ela não está gritando. Ao contrário, sua voz é baixa. Controlada. E fervente. Isso o assusta; e ela pode ver isso nos olhos dele. — Você pode vir ou pode ficar aqui, não dou a mínima. De qualquer maneira, nós terminamos.

Os dois sabem que ela não se refere à conversa.

Ela pega a bolsa, passa por ele e, no vestíbulo da garagem, agarra seu casaco, sapatos, chaves. Quando abre a porta da garagem pelo lado de dentro, ela fica surpresa ao ver o carro de Castro estacionado na entrada, no meio do caminho, impossibilitando que qualquer um dos carros saia da garagem. Marin caminha até lá e bate na janela. Castro abre sua janela.

— Vai para algum lugar? — a mulher pergunta.

— Prosser. Preciso que você mova o seu carro, Vanessa. Por favor.

— Entrem, vocês dois — Castro diz, seu olhar por cima do ombro de Marin. Marin se vira e vê Derek logo atrás dela. — Eu dirijo.

31

ELES TENTAM FINGIR QUE TUDO está normal no jantar, quando nada está normal, por razões que Kenzie nem pensa em começar a especular.

Lorna, que já é excêntrica em seus melhores dias, está agitada, murmurando consigo mesma, enquanto belisca o guisado de atum, seus olhos observando, a cada minuto, o relógio em cima do fogão. A casa está aquecida pelo forno, e, de maneira geral, a temperatura está amena esta noite, mas ela usa um robe acolchoado por cima da calça de algodão como se fosse o auge do inverno.

O prato de J.R. está vazio, mas não porque ele comeu. É porque não tocou na comida. Agora está andando de um lado para o outro na sala de estar, fumando um baseado e bebendo cerveja, tentando desesperadamente entrar em contato com Julian, que não atende o telefone.

A pequena e antiquada televisão que Lorna mantém no balcão da cozinha está ligada no programa de perguntas e respostas *Jeopardy!*, que acabou de começar. *Eu fico com o "Que Porra Está Acontecendo com Todo Mundo Hoje" por seiscentos, Alex.*

— Filho da puta — grita de repente J.R. no outro cômodo.

Kenzie pula da cadeira, deixando o garfo cair no prato ao ouvir uma garrafa de cerveja se espatifando contra a parede. Os cacos se espalham pelo assoalho de madeira.

À sua frente, Lorna está rígida, os olhos se desviando na direção da sala de estar, os ouvidos aguçados. Ela relaxa um pouco alguns segundos depois, quando confirma que, seja lá com quem seu filho está furioso, não é com ela. Um pote de plástico com minibrownies está aberto na mesa, e ela pega um, mastigando depressa, embora tenha comido só a metade do guisado em seu prato. Ela murmura sílabas que parecem ser palavras, mas Kenzie não entende o que ela diz.

Ela não vai mesmo perguntar ao precioso filhinho por que diabos ele quebrou a garrafa de cerveja na sala de estar? Esses dois são completamente malucos.

J.R. grita, chamando-a, e Kenzie deixa Lorna na mesa. Ela entra na sala de estar, com cuidado para não pisar nos cacos de vidro.

— Julian não está atendendo.

— É, já saquei isso.

Ele dá uma olhada para a cozinha, verificando se a mãe está escutando. Não está. Lorna serviu uma porção do guisado no prato de J.R. e agora está atentamente passando manteiga em um pãozinho. Kenzie revira os olhos. *Porra, velhota, ele já disse que não está com fome.*

J.R. agarra o braço de Kenzie, com mais força que o necessário, e a puxa mais alguns passos para longe da cozinha.

— O celular do Julian cai direto no correio de voz — diz ele.

— Talvez esteja sem bateria.

— Ele tem um carregador no carro. — J.R. agarra novamente o celular. — Se ele me foder por causa desse dinheiro, juro por Deus...

— Por que ele faria isso? — Kenzie massageia o lugar onde ele a agarrou. — Não há por que ele fazer isso. Você está sendo paranoico.

J.R. volta a andar de um lado para o outro.

— Derek disse que pagaria o resgate. Aí o Julian deveria enviar uma mensagem para ele quando voltar a Seattle, informando o local do encontro, e me avisar quando estivesse tudo combinado. Ele não mandou nenhuma mensagem.

— Talvez ainda esteja dirigindo.

— Ele deve ter chegado à cidade há mais de uma hora, pelo menos. Deveriam estar se encontrando agora mesmo.

— Talvez estejam, e ele logo manda essa mensagem.

— Então por que o celular está desligado?

— Talvez estejam num local sem sinal.

— Ele não escolheria um lugar assim se estiver se encontrando com o cara que está com o dinheiro, M.K. Porra, *raciocina*.

— Eu *estou* raciocinando. Talvez ele só... tenha se esquecido de avisar.

— Julian não se esquece de nada. — J.R. olha para ela. — Ele vai me foder, sinto isso.

— Bem, se isso for verdade, quer dizer que ele está me fodendo também. — Kenzie desaba no sofá. — Quer saber. A essa altura, já nem ligo. Estou farta disso. Se você tivesse me deixado lidar com isso, eu já teria os meus cem mil no bolso e o assunto estaria resolvido.

— Sim, e eu não teria ganhado nada.

— E por que você merece receber alguma coisa? — Ela o encara. — Derek era o *meu* homem rico casado, não seu. Meu. Nada em relação a isso deveria ter dado errado. Esses homens eram uma fonte de renda para mim, sacou? Eles me tratavam como uma peça à parte, mas, que droga, eles eram a minha peça de *lucro*, então são elas por elas. Você jamais deveria ter se envolvido com nada disso. Você não é o meu cafetão.

— Eu merecia *isso* — diz J.R. — Preciso desse dinheiro, M.K. Você pensa que é fácil cuidar do bar e sustentar a mim e a minha mãe? A gente não ganhou nada com a venda do vinhedo depois que os credores foram pagos, e a minha mãe ainda está endividada. Mas se o Julian fez o que penso que fez, então ele ficou com tudo. Todos os quinhentos mil. E agora desapareceu, porra.

Kenzie olha para ele.

— Quinhentos mil? Do que você está falando?

Ele para de caminhar e olha de relance para ela.

— Esquece.

Seja lá o que ele deixou escapar, não queria fazer isso e, ela com certeza não deixaria passar.

— J.R. Que quinhentos mil?

Ele estica o pescoço, procurando novamente sua mãe na cozinha, mas Lorna desapareceu. O prato de comida de J.R. também sumiu, assim como o pote com brownies. Estranho. O quarto dela fica no final do corredor. Ela teria que passar por eles para chegar lá. Será que ela saiu com a comida?

A mulher é completamente maluca.

— J.R., vou continuar perguntando até você me explicar que porra é essa que você está dizendo — insiste Kenzie. — Você acabou de falar quinhentos mil dólares, quando o que a gente estava esperando do Derek eram os duzentos e cinquenta mil que ele disse que pagaria, e cem mil são meus. Não sou nenhuma gênia em matemática, mas isso não está batendo.

J.R. esfrega o rosto e solta um suspiro.

— Marin pagou duzentos e cinquenta mil para que o Julian matasse você. Quando descobriu sobre você, ela queria que você sumisse, e eu disse para ela que conhecia um cara.

— *Como é que é?* — Kenzie reflete por um instante. Seus instintos estavam certos o tempo todo: Marin sabia mesmo sobre ela e Derek. Aparecer furiosa e bêbada para envergonhá-la diante dos vizinhos, como a esposa de Paul fez, é uma coisa; pagar para que Kenzie seja assassinada é um nível de insanidade bem diferente, muito além do que qualquer um consideraria como reação razoável a uma infidelidade matrimonial. Completamente loucos, todos eles. — E ela deu mesmo o dinheiro para ele?

— Relaxa — diz J.R. — É claro que você nunca esteve em perigo. Mas, sim, ela o contratou, ou pelo menos pensou que havia feito. E era para o Julian e eu dividirmos a grana.

— Em algum momento você ia me contar isso? — pergunta Kenzie, sem conseguir acreditar. — Ou mesmo me oferecer um pouco do... *maldito* dinheiro?

Ele não responde, o que diz a ela tudo que precisa saber.

— Então você me usou — constata ela. — Quando contei sobre o Derek, tudo que você conseguiu ver foi um modo de se vingar e conseguir a Marin de volta. Seu filho da puta. — Ela ri com amargura. — Não consigo acreditar que você enganou uma mulher triste e de luto para conseguir um quarto de milhão de dólares. Era para ela ser sua *amiga*, J.R. Sabe de uma coisa, espero que o Julian dê no pé e não dê nem a porra de um centavo para você. Porque não sei quem é o maior aproveitador, se sou eu ou você.

Ele vai na direção dela. Com o punho erguido, mas dessa vez ela não recua. Em vez disso, continua sentada, olhando para ele, como se o visse — o visse de verdade — pela primeira vez. Sal Palermo Júnior não é o homem mais velho excitante que ela pensou que fosse — durão, esperto, independente. É só um cara infantil, prejudicado por anos de abuso paterno, preso aos cuidados de uma mãe igualmente danificada e apaixonado por uma mulher que jamais o amaria de volta. Ele não passa de um merda, um criminoso de baixo nível. Sete anos desperdiçados com ele. Sete.

Já basta.

— Vá em frente, bata em mim — desafia ela. — De qualquer modo, é só para isso que você presta mesmo.

Ela ouve as sirenes antes de ver as luzes e salta da mesa, onde estava com Lorna, vendo o final de *Jeopardy!* J.R. está no quarto, no andar de cima. Quando ele se mandou da sala de estar mais cedo, ela ouviu sua porta batendo, o que significava que iria ficar no quarto pelo resto da noite.

Lorna voltou para casa alguns minutos depois da briga dos dois. A velha estava corada com o cansaço de ir sabe-se lá aonde e de fazer seja lá o que tenha feito. A mãe de J.R. se movimenta bastante bem para alguém que está à beira de outra cirurgia de quadril, e desabou na mesa para assistir à última pergunta do *Jeopardy!*, da qual é claro que ela sabe a resposta.

Esta casa de merda. Essa gente de merda.

Kenzie volta para a sala e olha pela janela. Luzes azuis e vermelhas brilham em algum lugar da estrada, e apesar de ela ver apenas as luzes piscando, é evidente que estão vindo.

Merda. É claro que a polícia está vindo atrás dela. Tyler não deve ter cancelado a tempo a denúncia de pessoa desaparecida. Não é nenhum segredo que a cidade natal de Kenzie é Prosser, e que ela é próxima de J.R., de modo que a casa de fazenda da família seria um lugar lógico para os policiais procurarem por ela. Como diabos ela irá explicar isso? Com certeza a polícia não a prenderia porque seu colega de apartamento *pensou* que ela estivesse desaparecida. Ela pode simplesmente dizer que tudo não passou de um mal-entendido, o que, na verdade, foi.

A menos, é claro, que não se trate do caso de pessoas desaparecidas, especificamente. Talvez tenha a ver com o pedido de resgate. Talvez Derek tenha avisado à polícia que ela está lá contra a vontade, e que seus sequestradores exigiam dinheiro em troca de sua vida. Se é por isso que os tiras estão vindo, então ela com certeza está encrencada. E J.R. também.

Há tantas mentiras, não há mesmo nenhum modo de saber exatamente o que está acontecendo.

Ela sente Lorna se movimentando atrás dela e se vira e vê que a mulher está frenética. Acima delas, escuta J.R. pisando forte em seu quarto. Sem aviso, Lorna agarra os ombros de Kenzie com uma força surpreendente.

— *Adega de vinhos* — sibila ela, enquanto J.R. corre escada abaixo.

Antes que Lorna possa dizer mais alguma coisa, seu filho irrompe na sala, o rosto vermelho, parecendo um animal selvagem. Lorna corre até ele, coloca as mãos em seu peito, mas ele a empurra para o lado. A velha tropeça e cai no sofá.

— Acalme-se, filho, por favor — diz Lorna, mas suas palavras não têm nenhum efeito.

J.R. está bem longe de estar calmo. Anda de um lado para o outro na sala como antes, mas as passadas são maiores, e ele esfrega o rosto e o cabelo, agitado. Fede a maconha. Suas pupilas estão totalmente dilatadas; seus olhos, que costumam ser castanhos, estão negros.

— O que é que eu faço? — pergunta a elas. — Que porra eu vou fazer?

— Temos que ver o que eles querem — diz Kenzie, tentando se manter calma. Não é fácil. A energia negativa de J.R. é contagiosa. — Seja lá o que estejam pensando, eu simplesmente digo para eles que é uma piada de mau gosto...

— Foi você que os chamou? — pergunta J.R.

— Claro que não — diz ela. — Por que diabos eu chamaria a polícia contra mim mesma?

— Puta merda, você é tão burra. — Ele anda novamente de um lado para o outro, e as sirenes soam mais alto. As luzes estão piscando através das cortinas. — Eles não estão aqui por causa de você, M.K. Estão aqui atrás de mim.

Ele se volta para a mãe.

— Eles vão me prender, mãe. Vou voltar para a prisão. Desta vez para sempre. — Ele está à beira das lágrimas, seus olhos procurando em cada centímetro da sala como se buscasse uma saída. — Foi o Julian, sei disso. Aquele rato filho da puta deve ter me dedurado.

— Você vai convencê-los de que estão errados. — Kenzie acha que jamais viu J.R. tão nervoso. — Negue tudo e diga que o Julian planejou tudo. Ele pegou o dinheiro da Marin, depois me raptou e mandou o pedido de resgate. Ponha a culpa toda nele. Eu confirmo tudo.

Ela percebe que Lorna agora está ouvindo tudo e não está surpresa com nada. É como se soubesse de tudo, o tempo todo.

— Mãe, você ainda tem aquela arma do papai? — pergunta ele.

— No quarto — diz Lorna. Ela também não está surpresa pela pergunta. — O cofre no closet. O código é o aniversário do seu pai.

Que arma? Kenzie não sabia que eles tinham uma arma.

No segundo que J.R. sai dali, Lorna a agarra novamente.

— Adega de vinhos — repete ela, meio sussurrando, meio gritando no ouvido de Kenzie. — Vá. Tranque a porta quando entrar. E, haja o que houver, não deixe o meu filho entrar, não importa o que ele diga. Está entendendo?

Lorna está completamente séria, e nesse momento, ela não é mais a mulher maluca e débil com quem Kenzie costuma falar. Mas por que a mãe de J.R. está mandando-a se esconder na adega de vinhos? E trancar a porta para não deixar seu filho entrar? Não faz nenhum sentido.

As luzes estão cada vez mais brilhantes, as sirenes mais altas. A estrada até a casa é longa e relativamente reta. Os policiais já estão quase lá.

— Mãe! A arma não está no cofre! — J.R. grita do corredor.

Lorna abre o robe. A arma — a que ela mandou seu filho buscar, que supostamente estava trancada no cofre da parede que Kenzie nem sabia que eles tinham — está enfiada na cintura da sua calça de algodão.

— McKenzie — diz ela, e deve ser a primeira vez que Lorna se dirige a ela pelo nome. — Adega de vinhos. *Agora.*

Kenzie se vira e se manda.

A porta da adega subterrânea fica por baixo da antiga sala de degustação, mais ou menos do comprimento de um campo de futebol, à esquerda da casa principal da fazenda. Kenzie corre até lá, assustada o bastante com a expressão de Lorna para fazer o que ela disse. J.R. está instável, e procurando pela arma, que Lorna tem com ela. Os tiras estão chegando. É demais.

Ela chega à sala de degustação e entra pela velha porta dupla, correndo pela antiga sala de exposição, agora vazia, passando pelos empoeirados barris de vinho e o balcão comprido. No fundo da sala, há outra porta que leva à adega no andar de baixo, que está destrancada, com as luzes da escada acesas. Kenzie bate a porta depois que passa e a tranca, pausando um momento no alto da escada para recuperar o fôlego. Coloca um ouvido na porta, tentando ouvir algum ruído que indique que alguém a tenha seguido. Lorna lhe disse que não deixasse J.R. entrar.

Ela começa a descer a escada até o final, onde os vinhos são armazenados em uma sala com temperatura controlada. A doze graus é o ideal, foi o que J.R. lhe disse uma vez, e a temperatura deve ser mantida cuidadosamente para preservar a integridade do vinho.

Ao se aproximar dos fundos, Kenzie percebe que de jeito nenhum a temperatura ali está em doze graus. A temperatura deveria ser gelada a doze graus e, no entanto, está quente e ficando mais quente a cada passo. Agora parecia mais como uma sala comum — vinte e dois ou vinte e três graus. Quando chega ao último degrau, escuta o som de uma televisão.

Uma televisão em uma adega de vinhos? Em uma adega de vinhos *aquecida*? Ela para. Que diabos está acontecendo ali?

Então ela vê.

Seu cérebro apreende tudo de uma vez. A grande sala, as prateleiras de vinho vazias, a cama, a escrivaninha, a lâmpada, a mesa com um prato com comida pela metade, o pote com minibrownies, um cacho de bananas maduras, uma garrafa de água e brinquedos de todos os tipos e tamanhos espalhados por todo o lugar.

E no meio disso tudo está um garotinho, cabelo negro aparado toscamente, vestindo um pijama azul muito curto nas pernas e pantufas enfeitadas com cachorrinhos, abraçando um ursinho de pelúcia quase do seu tamanho. O ursinho está vestindo um suéter marrom com o desenho de algum tipo de animal nele.

Um desenho de rena.

As mãos de Kenzie voam até sua boca. Ela não consegue se mexer. Não consegue falar. Só consegue fixar o olhar na criança. Ele a olha de volta, os olhos castanhos arregalados, sua expressão uma mistura de medo e esperança.

— Você é a minha mamãe? — diz ele, e sua confusão é óbvia. Sua voz é tão baixinha, tão doce e está trêmula. Ele se esforça muito para não chorar. — A vovó Lorna diz que a minha mamãe está vindo.

Antes que Kenzie possa dizer qualquer coisa para confortá-lo — que é o que ela quer fazer, porque é o que o pobre garoto merece —, ela ouve as sirenes, logo acima da cabeça deles.

A polícia chegou.

32

VANESSA CASTRO É UMA MOTORISTA tão boa quanto diz que é, e eles chegam a Prosser no tempo recorde de duas horas e meia. Quando chegam, a casa da fazenda está cercada por carros de polícia, e a própria casa foi isolada com fitas de cena de crime. Tal como nos filmes.

Ficar espremida no banco de trás do carro de Castro por mais de duas horas silenciosas proporcionou a Marin tempo o bastante para pensar no que encontrariam quando chegassem lá. Ela não *sente* que o filho esteja morto. Marin costumava pensar que sentiria se isso acontecesse, que ela sentiria o tremor em seus próprios ossos ou a punhalada em seu coração, se isso acontecesse algum dia, ou que acordaria uma manhã e de algum modo simplesmente *soubesse*. Frances sabia, no final das contas. Frances tinha sonhos com isso.

Mas talvez o que aconteceu a Frances fosse apenas coincidência, e a intuição de uma mãe não chegaria a tanto. Castro disse a Marin que não tivesse grandes expectativas, e ela não tinha, mas o pedacinho minúsculo de esperança que ainda lhe resta — esperança que diminuía dia após dia desde o momento em que levaram Sebastian — ainda está incrustado no fundo do seu coração. É a única coisa que o mantém batendo.

Castro estaciona o carro e todos saem. São imediatamente abordados por dois policiais uniformizados, e a detetive aperta o braço de Marin.

— Vou descobrir o que está acontecendo — informa a detetive. — Aguentem firme.

Marin olha ao redor. O cenário é esmagador. Tanto a polícia quanto o FBI estão ali, e há uma avalanche de atividades, que se torna ainda mais caótica pelos carros de polícia que projetam suas luzes pela casa. Ela não reconhece nenhum dos agentes e só pode supor que o designado para o caso deles ainda não havia chegado. Um dos agentes se separa de seu grupo e se junta a Castro e aos policiais. A detetive deve ter dito alguma coisa sobre ela, e todos olham para Marin ao mesmo tempo. A distância, Marin não consegue escutar o que dizem.

A casa de fazenda da família de Sal parece diferente à noite. Sob a lua cheia, parece estar mais arruinada do que ela lembrava, todas as janelas sujas e a pintura descascando. Durante o dia, os vinhedos ondulantes proporcionam um magnífico pano de fundo, dando a casa um encanto rústico que, na verdade, não teria de outra forma.

Marin não está com frio, mas está tremendo. Em algum lugar da propriedade está seu filho. Cada centímetro do seu corpo está formigando, e ela tem certeza de que ele está ali. Não importa quanto tempo leve, eles o encontrarão. Não importa o que descobrirão, nem o estado em que ele está, Marin não sairá dali até que possa levar Sebastian para casa. Como se sentisse seus pensamentos, Derek toca no seu braço. Ela se afasta.

Castro está de volta e fica diante de Marin e Derek. Sem preâmbulos, ela diz:

— Sal está armado. Atirou na própria mãe.

— Sal atirou na *Lorna*? — Marin mal pode acreditar nisso. Lorna não machucaria uma mosca, e adorava o filho. E mais, ela mal consegue se movimentar, pelo que Sal lhe disse. Por qual motivo Sal atiraria em sua mãe? — Não é possível.

— Ele atirou no braço dela e disse à polícia que foi um acidente — explica Castro. — Ele estava procurando a arma do pai e quando percebeu que estava com ela, tentou pegar. Eles se engalfinharam, e a arma disparou.

Marin olha para Derek. Se ele ouviu tudo isso, não reagiu. Está ali parado, imóvel, perdido no meio da comoção. Está entorpecido. Ela não o culpa. Ela também ficará assim, logo que tudo terminar. *Só mais tempinho.*

— Onde eles estão agora? — ela pergunta a Castro.

— Lorna está no hospital. Tentaram perguntar a ela se sabia alguma coisa sobre o Sebastian, mas ela não conseguiu dizer nada para eles. Quando ela lutava contra o Sal por conta da arma, bateu a cabeça, e isso exacerbou o dano prévio que já tinha. Ela está confusa. Mal consegue ser coerente.

— Se a Lorna está no hospital, onde está o Sal?

— Ainda dentro da casa. Ele deixou os paramédicos levarem a mãe, mas se recusa a sair. Marin... — hesita Castro. — Sal diz que só fala com você.

— De jeito nenhum — declara Derek, despertando de volta à vida. São as primeiras palavras que ele pronuncia em mais de uma hora. — Sem chance.

— Eu quero falar com ele — diz Marin. — Preciso saber onde está o Sebastian, e ele é o único que sabe a resposta.

Derek agarra o braço dela, incrédulo.

— Marin, não. Ele é perigoso. Você não pode entrar lá...

— Ela não precisa entrar em lugar nenhum. — Castro se vira para um agente do FBI e acena para que ele se aproxime. — Você pode usar o telefone.

Eles a posicionam onde ela pode vê-lo.

Sal está no andar de cima, em seu antigo quarto, olhando pela janela. Marin está próxima ao balanço na árvore, a cerca de quinze metros de distância, sentada no banco de passageiros de um carro da polícia. Ela pediu privacidade, e eles permitiram que ficasse sozinha no carro, mas com dois policiais de guarda logo ao lado. Não deixaram que ela usasse o próprio celular, porque queriam gravar a conversa, por isso ela fala em um telefone que um agente do FBI lhe entregou.

Ela pode ver Sal através da janela andando de um lado para o outro, o cano da arma que segura apontado para a própria cabeça. Com a mão livre, atende a ligação ao primeiro toque.

— Está vivo? — indaga ela.

Ele para de andar e olha pela janela até onde ela está. Marin mal consegue ver seu rosto. O quarto está na penumbra. Mas consegue ver sua silhueta, e balança a mão de dentro do carro. Ele acena de volta.

— Por enquanto — responde ele com uma risada sombria.

— Por quê, Sal? — pergunta ela com a voz suave.

— Nunca pensei que fosse terminar assim, Mar, juro. — A voz de Sal está tremendo. — Eu precisava do dinheiro. O plano era ficar com o Sebastian por um dia, talvez dois, até o Derek pagar o resgate, mas a porra da polícia e do FBI estavam por toda parte, aí não tive outra escolha senão sair de vista. Trouxe ele para cá, para que a minha mãe cuidasse dele. Disse para ela que o Derek era um pai abusivo, como o meu, e que a gente precisava manter o Sebastian a salvo. Ela acreditou em mim. A gente decidiu...

— "A gente"? Você e Julian?

— É. Decidimos esperar até as coisas se acalmarem. O que só aconteceu depois de um mês. Mandamos um pedido de resgate para o Derek, depois que você saiu do hospital. Mas nos atrasamos para chegar ao ponto do encontro. E quando o Julian falou com o Derek, escutei ele gritando. E o Sebastian estava chorando. E eu simplesmente... enlouqueci. Seu marido sempre foi um idiota presunçoso e acho que eu queria machucá-lo. Aí, desligamos o telefone, e poucos minutos depois eu disse para o Derek que o filho dele estava morto.

Marin não consegue falar. Lágrimas escorrem pelo seu rosto. Sal solta outra risada, e é o som mais amargo do mundo.

— O mais louco é que ele não disse nada para você — acrescenta Sal. — De todas as maneiras que eu achei que isso ia se desenrolar, jamais imaginei que o Derek não fosse contar a você, que manteria tudo em segredo. Ele não disse porra nenhuma para ninguém. Nem para você, nem qualquer outra pessoa.

— Ele pensou que eu tentaria me matar mais uma vez. — Marin se prepara para a próxima pergunta. A pergunta mais difícil. — Sal, onde está o meu filho?

— Quero que você saiba que eu amo você — diz ele, a voz falhando. — Amei você no minuto em que nos conhecemos...

— Sal, por favor. Onde está o meu filho?

— Está na adega de vinhos.

Ela respira rápido.

— Ele está vivo ou morto?

Uma pausa. Cinco segundos, dez segundos, ela não sabe, mas parece uma eternidade. Então finalmente três palavras, tão baixo que ela quase não ouve.

— Ele está bem.

Marin abre a porta do carro de polícia e grita com todo o seu fôlego:

— Adega de vinhos!

Mas eles já sabem, porque haviam escutado e já estão se movendo.

— O que é triste, Sal, é que eu teria dado todo o dinheiro — ela diz no celular. — Se estivesse com problemas, eu teria ajudado você. Não teria pensado duas vezes sobre isso. Você é o meu melhor amigo. Só precisava pedir.

Ela olha para a janela, onde a mão de Sal está levantada mais uma vez, e lhe ocorre que os acenos de despedida são os mesmos de cumprimento.

— Eu amo você, Marin — declara ele, e o celular desliga.

Ela escuta o estalo e vê a faísca sair do cano, mas só consegue imaginar o ruído do corpo de Sal caindo no chão.

Não permitiram que eles fossem à adega, ou mesmo à sala de degustação, então Marin e Derek esperaram ali fora. Os segundos se passavam como minutos. Minutos se passavam como horas.

As portas duplas finalmente são abertas, e McKenzie sai na frente, escoltada por um policial. Ela não está algemada. Seu rosto se ilumina ao ver

Derek, apenas por um segundo, mas então ela lembra que já não estão juntos, e nunca estiveram de fato, e jamais estarão de novo. Ela nem olha para Marin. Passa por eles sem dizer uma palavra.

Um momento se passa, e as portas voltam a se abrir. E lá, segurando a mão de um dos agentes do FBI, está seu filho.

Eles saem devagar. Ele está assustado com as luzes e a comoção, e segura um ursinho de pelúcia gigante na outra mão, os olhos arregalados enquanto passa por todos os rostos, parando apenas quando o olhar se fixa em Marin. Ela levanta a mão timidamente, apavorada com a possibilidade de assustá-lo, e mais apavorada ainda de que isso não seja real, e que se ela tentar ir na direção dele, ele vai desaparecer como vapor, como sempre acontece em seus sonhos. Seu rosto — seu rosto perfeito, belo, redondo e doce com olhos que espelham os dela — está exatamente como ela se lembra, embora sua altura tenha mudado, porque ele cresceu. De algum lugar perto dela, Derek soluça.

Seu garotinho sustenta seu olhar por alguns segundos, incerto, e então se ilumina quando compreende quem ela é. Ele está longe demais para que ela escute, mas vê sua boca formar a palavra. *Mamãe.*

Sebastian.

Ela corre na direção dele, enquanto ele deixa cair o ursinho e corre para ela, os bracinhos estendidos, e é exatamente como nos seus sonhos, só que desta vez eles se encontram, porque ele está ali, ele é real, ele está vivo, ele está a salvo.

E o coração de Marin — que esteve distante por quatrocentos e noventa e quatro dias — retorna para ela.

PARTE QUATRO
UM MÊS DEPOIS

Cada novo começo vem do fim de outro começo

— Semisonic

33

A FILA NA GRÃO VERDE está longa quando Marin entra, mas ela não está ali para tomar café. Ajeita a bolsa preta no seu ombro e olha em volta. A bolsa é de Derek; ela a retirou do porta-malas do carro dele, mas ele não precisa do que está dentro. Nem Marin.

Marin leva um tempo para localizá-la. Ela não está trabalhando atrás do balcão; está limpando uma mesa perto do fundo do café, e levanta a cabeça quando Marin se aproxima. O rosa de seu cabelo desbotou em um loiro acobreado que faz sua tez parecer mais pálida. É engraçado como da primeira vez que Marin a viu, ela parecia tão vibrante, tão bonita, tão intimidadora, jovem e cheia de vida. Agora parece como qualquer outra estudante de pós-graduação sobrecarregada de trabalho — exausta, estressada e nada especial.

O rosto de McKenzie empalidece, e ela recua um passo. Marin levanta a mão.

— Não estou aqui para fazer cena — diz, e a mulher mais jovem visivelmente respira. — Podemos conversar?

A mesa no canto do fundo está vazia, e Marin se lembra dela como o lugar onde se sentou no dia em que veio espionar McKenzie. Isso foi mesmo apenas cinco semanas atrás? Parece que ela viveu toda uma vida desde então, entre sessões de terapia para Sebastian, para si mesma, e o trabalho de estabelecer uma rotina estruturada pela qual seu filho, agora com cinco anos, tanto anseia.

Ele vai bem. O psicólogo infantil lhe assegura com frequência que geralmente as crianças são resilientes, e o dr. Chen disse a mesma coisa. Até que Lorna foi muito boa para com o filho de Marin, naquelas circunstâncias. No começo, Sal havia mentido para a mãe, dizendo que ele precisava de ajuda para manter a salvo o filho de Marin e de Derek, o marido supostamente abusivo, e é claro que Lorna ajudou. Ela acreditava em tudo que Sal lhe dizia... até que, finalmente, não acreditou mais.

No decorrer dos dezesseis meses que Sal manteve Sebastian lá, Lorna tomou conta muito bem dele. Ela o alimentava. Dava banhos. Lia livros para ele. Comprou brinquedos para ele. Levava-o para fora todos os dias que podia, deixando que ele corresse por ali no ar fresco e ensolarado. Falava com ele sobre Marin todos os dias, sobre o quanto sua mamãe o amava, e sentia saudade dele, e viria buscá-lo assim que pudesse. Não falava muito de Derek, já que Lorna acreditava que o pai de Sebastian era o vilão, mas também não falava mal dele.

O quadril de Lorna, aliás, estava bem. Ela havia se recuperado bem da cirurgia de implante do quadril no ano anterior, e parece que todas as doenças adicionais eram invenções que Sal havia usado para justificar suas idas tão frequentes a Prosser para ver como Sebastian estava. O ferimento à bala no seu braço foi bem superficial, mas o ferimento na cabeça que sofreu na briga com o filho era mais sério. Passou por outra cirurgia, e ainda está no hospital em observação.

Marin se senta à mesa, colocando a bolsa no chão, a seu lado. Não que esteja pesada, mas é esquisita, e ela fica feliz por não ter mais que carregá-la. McKenzie se senta do outro lado da mesa, colocando entre as duas o pano úmido que usava para limpar, como uma barreira de microfibra.

— Você está com uma aparência horrível — começa Marin.

— Hã, obrigada? — responde McKenzie, mas depois dá de ombros. — Acho que mereço isso. Ando pulando de casa em casa desde que fui expulsa do apartamento onde eu morava. A pessoa com quem fiquei ontem à noite têm um cachorro que odeia o meu gato, aí ninguém conseguiu dormir muito. — Ela olha para baixo, tira um pelo de gato da blusa. — Como está o seu filho?

— Maravilhoso — responde Marin. — Na verdade, ele é a razão de eu estar aqui.

A outra mulher fica tensa.

— Como assim?

— Você deve ter ouvido do Sal, desculpa, o *J.R.*, que contratei alguém para matar você. — Marin mantém a voz baixa. Ditas em voz alta, as palavras são ao mesmo tempo ridículas e horríveis. — É claro que agora sei que ele jamais faria isso. Fui enganada por um trapaceiro. Mas, cá entre nós, e acho que posso confiar em você para dizer isso, eu queria mesmo que você morresse. Eu já havia perdido o meu filho, e sentia como se você estivesse tentando tirar de mim a família que me restava. Ou seja, eu estava longe de estar bem.

McKenzie entende. É quase imperceptível, mas Marin percebe.

— Você teve notícias do Julian? — pergunta Marin.

McKenzie balança a cabeça.

— Não, desde o dia em que ele tirou a foto para pedir o resgate. O J.R. suspeitava que ele iria ferrá-lo, pegando o dinheiro que você pagou e dar no pé, e parece que foi exatamente o que ele fez. — Ela abre um sorrisinho. — Que bom que você não foi roubada em mais duzentos e cinquenta mil.

Marin usa o pé para empurrar a bolsa até que toque a perna da outra mulher.

— É, ainda bem. Ou eu não estaria aqui para lhe entregar isso.

McKenzie franze a testa. Dá uma olhada na bolsa, e depois de volta a Marin.

— Do que você está falando? — Ela olha ao redor. — Isso é algum tipo de truque?

— Truque nenhum — responde Marin. — Paguei a alguém para matar você, e isso acontecendo ou não, tenho vivido com a ideia de que eu desejava mesmo que você morresse. Sim, mudei de ideia e cancelei a coisa toda. Mas ainda assim, foi errado, e não consigo viver com isso. Ainda mais agora que tenho o meu filho de volta.

McKenzie abre a boca para falar, mas não sai nenhuma palavra. Ela a fecha novamente.

Marin se levanta.

— Então aqui estou eu, fazendo reparações. Nós poderíamos acusar você de extorsão, mas o Derek disse à polícia que você também era uma vítima. Pessoalmente não acredito nisso; acho que era o sentimento de culpa dele que estava falando. Acho que você é uma jovem bem esperta, e sabia exatamente o que fazia com os homens ricos que extorquia. De muitas maneiras, sinto como se estivesse recompensando você por ser uma pessoa de merda que tentou arruinar a minha vida. Mas preciso dormir à noite com a consciência tranquila, sabendo que pelo menos tentei reparar as coisas que *eu* fiz. Paguei a alguém um quarto de milhão de dólares para tirar sua vida, e agora pago a você um quarto de milhão de dólares para compensar isso. Pode ficar com tudo, doar, queimar, eu não dou a mínima.

McKenzie a encara, atordoada, esperando o fim da piada, que não acontece.

— Além disso — acrescenta Marin—, você foi gentil com o meu filho. Bash me contou que você ficou com ele naquela adega de vinhos. Você segurou a mão dele, o abraçou quando ele ficou assustado, disse para ele que tudo ia terminar bem. Bash gostou de você. Ele te chama de "a moça do cabelo cor-de-rosa" e diz que é amiga dele. Então também acrescentei uma coisinha extra.

McKenzie engole em seco.

— Ele é um garotinho muito meigo — diz ela, finalmente recuperando a voz. — E... obrigada. Por isso. Minha mãe está doente. Isto... isto vai ajudar.

— Por nada. A propósito, você deveria voltar a pintar o cabelo de cor-de-rosa. Fica bem em você.

Marin deixa a bolsa no chão e vai embora, imaginando a cara da jovem quando abrir o fecho e ver, por cima do monte de dinheiro, os sapatos Christian Louboutin que ela admirou quando invadiu sua casa.

Pois é, karma. Estamos quites.

34

É A PRIMEIRA TERÇA-FEIRA DO MÊS.

Marin para no estacionamento do Big Holes. Ela nem se lembra da última vez que ficou nervosa ao ir a uma reunião do grupo — provavelmente desde a primeira vez que veio, mas, na época, o nervosismo estava matizado pelo luto e pelo choque. Ela vê, pelos carros estacionados, que Simon já está lá, assim como Lila. Frances também, é claro. E também Jamie, a novata, e Marin estaciona ao lado do carro dela.

Ela manteve contato individual com todos eles desde que a notícia saiu, um mês atrás. Ela e Derek se recusaram a dar entrevistas, mas soltaram uma declaração expressando sua gratidão pelo retorno do filho a salvo. Marin realmente não sabe se o grupo ficará feliz em vê-la hoje. A ideia de fazer isso foi de Frances, mas Frances está em um espaço emocional diferente dos demais.

E agora, Marin também está.

Ela olha Sebastian pelo retrovisor; ele está sentado na cadeirinha e sorri para seu reflexo no espelho, e ela sorri de volta.

— Está pronto, meu ursinho?

— Quero o donut salpicado com arco-íris — diz ele. — Será que tem brinquedos lá dentro?

— Ih, não sei. — Marin solta seu cinto de segurança e sai. — Talvez brinquedos, não. Mas com certeza donuts. Todos os tipos de donuts. Nós não vamos demorar, está bem? Só dar um "oi" rapidinho. Esse encontro costuma ser para os adultos, mas a Frances quer conhecer você.

— Quem é Frances?

— É minha amiga. Ela é a senhora muito simpática que é a dona da loja de donuts. — Marin solta o cinto de segurança da cadeirinha e o tira do carro. Suas mãos automaticamente se unem enquanto caminham pelo estacionamento. É maravilhoso como depois de dezesseis meses distantes um do outro, suas mãos ainda sabem fazer isso, sabem como se encontrar.

— Ela tem filhos? — pergunta ele, esperançoso.

— Tinha — responde Marin, e Sebastian não pressiona mais.

Ela abre a porta do Big Holes. Não há ninguém atrás do balcão e, como é comum a esta hora da tarde, há apenas alguns clientes, todos assíduos frequentadores. Todos olham enquanto ela passa com Sebastian, e ela retribui os sorrisos com um dos seus mais cálidos. Quando chega à porta da sala dos fundos, respira profundamente antes de abrir a porta.

— Surpresa! — todos gritam, e Sebastian dá um pulo, soltando as mãos dela.

Ela olha para ele, preocupada, mas não precisa ficar. Seu filho está absolutamente maravilhado, batendo palmas e rindo ao ver uma dúzia de balões cheios de hélio batendo contra o teto, com fitas pendendo até o chão. No meio da sala está uma pilha de vários tipos de donuts, e um bolo da *Patrulha Canina* confeitado de azul e branco. Um cartaz grande acima dele diz apenas *Sebastian*.

Frances chega primeiro junto a eles, sufocando-os com beijos e abraços. Depois vem Simon, com lágrimas, seguido por Jamie e seu sorriso tímido, e finalmente Lila, que trouxe seus dois filhos mais novos. Há música e presentes — *Quantos presentes, mamãe!* —, e Sebastian vai direto para o donut granulado no alto da pilha, que ele logo oferece a um dos filhos de Lila.

Marin tinha se preocupado, achando que seria difícil para eles verem seu filho, vivo e bem, mesmo que todos tivessem lhe assegurado antes, pelo telefone, que estaria tudo bem. Agora ela pode ver que está mesmo. Todos são mães e pais. Estejam ou não com seus filhos, estão realmente contentes em estar com a criança sobre a qual falaram com frequência, uma criança que desejaram que estivesse bem, e rezaram por isso.

Frances aperta a mão dela.

— Derek não pôde vir?

— Não — informa Marin. — Ele não fica confortável com essa coisa de grupos. Está esperando por nós em casa. Hoje é dia de cinema. *O Rei Leão*.

— Vocês estão bem?

— Estamos bem — responde ela. — Temos que estar, pelo Bash. Nós dois estamos ficando mais em casa, e é bom para todo mundo. Não tenho certeza de como vai ser daqui para a frente, mas teremos tempo para pensar nisso. Ainda nos amamos. Somos amigos. Estamos sintonizados no que diz respeito ao nosso filho. No momento, essas são as únicas coisas de que tenho certeza.

Frances a abraça novamente.

Marin observa Sebastian brincando com os filhos de Lila. Ele ri tanto que seu rostinho cheio de cobertura está rosado. Ela ainda acorda no meio da noite, compelida a verificar se ele está dormindo a salvo em seu quarto, mas o dr. Chen diz que isso diminuirá com o tempo. Pelo menos, ela não precisa mais tomar remédios para dormir.

Seu celular notifica o recebimento de uma mensagem. É de Derek.

Avise quando estiverem a caminho para eu pedir a pizza. Sem pressa. Amo vocês e já estou com saudades.

Ela não sabe como se sentir quando ele diz coisas assim, então responde do único modo que se sente confortável. Manda de volta um coração.

Com Sebastian ocupado e os demais envolvidos em conversas, Marin se senta em uma cadeira no canto e desliza pelo seu celular. O número de mensagens e ligações que ela recebeu de amigos, familiares e clientes nas últimas semanas é impressionante. Ela ainda não conseguiu responder a todos.

Perto do final de sua lista de mensagens estão as antigas recebidas de Sal. Ela ainda não conseguiu apagá-las. É difícil conciliar a pessoa que ela achava que conhecia com aquela em que ele acabou se tornando. Ele a fez passar pelo inferno absoluto, mas foi também quem a ajudou a sobreviver. Eles foram melhores amigos por mais de vinte anos, e até o último ano, a maior parte deles foi boa. É confuso como o amor e o ódio podem coexistir, misturados, entrelaçados e emaranhados, mesmo depois que a pessoa está morta.

As mensagens de Sal são a única coisa concreta que Marin deixou para lembrar que, bem no fundo, ele era bom. E a amava. E jamais lhe mandará outras mensagens.

Ela lê a última mensagem enviada por Sal, a mesma que ele mandou todas as manhãs por meses e meses.

Está viva?

Do outro lado da sala, um balão estoura, e Sebastian grita de alegria. O coração de Marin transborda com o som.

Com certeza absoluta, ela está viva.

Nota da Autora

Escrever romances é sempre difícil, mas este deve ter sido o livro mais difícil que já escrevi. Não planejo o conteúdo das minhas histórias, então, com frequência, me surpreendo — e me assusto — com a direção que elas tomam. Foi desconfortável e comovente explorar a profundidade da queda vertiginosa de Marin depois que seu filhinho desaparece. Eu também tenho um filho pequeno, e perdê-lo é meu maior medo. Não foi fácil penetrar na mente de Marin e, em meus esforços para me manter fiel ao seu caráter, eu não queria me acovardar ou suavizar suas lutas. Por favor, saiba que eu compreendo que algumas de suas ações e alguns de seus pensamentos podem ser difíceis e perturbadores para alguns leitores.

Se algum de vocês já experimentou pensamentos de automutilação ou suicídio, por favor, procure ajuda. Você não está sozinho.

LEIA TAMBÉM:

ASSINE NOSSA NEWSLETTER E RECEBA
INFORMAÇÕES DE TODOS OS LANÇAMENTOS

www.faroeditorial.com.br

CAMPANHA

Há um grande número de pessoas vivendo com HIV e hepatites virais que não se trata. Gratuito e sigiloso, fazer o teste de HIV e hepatite é mais rápido do que ler um livro.

FAÇA O TESTE. NÃO FIQUE NA DÚVIDA!

ESTA OBRA FOI IMPRESSA
EM JUNHO DE 2023